# Dean
# KOONTZ
# Przepowiednia

Z angielskiego przełożył
JERZY ŻEBROWSKI

Wydawnictwo
A. Kuryłowicz

WARSZAWA 2006

Tytuł oryginału:
LIFE EXPECTANCY

Copyright © Dean Koontz 2004
All rights reserved
Copyright © for the Polish edition
by Wydawnictwo Albatros A. Kuryłowicz 2006
Copyright © for the Polish translation by Jerzy Żebrowski 2006

Redakcja: Jacek Ring
Ilustracja na okładce: Jacek Kopalski
Projekt graficzny okładki i serii: Andrzej Kuryłowicz

ISBN-13: 978-83-7359-434-0
ISBN-10: 83-7359-434-5

*Dystrybucja*
Firma Księgarska Jacek Olesiejuk
Kolejowa 15/17, 01-217 Warszawa
t./f. (22)-631-4832, (22)-535-0557/0560
www.olesiejuk.pl

*Sprzedaż wysyłkowa – księgarnie internetowe*
www.merlin.pl
www.ksiazki.wp.pl
www.empik.com

WYDAWNICTWO ALBATROS
ANDRZEJ KURYŁOWICZ
Wiktorii Wiedeńskiej 7/24, 02-954 Warszawa

Wydanie I
Skład: Laguna
Druk: WZDZ – Drukarnia Lega, Opole

*Laurze Albano,
która ma tak dobre serce.
Dziwny umysł, ale dobre serce.*

*Niech ten, kto cierni boi się*
*Porzuci sny o róży.*

Anne Brontë, *The Narrow Way*

*Mam westchnienie dla przyjaciół,*
*A dla wrogów uśmiech wzgardy;*
*Czy los sprzyja, czy się zaciął —*
*Wszystko przyjmę, takim hardy!*

Lord Byron, *Do Tomasza Moore**

---

* Byron, *Wiersze i poematy*, przełożył Czesław Jastrzębiec-Kozłowski.

# Część pierwsza

## Witaj na świecie, Jimmy Tock

# 1

W noc, kiedy się narodziłem, mój dziadek ze strony ojca, Josef Tock, wygłosił dziesięć przepowiedni i one ukształtowały moje życie. Potem umarł dokładnie w chwili, gdy przyszedłem na świat. Josef nigdy przedtem nie zajmował się wróżbami. Był cukiernikiem, specjalizował się w eklerkach i babkach cytrynowych, a nie przepowiedniach.

Godne życie jest jak piękny łuk, łączący doczesność z wiecznością. Mam teraz trzydzieści lat i nie bardzo wiem, dokąd zmierza moje życie, ale przypomina ono raczej krętą linię, prowadzącą od jednego kryzysu do drugiego, niż łagodny łuk.

Jestem niezdarą, co nie znaczy, że jestem głupi, tylko trochę zbyt wyrośnięty i nie zawsze wiem, dokąd niosą mnie nogi.

Nie mówię tego z dezaprobatą ani nawet z pokorą. Najwyraźniej, jak sami się przekonacie, niezdarność dodaje mi uroku, stanowi niemal zaletę.

Niewątpliwie zadajecie sobie teraz pytanie, co mam na myśli, mówiąc, że jestem wyrośnięty. Pisanie autobiografii okazuje się trudniejszym zadaniem, niż sobie wyobrażałem.

Nie jestem tak wysoki, jak ludziom się wydaje, w istocie nie mam nawet wzrostu gracza zawodowej czy choćby szkolnej drużyny koszykówki. Nie jestem ani pulchny, ani muskularny jak zapalony bywalec siłowni, co najwyżej krzepki.

Mężczyźni wyżsi i lepiej zbudowani niż ja często jednak nazywają mnie dryblasem. W szkole miałem przezwisko Łoś. Od dzieciństwa słyszałem żarty, jakie astronomiczne rachunki musimy płacić za jedzenie.

Zdumiewał mnie zawsze rozdźwięk między moją rzeczywistą posturą a tym, jak wielu ludzi ją postrzegało.

Zdaniem żony, życiowej ostoi piszącego te słowa, moja osobowość znacznie przerasta rozmiary ciała. Twierdzi ona, że ludzie oceniają mnie na podstawie wrażenia, jakie na nich wywieram.

Uważam, że to absurdalny wymysł, zrodzony z miłości.

Jeśli czasem wydaję się komuś zbyt wyrośnięty, to raczej dlatego, że na niego wpadłem albo nadepnąłem mu na nogę.

W Arizonie jest miejsce, gdzie upuszczona piłka wydaje się toczyć pod górę, wbrew prawu ciążenia. W istocie jest to tylko wynik złudzenia optycznego, spowodowanego wyjątkową konfiguracją krajobrazu.

Podejrzewam, że jestem podobnym wybrykiem natury. Może światło odbija się ode mnie w jakiś dziwny sposób albo załamuje się jakoś szczególnie i dlatego wydaję się bardziej masywny.

Tej nocy, gdy urodziłem się w szpitalu w okręgu Snow, w miasteczku Snow Village, w stanie Kolorado, mój dziadek powiedział pielęgniarce, że będę miał pięćdziesiąt centymetrów wzrostu i ważył cztery kilogramy trzysta gramów.

Pielęgniarkę zdumiała ta przepowiednia, nie ze względu na rozmiary noworodka — wiele jest większych — i nie dlatego, że mój dziadek, który był cukiernikiem, zaczął się nagle zachowywać, jakby wróżył z kryształowej kuli. Cztery dni wcześniej przeszedł rozległy wylew, który spowodował paraliż prawej strony ciała i pozbawił go mowy. A jednak leżąc na oddziale intensywnej opieki medycznej zaczął wygłaszać przepowiednie głosem wyraźnym i bez zająknienia.

Powiedział jej również, że urodzę się o 22. 46 i będę cierpiał na syndaktylię.

To słowo trudne do wymówienia nawet przed wylewem, a co dopiero po nim.

Syndaktylia — jak wyjaśniła memu ojcu pielęgniarka — to wrodzona wada, polegająca na zrośnięciu się dwóch lub więcej palców ręki lub nogi. W poważnych przypadkach kości są zespolone do tego stopnia, że dwa palce mają wspólny paznokieć.

Potrzeba wielokrotnych operacji, żeby skorygować tę wadę i sprawić, by dotknięty nią dzieciak jako człowiek dorosły mógł unieść wymownie środkowy palec, gdy ktoś wystarczająco go wkurzy.

W moim przypadku chodziło o palce nóg. W lewej stopie miałem zrośnięte dwa, a w prawej — trzy.

Moja matka, Madelaine — którą ojciec nazywa pieszczotliwie Maddy, a czasem Szurniętą Madzią — twierdzi, że zastanawiali się, czy nie byłoby lepiej zrezygnować z operacji i po prostu dać mi na imię Flipper.

Tak nazywał się delfin, który pod koniec lat sześćdziesiątych był gwiazdą popularnego serialu telewizyjnego, zatytułowanego — jak łatwo zgadnąć — *Flipper*. Matka określa ten program jako „cudownie, wspaniale, przekomicznie głupi". Zniknął z ekranu kilka lat przed moim urodzeniem.

Rolę Flippera, samca, grał tresowany delfin o imieniu Suzi. Był to najprawdopodobniej pierwszy przypadek transwestyzmu w telewizji.

Właściwie nie jest to odpowiednie słowo, gdyż transwestyzm oznacza przebieranie się mężczyzny za kobietę dla osiągnięcia korzyści seksualnych. Poza tym Suzi — alias Flipper — nie nosiła odzieży.

Był to więc program, w którym gwiazda płci żeńskiej pokazywała się zawsze nago i była wystarczająco macho, by udawać mężczyznę.

Zaledwie dwa wieczory temu matka spytała retorycznie przy

kolacji, gdy siedzieliśmy nad jedną z jej niesławnych zapiekanek z serem i brokułami, czy można się dziwić, że drastyczny spadek jakości programów, który zaczął się od *Flippera*, prowadzi do tego, iż współczesna telewizja staje się szokująco nudnym jarmarkiem osobliwości.

Podejmując jej grę, ojciec stwierdził:

— To zaczęło się właściwie od *Lassie*. Też występowała nago w każdym odcinku.

— Rolę Lassie grały zawsze samce — odparła matka.

— No właśnie — skwitował tata.

Uniknąłem przezwiska „Flipper", gdy udane operacje przywróciły moim palcom normalny wygląd. Na szczęście zrośnięta była tylko skóra, nie kości. Rozdzielenie palców okazało się stosunkowo prostym zabiegiem.

Jednakże w ową wyjątkowo burzliwą noc przepowiednia dziadka na temat syndaktylii okazała się trafna.

Gdyby w noc mych narodzin była zwyczajna pogoda, rodzinna legenda głosiłaby, że panowała wtedy złowróżbna cisza, liście zastygły w bezruchu w nieruchomym powietrzu, a nocne ptaki zamilkły w oczekiwaniu. Rodzina Tocków szczyciła się zawsze skłonnością do dramatyzowania.

Nawet jeśli w opisach jest trochę przesady, burza była na tyle gwałtowna, że wstrząsała skalnym podłożem gór Kolorado. Niebo rozdzierały błyskawice, jakby niebiańskie armie przystąpiły do wojny.

Pozostając wciąż w łonie matki, byłem nieświadomy grzmotów. A kiedy się urodziłem, skupiłem zapewne uwagę na moich dziwnych stopach.

Był 9 sierpnia 1974 roku. Dzień, w którym Richard Nixon ustąpił ze stanowiska prezydenta Stanów Zjednoczonych.

Upadek Nixona ma ze mną niewiele więcej wspólnego niż fakt, że na czele amerykańskiej listy przebojów był w tym czasie szlagier Johna Denvera *Annie's Song*. Wspominam o tym tylko dla zachowania historycznej perspektywy.

Najważniejsze dla mnie wydarzenia z 9 sierpnia 1974 roku

to moje narodziny — i przepowiednie dziadka. Moje wyczucie perspektywy ma egocentryczne zabarwienie.

Może dzięki wielu barwnym rodzinnym opowieściom na temat tamtej nocy widzę wyraźniej, niż gdybym sam to oglądał, jak mój ojciec, Rudy Tock, chodzi tam i z powrotem z jednego końca szpitala okręgowego na drugi, między oddziałem położniczym a oddziałem intensywnej opieki medycznej, odczuwając na przemian radość z oczekiwania na bliskie narodziny syna i smutek z powodu zbliżającej się nieuchronnie śmierci ukochanego ojca.

Przesycona kolorami poczekalnia dla przyszłych ojców — z posadzką z niebieskich winylowych płytek, jasnozieloną boazerią, różowymi ścianami, żółtym sufitem i pomarańczowo-białymi zasłonami w bociany — emanowała negatywną energią. Nadałaby się świetnie jako upiorne tło do sennego koszmaru o prezenterze programu dla dzieci, który wcielał się potajemnie w zabójcę z toporem.

Palący jednego papierosa za drugim klown nie poprawiał atmosfery.

Rudy'emu towarzyszył w oczekiwaniu narodzin syna tylko jeden człowiek. Nie był z miasteczka, lecz występował w cyrku, który na tydzień rozbił namiot na łące na farmie Halloway. Nazywał się Beezo. Co ciekawe, nie był to jego przydomek jako klowna, lecz nazwisko, z którym się urodził: Konrad Beezo.

Niektórzy twierdzą, że nie istnieje coś takiego jak przeznaczenie, że w tym, co się zdarza, nie ma żadnego celu ani sensu. Nazwisko Konrada temu przeczyło.

Beezo ożenił się z Natalie, artystką występującą na trapezie, pochodzącą ze słynnej akrobatycznej rodziny, która należała do cyrkowej arystokracji.

Ani rodzice Natalie, ani jej rodzeństwo, ani też żaden z szybujących wysoko kuzynów nie towarzyszył Beezo w szpitalu. Tego wieczoru mieli spektakl i jak zawsze musiał się on odbyć.

Najwyraźniej trzymali się na dystans także dlatego, że nie aprobowali faktu, iż dziewczyna z ich sfer wyszła za klowna. Każda subkultura i grupa etniczna ma swoje przejawy bigoterii. Czekając w napięciu, aż żona urodzi, Beezo mruczał niemiłe uwagi pod adresem swych krewnych. Nazywał ich zadufanymi w sobie krętaczami.

Jego wilczy wzrok, ochrypły głos i zgorzknienie sprawiały, że Rudy czuł się nieswojo.

Gniewne słowa sączyły się z jego ust razem z kłębami kwaśnego dymu. Mówił, że są „obłudni" i „przewrotni", a także — poetycko jak na klowna — że „w powietrzu przypominają zwiewne duchy, ale stają się podstępni, gdy stąpają po ziemi".

Beezo nie był w pełnym przebraniu. Co więcej, jego strój sceniczny nawiązywał raczej do tradycji klowna o smutnej twarzy jak Emmett Kelly niż ubioru w kolorowe kropki w stylu Ringling Brothers. Mimo wszystko wyglądał dziwnie.

Na siedzeniu jego workowatego brązowego kostiumu jaśniała kraciasta łata. Rękawy marynarki były komicznie krótkie, a jedną z klap zdobił sztuczny kwiat o średnicy talerza.

Zanim popędził z żoną do szpitala, zmienił buty klowna na tenisówki i zdjął z twarzy czerwony gumowy nos. Ale wokół oczu nadal miał biały makijaż, na policzkach warstwę różu, a na głowie pognieciony kapelusz z szerokim rondem.

Przekrwione oczy Beezo lśniły czerwienią jak jego wymalowane policzki, może z powodu gryzącego dymu, który spowijał mu głowę, choć Rudy podejrzewał, że mógł się do tego przyczynić także mocny drink.

W owych czasach wszędzie wolno było palić, nawet w wielu szpitalnych poczekalniach. Oczekujący narodzin dziecka ojcowie tradycyjnie rozdawali cygara, by uczcić to wydarzenie.

Biedny Rudy, gdy nie był przy łóżku umierającego ojca, powinien móc znaleźć schronienie w poczekalni porodówki. Radość z oczekiwanego ojcostwa powinna ukoić ból.

Tymczasem zarówno Maddy, jak i Natalie, miały długi poród. Za każdym razem, gdy Rudy wracał z oddziału intensywnej opieki medycznej, czekał na niego rozgniewany, pomrukujący klown z przekrwionymi oczami, wypalający kolejne paczki lucky strike'ów bez filtra.

Niebo rozdzierały grzmoty, okna drżały w świetle błyskawic, a Beezo uczynił sobie z poczekalni porodówki scenę. Krążąc niespokojnie po niebieskiej winylowej posadzce, między różowymi ścianami, palił papierosy i kipiał złością.

— Wierzy pan, że węże potrafią latać, panie Rudy Tock? Na pewno nie. A potrafią. Widywałem je wysoko nad areną. Są dobrze opłacane i nagradzane oklaskami, te kobry, grzechotniki diamentowe, mokasyny miedziogłowce, żmije.

Biedny Rudy odpowiadał na te złorzeczenia, mrucząc słowa pociechy, cmokając językiem lub kiwając współczująco głową. Nie chciał zachęcać Beezo do rozmowy, ale czuł, że jeśli nie zareaguje, klown skieruje swój gniew przeciw niemu.

Beezo przystanął przy mokrym od deszczu oknie, w świetle błyskawic na jego wymalowanej twarzy widać było cienie spływających po szybach kropli.

— Spodziewa się pan syna czy córki, Rudy Tock? — zapytał.

Beezo konsekwentnie zwracał się do Rudy'ego po imieniu i nazwisku, wymawiając je tak, jakby tworzyły one całość: Rudytock.

— Mają tu nowy ultrasonograf — odparł Rudy — więc mogliby nam powiedzieć, czy to chłopiec, czy dziewczynka, ale nie chcemy wiedzieć. Liczy się tylko, żeby dziecko było zdrowe i jest.

Beezo wyprostował się i uniósł głowę, przysuwając twarz do okna, jakby upajał się pulsującym światłem błyskawic.

— Nie potrzebuję ultrasonografu, żeby dowiedzieć się tego, co już wiem. Natalie urodzi mi syna. Teraz już nazwisko Beezo nie zniknie po mojej śmierci. Dam mu na imię Punchinello, na cześć jednego z pierwszych i najlepszych klownów.

Punchinello Beezo, pomyślał Rudy. Biedny dzieciak.

— Będzie najznakomitszym spośród nas — kontynuował

Beezo. — Doskonałym błaznem, arlekinem, komediantem. Będzie oklaskiwany na wszystkich kontynentach.

Choć Rudy wrócił właśnie na porodówkę z oddziału intensywnej opieki medycznej, czuł się zniewolony przez tego klowna, który emanował mroczną energią za każdym razem, gdy światło błyskawic odbijało się w jego rozgorączkowanych oczach.

— Będzie nie tylko sławny, ale nieśmiertelny.

Rudy był spragniony wieści na temat stanu Maddy i przebiegu porodu. W tamtych czasach ojców rzadko wpuszczano na porodówkę, by byli świadkami narodzin dziecka.

— Stanie się największą gwiazdą cyrku swojej epoki, panie Rudy Tock, i każdy widz będzie wiedział, że jego ojcem jest Konrad Beezo, patriarcha rodu klownów.

Pielęgniarki, które powinny regularnie zaglądać do poczekalni i rozmawiać z oczekującymi mężami pacjentek, pojawiały się tym razem rzadziej niż zwykle. Najwyraźniej czuły się nieswojo w obecności tego rozsierdzonego kretyna.

— Przysięgam na grób ojca, że mój Punchinello nigdy nie będzie występował na trapezie — oznajmił Beezo.

Grzmot, który zawtórował jego przysiędze, był pierwszym z dwóch tak potężnych, że szyby w oknach zadrżały jak membrany bębnów, a światła — niemal wyłączone — jeszcze bardziej przygasły.

— Co akrobacja ma wspólnego z prawdą o ludzkiej kondycji? — spytał Beezo.

— Nic — odparł natychmiast Rudy, gdyż nie był człowiekiem agresywnym. W istocie łagodny i pokorny, nie był jeszcze nawet cukiernikiem jak jego ojciec, a jedynie piekarzem, który u progu ojcostwa wolał nie zostać ciężko pobity przez rosłego klowna.

— Komedia i tragedia, podstawowe narzędzia sztuki klowna — oto esencja życia — oznajmił Beezo.

— Komedia, tragedia i potrzeba dobrego chleba — dodał żartobliwie Rudy, włączając swój zawód do profesji stanowiących esencję życia.

Ten błahy żart ściągnął na niego piorunujące spojrzenie, które byłoby w stanie nie tylko zatrzymać zegary, lecz zamrozić upływ czasu.

— Komedia, tragedia i potrzeba dobrego chleba — powtórzył Beezo, oczekując być może od taty przyznania, że jego uwaga była niedorzeczna.

— Hej, jakbym słyszał samego siebie! — odparł tata, gdyż klown świetnie naśladował jego głos.

— Hej, jakbym słyszał samego siebie! — przedrzeźniał go dalej Beezo, po czym dodał swym normalnym ochrypłym głosem: — Mówiłem, że jestem utalentowany, panie Rudy Tock. Mam więcej zdolności, niż pan sobie wyobraża.

Rudy miał wrażenie, że struchlałe serce zaczyna mu bić wolniej pod wpływem tego lodowatego spojrzenia.

— Mój syn nigdy nie będzie akrobatą. Jadowite węże będą syczeć. O tak, będą syczeć i wić się, ale Punchinello nigdy nie zostanie akrobatą!

Nad szpitalem przetoczył się jeszcze jeden grzmot i znów niemal całkiem przygasły światła.

Rudy przysiągłby, że w tym półmroku końcówka papierosa Beezo — trzymał go przy boku, w prawej ręce — żarzyła się coraz bardziej, jakby zaciągała się nim jakaś zjawa.

Rudy'emu wydało się, choć tego by nie przysiągł, że oczy Beezo lśniły przez chwilę równie jasnym, czerwonym blaskiem jak papieros. Nie mogło to być, oczywiście, żadne wewnętrzne światło, tylko odbicie... czegoś.

Umilkły echa grzmotów i ustąpił półmrok. Gdy pojawiło się światło, Rudy wstał z krzesła.

Dopiero niedawno wrócił do poczekalni i choć nie dostał żadnych wieści na temat żony, wolał raczej uciec z powrotem do posępnej atmosfery oddziału intensywnej opieki medycznej, niż doświadczyć w towarzystwie Konrada Beezo trzeciego uderzenia grzmotu i kolejnego przygaśnięcia świateł.

Kiedy dotarł na oddział intensywnej opieki medycznej i zobaczył przy łóżku ojca dwie pielęgniarki, obawiał się najgor-

19

szego. Wiedział, że Josef umiera, ale poczuł ściskanie w gardle i stanęły mu łzy w oczach na myśl, że to już koniec.

Ku swemu zdziwieniu stwierdził, że Josef podciąga się na łóżku, zaciskając dłonie na bocznych poręczach, i powtarza podekscytowany przepowiednie, które wygłosił już wcześniej w obecności jednej z pielęgniarek:

— Pięćdziesiąt centymetrów... Cztery kilo trzysta... Dziś o dwudziestej drugiej czterdzieści sześć... Syndaktylia...

Zobaczywszy syna, Josef podźwignął się do pozycji siedzącej, a jedna z pielęgniarek podniosła górną część łóżka, aby zapewnić mu podparcie pod plecy.

Nie dość, że odzyskał mowę, ale pokonał też najwyraźniej częściowy paraliż spowodowany wylewem. Gdy chwycił Rudy'ego za rękę, jego uścisk był silny, wręcz bolesny.

Zaskoczony takim rozwojem sytuacji, Rudy początkowo sądził, że ojciec doświadczył cudownego ozdrowienia. Potem jednak zdał sobie sprawę, że to desperacja umierającego człowieka, który ma do przekazania ważne informacje.

Twarz Josefa była ściągnięta, niemal skurczona, jakby śmierć, potajemnie jak złodziej, zaczęła już dawno okradać go milimetr po milimetrze z cielesnej powłoki. Oczy miał za to ogromne. Strach wyostrzał jego spojrzenie, teraz skierowane na syna.

— Pięć dni — oznajmił Josef ochrypłym, pełnym cierpienia głosem, przez zaschnięte gardło, gdyż otrzymywał płyny tylko dożylnie. — Pięć straszliwych dni.

— Spokojnie, tato. Nie denerwuj się — ostrzegł Rudy, zauważył jednak, że świetlny wykres na monitorze, pokazujący pracę serca ojca, pulsuje szybko, ale regularnie.

Jedna z pielęgniarek wyszła, aby wezwać lekarza. Druga odstąpiła od łóżka, czekając w pogotowiu, na wypadek gdyby pacjent miał atak.

Zwilżywszy najpierw spękane wargi, aby móc mówić, Josef wyszeptał swą piątą przepowiednię:

— James. Będzie miał na imię James, ale nikt nie będzie go tak nazywał. Wszyscy będą mówili na niego Jimmy.

Rudy był zdumiony. Postanowili z Maddy, że nadadzą dziecku imię James, jeśli urodzi się chłopiec, a Jennifer, jeśli będzie dziewczynka, ale nikomu o tym nie wspominali.

Josef nie mógł tego wiedzieć. A jednak wiedział.

Z rosnącym zdenerwowaniem oznajmił:

— Pięć dni. Musisz go ostrzec. Pięć straszliwych dni.

— Spokojnie, tato — powtórzył Rudy. — Wszystko będzie dobrze.

Jego ojciec, blady jak rozcięty bochen chleba, zbladł jeszcze bardziej i był teraz bielszy od mąki w kuchennej miarce.

— Nie będzie dobrze. Ja umieram.

— Wcale nie. Spójrz na siebie. Mówisz. Nie jesteś sparaliżowany. Ty...

— Umieram — powtórzył Josef ochrypłym dyszkantem.

Pulsowały mu żyły na skroniach, a wykres na monitorze pokazywał coraz szybsze bicie serca, gdy starał się przerwać synowi i skupić jego uwagę. — Pięć dat. Zapisz je. Natychmiast!

Zdezorientowany i przestraszony, że nieustępliwość Josefa może spowodować kolejny wylew, Rudy starał się go udobruchać.

Pożyczył od pielęgniarki pióro. Nie miała żadnej kartki, a nie pozwoliła mu notować na karcie pacjenta, która wisiała w nogach łóżka.

Rudy wyciągnął więc z portfela pierwszy nadający się do pisania kawałek papieru, jaki wpadł mu w ręce: bezpłatną wejściówkę do cyrku, w którym występował Beezo.

Dał mu ją tydzień wcześniej Huey Foster, policjant ze Snow Village. Przyjaźnili się od dzieciństwa.

Huey, podobnie jak Rudy, zawsze chciał zostać cukiernikiem. Nie był uzdolnionym piekarzem. Na jego bułeczkach można było połamać zęby. Jego cytrynowe babeczki stanowiły obrazę dla podniebienia.

Kiedy dzięki pracy w wymiarze sprawiedliwości Huey otrzymywał różne upominki — wejściówki do cyrku, karnety do wesołego miasteczka czy pudełka z próbkami nabojów od różnych producentów amunicji — dzielił się nimi z Rudym. W zamian Rudy dawał mu ciasteczka, które nie psuły apetytu, torty, które nie drażniły powonienia, placki i strudle, które nie przyprawiały o mdłości.

Z jednej strony wejściówki do cyrku widniały czerwono--czarne litery oraz sylwetki słoni i lwów. Z drugiej strony była pusta. Po złożeniu miała siedem na dwanaście centymetrów. Bębnienie deszczu o szyby brzmiało jak tupot nóg. Josef uchwycił się znów poręczy, jakby w obawie, że uniesie się w powietrze i odfrunie.

— Rok tysiąc dziewięćset dziewięćdziesiąty czwarty. Piętnastego września. Czwartek. Zapisz.

Stojąc obok łóżka, Rudy notował jego słowa drukowanymi literami, tak jak przepisy: 15 WRZ, 1994, CZW.

Josef, niczym królik osaczony przez kojota, wpatrywał się szeroko otwartymi z przerażenia oczami w punkt wysoko na ścianie naprzeciw łóżka. Zdawało się, że widział coś więcej niż ścianę. Może przyszłość.

— Ostrzeż go — mówił umierający człowiek. — Na litość boską, ostrzeż go.

— Kogo? — spytał zdumiony Rudy.

— Jimmy'ego. Twojego syna Jimmy'ego. Mojego wnuka.

— Jeszcze się nie urodził.

— Już niedługo. Za dwie minuty. Ostrzeż go. Rok tysiąc dziewięćset dziewięćdziesiąty ósmy. Dziewiętnasty stycznia. Poniedziałek.

Rudy zastygł z piórem w ręce, porażony upiornym wyrazem twarzy ojca.

— ZAPISZ TO! — wrzasnął Josef. Z powodu tego krzyku usta wykrzywiły mu się w takim grymasie, że pękła mu spierzchnięta dolna warga. Po podbródku spłynęła powoli szkarłatna strużka krwi.

— Rok tysiąc dziewięćset dziewięćdziesiąty ósmy — mruknął Rudy, robiąc notatkę.

— Dziewiętnasty stycznia — powtórzył ochryple Josef przez

zaschnięte i nadwerężone od krzyku gardło. — Poniedziałek. Straszny dzień.

— Dlaczego?

— Straszny, straszny.

— Dlaczego będzie straszny? — dopytywał się Rudy.

— Rok dwa tysiące drugi. Dwudziesty trzeci grudnia. Również poniedziałek.

Zapisując tę trzecią datę, Rudy powiedział:

— Tato, to jakieś brednie. Nic z tego nie rozumiem.

Josef zaciskał nadal dłonie na obu stalowych poręczach. Nagle potrząsnął nimi gwałtownie, z tak niesamowitą siłą, że omal nie pękły na spojeniach, powodując łoskot, który wydałby się głośny nawet w zwykłej szpitalnej sali, ale na cichym zwykle oddziale intensywnej opieki medycznej zabrzmiał jak eksplozja.

Początkowo stojąca z boku pielęgniarka ruszyła do przodu, być może zamierzając uspokoić pacjenta, ale zawahała się na widok piorunującej kombinacji furii i przerażenia na jego bladej twarzy. Gdy nad szpitalem przetoczył się tak silny grzmot, że z dźwiękochłonnych płytek na suficie opadł kurz, cofnęła się, jakby pomyślała, że to Josef wywołał tę detonację.

— ZAPISZ TO! — rozkazał.

— Już zapisałem — zapewnił go Rudy. — Dwudziesty trzeci grudnia dwutysięcznego drugiego roku. Również poniedziałek.

— Rok dwa tysiące trzeci — mówił w pośpiechu Josef. — Dwudziesty szósty listopada. Środa. Dzień przed Świętem Dziękczynienia.

Zapisawszy na odwrocie wejściówki do cyrku tę czwartą datę, Rudy podniósł wzrok w chwili, gdy ojciec przestał potrząsać poręczami łóżka, i zobaczył na jego twarzy i w oczach inne emocje. Zniknęła z nich złość i przerażenie.

Josef powiedział przez łzy:

— Biedny Jimmy, biedny Rudy.

— Tato?

— Biedny, biedny Rudy. Biedny Jimmy. Gdzie jest Rudy?

— To ja, tato, Jestem tutaj.

23

Josef zamrugał oczami, by oczyścić je z łez, czując coś trudnego do określenia. Niektórzy nazwaliby to zdumieniem. Inni powiedzieliby, że był to najczystszej wody zachwyt, jaki wyraża dziecko, gdy widzi po raz pierwszy kolorową zabawkę.

Po chwili Rudy uznał, że to coś o wiele głębszego niż zdumienie. Był to podziw, całkowite poddanie umysłu czemuś wielkiemu i wspaniałemu.

Oczy ojca lśniły z zachwytu. Na jego twarzy walczyły ze sobą uczucia fascynacji i lęku.

Coraz bardziej chrapliwy głos Josefa zniżył się do szeptu:

— Rok dwa tysiące piąty.

Wzrok miał wciąż utkwiony w innej rzeczywistości, najwidoczniej bardziej dla niego przekonującej niż świat, w którym przeżył pięćdziesiąt siedem lat.

Pisząc drżącą już ręką, ale nadal wyraźnie, Rudy zanotował tę piątą datę — i czekał.

— Ach — szepnął Josef, jakby odkrywał straszną tajemnicę.

— Tato?

— Tylko nie to, nie to — biadolił Josef.

— Tato, o co chodzi?

Oszołomiona pielęgniarka, w której ciekawość wzięła górę nad strachem, ośmieliła się zbliżyć do łóżka.

Do izolatki wszedł lekarz.

— Co się tu dzieje?

— Nie ufajcie klownowi — powiedział Josef.

Lekarz wydawał się nieco urażony, sądząc, że pacjent zakwestionował właśnie jego zawodowe umiejętności.

Pochylając się nad łóżkiem i próbując odwrócić uwagę ojca od wizji z innego świata, Rudy spytał:

— Tato, skąd wiesz o klownie?

— Szesnasty kwietnia — odparł Josef.

— Skąd wiesz o klownie?

— ZAPISZ TO — zagrzmiał Josef w chwili, gdy niebiosa znów zwarły się z ziemią.

Kiedy lekarz przechodził na drugą stronę łóżka, Rudy dopisał datę 16 kwietnia obok roku 2005 w piątej linijce notatek na odwrocie wejściówki do cyrku. Zanotował również drukowanymi literami słowo SOBOTA, gdy tylko ojciec je wymówił.

Lekarz wsunął Josefowi dłoń pod brodę i odwrócił jego głowę, by spojrzeć mu w oczy.

— On nie jest tym, za kogo go uważacie — powiedział Josef, nie do lekarza, lecz do syna.

— Kto? — spytał Rudy.

— On.

— O kim mówisz?

— Oj, Josefie — skarcił go lekarz. — Przecież dobrze mnie znasz. Jestem doktor Pickett.

— Ach, co za tragedia — odparł Josef głosem pełnym współczucia, jakby nie był cukiernikiem, lecz aktorem w sztuce Szekspira.

— Jaka tragedia? — zmartwił się Rudy.

Wyjąwszy z kieszeni białego fartucha oftalmoskop, doktor Pickett powiedział:

— Nie ma mowy o żadnej tragedii. Widzę raczej zdumiewający powrót do zdrowia.

Uwolniwszy podbródek z dłoni lekarza, Josef rzekł, coraz bardziej poruszony:

— Nerki!

Rudy powtórzył ze zdziwieniem:

— Nerki?

— Dlaczego nerki muszą być tak cholernie ważne? — dopytywał się Josef. — To absurdalne. Absurdalne!

Rudy poczuł skurcz w sercu, bo wyglądało na to, że po odzyskaniu na chwilę jasności umysłu ojciec znów zaczął bredzić.

Chwyciwszy pacjenta ponownie za podbródek, by odzyskać nad nim kontrolę, doktor Pickett włączył oftalmoskop i skierował snop światła w prawe oko Josefa.

Jak gdyby ten cienki promyk był ostrą igłą, a jego życie

balonem, Josef Tock wydał głośne tchnienie i martwy osunął się na poduszkę.

Mimo wszystkich sprzętów i urządzeń dostępnych w dobrze wyposażonym szpitalu, próby reanimacji nie przyniosły rezultatu. Josef odszedł i już nie wrócił.

A ja, James Henry Tock, przyszedłem na świat. Godzina 22.46, czas śmierci mego dziadka na świadectwie jego zgonu, odpowiada czasowi mych narodzin.

Pogrążony w smutku Rudy pozostał przy łóżku Josefa. Nie zapomniał o żonie, ale paraliżował go smutek.

Pięć minut później dostał wiadomość od pielęgniarki, że Maddy miała kryzys podczas porodu i że musi natychmiast do niej wracać.

Przerażony perspektywą utracenia w jednej chwili ojca i żony, tato opuścił w pośpiechu oddział intensywnej opieki medycznej.

Według jego relacji korytarze naszego skromnego szpitala okręgowego stały się nagle białym labiryntem i co najmniej dwukrotnie pomylił drogę. Nie mając cierpliwości czekać na windę, popędził schodami z trzeciego piętra na parter i dopiero tam zdał sobie sprawę, że minął drugie piętro, na którym znajdował się oddział położniczy.

Gdy tato zjawił się w poczekalni, rozległ się huk wystrzału. Konrad Beezo zastrzelił właśnie lekarza swojej żony.

Przez chwilę tato sądził, że Beezo użył pistoletu klowna, jakiejś broni-zabawki, która tryskała czerwonym atramentem. Lekarz upadł jednak na ziemię, nie w komicznej pozie, lecz odrażająco realistycznie, a powietrze wypełnił aż nadto prawdziwy intensywny zapach krwi.

Beezo odwrócił się do taty i uniósł pistolet.

Pomimo wymiętego kapelusza, marynarki z krótkimi rękawami, jasnej łaty z tyłu spodni, białego makijażu i zaróżowionych policzków, Konrad Beezo wcale nie wyglądał w tym momencie zabawnie. Miał wzrok dzikiego kota i łatwo było sobie wyobrazić, że zęby, które odsłonił w grymasie, to tygrysie kły. Wyglądał jak demoniczne uosobienie morderczego instynktu.

Tato pomyślał, że jego też zastrzeli, ale Beezo oznajmił:

— Zejdź mi z drogi, Rudy Tock. Nic do ciebie nie mam. Nie jesteś akrobatą.

Beezo przecisnął się przez drzwi między poczekalnią a oddziałem położniczym i zatrzasnął je za sobą.

Tato przyklęknął obok lekarza i stwierdził, że jeszcze oddycha. Ranny próbował coś powiedzieć, ale nie mógł. Dławił się krwią.

Uniósłszy delikatnie jego głowę i podłożywszy pod nią stare gazety, aby ułatwić mu oddychanie, tato wzywał pomocy, gdy szalejąca burza rozdzierała niebo złowrogimi piorunami.

Doktor Ferris MacDonald był lekarzem Maddy. Został również wezwany do Natalie Beezo, gdy nieoczekiwanie trafiła do szpitala z bólami porodowymi.

Śmiertelnie ranny wydawał się bardziej zdumiony niż przerażony. Mogąc wreszcie przełknąć ślinę i oddychać, powiedział do ojca:

— Umarła przy porodzie, ale to nie była moja wina.

Przez krótką, przerażającą chwilę tato pomyślał, że to Maddy umarła.

Doktor MacDonald zauważył to, gdyż jego ostatnie słowa brzmiały:

— Nie Maddy. Żona klowna. Maddy... żyje. Tak mi przykro, Rudy.

Ferris MacDonald zmarł z ręką mego ojca na sercu.

Gdy grzmoty zaczęły się oddalać, tato usłyszał kolejny strzał zza drzwi, za którymi zniknął Konrad Beezo.

Maddy leżała gdzieś za nimi. Bezbronna kobieta po ciężkim porodzie. Ja też tam byłem. Niemowlę, zbyt jeszcze mało wyrośnięte, by się bronić.

Mój ojciec, wówczas piekarz, nigdy nie był człowiekiem czynu. Nie stał się nim także, gdy kilka lat później awansował na cukiernika. Przy swym przeciętnym wzroście i masie nie jest słaby fizycznie, ale nie nadaje się też na ring bokserski. Wiódł dotąd spokojne życie, bez szczególnych potrzeb i bez walki.

Jednakże obawa o żonę i dziecko wywołała w nim dziwną, gwałtowną reakcję, nacechowaną bardziej wyrachowaniem niż histerią. Bez broni i planu działania, za to z lwim sercem w piersi, otworzył drzwi i ruszył za Beezo.

Choć wyobraźnia podsunęła mu w ciągu kilku sekund tysiąc krwawych wizji, twierdzi, że nie przewidział tego, co miało się zdarzyć, i oczywiście nie mógł się domyślać, w jaki sposób wydarzenia tamtej nocy będą rozbrzmiewały echem przez następnych trzydzieści lat, wywołując tak straszliwe i zdumiewające konsekwencje w jego i moim życiu.

# 2

W szpitalu okręgowym w Snow County wewnętrzne drzwi poczekalni dla ojców prowadzą na krótki korytarz z magazynem po lewej stronie i toaletą po prawej. Kasetony z fluorescencyjnymi światłami na suficie, białe ściany i posadzka z białych ceramicznych płytek dowodzą nienagannego przestrzegania zasad higieny.

Widziałem to miejsce, ponieważ moje dziecko przyszło na świat na tym samym oddziale położniczym w inną niezapomnianą noc totalnego chaosu.

W ten burzliwy wieczór 1974 roku, gdy Richard Nixon wrócił do swego domu w Kalifornii, a Beezo siał spustoszenie, mój ojciec znalazł na podłodze w korytarzu pielęgniarkę zastrzeloną z bliskiej odległości.

Pamięta, że niemal padł na kolana z żalu i rozpaczy.

Śmierć doktora MacDonalda, choć straszna, nie do końca dotarła do jego świadomości, gdyż była tak nagła, tak nierealna. Zaledwie parę chwil później widok martwej pielęgniarki — młodej, pięknej, wyglądającej jak upadły anioł w białych szatach, ze złotymi włosami tworzącymi aureolę wokół niesamowicie łagodnej twarzy — przeszył mu serce jak sztylet i dopiero w tym momencie uzmysłowił sobie, że tych dwoje naprawdę nie żyje.

Otworzył gwałtownie drzwi do magazynu, szukając czegoś, czego mógłby użyć jako broni. Znalazł tylko zapasową pościel, butelki z płynem antyseptycznym i zamkniętą szafkę z lekarstwami.

Choć z perspektywy czasu wydało mu się to ponurym żartem, w tamtym momencie pomyślał, ze śmiertelną powagą i logiką płynącą z desperacji, że ugniatając przez ostatnie lata tak wielkie ilości ciasta, miał niebezpiecznie mocne dłonie i gdyby tylko pozbawił Beezo broni, z pewnością miałby dość siły, by go udusić.

Żadna prowizoryczna broń nie byłaby tak śmiercionośna jak zaciśnięte ręce rozgniewanego piekarza. Myśl tę zrodziło w jego głowie potworne przerażenie. Co ciekawe jednak, dodało mu ono również odwagi.

Krótki korytarz krzyżował się z dłuższym, który prowadził w lewo i w prawo. Z niego z kolei wiodły drzwi do trzech pomieszczeń: dwóch porodówek i oddziału noworodków, gdzie zawinięte w beciki dzieci rozmyślały nad nową dla nich rzeczywistością świateł, cieni, głodu, niezadowolenia i podatków.

Tato szukał mojej matki i mnie, ale znalazł tylko ją. Leżała w jednej z porodówek, sama i nieprzytomna.

Początkowo myślał, że nie żyje. Pociemniało mu w oczach, ale zanim zemdlał, zobaczył, że jego ukochana Maddy oddycha. Chwycił krawędź łóżka, by odzyskać jasność widzenia.

Ze swą poszarzałą, spoconą twarzą nie przypominała energicznej kobiety, którą znał, lecz wydawała się krucha i bezbronna.

Krew na pościeli wskazywała, że urodziła dziecko, ale w pobliżu nie było żadnego krzyczącego niemowlęcia.

Dobiegł za to skądś krzyk Beezo:

— Gdzie jesteście, dranie?

Niechętnie opuszczając moją matkę, tato poszedł jednak sprawdzić, czy może komuś pomóc, bo — jak zawsze powtarzał — tak postąpiłby każdy piekarz.

W drugiej porodówce zobaczył na łóżku Natalie Beezo. Szczupła akrobatka tak niedawno zmarła z powodu komplikacji przy porodzie, że na jej policzkach nie obeschły jeszcze łzy cierpienia.

Według taty nawet po śmierci wyglądała zachwycająco pięknie. Miała nieskazitelną oliwkową cerę, kruczoczarne włosy, a jej otwarte jasnozielone oczy były jak okna wychodzące na niebiańskie pole.

Dla Konrada Beezo, który pod warstwą makijażu nie wydawał się szczególnie przystojny, który nie miał znacznego majątku i którego osobowość byłaby z pewnością przynajmniej nieco odstręczająca nawet w normalnych okolicznościach, ta kobieta stanowiła nieoczekiwany skarb. Można było zrozumieć — choć nie usprawiedliwiać — jego gwałtowną reakcję z powodu jej straty.

Wyszedłszy z porodówki, tato stanął twarzą w twarz z klownem-mordercą. Beezo w tej samej chwili otworzył z impetem drzwi i wybiegł na korytarz, trzymając w lewej ręce owinięte w kocyk niemowlę.

Z tak bliskiej odległości pistolet, który miał w prawej dłoni, wydawał się dwa razy większy niż w poczekalni, jakby znajdowali się w świecie Alicji z krainy czarów, gdzie przedmioty powiększały się albo kurczyły, bez względu na logikę czy prawa fizyki.

Tato mógł chwycić Beezo za przegub i dzięki sile dłoni piekarza odebrać mu broń, ale nie chciał narażać życia dziecka.

Ze swą drobną czerwoną twarzą i zmarszczonymi brwiami niemowlę wydawało się zagniewane, oburzone. Otworzyło szeroko buzię, jakby próbowało krzyczeć, ale zamilkło zaszokowane, uświadomiwszy sobie, że jego ojcem jest szalony klown.

Dzięki Bogu za to dziecko, powtarzał często tato. Gdyby nie ono, zginąłbym. Dorastałbyś bez ojca i nigdy nie nauczyłbyś się robić pierwszorzędnych *crème brûlée*.

Tak więc trzymając na ręku niemowlę i potrząsając pistoletem, Beezo spytał ojca:

— Gdzie oni są, Rudy Tock?

— Kto? — odparł tato.

Klown z nabiegłymi krwią oczami wydawał się ogarnięty

31

zarówno rozpaczą, jak i gniewem. Po makijażu spływały mu łzy. Jego wargi drgnęły, jakby nie mógł opanować płaczu, po czym odsłonił zęby z wyrazem takiej dzikości na twarzy, że tatę przeszły ciarki.

— Nie udawaj głupiego — ostrzegł Beezo. — Musiały tu być inne pielęgniarki, może także lekarz. Chcę, żeby zginęli wszyscy ci łajdacy, którzy ją zawiedli.

— Uciekli — odparł ojciec, przekonany, że będzie bezpieczniej skłamać w ten sposób, niż upierać się, że nikogo nie widział. — Wymknęli się za pańskimi plecami, przez poczekalnię. Dawno już ich nie ma.

Sycąc się wściekłością, Konrad Beezo zdawał się rosnąć, jakby gniew był pokarmem olbrzymów. Twarzy nie rozjaśniał mu błazeński uśmiech, a jadowita nienawiść w jego oczach miała moc jadu kobry.

Aby nie stać się ofiarą zamiast personelu szpitala, którego Beezo nie miał już w zasięgu ręki, tato dodał pospiesznie, bez cienia groźby, tylko jakby z uczynności:

— Policja jest już w drodze. Zechcą odebrać panu dziecko.

— Mój syn należy do mnie — oznajmił Beezo z taką pasją, że stęchłą woń tytoniowego dymu, dolatującą z jego odzieży, można było niemal wziąć za skutek jego żarliwości. — Zrobię wszystko, żeby nie wychowywali go akrobaci.

Starając się zachować granicę między zręczną manipulacją a oczywistym lizusostwem, dla ratowania własnej skóry ojciec powiedział:

— Pański syn będzie najlepszym ze wszystkich — klownów, błaznów, arlekinów, komediantów.

— Komików — poprawił go morderca, ale bez tonu wrogości. — Tak, będzie najlepszy. Będzie. Nie pozwolę nikomu zmieniać jego przeznaczenia.

Z niemowlęciem w jednej ręce i pistoletem w drugiej Beezo przecisnął się obok mego ojca i pospieszył krótszym korytarzem, przechodząc nad ciałem martwej pielęgniarki z taką obojętnością, jakby stało tam wiadro ze ścierką.

Tato przyglądał się temu bezsilnie, myśląc gorączkowo, co mógłby zrobić, by obezwładnić tego zbira, nie krzywdząc dziecka.

Kiedy Beezo dotarł do drzwi poczekalni dla ojców, zatrzymał się nagle i obejrzał.

— Nigdy cię nie zapomnę, Rudy Tock. Nigdy.

Ojciec nie potrafił ocenić, czy to oświadczenie było wyrazem źle pojętego sentymentalizmu — czy groźbą.

Beezo przecisnął się przez drzwi i zniknął.

Ojciec natychmiast pospieszył z powrotem do pierwszej porodówki, bo oczywiście troszczył się przede wszystkim o moją matkę i o mnie.

Matka leżała nadal bez żadnej opieki na łóżku, na którym ojciec znalazł ją parę chwil wcześniej. Wciąż miała spoconą, poszarzałą twarz, ale odzyskała przytomność.

Jęknęła z bólu i zamrugała zamglonymi oczami.

Rodzice wciąż nie są zgodni, czy była tylko zdezorientowana, czy majaczyła, ale ojciec twierdzi, że obawiał się o nią, gdy rzekła:

— Jeśli chcesz na kolację hamburgera, musimy pójść na targ po ser.

Mama upiera się, że powiedziała w istocie:

— Nie myśl, że po tym wszystkim pozwolę ci się jeszcze kiedyś dotknąć, sukinsynu.

Ich miłość jest większa niż pożądanie, czułość, szacunek, tak głęboka, że jej źródłem jest poczucie humoru. Humor to płatek kwiatu nadziei, a nadzieja zakwita na winnej latorośli wiary. Ufają sobie nawzajem i wierzą, że życie ma sens i z tej wiary wypływa ich bezgraniczny dobry humor, którym obdarzają siebie — i mnie.

Wyrosłem w domu wypełnionym śmiechem. Bez względu na to, co przydarzy mi się w przyszłości, zawsze będzie towarzyszył mi śmiech. I wspaniałe cukiernicze wypieki.

W tej opowieści o moim życiu będę ciągle wspominał o zabawnych sprawach, gdyż śmiech jest doskonałym lekarstwem na zbolałe serce i balsamem na przygnębienie, ale nie będę was oszukiwał. Nie będę go wykorzystywał niczym kurtyny, aby oszczędzić wam scen przerażenia i rozpaczy. Będziemy się śmiali razem, ale czasem śmiech ten sprawi ból.

A zatem...

Bez względu na to, czy moja matka majaczyła, czy zachowała trzeźwość umysłu, czy winiła ojca za ciężki poród, czy też mówiła o potrzebie kupienia sera, oboje są zgodni co do późniejszych wydarzeń. Ojciec znalazł na ścianie koło drzwi aparat telefoniczny i wezwał pomoc.

Ponieważ urządzenie to było bardziej interkomem niż telefonem, nie miało standardowej klawiatury, tylko cztery przyciski oznaczone wyraźnie napisami: PERSONEL, APTEKA, SERWIS, OCHRONA.

Tato wcisnął klawisz z napisem OCHRONA i poinformował dyżurnego, że zastrzelono dwie osoby, a napastnik, przebrany za klowna, ucieka właśnie z budynku, i że Maddy potrzebuje natychmiastowej pomocy lekarza.

Moja matka krzyknęła w tym momencie z łóżka, na pewno już przytomna:

— Gdzie moje dziecko?

Trzymając nadal słuchawkę przy uchu, ojciec odwrócił się do niej zdumiony i przerażony.

— Nie wiesz, gdzie jest?

Próbując podźwignąć się na łóżku z grymasem bólu na twarzy, mama odparła:

— Skąd mam wiedzieć? Chyba zemdlałam. Co ty opowiadasz, że kogoś zastrzelono? Kogo, na litość boską? Co się dzieje? Gdzie moje dziecko?

Choć w porodówce nie było okien, choć była otoczona korytarzami i innymi pomieszczeniami, które oddzielały ją od zewnętrznego świata, moi rodzice usłyszeli z oddali syreny policyjnych radiowozów.

Tatę ogarnęły mdłości, gdy odżył mu nagle w pamięci obraz Beezo stojącego w korytarzu z pistoletem w prawej ręce i niemowlęciem w lewej. Poczuł palenie w gardle i jeszcze szybsze bicie serca.

Może Beezo stracił i żonę, i dziecko. Może niemowlę, które trzymał na ręku, nie było jego dzieckiem, lecz małym Jamesem lub małą Jennifer Tock.

„Pomyślałem, że to porwanie — mówi tato, wspominając tę chwilę. — Przypomniałem sobie dziecko Lindberghów i więzionego dla okupu syna Franka Sinatry, opowieści o Rumpelstiltskinie i Tarzanie wychowywanym przez małpy i choć to bez sensu, w jednej chwili przemknęło mi to wszystko przez głowę. Chciałem krzyczeć, ale nie potrafiłem, i czułem się jak to niemowlę o czerwonej twarzy z otwartymi bezgłośnie ustami i gdy o nim pomyślałem, och, wiedziałem od razu, że to byłeś ty, nie jego dziecko, tylko ty, mój Jimmy".

Pragnąc rozpaczliwie odnaleźć Beezo i zatrzymać go, tato upuścił słuchawkę, rzucił się do otwartych drzwi na korytarz — i zderzył się niemal z Charlene Coleman, pielęgniarką, która niosła w ramionach niemowlę.

Dziecko miało większą buzię niż to, z którym Beezo uciekł w burzliwą noc. Nie miało też czerwonych plam na skórze, lecz zdrową różową cerę. Według taty, jego oczy były niebieskie i jasne, a twarz jaśniała zachwytem.

— Ukryłam się z państwa dzieckiem — wyjaśniła Charlene Coleman. — Schowałam się przed tym strasznym człowiekiem. Wiedziałam, że będzie sprawiał kłopoty, jak tylko pojawił się pierwszy raz ze swoją żoną. Nie zdjął wtedy nawet tego okropnego kapelusza i nie przeprosił za to.

Chciałbym móc potwierdzić z własnego doświadczenia, że w istocie Charlene nie przeraził makijaż Beezo, jego zjadliwe uwagi na temat teściów-akrobatów ani jego oczy, tak szalone, że obracały się niemal jak plastikowe wiatraczki, lecz po prostu kapelusz. Niestety, przyszedłszy na świat niecałą godzinę wcześniej, nie nauczyłem się jeszcze angielskiego i nie zdążyłem się nawet zorientować, kim są ci wszyscy ludzie.

# 3

Drżąc z ulgi, tato odebrał mnie od Charlene Coleman i zaniósł matce.

Gdy pielęgniarka podniosła wezgłowie łóżka i położyła na nim więcej poduszek, mama mogła wziąć mnie na ręce.

Tato przysięga, że pierwsze słowa, które do mnie wypowiedziała, brzmiały tak:

— Lepiej, żebyś był wart całego mojego bólu, Błękitnooki, bo jeśli okażesz się niewdzięcznikiem, zmienię twoje życie w prawdziwe piekło.

Zapłakana i wstrząśnięta tym, co się stało, Charlene relacjonowała ostatnie wydarzenia i wyjaśniała, jak udało jej się bezpiecznie mnie ukryć, gdy padły strzały.

Doktor MacDonald, zmuszony niespodziewanie do asystowania równocześnie dwóm kobietom przy ciężkim porodzie, nie mógł o tej porze znaleźć wykwalifikowanego lekarza, który by mu pomógł. Dzielił czas między obie pacjentki, biegając z jednej porodówki na drugą i mając wsparcie tylko w pielęgniarkach, a jego pracę utrudniały jeszcze przygasające co chwila światła i obawa, czy szpitalny generator włączy się w porę, gdyby burza pozbawiła ich prądu.

Natalie Beezo nie przeszła badań prenatalnych. Nie wiedziała, że cierpi na okres przedrzucawkowy. W czasie porodu dostała rzucawki. Gwałtowne drgawki, których nie dało się powstrzymać, zagrażały życiu nie tylko jej, ale i nienarodzonego dziecka. Tymczasem moja matka przechodziła koszmarny poród głównie z powodu zwężenia szyjki macicy. Dożylne zastrzyki z syntetycznej oksytocyny nie spowodowały początkowo wystarczających skurczów mięśni, by mogła wypchnąć mnie na świat. Natalie urodziła pierwsza. Doktor MacDonald robił wszystko, by ją uratować: użył rurki dotchawiczej, aby ułatwić jej oddychanie, i zaaplikował zastrzyki przeciwdrgawkowe, ale rosnące gwałtownie ciśnienie krwi i konwulsje doprowadziły do rozległego krwotoku w mózgu, który ją zabił.

W chwili gdy odcinano pępowinę łączącą dziecko Beezo z jego martwą matką, moja matka, wyczerpana, ale nadal walcząca, by wyrzucić mnie z siebie, nagle i wreszcie poczuła, jak rozszerza jej się szyjka macicy.

Zaczął się spektakl Jimmy'ego Tocka.

Przed podjęciem się niewdzięcznej misji przekazania Konradowi Beezo, że zyskał syna, lecz stracił żonę, doktor MacDonald zajął się mną i — jak twierdzi Charlene Coleman — oznajmił, że ta solidna baryłeczka wyrośnie na pewno na gwiazdę futbolu.

Wypchnąwszy mnie pomyślnie ze swego łona na świat, matka natychmiast zemdlała. Nie słyszała przepowiedni doktora i nie widziała mojej szerokiej, różowej, pełnej zachwytu buzi, aż wreszcie moja obrończyni, Charlene, wróciła i oddała mnie ojcu.

Doktor MacDonald przekazał mnie siostrze Coleman, by mnie umyła i owinęła w biały bawełniany becik, i upewniwszy się, że moja matka tylko zemdlała i że zaraz się ocknie, bez potrzeby ocucania, ściągnął lateksowe rękawiczki, zdjął maskę chirurgiczną i poszedł do poczekalni dla ojców, aby pocieszyć Konrada Beezo.

Niemal natychmiast rozległy się krzyki: ostre, oskarżycielskie słowa, paranoiczne zarzuty, wyrażane plugawym językiem, z niewyobrażalną furią.

Siostra Coleman usłyszała tę awanturę nawet w cichej, dobrze izolowanej akustycznie porodówce. Zrozumiała, że Konrad Beezo zareagował agresywnie na wieść o stracie żony.

Kiedy wyszła z porodówki na korytarz i usłyszała go wyraźniej, intuicja podpowiedziała jej, by zabrać owinięte w becik niemowlę w bezpieczne miejsce.

W korytarzu spotkała Lois Hanson, drugą pielęgniarkę, która niosła w ramionach dziecko Beezo. Lois także wyszła, usłyszawszy wybuch niepohamowanej furii klowna.

Lois popełniła fatalny błąd. Wbrew radzie Charlene ruszyła w kierunku zamkniętych drzwi do poczekalni, wierząc, że widok niemowlęcia stłumi wściekłość Beezo i złagodzi ból, który ją spowodował.

Charlene, będąca sama ofiarą przemocy ze strony męża, nie bardzo wierzyła, by dostąpienie łaski ojcostwa powściągnęło gniew jakiegokolwiek mężczyzny, bo nawet w chwili głębokiej rozpaczy reagowali oni natychmiast agresją i groźbami, a nie łzami, szokiem czy rezygnacją. Poza tym pamiętała, że nie bacząc na dobre maniery, Beezo cały czas miał na głowie kapelusz. Charlene przeczuwała, że będą kłopoty. Duże kłopoty.

Uciekła ze mną wewnętrznym korytarzem oddziału położniczego do sali dla noworodków. Gdy zamknęły się za nami wahadłowe drzwi, usłyszała strzał, który zabił doktora MacDonalda.

W sali stały rzędami łóżeczka z noworodkami. Niektóre spały, inne gaworzyły, ale żaden jeszcze nie płakał. Znaczną część długiej ściany zajmowała panoramiczna szyba, lecz w tym momencie po jej drugiej stronie nie było dumnych ojców ani dziadków.

Z niemowlętami przebywały dwie pielęgniarki oddziałowe. Usłyszały krzyki, a potem strzał i były bardziej skłonne skorzystać z rad Charlene niż Lois.

Siostra Coleman zapewniła je przewidująco, że uzbrojony mężczyzna nie zrobi krzywdy dzieciom, ostrzegła jednak, że zabije z pewnością wszystkich członków personelu szpitala, na których trafi.

Mimo to obie pielęgniarki chwyciły na ręce po jednym niemowlęciu, zanim rzuciły się do ucieczki, i drżały o te, które były zmuszone zostawić. Przerażone odgłosem drugiego strzału pospieszyły za Charlene przez drzwi obok panoramicznej szyby i wyszły z oddziału położniczego na główny korytarz.

Wszystkie trzy, obarczone niemowlętami, schroniły się w pokoju, gdzie spał nieświadomy niczego starszy mężczyzna.

Przyćmione światło pogłębiało jeszcze posępną atmosferę, a szalejąca za oknem burza wypełniała pokój drżącymi groźnie cieniami.

Trzy pielęgniarki siedziały skulone w milczeniu, niemal bojąc się oddychać, dopóki Charlene nie usłyszała w oddali wycia syren. Ten upragniony dźwięk przyciągnął ją do okna, z którego widać było parking przed szpitalem. Miała nadzieję ujrzeć policyjne radiowozy.

Tymczasem ujrzała z tego pokoju na drugim piętrze, jak Beezo z niemowlęciem na ręku idzie po mokrym asfalcie. Wyglądał, według jej relacji, jak postać ze złego snu, dziwna i tajemnicza, jak zjawa, którą można by ujrzeć w noc końca świata, gdy ziemia rozstąpi się, uwalniając ze swego wnętrza złowrogie zastępy potępionych.

Charlene pochodzi z Missisipi i jest baptystką, której duszę wypełnia poezja Południa.

Beezo zaparkował w takiej odległości, że przez strugi deszczu i w żółtym świetle sodowych latarni trudno było rozpoznać markę, model i rzeczywisty kolor samochodu. Charlene patrzyła, jak odjeżdża, mając nadzieję, że policja przechwyci go, zanim dotrze do pobliskiej głównej drogi, ale tylne światła jego wozu rozpłynęły się w ciemnościach.

Gdy minęło zagrożenie, wróciła do porodówki akurat w chwili, kiedy tacie krążyły po głowie myśli o tragedii dziecka Lindberghów, Rumpelstiltskinie i Tarzanie wychowywanym przez małpy, i zdążyła go uspokoić, że nie porwał mnie klown-morderca.

Później ojciec potwierdził, że czas moich narodzin, wzrost

i masa ciała zgadzały się dokładnie z przepowiednią, którą wygłosił na łożu śmierci dziadek. Najlepszy jednak dowód, że wydarzenia na oddziale intensywnej opieki medycznej miały nadprzyrodzony charakter, stanowił dla niego fakt, że gdy matka trzymała mnie w ramionach, a on odsunął becik i odsłonił moje stopy, zobaczył, że mam zrośnięte palce, tak jak przewidział Josef.

— Syndaktylia — oznajmił tato.

— Można temu zaradzić — zapewniła go Charlene, po czym otworzyła szeroko oczy ze zdziwienia. — Skąd pan zna taki medyczny termin?

Ojciec powtórzył tylko „syndaktylia", delikatnie, czule i z zachwytem dotykając moich zrośniętych palców.

# 4

Syndaktylia to nie tylko nazwa przypadłości, z którą się urodziłem, ale motto całego mojego życia od trzydziestu lat. Sprawy okazują się czasem splecione ze sobą w nieoczekiwany sposób. Chwile, które dzielą całe lata, łączą się nagle niespodziewanie, jakby kontinuum czasoprzestrzeni zostało spłaszczone przez jakąś siłę o szczególnym poczuciu humoru lub zamysłach o wątpliwej wartości, lecz tajemniczej zawiłości. Ludzie nieznający się nawzajem odkrywają, że los powiązał ich ze sobą tak ściśle, jak dwa palce pokryte wspólną warstwą skóry.

Chirurdzy zrobili porządek z moimi stopami tak dawno temu, że już tego zupełnie nie pamiętam. Chodzę, biegam, gdy to konieczne, i tańczę, choć niezbyt dobrze.

Z całym należnym szacunkiem dla doktora Ferrisa Mac-Donalda, nie zostałem gwiazdą futbolu i nie chciałem nią być. Moja rodzina nigdy nie interesowała się sportem.

Jesteśmy za to miłośnikami ptysiów, eklerek, ciast, placków, tortów, biszkoptów, a także niesławnych zapiekanek z sera i brokułów, hamburgerów i wszystkich fantastycznych dań, przyrządzanych przez moją matkę, pod których ciężarem ugina się stół. Oddalibyśmy splendor wszystkich turniejów i rozgrywek, jakie wymyśliła ludzkość, oraz emocje im towarzyszące

41

za wspólny obiad, rozmowy i śmiech, który płynie falą od chwili rozłożenia serwetek do ostatniego łyku kawy.

Z biegiem lat urosłem od pięćdziesięciu centymetrów do metra osiemdziesięciu. Masa ciała zwiększyła mi się z czterech kilogramów trzystu gramów do dziewięćdziesięciu czterech kilogramów, co powinno potwierdzać moje zdanie, że jestem co najwyżej krzepki, a nie wyrośnięty, jak wydaje się większości ludzi.

Sprawdziła się również piąta z dziesięciu przepowiedni mego dziadka: że wszyscy będą mówili na mnie Jimmy.

Już przy pierwszym spotkaniu ludzie zdają się uważać, że James brzmi w stosunku do mnie zbyt oficjalnie, a Jim zbyt poważnie i nieadekwatnie. Nawet gdy przedstawiam się jako James, wyraźnie to podkreślając, od razu zaczynają mówić do mnie Jimmy, swobodnie i poufale, jakby znali mnie od dnia, gdy urodziłem się z różową twarzą i zrośniętymi palcami.

W chwili gdy nagrywam te taśmy z nadzieją, że zdołam kiedyś spisać i opublikować moje wspomnienia, przeżyłem już cztery spośród pięciu strasznych dni, przed którymi ostrzegał mego ojca dziadek Josef. Były straszne w podobny i zarazem odmienny sposób, wypełnione nieoczekiwanymi zdarzeniami i przerażeniem, czasem naznaczone tragedią, ale także czymś więcej. Dużo więcej.

A teraz... czekał mnie kolejny taki dzień.


Mój tato, mama i ja przeżyliśmy dwadzieścia lat, udając, że dokładność pierwszych pięciu przepowiedni Josefa nie musi wcale oznaczać, iż spełni się również pięć pozostałych. Moje dzieciństwo i lata chłopięce minęły bez szczególnych wydarzeń i nic nie wskazywało na to, by moje życie było jak jo-jo na sznurku losu.

A jednak w miarę jak zbliżała się nieubłaganie pierwsza z pięciu wymienionych przez dziadka dat — czwartek, 15 września 1994 roku — czuliśmy narastający niepokój.

Mama zwiększyła spożycie kawy z dziesięciu do dwudziestu filiżanek dziennie.

Kofeina dziwnie na nią działa. Zamiast ją pobudzać, koi jej nerwy. Jeśli rano nie wypije trzech filiżanek, w południe robi się nerwowa jak bzykająca przy szybie mucha. Nie wypiwszy do wieczora ośmiu kaw, nie może zasnąć i jest tak pobudzona, że nie tylko liczy setkami owce, ale nadaje im imiona i wymyśla każdej długą historię życia.

Zdaniem taty odwrócony metabolizm Maddy wynika bezpośrednio z faktu, że jej ojciec, kierowca wielkiej ciężarówki, łykał tabletki kofeiny w takich ilościach, jakby to były cukierki.

„Może i tak — odpowiada czasem ojcu mama. — Ale na co się skarżysz? Kiedy umawialiśmy się na randki, wystarczyło, że wlałeś we mnie pięć czy sześć filiżanek taniej kawy i robiłam się uległa jak owieczka".

W miarę jak zbliżał się 15 września 1994 roku, zdenerwowanie ojca przejawiało się w opadniętych tortach, zwarzonej polewie, zakalcowatych ciastach i źle roztartym *crème brûlée*. Nie potrafił się skoncentrować na swoich przepisach i piecykach.

Uważam, że ja radziłem sobie z oczekiwaniem całkiem nieźle. W ciągu ostatnich dwóch dni, poprzedzających pierwszą z pięciu złowrogich dat, być może częściej niż zwykle zderzałem się z zamkniętymi drzwiami i potykałem się przy wchodzeniu po schodach. Przyznaję też, że upuściłem babci Rowenie młotek na nogę, gdy próbowałem zawiesić w jej pokoju obraz. Ale spadł na stopę, a nie na głowę, a potykając się, upadłem tylko raz, zleciałem raptem jedną kondygnację schodów w dół i niczego sobie nie złamałem.

Pocieszał nas trochę fakt, że dziadek Josef wskazał tacie pięć „strasznych dat" w moim życiu, a nie jedną. Bez względu na to, jak ponury miał się okazać 15 września, było oczywiste, że go przeżyję.

— Tak, ale zawsze istnieje możliwość, że stracisz kończynę

albo zostaniesz okaleczony — przestrzegła babcia Rowena. — Może dotknąć cię paraliż lub uraz mózgu. Moja babcia ze strony matki jest cudowną kobietą, ale ma zbyt wyraziste poczucie kruchości życia. Jako dziecko byłem zawsze przerażony, gdy chciała czytać mi do snu. Nawet gdy nie zmieniała treści klasycznych bajek, co często jej się zdarzało, nawet gdy zły wilk został pokonany, tak jak powinien, babcia przerywała w kluczowych momentach narrację, żeby roztrząsać na głos, jak wiele strasznych rzeczy mogło się przydarzyć trzem małym świnkom, gdyby drzwi nie wytrzymały albo gdyby ich strategia obrony okazała się nieskuteczna. W najlepszym razie zostałyby przerobione na kiełbaski.

I tak, niecałe sześć tygodni po moich dwudziestych urodzinach, miałem przeżyć pierwszą z pięciu ciężkich prób...

# Część druga

---

## Zejdę z tego świata, gdy nie mogę latać

# 5

W środę 14 września o godzinie dziewiątej wieczorem usiadłem z rodzicami przy stole w jadalni. Zamierzaliśmy zjeść obfitą kolację, bacząc tylko, by nie ugięły się pod nami kolana, gdy będziemy wstawać.

Zebraliśmy się również, aby przedyskutować ponownie, jak najlepiej przetrwać ten sądny dla mnie dzień, do którego brakowało zaledwie trzech godzin. Mieliśmy nadzieję, że zachowując czujność i ostrożność, mogę doczekać bez szwanku 16 września i wyjść z opresji tak, jak trzy małe świnki ze spotkania z wilkiem.

Babcia Rowena przyłączyła się do nas, by reprezentować punkt widzenia wilka. To znaczy wystąpiła w roli adwokata diabła, wskazując, jakie luki dostrzega w podejmowanych przez nas środkach ostrożności.

Jak zwykle jedliśmy kolację na porcelanowych talerzach Raynaud Limoges ze złoconymi brzegami, używając srebrnych sztućców Buccellati.

Wbrew temu, co sugerowałaby zastawa, moi rodzice nie są bogaci, należą do klasy średniej. Chociaż ojciec całkiem dobrze zarabia jako cukiernik, nie wiążą się z tym udziały na giełdzie ani posiadanie firmowego odrzutowca.

Matka ma skromne dochody, gdyż pracuje dorywczo w domu.

Maluje na zamówienie portrety zwierząt: głównie kotów i psów, ale także królików, papużek, a raz nawet węża królewskiego, który trafił do nas, by pozować, a potem nie chciał wyjść. Ich nieduży wiktoriański dom można by nazwać skromnym, gdyby nie był tak przytulny, że robi wrażenie wystawnego. Sufity są niewysokie, pokoje stosunkowo niewielkie, ale umeblowane z dużą starannością i dbałością o wygodę.

Trudno winić Earla, że szukał schronienia za kanapą w salonie, pod wanną w łazience na piętrze, w koszu na bieliznę, w skrzynce na ziemniaki w spiżarni i w różnych innych miejscach podczas tych trzech interesujących tygodni, gdy uznał nas za swych właścicieli. Earl trzymany był w domu, który stanowił sterylne miejsce z meblami z nierdzewnej stali i czarnej skóry, abstrakcyjną sztuką i kaktusami zamiast roślin doniczkowych.

Spośród wszystkich czarujących zakątków w tym niedużym domu, gdzie można poczytać książkę, posłuchać muzyki albo popatrzeć przez okno z małymi szybkami na piękny zimowy pejzaż, żaden nie jest tak zachęcający jak jadalnia. To dlatego, że dla rodziny Tocków jedzenie — i przyjacielska atmosfera, jaka wiąże się z każdym posiłkiem — stanowią oś, wokół której obraca się koło życia.

Stąd luksusowa zastawa i sztućce.

Zważywszy na to, że nie potrafimy zasiąść do posiłku, który miałby mniej niż pięć dań, i że traktujemy pierwsze cztery, pochłaniane bez umiaru, jedynie jako przygotowanie do piątego, zakrawa na cud, iż żadne z nas nie ma nadwagi.

Tato stwierdził kiedyś, że jego najlepszy wełniany garnitur zaczął być za ciasny w pasie. Przez trzy dni nie jadł obiadu i spodnie znów zrobiły się luźne.

Reakcja mamy na kofeinę nie jest jeszcze najdziwniejszym zjawiskiem, jeśli chodzi o nasze nawyki żywieniowe. Krewni z obu stron, z rodziny Tocków i Greenwichów (to nazwisko panieńskie mojej matki), mają metabolizm jak koliber, ptaszek, który codziennie je trzykrotnie więcej, niż sam waży, i pozostaje dość lekki, by fruwać.

Mama powiedziała kiedyś, że ojca i ją przyciągnęło natychmiast do siebie między innymi podświadome wyczucie, iż oboje należą do metabolicznej elity.

W jadalni jest kasetonowy mahoniowy sufit, mahoniowa boazeria i mahoniowa podłoga. Drewniane powierzchnie wyściela jedwabna mora i perski dywan.

Jest tam też żyrandol z dmuchanego szkła ze zwisającymi kryształkami, ale kolację jada się zawsze przy świecach.

Tej szczególnej wrześniowej nocy 1994 roku paliło się dużo grubych świec, ustawionych w niewielkich, ale dość głębokich miseczkach z ciętego szkła, bezbarwnych lub rubinowych, które załamywały światło, rzucając delikatne smugi na lniany obrus, ściany i nasze twarze. Świece stały nie tylko na stole, ale także na kredensach.

Gdyby ktoś zajrzał przez okno, pomyślałby, że nie siedzimy przy kolacji, lecz prowadzimy seans spirytystyczny, posilając się dla zabicia czasu w oczekiwaniu na duchy.

Chociaż rodzice przyrządzili moje ulubione potrawy, starałem się nie traktować tego posiłku jak ostatniej wieczerzy skazańca.

Pięciu odpowiednio podanych dań nie konsumuje się tak, jak zestawu Happy Meal w McDonaldzie, zwłaszcza ze starannie dobranymi winami. Byliśmy przygotowani na spędzenie wspólnie długiego wieczoru.

Tato jest naczelnym cukiernikiem sławnego na cały świat kurortu Snow Village. Odziedziczył to stanowisko po swoim ojcu, Josefie. Ponieważ pieczywo i ciasta muszą być codziennie świeże, idzie do pracy o pierwszej w nocy co najmniej przez pięć, a często sześć dni w tygodniu. O ósmej, skończywszy wszystkie wypieki, wraca do domu na śniadanie z mamą, a potem śpi do trzeciej po południu.

Tamtego września ja również pracowałem w takich godzinach, gdyż przez dwa lata praktykowałem w piekarni w tym samym kurorcie. W rodzinie Tocków panuje nepotyzm.

Tato uważa, że nie można tak tego nazywać, jeśli ktoś ma

prawdziwy talent. Dajcie mi dobry piec, a będę groźnym konkurentem.

To zabawne, ale w kuchni nigdy nie bywam niezdarny. Podczas robienia wypieków jestem jak Gene Kelly, Fred Astaire, jak uosobienie gracji.

Tato zamierzał iść po naszej późnej kolacji do pracy, ale ja nie. Przygotowując się na pierwszy spośród pięciu dni z przepowiedni dziadka Josefa, wziąłem sobie tydzień urlopu.

Na przystawkę mieliśmy ormiańską potrawę, *sou bourek.* Liczne cienkie jak papier warstwy ciasta przedziela się równie cienkimi warstwami masła i sera i zapieka na złocisty kolor.

W tamtych czasach nadal mieszkałem z rodzicami, więc tato powiedział:

— Powinieneś siedzieć w domu od północy przez całą dobę. Ukryć się. Spać, czytać, pooglądać telewizję.

— Wtedy może się zdarzyć — spekulowała babcia Rowena — że spadnie ze schodów i skręci sobie kark.

— Nie chodź po schodach — doradziła mama. — Zostań w swoim pokoju, kochanie. Będę ci przynosiła posiłki.

— Dom może spłonąć — orzekła Rowena.

— Daj spokój, Weeno, dom nie spłonie — zapewnił ją ojciec. — Instalacja elektryczna jest solidna, piec całkiem nowy, oba kominy od kominka były niedawno czyszczone, na dachu mamy uziemiony piorunochron, a Jimmy nie bawi się zapałkami.

W 1994 roku Rowena skończyła siedemdziesiąt siedem lat i od dwudziestu czterech lat była wdową, pogodzoną już ze swym losem. Była kobietą radosną, lecz apodyktyczną. Miała odgrywać rolę adwokata diabła i skwapliwie się z tego wywiązywała.

— Jeśli nie będzie pożaru, to wybuchnie gaz — oznajmiła.

— Boże, nie chcę odpowiadać za zniszczenie domu — powiedziałem.

— Weeno — przekonywał tato — w całej historii Snow Village nie doszło do eksplozji gazu, która zniszczyłaby dom.

— No to spadnie na nas odrzutowiec.

— Och, to zdarza się w okolicy co tydzień — skwitował ojciec.

— Wszystko dzieje się kiedyś pierwszy raz — zauważyła Rowena.

— Skoro może na nas spaść odrzutowiec, równie dobrze do sąsiedniego domu mogą się wprowadzić wampiry, ale nie zamierzam nosić z tego powodu naszyjnika z czosnku.

— Jeśli nie odrzutowiec, to jeden z tych załadowanych paczkami samolotów Federal Express — dorzuciła Rowena.

Tato wpatrywał się w nią, kręcąc głową.

— Federal Express — powtórzył.

— Matka ma na myśli to — wyjaśniła moja mama — że jeśli coś jest Jimmy'emu pisane, z pewnością tego nie uniknie. Przeznaczenie jest nieubłagane. Dopadnie go.

— Może to będzie samolot UPS — dodała Rowena.

Nad miskami z parującą zupą kalafiorową, wzbogaconą białą fasolą i estragonem, zgodziliśmy się, że najlepiej jeśli będę zachowywał się tak, jak w każdy dzień wolny od pracy — byle z rozwagą.

— Z drugiej strony — wtrąciła babcia Rowena — zbytnia ostrożność może go zabić.

— Ejże, Weeno, jak ostrożność może kogoś zabić? — zdziwił się ojciec.

Babcia przełknęła łyżkę zupy i cmoknęła wargami, czego nie robiła nigdy, dopóki nie skończyła przed dwoma laty siedemdziesięciu pięciu lat. Cmoknęła wielokrotnie, z wyraźnym zadowoleniem.

Między siedemdziesiątką a osiemdziesiątką uznała, że podeszły wiek daje jej prawo folgowania pewnym drobnym przyjemnościom, na które nigdy wcześniej sobie nie pozwalała. Ograniczało się to do cmokania, jak najgłośniejszego wycierania nosa (chociaż nigdy przy stole) czy kładzenia łyżki i/lub widelca

51

na talerzu po każdym posiłku użytkową stroną do góry zamiast w dół, by pokazać, że już skończyła jeść, jak uczyła ją tego zawsze matka, ściśle przestrzegająca wiktoriańskiej etykiety.

Ponownie cmoknęła i wyjaśniła, czemu ostrożność może być niebezpieczna:

— Załóżmy, że Jimmy zamierza przejść przez ulicę, ale martwi się, że potrąci go autobus...

— Albo śmieciarka — wtrąciła mama. — Te wielkie, ociężałe maszyny na stromych ulicach. Gdyby zawiodły hamulce, co by je zatrzymało? Przejechałyby przez dom na wylot.

— Autobus, śmieciarka albo nawet rozpędzony karawan — przytaknęła babcia.

— Po co karawan miałby pędzić? — spytał tato.

— Rozpędzony czy nie, gdyby to był karawan — ciągnęła babcia — cóż za ironia losu wpaść mu pod koła. Bóg jeden wie, że telewizja nie pokazuje nigdy, jak pełne ironii jest życie.

— Widzowie by tego nie zrozumieli — stwierdziła mama. — Ich zdolność wyczuwania prawdziwej ironii wyczerpuje się w połowie odcinka serialu *Murder, She Wrote*.

— To, co dziś uchodzi w telewizji za ironię — zauważył tato — wynika z kiepskiego scenariusza.

— Mniej przerażają mnie śmieciarki — dodałem — niż te ogromne betoniarki, które przyjeżdżają na budowę. Zawsze mam wrażenie, że bęben, który się obraca, odpadnie nagle, stoczy się na ulicę i mnie przygniecie.

— W porządku — powiedziała babcia Rowena. — A więc Jimmy boi się bębna betoniarki.

— Niezupełnie się boję — poprawiłem ją. — Jestem tylko nieufny.

— Zatem stoi na chodniku, patrzy w lewo, potem w prawo, znów w lewo, zachowując ostrożność, nie spiesząc się — i ponieważ zbyt długo zwleka, spada na niego sejf.

Dla dobra zdrowej dyskusji ojciec był skłonny dopuszczać pewne dość dziwne spekulacje, ale w tym momencie jego cierpliwość się wyczerpała.

— Sejf? Skąd niby miałby spaść?

— Z wysokiego budynku, oczywiście — odparła babcia.

— W Snow Village nie ma żadnych wysokich budynków — zaprotestował delikatnie tato.

— Rudy, kochanie — powiedziała mama. — Zapominasz chyba o hotelu Alpine.

— Ma tylko cztery piętra.

— Sejf zrzucony z czwartego piętra zmiażdżyłby Jimmy'ego — upierała się babcia. Zwróciwszy się do mnie, dodała zatroskanym tonem: — Przepraszam. Czy to cię przygnębia, kochanie?

— Wcale nie, babciu.

— Niestety, taka jest prawda.

— Wiem, babciu.

— Zmiażdżyłby cię.

— Całkowicie — przyznałem.

— Zmiażdżyć to takie dosadne słowo.

— Z pewnością daje do myślenia.

— Użyłam go bez zastanowienia. Powinnam powiedzieć: przygniótłby.

W czerwonym blasku świec Weena miała uśmiech Mony Lizy.

Wyciągnąłem rękę przez stół i dotknąłem jej dłoni.

Jako cukiernik, który musi mieszać w dokładnych proporcjach wiele składników, ojciec ma więcej szacunku dla matematyki i logiki niż matka i babcia, które mają bardziej artystyczne temperamenty i mniej niewolniczo kierują się rozumem.

— Po co ktoś miałby wnosić sejf na najwyższe piętro hotelu Alpine? — spytał tato.

— Oczywiście, żeby trzymać w nim kosztowności — odparła babcia.

— Czyje?

— Należące do hotelu.

Chociaż tato nigdy nie wygrywa w tego rodzaju dyskusjach,

zawsze ma nadzieję, że jeśli tylko będzie dość uparty, logika zwycięży.

— Dlaczego nie postawili dużego, ciężkiego sejfu na parterze? — spytał. — Po co dźwigać go pod sam dach?

— Bo z pewnością mieli kosztowności na najwyższym piętrze — odparła matka.

W takich chwilach nigdy nie jestem pewien, czy mama dzieli z Weeną nieco wypaczone spojrzenie na świat, czy drażni się z ojcem.

Jej twarz emanuje szczerością. Nigdy nie odwraca wzroku i ma zawsze jasne spojrzenie. Jest z natury prostolinijna. Jej emocje są zbyt wyraziste, by niewłaściwie je interpretować, a intencje zawsze jednoznaczne.

A jednak, zdaniem taty, choć jest osobą tak niezwykle otwartą i z natury bezpośrednią, potrafi, gdy zechce, stać się nagle nieodgadniona, jak za pstryknięciem przełącznika.

To jedna z cech, które w niej uwielbia.

Kontynuowaliśmy naszą rozmowę nad sałatką z cykorii z gruszkami, orzechami włoskimi i pokruszonym serem pleśniowym, a następnie *filet mignon* na podkładzie naleśników z ziemniakami i cebulą, ze szparagami z boku.

Zanim tato wstał, by przywieźć z kuchni wózek z deserem, zgodziliśmy się, że czekający mnie sądny dzień powinienem spędzić jak każdy wolny od pracy. Zachowując ostrożność. Ale nie przesadną.

Nadeszła północ.

Zaczął się 15 września.

Początkowo nic się nie działo.

— Może nic się nie zdarzy — powiedziała mama.

— Coś na pewno — nie zgodziła się z nią babcia, cmokając wargami. — Coś na pewno.

Gdybym do dziewiątej wieczorem nie został przez nic zmiażdżony ani przygnieciony, mieliśmy spotkać się znów przy kolacji. Dzielilibyśmy się chlebem, czujnie węsząc, czy nie ulatnia się gdzieś gaz, i nasłuchując ryku spadającego odrzutowca.

Teraz, po deserowej przystawce, głównym deserze i kruchych ciasteczkach, którym towarzyszyło całe morze kawy, tato poszedł do pracy, a ja pomagałem przy porządkach w kuchni.

Potem, o wpół do drugiej w nocy, poszedłem do salonu, aby poczytać nową książkę, z którą wiązałem duże nadzieje. Uwielbiam kryminały.

Już na pierwszej stronie znajdują poćwiartowane i zapakowane do kufra zwłoki mężczyzny, który miał na imię Jim.

Odłożyłem tę książkę, wybrałem inną ze sterty na stoliku do kawy i wróciłem na fotel.

Z okładki spoglądała piękna martwa blondynka, uduszona starożytnym japońskim *obi*, zaciśniętym efektownie na jej gardle.

Pierwsza ofiara miała na imię Delores. Westchnąwszy z zadowoleniem, zasiadłem w fotelu.

Babcia siedziała na kanapie, zajęta haftowaniem poduszki. Już jako nastolatka była w tym mistrzynią.

Ponieważ prawie dwadzieścia lat temu zamieszkała z mamą i tatą, pracowała w takich godzinach jak piekarze, wyszywając całą noc wymyślne wzory. Mama i ja też mieliśmy taki harmonogram. Mama uczyła mnie w domu, gdyż nasza rodzina prowadziła nocne życie.

Ostatnio ulubionymi motywami haftów babci były owady. Makatki z motylami na ścianach czy nawet poduszki w biedronki na krzesła wyglądały uroczo, ale zdobione pająkami ochraniacze na poręcze mojego fotela czy poszewki w karaluchy nie bardzo mi się podobały.

Mama malowała z radością w sąsiedniej alkowie, w której urządziła sobie pracownię, portret kolejnego zwierzątka. Jej modelem była lśniącooka, jadowita heloderma arizońska o imieniu Zbój.

Ponieważ odnosiła się wrogo do nieznajomych i nie była oswojona, jej dumni właściciele dostarczyli mamie serię zdjęć, z których mogła skorzystać. Sycząca, gryząca i wijąca się heloderma może naprawdę zepsuć przyjemny skądinąd wieczór.

Salon jest nieduży, a płytką alkowę oddzielają od niego tylko jedwabne zasłony pod szerokim łukowym sklepieniem. Były rozsunięte, aby mama mogła mieć mnie na oku i szybko zareagować, gdyby zauważyła, na przykład, nieuchronne oznaki, że zaraz zacznę się palić.

Przez jakąś godzinę milczeliśmy, pogrążeni w swoich zajęciach, po czym mama powiedziała:

— Martwię się czasem, że stajemy się rodziną Addamsów.

Osiem początkowych godzin mojego pierwszego koszmarnego dnia minęło bez niepokojących incydentów.

Ojciec wrócił do domu z pracy kwadrans po ósmej, z brwiami białymi od mąki.

— Nie potrafiłem, do cholery, zrobić przyzwoitego *crème plombières*. Chciałbym mieć już ten dzień za sobą, żebym mógł się skoncentrować.

Zjedliśmy wspólnie śniadanie przy kuchennym stole. Przed dziewiątą, wyściskawszy się czulej niż zazwyczaj, poszliśmy do swoich sypialni i ukryliśmy się w pościeli.

Może reszta rodziny się nie chowała, ale ja tak. Wierzyłem w przepowiednie dziadka bardziej, niż chciałem się przed nimi przyznać, i z każdym tyknięciem zegara moje zdenerwowanie wzrastało.

Idąc do łóżka w porze, kiedy większość ludzi zaczyna dzień pracy, zaciągnąłem żaluzje i ciężkie zasłony, które nie przepuszczały światła ani dźwięku. W moim pokoju było cicho i ciemno jak w grobie.

Po kilku minutach poczułem, że muszę natychmiast zapalić lampkę nocną. Od dzieciństwa nie byłem tak przerażony ciemnością.

Wyjąłem z szuflady nocnej szafki foliową koszulkę z darmową wejściówką do cyrku, którą policjant Huey Foster dał przed ponad dwudziestu laty mojemu ojcu. Kartka o wymiarach siedem na dwanaście centymetrów wyglądała na świeżo wydrukowaną i była tylko zgięta przez środek, gdyż tato złożył ją, by zmieściła się w portfelu.

Na jej odwrocie tato zapisał to, co podyktował mu na łożu śmierci Josef. Pięć dat.

Na zadrukowanej stronie widniały sylwetki lwów i słoni. Czarny napis głosił: WSTĘP DLA DWÓCH OSÓB, a czerwone litery obiecywały krzykliwie: GRATIS.

U dołu były cztery słowa, które w ciągu minionych lat odczytywałem niezliczenie wiele razy: PRZYGOTUJ SIĘ NA CZARY.

Zależnie od mojego nastroju zdawały się one zapowiadać wspaniałą przygodę albo brzmiały jak pogróżka: PRZYGOTUJ SIĘ NA KOSZMAR.

Włożywszy wejściówkę z powrotem do szuflady, leżałem przez chwilę z otwartymi oczami. Sądziłem, że nie zasnę, a jednak mi się udało.

Trzy godziny później usiadłem nagle na łóżku, rozbudzony i czujny, drżąc ze strachu.

O ile wiem, nie zbudził mnie zły sen. Nie snuły mi się w pamięci żadne koszmarne wizje.

Ocknąłem się jednak z uświadomioną w pełni, przerażającą myślą, tak przytłaczającą, że serce miałem jak ściśnięte w imadle i stać mnie było tylko na szybki, płytki oddech.

Skoro w moim życiu miało się przydarzyć pięć straszliwych dni, nie dane mi było teraz umrzeć. Ale jak zauważyła we właściwy sobie sposób Weena, fakt, że tego września nie jest mi pisana śmierć, nie wykluczał odciętych kończyn, okaleczenia, paraliżu czy urazu mózgu.

Nie mogłem też wykluczyć śmierci kogoś innego. Kogoś drogiego memu sercu. Ojca, matki, babci...

Gdyby ten dzień miał być straszny z tego powodu, że jedno z nich zginie bolesną, gwałtowną śmiercią, której wspomnienie będzie prześladowało mnie do końca życia, mógłbym żałować, że to nie ja umarłem.

Siedziałem na skraju łóżka, dziękując Bogu, że zasnąłem

przy zapalonej lampce nocnej. Miałem tak śliskie od potu i drżące ręce, że mógłbym nie znaleźć przełącznika lub włączyć światła.

Bliska, kochająca rodzina jest błogosławieństwem. Ale im więcej osób kochamy i im silniejsze jest to uczucie, tym bardziej doskwiera nam ból i samotność po ich stracie.

Nie mogłem już zasnąć.

Zegar przy łóżku pokazywał godzinę trzynastą trzydzieści.

Pozostała niecała połowa dnia, zaledwie dziesięć i pół godziny do północy.

W tym czasie ktoś mógł jednak stracić życie, mógł nastąpić koniec świata... i nadziei.

# 6

Przed milionami lat, kiedy nie mogli o tym jeszcze donosić reporterzy Travel Channel, burze we wnętrzu Ziemi spowodowały na tym obszarze pofałdowania przypominające fale morskie w porze monsunowej, tak więc podróżni niemal zawsze pokonują tu wzniesienia, rzadko idą po równinie.

Wiecznie zielone lasy — sosnowe, jodłowe i świerkowe — porastają glebę i skały, otaczając całe Snow Village, ale zapuszczając się również w głąb miasta.

Liczy ono czternaście tysięcy stałych mieszkańców, których większość utrzymuje się pośrednio lub bezpośrednio z darów natury, podobnie jak ludzie zamieszkujący osady rybackie na położonych niżej cieplejszych terenach.

Kurort i uzdrowisko Snow Village, ze swą słynną na cały świat siecią tras narciarskich, hotelami i bazą do uprawiania sportów zimowych, przyciąga tak wielu turystów, że od połowy października do końca marca ludność miasteczka wzrasta o sześćdziesiąt procent. Przez resztę roku przybywa tu niemal równie wielu gości, aby biwakować, wędrować po górach albo pływać kajakami czy tratwami po górskich rzekach.

W Górach Skalistych jesień zaczyna się wcześnie. Ale tego wrześniowego dnia popołudnie nie było orzeźwiająco rześkie. Przyjemnie ciepłe powietrze, nieruchome jak sprężone masy wody przy dnie oceanu, sprzysięgło się ze złocistymi promieniami słońca, aby nadać Snow Village wygląd osady zastygłej w bursztynie.

Ponieważ dom moich rodziców stoi na peryferiach, pojechałem, a nie poszedłem, do centrum miasta, gdzie musiałem załatwić parę spraw.

W tamtym czasie miałem siedmioletniego dodge'a daytonę shelby Z. Pomijając moją matkę i babcię, nie spotkałem jeszcze kobiety, którą kochałbym tak bardzo jak to sportowe coupe.

Nie znam się na mechanice i brak mi zdolności w tym kierunku. Działanie silnika stanowi dla mnie taką samą zagadkę, jak nieustanna popularność potrawki z tuńczyka.

Kochałem tego zrywnego małego dodge'a za sam jego wygląd: opływowe kształty, czarny lakier, żółte jak księżyc w pełni listwy. Ten wóz był jak zesłany z nieba dar nocy ze śladami gwiezdnego pyłu po bokach.

Na ogół nie idealizuję martwych rzeczy, jeśli nie można ich zjeść. Dodge był absolutnym wyjątkiem.

Dojechawszy do centrum i uniknąwszy na razie czołowego zderzenia z rozpędzonym, jak na ironię, karawanem, szukałem przez kilka minut idealnego miejsca do zaparkowania.

Przy Alpine Avenue, naszej głównej ulicy, trzeba zwykle parkować przodem do chodnika, czego starałem się unikać. Otwierane nieostrożnie drzwi sąsiednich pojazdów mogły uszkodzić lakier mojego shelby Z. Traktowałem jego każde zarysowanie tak, jakby to mnie zraniono.

Wolałem zdecydowanie parkować równolegle do chodnika i znalazłem odpowiednie miejsce na ulicy przy Center Square Park. Jest to rzeczywiście kwadratowy park w centrum miasta. My, mieszkańcy Gór Skalistych, jesteśmy czasem tak prostolinijni, jak nasze krajobrazy są malownicze.

Postawiłem shelby Z za żółtą furgonetką, przed Snow Mansion, budynkiem otwartym przez jedenaście miesięcy w roku, ale zamkniętym we wrześniu, gdy przypada przerwa między dwoma głównymi sezonami turystycznymi.

Na ogół, oczywiście, wysiadam z samochodu od strony kierowcy. Gdy miałem to zrobić, przemknęła obok mnie ciężarówka, niebezpiecznie blisko i przekraczając dwukrotnie dozwoloną prędkość. Gdybym otworzył drzwiczki parę sekund wcześniej i zaczął wysiadać, spędziłbym jesień w szpitalu i zaczął zimę z mniejszą liczbą kończyn.

Każdego innego dnia mruknąłbym coś pod nosem na temat niefrasobliwości kierowcy, a potem otworzył drzwiczki, skoro już zniknął. Ale nie tym razem.

Zachowując ostrożność — miałem nadzieję, że nie przesadną — przesunąłem się na siedzenie pasażera i wysiadłem od strony chodnika.

Natychmiast spojrzałem w górę. Nie spadał żaden sejf. Na razie było dobrze.

Miasteczko Snow Village, założone w 1872 roku dzięki kopalni złota i budowie kolei, stanowi skansen wiktoriańskiej architektury, zwłaszcza na rynku, gdzie działające aktywnie stowarzyszenie pielęgnowania tradycji odniosło największy sukces. Cegła i wapień były ulubionymi materiałami przy budowie czterech rzędów domów otaczających park, z rzeźbionymi lub odlewanymi frontonami nad drzwiami i oknami oraz zdobnymi żelaznymi poręczami.

Wzdłuż ulic rosną tam modrzewie: wysokie, stożkowate i stare. Nie zmieniły jeszcze swojej zielonej letniej garderoby na jesienne złoto.

Miałem do załatwienia sprawy w pralni chemicznej, w banku i w bibliotece. Żadne z tych miejsc nie znajdowało się po tej stronie parku, gdzie zostawiłem samochód.

Najbardziej martwił mnie bank. Mógł się tam zdarzyć napad rabunkowy. W takich wypadkach czasem ginęli od strzałów przypadkowi przechodnie.

Rozwaga nakazywała zaczekać z wizytą w banku do następnego dnia.

Z drugiej strony, chociaż żadnej pralni chemicznej nie oskarżono nigdy o spowodowanie katastrofy w trakcie czyszczenia trzyczęściowego garnituru, byłem pewien, że używają tam żrących, toksycznych, a może nawet wybuchowych substancji. Także biblioteki, z tymi ich wąskimi przejściami wśród drewnianych półek, pełnych łatwopalnych książek, stanowią w razie pożaru śmiertelną pułapkę.

Nie mogąc się zdecydować, stałem na chodniku w prześwitujących przez cień modrzewia promieniach słońca.

Ponieważ przepowiednie dziadka Josefa na temat pięciu strasznych dni nie zawierały szczegółów, nie zaplanowałem żadnej strategii obrony. Przez całe życie jednak przygotowywałem się psychicznie.

Wszystkie te przygotowania nie zapewniały mi wszakże spokoju. W wyobraźni lągł się strach, pełzający po grzbiecie i przenikający mnie całego.

Dopóki nie ośmielałem się wyjść z domu, poczucie bezpieczeństwa i bliskości rodziny chroniło mnie od lęku. Teraz czułem się bezbronny, bezradny, zagrożony.

Uleganie paranoi może stanowić zawodowe ryzyko dla szpiegów, polityków, handlarzy narkotyków i policjantów w wielkich miastach, ale piekarzom rzadko się to zdarza. Wołki zbożowe w mące czy brak gorzkiej czekolady w spiżarni nie stanowią dla nas od razu dowodu na istnienie przebiegłych wrogów i tajnego spisku.

Wiodąc spokojne, wygodne i — jeśli nie liczyć nocy mych narodzin — szczęśliwie pozbawione dramatycznych wydarzeń życie, nie miałem nieprzyjaciół, o których bym wiedział. A jednak przyjrzałem się wychodzącym na plac oknom na drugim i trzecim piętrze, przekonany, że zobaczę tam celującego do mnie snajpera.

Do tej chwili zawsze zakładałem, że jakiekolwiek nieszczęścia, które przydarzą mi się w ciągu tych pięciu dni, będą miały bezosobowy, naturalny charakter: rażenie piorunem, ukąszenie przez węża, zakrzep w mózgu, spadający meteoryt. Albo też będzie to wypadek, spowodowany ludzkim błędem: nadmierną prędkością ciężarówki czy pociągu lub błędami konstrukcyjnymi zbiornika na gaz.

Nawet gdybym został zastrzelony podczas napadu na bank, byłby to swego rodzaju wypadek, zważywszy na to, że mogłem opóźnić załatwianie tam spraw, idąc na spacer do parku, karmiąc wiewiórki, pozwalając im się ugryźć i zarazić wścieklizną. Teraz paraliżowała mnie myśl o celowości czyjegoś działania, świadomość, że nieznana mi osoba może chcieć mnie skrzywdzić.

Mógł to być ktoś zupełnie obcy. Najprawdopodobniej jakiś samotny szaleniec. Zmęczony życiem samobójca z karabinem, dużym zapasem amunicji i smacznych wysokokalorycznych batoników, by utrzymać kondycję podczas długich pertraktacji z policją.

Wiele szyb lśniło pomarańczowym blaskiem w popołudniowym słońcu. Pozostałe były ciemne, gdyż promienie padały na nie pod innym kątem. Każde z okien mogło być otwarte, a w ich cieniu mógł czaić się snajper.

Wskutek paraliżującego mnie strachu zacząłem nabierać przekonania, że mam taki sam dar jasnowidzenia jak dziadek Josef na łożu śmierci. Snajper przestał mi się jawić jako potencjalne zagrożenie. On tam naprawdę był, z palcem na spuście. Nie wyobrażałem go sobie, lecz czułem wyraźnie jego obecność. I widziałem swoją przyszłość, napiętnowaną dziurą od jego kuli.

Próbowałem iść naprzód, a potem chciałem się cofnąć, lecz nie mogłem ruszyć się z miejsca. Czułem, że jeśli zrobię krok w niewłaściwym kierunku, znajdę się na linii strzału.

Oczywiście, dopóki stałem nieruchomo, stanowiłem idealny cel. Racjonalne argumenty nie mogły mnie jednak odpędzić od paraliżującego lęku.

Przeniosłem wzrok z okien na dachy, które byłyby jeszcze lepszym miejscem dla strzelca wyborowego.

Byłem tak zamyślony, że nie od razu usłyszałem, że ktoś coś do mnie mówi.

— Pytałem, czy dobrze się pan czuje?

Przestałem rozglądać się za snajperem i spojrzałem na młodego człowieka, stojącego przede mną na chodniku. Ze swymi ciemnymi włosami i zielonymi oczami był przystojny jak aktor filmowy.

Przez chwilę czułem się zdezorientowany, jakbym na krótko stracił rachubę czasu i teraz, odzyskawszy ją znowu, nie mógł przystosować się do rytmu życia.

Nieznajomy spojrzał w kierunku dachów, które mnie niepokoiły, po czym utkwił we mnie wzrok.

— Źle pan wygląda.

Język uwiązł mi w gardle.

— Wydawało mi się... że coś tam widzę.

Zabrzmiało to wystarczająco dziwnie, by wywołać jego niepewny uśmiech.

— Na niebie? — spytał.

Nie mogłem mu wyjaśnić, że przyglądałem się dachom, bo prowadziłoby to nieuchronnie do wyjawienia mojej obsesji na temat snajpera.

— Tak, na niebie było coś... dziwnego — powiedziałem więc i natychmiast zdałem sobie sprawę, że brzmi to nie mniej dziwacznie, niż gdybym wspomniał o snajperze.

— Ma pan na myśli UFO? — spytał, uśmiechając się równie ujmująco jak Tom Cruise.

Mógł być w istocie jakimś znanym aktorem, wschodzącą gwiazdą. W Snow Village spędzało urlop wiele znanych postaci z show-biznesu.

Ale nawet jeśli był sławny, nie rozpoznałbym go. Nie interesowałem się szczególnie kinem, bo za bardzo absorbowało mnie pieczenie ciast, rodzina i życie.

Jedyny film, jaki widziałem tego roku, to *Forrest Gump*. W tym momencie musiałem sprawiać wrażenie, że mam współczynnik inteligencji jego tytułowego bohatera.

Poczerwieniałem i odparłem z pewnym zażenowaniem:

— Może to było UFO. Ale chyba nie. Nie wiem. Już zniknęło.

— Dobrze się pan czuje? — powtórzył nieznajomy.

— Tak, nic mi nie jest. Coś tam było, ale już zniknęło — powiedziałem, zakłopotany moim bełkotem.

Jego rozbawione spojrzenie sprawiło, że odzyskałem zdolność ruchu. Życząc mu dobrego dnia, ruszyłem z miejsca, potknąłem się o wystającą płytkę chodnika i niemal upadłem. Odzyskawszy równowagę, nie obejrzałem się już za siebie. Wiedziałem, że na mnie patrzy, z twarzą rozpromienioną tym wartym milion dolarów uśmiechem.

Nie pojmowałem, jak mogłem ulec tak całkowicie irracjonalnemu strachowi. Śmierć od kuli strzelca wyborowego była równie mało prawdopodobna jak porwanie przez kosmitów.

Postanawiając wziąć się wreszcie w garść, ruszyłem wprost do banku.

Co ma być, to będzie. Może lepiej, żeby bezlitośni gangsterzy uczynili mnie kaleką, strzelając mi w kręgosłup, niż miałbym doznać potwornego oszpecenia w pożarze biblioteki lub spędzić resztę życia podłączony do sztucznego płuca z powodu zatrucia toksycznymi oparami po wybuchu w pralni chemicznej.

Bank zamykano za kilka minut. Z tego powodu było tam niewielu klientów, ale wszyscy wydawali mi się podejrzani. Starałem się mieć ich cały czas na oku.

Nie ufałem nawet osiemdziesięcioletniej staruszce, której trzęsła się głowa. Niektórzy zawodowi rabusie byli mistrzami kamuflażu. Drżenie mogło być sprytnie udawane. Ale brodawka na podbródku staruszki była z pewnością prawdziwa.

W dziewiętnastym wieku banki musiały robić na klientach wrażenie. W holu była granitowa posadzka, granitowe ściany, żłobkowane kolumny i dużo ozdób z brązu.

Gdy jeden z urzędników, idąc przez salę, upuścił księgę, odgłos jej upadku, odbity echem od ścian, zabrzmiał zupełnie jak wystrzał. Poczułem skurcz w brzuchu, ale nie zabrudziłem spodni.

Oddawszy czek i wziąwszy gotówkę, wyszedłem bez żadnych komplikacji. Obrotowe drzwi wywoływały klaustrofobię, ale wydostałem się przez nie bezpiecznie na zewnątrz, oddychając ciepłym powietrzem.

Musiałem odebrać parę rzeczy z pralni, ale zostawiłem to zadanie na koniec i poszedłem najpierw do biblioteki.

Biblioteka imienia Corneliusa Rutherforda Snowa jest o wiele większa, niż można by oczekiwać w miasteczku tak małym jak nasze. Mieści się w eleganckim budynku z wapienia. Przy głównym wejściu są kamienne lwy na cokołach w kształcie książek. Lwy nie ryczą ani nie mają czujnie podniesionych łbów. O dziwo, oba śpią, jakby znudzone lekturą autobiografii jakiegoś polityka.

Cornelius, za którego pieniądze zbudowano bibliotekę, nie interesował się szczególnie książkami, ale uważał, że powinien. Ufundowanie dużej biblioteki było, jego zdaniem, równie wzbogacające dla ducha i budujące dla umysłu, jak przebrnięcie przez setki tomów. Gdy gmach ukończono, uważał się za oczytanego człowieka.

Nazwa naszego miasta nie pochodzi od formy opadów, które przeważają tu w ciągu roku. Stanowi wyraz hołdu dla właściciela kolei i kopalni, za którego nieopodatkowane pieniądze zostało założone: Corneliusa Rutherforda Snowa.

Tuż obok frontowych drzwi biblioteki wisi portret Corneliusa. Z jego stalowego spojrzenia, wąsów i bokobrodów emanuje duma.

Gdy wszedłem, przy stolikach w czytelni nie było nikogo. Jedyny widoczny klient stał przy głównym biurku, opierając się swobodnie o blat i rozmawiając szeptem z Lionelem Davisem, kierownikiem biblioteki.

Gdy zbliżyłem się do stojącego na podwyższeniu biurka, rozpoznałem tego człowieka. Jego zielone oczy rozbłysły na mój widok, a szeroki ekranowy uśmiech wydawał się przyjacielski, nie drwiący, choć powiedział do Lionela:

— Myślę, że ten dżentelmen będzie chciał książkę o latających talerzach.

Znałem Lionela Davisa od lat. Książki były dla niego całym życiem, tak jak dla mnie wypieki. Był serdeczny, uprzejmy i żywił taki sam entuzjazm dla historii Egiptu, jak dla pełnych cynizmu powieści kryminalnych.

Miał zmęczone, ale dziecięco szczere oblicze dobrodusznego kowala lub księdza z powieści Dickensa. Znałem dobrze jego twarz, ale nigdy nie widziałem, by miała taki wyraz, jak w tym momencie.

Uśmiechał się szeroko, ale równocześnie mrużył oczy. Drżenie lewego kącika ust sugerowało, że oczy wyrażają jego myśli bardziej prawdziwie niż uśmiech.

Nawet gdybym rozpoznał przestrogę na twarzy Lionela, nie mógłbym nic uczynić, by ocalić jego lub siebie. Przystojny facet z porcelanowo białymi zębami postanowił, co zrobi, już w chwili, gdy wszedłem.

Najpierw strzelił Lionelowi Davisowi w głowę.

# 7

Odgłos wystrzału zabrzmiał głucho i nawet w połowie nie tak głośno, jak bym się spodziewał.

Przemknęła mi przez głowę idiotyczna myśl, że przy kręceniu filmów nie używa się prawdziwych pocisków, tylko ślepe naboje, więc podczas obróbki taśmy ten dźwięk trzeba będzie poprawić.

Szukałem niemal wzrokiem kamer i ekipy filmowej. Człowiek, który strzelał, był przystojny jak gwiazda ekranu, odgłos strzału brzmiał nienaturalnie, a poza tym nikt nie miał powodu, by zabijać tak miłego człowieka jak Lionel Davis, co musiało oznaczać, że wszystko to zostało zainscenizowane, a gotowy film będzie w lecie pokazywany w całym kraju.

— Ile much połykasz codziennie, stojąc tak z rozdziawionymi ustami? — spytał morderca. — Czy kiedykolwiek je zamykasz?

Sprawiał wrażenie, że bawi go mój widok i zdążył już zapomnieć o Lionelu, jakby zabicie bibliotekarza było czymś równie błahym jak rozdeptanie mrówki.

Usłyszałem, że mój głos zabrzmiał głucho i szorstko ze zdumienia i gniewu:

— Co on takiego panu zrobił?

— Kto?

Pomyślicie, że udawał konsternację, grał twardziela, by zrobić na mnie wrażenie swym okrucieństwem, ale zapewniam was, że tak nie było. Wiedziałem od razu, że nie skojarzył mojego pytania z człowiekiem, którego właśnie zabił.

Słowo szaleniec nie do końca do niego pasowało, ale mogło być dobre na początek.

Zaskoczony, że w moim głosie nie ma strachu, lecz coraz więcej gniewu, powiedziałem:

— Lionel. Był dobrym, spokojnym człowiekiem.

— Ach, o nim mówisz.

— Lionel Davis. Miał imię. Miał swoje życie, przyjaciół. Był kimś.

Szczerze zdumiony nieznajomy zapytał z niepewnym uśmiechem:

— Nie był tylko bibliotekarzem?

— Ty stuknięty sukinsynu.

Jego uśmiech stężał, a twarz pobladła i zesztywniała, jakby ciało mogło się zmieniać w gipsową pośmiertną maskę. Uniósł pistolet, wymierzył go w moją pierś i powiedział z absolutną powagą:

— Nie obrażaj mojej matki.

Jego oburzenie na moje przekleństwo, tak nieproporcjonalne w stosunku do obojętności, z jaką popełnił morderstwo, wydało mi się ponuro zabawne. Gdybym się wtedy zaśmiał, choćby z niedowierzania, na pewno by mnie zabił.

Na widok lufy broni poczułem strach, ale nie pozwoliłem, by dotarł do wszystkich zakątków mego umysłu.

Wcześniej na ulicy lęk przed snajperem dosłownie mnie paraliżował. Teraz uświadomiłem sobie, że nie przerażał mnie niewidoczny człowiek z bronią, lecz niepewność, czy on rzeczywiście tam jest, czy też śmiertelne niebezpieczeństwo grozi mi z zupełnie innej strony. Gdy wyczuwamy zagrożenie, lecz nie umiemy go zidentyfikować, wszystko staje się podejrzane. Cały świat wydaje się wrogi.

Strach przed nieznanym budzi przerażenie w najczystszej formie.

Teraz zidentyfikowałem wroga. Choć mógł być zdolnym do wszystkiego psychopatą, poczułem pewną ulgę, bo znałem jego twarz. Niezliczone zagrożenia, będące tworem mojej wyobraźni, zostały zastąpione przez to jedno rzeczywiste niebezpieczeństwo.

Opuścił pistolet, rozluźniając się nieco.

Dzieliły nas może cztery metry, więc nie ośmielałem się go atakować. Mogłem tylko powtórzyć:

— Co on takiego panu zrobił?

Nieznajomy uśmiechnął się i wzruszył ramionami.

— Nie zastrzeliłbym go, gdybyś tu nie wszedł.

Ból po śmierci Lionela przeniknął mnie do głębi jak obracający się powoli świder. Drżenie mego głosu spowodował żal, a nie strach.

— O czym pan mówi?

— Nie dałbym sobie rady z dwoma zakładnikami. On był tu sam. Jego asystent jest na zwolnieniu. Chwilowo nie było nikogo więcej. Właśnie miał zamknąć drzwi, gdy się zjawiłeś.

— Proszę nie mówić, że to moja wina.

— Och nie, skądże — zapewnił, jakby naprawdę troszczył się o to, co czuję. — To nie twoja wina. Tak się złożyło.

— Tak się złożyło — powtórzyłem ze zdziwieniem, nie mogąc zrozumieć psychiki człowieka, który mówi tak lekceważąco o morderstwie.

— Mogłem zastrzelić ciebie, ale ponieważ spotkałem cię przedtem na ulicy, uznałem, że będziesz ciekawszym towarzyszem niż stary, nudny bibliotekarz.

— Po co potrzebny panu zakładnik?

— Na wypadek gdyby coś nie wyszło.

— Co?

— Zobaczysz.

Jego sportowa marynarka miała stylowy krój. Z jednej z przestronnych wewnętrznych kieszeni wyciągnął kajdanki.

— Rzucę ci je.

— Nie chcę.

Uśmiechnął się.

— Będzie z tobą wesoło. Złap je. Załóż jedną obręcz na prawy przegub, a potem połóż się na podłodze z rękami do tyłu, żebym mógł dokończyć robotę.

Gdy rzucił mi kajdanki, uchyliłem się. Uderzyły o stół i spadły z brzękiem na podłogę.

Nieznajomy trzymał pistolet przy boku. Wycelował go znowu we mnie.

Choć spoglądałem w lufę jego broni już po raz drugi, byłem równie zdenerwowany jak poprzednio.

Nigdy nie miałem w ręce pistoletu, a tym bardziej do nikogo nie strzelałem. W mojej pracy jedynym narzędziem, które przypomina broń, jest nóż do krojenia tortów. Może jeszcze wałek do ciasta. My, piekarze, nie mamy jednak zwyczaju nosić wałka w kaburze, w tego rodzaju sytuacjach jesteśmy więc bezbronni.

— Podnieś je, drągalu.

Drągalu. Był w przybliżeniu mojego wzrostu.

— Podnieś je albo zrobię z tobą to, co z Lionelem, i zaczekam na kolejnego zakładnika.

Starałem się wykorzystać mój żal i gniew z powodu śmierci Lionela, by przezwyciężyć strach. Strach mógł mnie osłabić i pokonać, ale teraz zdałem sobie sprawę, że brawura może mnie zabić.

Uznawszy rozsądnie, że siedzi we mnie tchórz, pochyliłem się, podniosłem kajdanki i zacisnąłem jeden ze stalowych pierścieni na prawym przegubie.

Chwyciwszy z biurka bibliotekarza pęk kluczy, nieznajomy powiedział:

— Nie kładź się jeszcze na podłogę. Stój w miejscu, żebym cię widział, jak będę zamykał drzwi.

Gdy był w połowie drogi między biurkiem a portretem Corneliusa Rutherforda Snowa, drzwi otworzyły się i do sali weszła nieznana mi młoda kobieta ze stertą książek.

Była piękniejsza niż *gâteau à l'orange* z lukrem z masła czekoladowego, ozdobiony kandyzowaną skórką pomarańczową i wiśniami.

Nie zniósłbym tego, gdyby właśnie ją zastrzelił.

# 8

Była piękniejsza niż *soufflé au chocolat*, polany *crème anglaise* o smaku morelowym i podawany przy świecach, na srebrnej tacy, w filiżance ze spodkiem z serwisu Limoges. Drzwi zatrzasnęły się za nią i dopiero gdy zrobiła kilka kroków w głąb sali, zdała sobie sprawę, że w bibliotece dzieje się coś dziwnego. Nie widziała martwego mężczyzny za biurkiem, ale zauważyła kajdanki, zwisające z mojego prawego przegubu.

Gdy się odezwała, miała cudownie głęboki głos, który robił tym większe wrażenie, że zwracała się scenicznym szeptem do zabójcy:

— Czy to jest pistolet?

— A nie wygląda?

— To może być zabawka — odparła. — Pytam, czy to prawdziwa broń.

Wskazując na mnie, nieznajomy rzekł:

— Chcesz zobaczyć, jak go zastrzelę?

Wyczułem, że stałem się właśnie najmniej pożądanym spośród dostępnych zakładników.

— O rany! — powiedziała. — To byłaby przesada.

— Potrzebuję tylko jednego zakładnika.

— Mimo wszystko — rzekła z tupetem, który mnie zdumiał — może po prostu strzeliłby pan w sufit.

Zabójca uśmiechnął się do niej dobrodusznie, tak jak przedtem, na ulicy, do mnie. W istocie jego uśmiech był nawet cieplejszy i bardziej ujmujący.

— Czemu mówisz szeptem? — spytał.

— Jesteśmy w bibliotece — wyszeptała.

— Zawiesiliśmy obowiązujące przepisy.

— Jest pan bibliotekarzem? — zapytała.

— Ja? Nie. W istocie...

— Więc nie ma pan prawa zmieniać przepisów — powiedziała cicho, ale już nie szeptem.

— To daje mi prawo — oznajmił, strzelając w sufit.

Spojrzała na frontowe okna, z których ulicę widać było tylko przez szczeliny w półprzymkniętych żaluzjach. Gdy popatrzyła potem na mnie, spostrzegłem, że jest rozczarowana, tak jak ja przedtem, głuchym odgłosem wystrzału. Ściany, obłożone książkami, wygłuszyły hałas. Na zewnątrz mógł on zabrzmieć niewiele głośniej niż stłumione kaszlnięcie.

Nie dając po sobie poznać, że ten pojedynczy strzał ją poruszył, dziewczyna spytała:

— Mogę położyć gdzieś te książki? Jest ich całkiem sporo.

Mężczyzna wskazał pistoletem stół w czytelni.

— Tam.

Gdy dziewczyna odłożyła książki, zabójca podszedł do drzwi i zamknął je na klucz, nie spuszczając nas z oka.

— Nie chcę pana krytykować — rzekła dziewczyna — i jestem pewna, że zna się pan lepiej niż ja na swojej robocie, ale jeden zakładnik panu nie wystarczy.

Była tak niebezpiecznie atrakcyjna dla oka, że w innych okolicznościach sprowadziłaby każdego faceta do poziomu ogłupiającego pożądania. Ja byłem już jednak w tym momencie bardziej zainteresowany tym, co ma do powiedzenia, niż jej figurą, zafascynowany bardziej jej hucpą niż olśniewającą twarzą.

Psychopata najwyraźniej dzielił moją fascynację. Widać było po wyrazie jego twarzy, że ta dziewczyna go oczarowała. Jego morderczy uśmiech stał się bardziej promienny.

Gdy się do niej odezwał, w jego głosie nie było uszczypliwości ani śladu sarkazmu.

— Masz jakąś teorię na temat zakładników?

Pokręciła głową.

— To nie teoria. Jedynie praktyczne spostrzeżenie. Jeśli uwikła się pan w starcie z policją, mając tylko jednego zakładnika, jak ich pan przekona, że naprawdę go pan zabije, że pan nie blefuje?

— Jak? — zapytaliśmy równocześnie on i ja.

— Nie ma sposobu, żeby panu uwierzyli — kontynuowała. — Zawsze mieliby wątpliwości. Więc spróbują pana zaatakować i zginie pan razem z zakładnikiem.

— Potrafię być przekonujący — zapewnił ją łagodniejszym tonem, jakby zamierzał zaprosić ją na randkę.

— Gdybym była gliną, nie uwierzyłabym panu ani przez chwilę. Jest pan zbyt uroczy, żeby być mordercą. Czyż nie jest zbyt uroczy? — spytała, zwracając się do mnie.

Omal nie powiedziałem, że moim zdaniem wcale nie jest taki uroczy, więc rozumiecie teraz, co miałem na myśli, twierdząc, że ona wpływała na facetów ogłupiająco.

— Ale mając dwóch zakładników — kontynuowała — może pan jednego zabić, by dowieść prawdziwości swojej groźby i wtedy ten drugi będzie pewną tarczą. Żaden glina nie odważy się poddawać pana kolejnej próbie.

Wpatrywał się w nią przez chwilę.

— Niezła jesteś — powiedział w końcu z uznaniem.

— No cóż — odparła, wskazując na stertę książek, które właśnie oddała. — Dużo czytam i potrafię myśleć, to wszystko.

— Jak się nazywasz? — spytał.

— Lorrie.

— A dalej?

— Lorrie Lynn Hicks — odparła. — A pan?

Otworzył usta, zamierzając jej się przedstawić, ale tylko się uśmiechnął.

— To tajemnica.

— I ma pan najwyraźniej jakąś tajną misję.

— Zabiłem już bibliotekarza — stwierdził, jakby morderstwo stanowiło uzupełnienie poprzedniej informacji.

— Tego się właśnie obawiałam.

Przełknąłem ślinę.

— Mam na imię James — wtrąciłem.

— Cześć, Jimmy — powiedziała i chociaż się uśmiechnęła, dostrzegłem w jej oczach potworny smutek i rozpaczliwą rozterkę.

— Stań obok niego — rozkazał psychopata.

Lorrie podeszła do mnie. Pachniała równie ładnie jak wyglądała: świeżo, schludnie, cytrynowo.

— Przykuj się do niego.

Gdy założyła na lewy przegub metalowy pierścień, łącząc w ten sposób nasze losy, poczułem, że powinienem powiedzieć coś, by ją pocieszyć, zareagować na rozpacz, którą dostrzegłem w jej oczach. Zabrakło mi jednak inteligencji i wykrztusiłem jedynie:

— Pachniesz jak cytryny.

— Przez cały dzień robiłam cytrynową marmoladę. Wieczorem zamierzałam spróbować, jak smakuje z grzankami.

— Przyrządzę słodko-gorzką gorącą czekoladę z odrobiną cynamonu — powiedziałem. — Będzie pasować idealnie do twoich grzanek z marmoladą.

Najwyraźniej doceniała moją niezłomną wiarę w to, że przeżyjemy, ale z jej oczu nie zniknął niepokój.

Psychopata spojrzał na zegarek.

— To zajęło zbyt wiele czasu — stwierdził. — Muszę zebrać sporo informacji, zanim zaczną się eksplozje.

# 9

Cała nasza przeszłość starannie poukładana na półkach, czas skatalogowany w szufladach: wiadomości kruszeją i żółkną w papierowych katakumbach pod biblioteką.

Zabójca dowiedział się, że „Snow County Gazette" od ponad stulecia gromadzi stare egzemplarze dziennika w podziemiach, dwa piętra pod miejskim rynkiem. Nazywali to „bezcennym archiwum miejscowej historii". W mauzoleum gazety zachowano dla potomności szczegóły dotyczące organizowanych przez skautów kiermaszów dobroczynnych ze sprzedażą ciast, wyborów władz szkoły czy walki o podział wpływów, gdy produkująca pączki firma Sugar Time Donuts próbowała rozszerzyć zakres swych działań.

Wszystkie wydania dziennika od 1950 roku można było obejrzeć na mikrofiszkach. Gdy ktoś potrzebował informacji z wcześniejszego okresu, należało wypełnić druczek zamówienia na archiwalne egzemplarze gazety. Przeglądało się je pod nadzorem pracownika biblioteki.

Ale szaleniec, który bez powodu strzelał do bibliotekarza, nie przejmował się standardowymi procedurami. Grasował po archiwum i przynosił na stół, co chciał. Obchodził się z pożółkłymi gazetami tak bezceremonialnie, jakby miał do czynienia z bieżącym wydaniem „USA Today".

Usadowił Lorrie Lynn Hicks i mnie na krzesłach w głębi ogromnej sali, w której pracował. Nie byliśmy dość blisko, by widzieć, jakie artykuły w „Gazette" go interesują.

Siedzieliśmy pod beczkowym sklepieniem, mając nad sobą podwójny rząd odwróconych halogenowych żarówek. Rzucały mdłe światło, mogące zadowolić co najwyżej uczonych, którzy żyjąc w epoce, gdy elektryczność była nowością, dobrze pamiętali jeszcze z dzieciństwa lampy naftowe.

Kolejną parą kajdanek nasz prześladowca przykuł nas do poręczy jednego z krzeseł, na których zostaliśmy posadzeni.

Ponieważ nie wszystkie archiwa znajdowały się w tej jednej sali, wchodził wielokrotnie do sąsiedniego pomieszczenia, zostawiając nas chwilami samych. Jego nieobecność nie dawała nam jednak szansy ucieczki. Przykuci do siebie i do krzesła nie mogliśmy się poruszać ani szybko, ani cicho.

— Mam w torebce pilnik do paznokci — szepnęła Lorrie.

Zerknąłem na jej dłoń, przykutą do mojej. Była silna, ale zgrabna, ze smukłymi palcami.

— Podobają mi się twoje paznokcie.

— Poważnie?

— Tak. Masz ładny odcień lakieru. Przypomina kandyzowane wiśnie.

— Nazywa się *Glaçage de Framboise*.

— Więc to niewłaściwa nazwa. Nigdy nie spotkałem w pracy takiego koloru malin.

— Pracujesz z malinami?

— Jestem piekarzem, a chcę zostać cukiernikiem.

Wydawała się nieco zawiedziona.

— Wyglądasz groźnie jak na cukiernika.

— Cóż, jestem trochę wyrośnięty.

— Myślisz, że to dlatego?

— Poza tym piekarze mają zwykle silne ręce.

— Nie — odparła. — To przez twoje oczy. W nich jest coś groźnego.

Było to jak spełnienie marzeń nastolatka: usłyszeć od pięknej kobiety, że ma się niebezpieczne oczy.

— Są szczere i mają piękny błękitny odcień — rzekła — ale kryją jakieś szaleństwo.

Szalone oczy są niebezpieczne, ale nie romantyczne. James Bond ma niebezpieczne spojrzenie, a Charles Mason — szalone. Charles Mason, Osama bin Laden, Wile E. Coyote. Kobiety przepadają za Jamesem Bondem, ale nie może liczyć na randkę Wile'em E. Coyote.

— Wspomniałam o tym pilniku w torebce — powiedziała — ponieważ jest metalowy i wystarczająco ostry z jednej strony, by posłużyć za broń.

— Och. — Poczułem się idiotycznie i nie mogłem przypisywać mojej tępoty wyłącznie ogłupiającemu wpływowi jej urody. — On zabrał ci torebkę — zauważyłem.

— Może zdołałabym ją odzyskać.

Jej torebka stała na stole, przy którym siedział zabójca, czytając stare numery „Snow County Gazette".

Mogliśmy zaczekać, aż wyjdzie znowu z sali i dźwigając na plecach krzesła, pokuśtykać razem w kierunku stołu. Najprawdopodobniej hałas zwabiłby go z powrotem, zanim zdołalibyśmy sięgnąć po torebkę.

Mogliśmy też spróbować przejść przez salę maksymalnie cicho, ale wtedy musielibyśmy poruszać się powoli jak bliźniaki syjamskie na polu minowym. Biorąc pod uwagę, ile przeciętnie czasu potrzebował nasz prześladowca na przynoszenie z archiwum dodatkowych materiałów, nie dotarlibyśmy do torebki przed jego powrotem.

Moje myśli były chyba dla niej równie czytelne, jak szaleństwo obecne w moich oczach, bo powiedziała:

— Nie o to mi chodziło. Chyba odda mi torebkę, jak mu powiem, że mam kobiecą przypadłość.

*Kobieca przypadłość.*

Może z powodu szoku, że spełniała się przepowiednia dziadka, a może dlatego, że miałem wciąż przed oczami śmierć

79

bibliotekarza, nie docierało do mnie jakoś znaczenie tych dwóch słów.

Świadoma mojego otępienia, podobnie jak wydawała się świadoma każdego elektrycznego impulsu, pojawiającego się w moim mózgu, Lorrie kontynuowała:

— Jeśli mu powiem, że mam okres i rozpaczliwie potrzebuję tamponu, na pewno okaże się dżentelmenem i da mi torebkę.

— To zabójca — przypomniałem jej.

— Ale chyba nie gbur.

— Strzelił Lionelowi Davisowi w głowę.

— To nie znaczy, że nie stać go na uprzejmość.

— Nie stawiałbym na to — odparłem.

Skrzywiła się ze złości, ale i tak wyglądała cholernie atrakcyjnie.

— Mam nadzieję, że nie jesteś urodzonym pesymistą. Tego byłoby już za wiele: być zakładniczką mordercy bibliotekarza i w dodatku przykutą do urodzonego pesymisty.

Nie chciałem być niemiły. Pragnąłem wzbudzać jej sympatię. Każdy facet chce, żeby ładna kobieta go lubiła. Nie mogłem jednak zgodzić się z tym, co o mnie powiedziała.

— Nie jestem pesymistą, tylko realistą.

Westchnęła ciężko.

— Każdy pesymista tak mówi.

— Przekonasz się — odparłem nieprzekonująco. — Nie jestem pesymistą.

— Ja jestem niezmordowaną optymistką — oznajmiła. — Wiesz, co to znaczy?

— Słowa „piekarz" i „analfabeta" nie są synonimami — zapewniłem ją. — Nie tylko ty jedna w Snow Village czytasz i myślisz.

— Więc co znaczy słowo „niezmordowany"?

— Nieustępliwy. Wytrwały.

— Niestrudzony — rzekła z naciskiem. — Jestem niestrudzoną optymistką.

— Istnieje subtelna różnica między optymizmem a niepoprawnym optymizmem.

Zabójca, który wcześniej wyszedł z sali, wrócił właśnie ze stertą pożółkłych gazet do stolika, stojącego piętnaście metrów od nas.

Lorrie przyglądała mu się z drapieżnym wyrachowaniem.

— W odpowiednim momencie — szepnęła — powiem mu, że mam kobiecą przypadłość i potrzebuję torebki.

— Pilnik może jest ostry, ale nie na wiele się zda przeciwko broni palnej — zaprotestowałem.

— Znowu zaczynasz. Urodzony pesymista. To wada nawet u piekarza. Skoro będziesz oczekiwał, że ciasto zawsze opadnie, to tak się stanie.

— Moje ciasto nigdy nie opada.

Uniosła brew.

— To ty tak twierdzisz.

— Myślisz, że możesz dźgnąć go w serce i zatrzymać jak zegarek? — spytałem z wystarczającym lekceważeniem, by zrozumiała mój sceptycyzm, ale nie na tyle sarkastycznie, żeby zniechęcić ją do zjedzenia wspólnie kolacji, gdybyśmy przeżyli ten dzień.

— Dźgnąć go w serce? Oczywiście, że nie. Drugą w kolejności możliwością byłby cios w szyję, żeby uszkodzić tętnicę. Ale najlepiej byłoby przebić mu oko.

Wyglądała jak marzenie, lecz jej słowa kojarzyły się z upiornym snem.

Zapewne znów rozdziawiłem szeroko usta. Wiem w każdym razie, że wyjąkałem:

— Przebić oko?

— Jak pilnik wbije się dość głęboko, można nawet uszkodzić mózg — oznajmiła, kiwając głową jakby na potwierdzenie swoich słów. — On natychmiast dostanie drgawek i upuści broń, a jeśli nawet nie, będzie w takim szoku, że z łatwością wyjmiemy mu ją z ręki.

— O Boże, ty nas zabijesz.

— Znowu zaczynasz.

— Posłuchaj — próbowałem ją przekonać. — Jak przyjdzie co do czego, nie starczy ci odwagi, żeby coś takiego zrobić.

— Owszem, bo chcę ocalić życie.

Przerażony jej niewzruszoną pewnością siebie dodałem z uporem:

— Zawahasz się w ostatniej chwili.

— Nigdy się nie waham.

— Przebiłaś już komuś oko?

— Nie. Ale jestem w stanie to sobie wyobrazić.

Nie mogłem już pohamować sarkazmu.

— Kim ty jesteś, zawodowym mordercą?

Zmarszczyła brwi.

— Nie podnoś głosu. Jestem nauczycielką tańca.

— I ucząc w szkole baletowej, dowiedziałaś się, jak przebić facetowi oko?

— Oczywiście, że nie, głuptasie. Nie uczę w szkole baletowej. Daję lekcje tańca towarzyskiego. Fokstrot, walc, rumba, tango, cza-cza, swing, cokolwiek chcesz.

Trzeba mieć szczęście: siedzieć przykutym do pięknej kobiety, która okazuje się instruktorką tańca, i być takim niedojdą jak ja.

— Zawahasz się — powtórzyłem — i nie trafisz go w oko, a wtedy nas zastrzeli.

— Gdybym nawet pokpiła sprawę — odparła — choć to niemożliwe, ale nawet gdyby, on nas nie zastrzeli. Nie słuchałeś uważnie? Potrzebuje zakładników.

— Ale nie takich, którzy próbują wykłuć mu oko — zaprotestowałem.

Zadarła głowę, jakby wzywając na pomoc niebiosa.

— Boże, czyżbym została przykuta do pesymisty, który jest w dodatku tchórzem?

— Nie jestem tchórzem. Staram się być ostrożny i odpowiedzialny.

— Wszyscy tchórze tak mówią.

— Podobnie jak wszyscy, którzy są ostrożni i odpowiedzialni — odparłem zdeprymowany, że wciąż muszę się przed nią tłumaczyć.

Siedzący w głębi sali psychopata zaczął nagle uderzać pięścią w gazetę, którą czytał. Potem obydwiema pięściami. Walił nimi jak rozzłoszczone dziecko.

Z budzącym strach grymasem na twarzy wydawał nieartykułowane, pełne wściekłości dźwięki, jakby z łańcucha czasu i kodu DNA zerwała się obecna nadal w jego genach świadomość prymitywnego neandertalczyka.

W jego głosie był najpierw gniew, potem frustracja, potem jakby dzika rozpacz i znów gniew, coraz bardziej narastający. Przypominało to żałosny skowyt zwierzęcia.

Odsunął krzesło od stolika, wziął do ręki pistolet i wystrzelił osiem pozostałych w magazynku pocisków, celując w gazetę, którą czytał.

Głuche echa kolejnych wystrzałów odbijały się o sklepienie sufitu, dźwięczały w mosiężnych osłonach halogenowych żarówek i rozbrzmiewały między metalowymi szafkami. Czułem ich wibracje na zębach.

Na poziomie ulicy tę grzmiącą dwa piętra pod ziemią kanonadę można było usłyszeć co najwyżej jako cichy trzask.

Ze starego dębowego stołu posypały się drzazgi, w powietrzu fruwały kawałki papieru i odbite rykoszetem pociski, ciągnąc za sobą smużki dymu. Zapachowi starych gazet towarzyszył gryzący swąd prochu i woń surowego drewna z poranionego blatu.

Przez chwilę, gdy zabójca kilkakrotnie naciskał bezskutecznie spust, ucieszyłem się, że skończyła mu się amunicja. Ale oczywiście miał zapasowy magazynek, może nawet kilka.

Przeładowując broń, miał najwyraźniej zamiar wystrzelać jeszcze dziesięć pocisków w znienawidzoną gazetę. Ale gdy włożył nowy magazynek, jego złość nagle minęła. Zaczął płakać. Wstrząsał nim żałosny szloch.

Opadł ponownie na krzesło i odłożył broń. Pochylił się nad

stołem i wyglądało na to, że chce złożyć z powrotem podziurawione i porozdzierane pociskami stronice, jakby zawierały jakąś cenną dla niego historię.

Lorrie Lynn Hicks, której cytrynowy zapach potrafił jeszcze odświeżyć przesycone swądem prochu powietrze, pochyliła ku mnie głowę i wyszeptała:

— Widzisz? Można go pokonać.

Zastanawiałem się, czy nadmiaru optymizmu nie należy uznać za formę szaleństwa.

Wpatrując się w jej oczy, dostrzegłem, tak jak poprzednio, lęk, którego kategorycznie nie chciała okazać. Mrugnęła do mnie.

Jej upór w lekceważeniu strachu przerażał mnie, bo wydawał się tak lekkomyślny, tak irracjonalny — a jednak kochałem ją za to.

Ogarnęło mnie nagle przeczucie, jakbym ujrzał czarnego konia śmierci, że Lorrie zostanie postrzelona. Ta mroczna myśl wywołała rozpaczliwe pragnienie, by ją chronić.

Z czasem przeczucie się sprawdziło i w żaden sposób nie mogłem zmienić trajektorii pocisku.

# 10

Z mokrymi od łez policzkami i zielonymi oczami, w których nie dostrzegaliśmy już żalu ani rozgoryczenia, a także wątpliwości, szaleniec wyglądał jak pielgrzym, który dotarł na szczyt góry i zna swoje przeznaczenie, swój cel.

Uwolnił mnie i Lorrie z krzeseł, ale pozostawił nas przykutych do siebie.

— Jesteście oboje stąd? — spytał, gdy stanęliśmy.

Po jego agresywnym zachowaniu i wybuchu złości trudno mi było uwierzyć, że chce się teraz wdać w miłą pogawędkę. Za tym pytaniem kryło się więcej, niż sugerowały same słowa, co oznaczało, że nasza odpowiedź mogła mieć nieprzewidziane konsekwencje.

Wahałem się, co powiedzieć, i Lorrie także milczała, na pewno z tego samego powodu.

— No więc jak, Jimmy? — nalegał szaleniec. — To biblioteka okręgowa i ludzie zjeżdżają się tutaj z różnych stron. Mieszkacie w miasteczku czy gdzie indziej?

Chociaż nie wiedziałem, którą odpowiedź wolałby usłyszeć, czułem, że jeśli będę milczał, zarobię kulkę. Lionela Davisa zastrzelił z bardziej błahego powodu, właściwie za nic.

— Mieszkam w Snow Village — odparłem.

— Od jak dawna?

— Całe życie.

— Podoba ci się tutaj?

— Nie w podziemiach biblioteki, z kajdankami na rękach. Ale większość innych miejsc lubię.

Jego uśmiech był dziwnie ujmujący i nie mogłem pojąć, jak czyjeś oczy mogą się tak bez przerwy skrzyć, jakby zamontowano w nich obracane mechaniczne pryzmaty, śledzące bez przerwy wszystkie źródła światła w otoczeniu. Z pewnością żaden inny maniakalny zabójca nie wzbudzał takiej sympatii, gdy przekrzywiał głowę i obdarzał cię ironicznym uśmiechem.

— Zabawny z ciebie facet, Jimmy — stwierdził.

— Nie staram się być zabawny — powiedziałem przepraszająco, szurając nogami po wygładzonej posadzce z wapienia. — Chyba że pan by tego chciał — dodałem.

— Mimo tego, co przeszedłem, mam poczucie humoru — rzekł.

— Zauważyłem.

— A ty? — spytał Lorrie.

— Ja też mam poczucie humoru — odparła.

— Na pewno. Jesteś o wiele zabawniejsza niż Jimmy.

— O wiele — przyznała.

— Ale pytałem — sprecyzował — czy mieszkasz w tym miasteczku?

Ponieważ ja odpowiedziałem na to samo pytanie twierdząco i nie zostałem natychmiast zastrzelony, ośmieliła się powiedzieć:

— Tak. Dwie przecznice stąd.

— Mieszkasz tu od urodzenia?

— Nie. Dopiero od roku.

To wyjaśniało, dlaczego mogłem przez dwadzieścia lat jej nie zauważyć. W miasteczku zamieszkanym przez czternaście tysięcy ludzi można w ciągu długiego życia nie mieć nigdy okazji rozmawiać z dziewięćdziesięcioma procentami mieszkańców.

Gdybym jednak choć raz spostrzegł ją na ulicy, nie zapomniałbym jej twarzy. Zastanawiałbym się przez wiele długich, bezsennych nocy, kim jest, dokąd poszła i jak ją odnaleźć.

— Wychowałam się w Los Angeles — oznajmiła. — Przeżywszy tam dziewiętnaście lat, nie byłam jeszcze totalnie zbzikowana, więc uznałam, że to ostatni dzwonek, żeby zwiać.

— Podoba ci się w Snow Village? — spytał.

— Na razie tak. Miło tu.

Zabójca nadal się uśmiechał i z iskrami w oczach emanował całym swoim urokiem, a w jego głosie wcale nie było tonu szaleństwa, gdy oznajmił:

— Snow Village to złe miejsce.

— No cóż — odparła Lorrie. — Pewnie, że złe, ale są tu przyjemne zakątki.

— Na przykład restauracja Morellego — podsunąłem.

— Mają tam fantastyczne kurczaki all'Alba — dodała Lorrie. — W Bijou też jest świetnie.

Zachwycony, że lubi te same miejsca co ja, powiedziałem:

— To niesamowite, że kino nosi nazwę Bijou.

— Te ich urocze zdobienia w stylu art déco — ciągnęła. — I dają prawdziwe masło do prażonej kukurydzy.

— Podoba mi się też Center Square Park — dodałem.

Szaleniec nie zgodził się ze mną.

— Nie, to złe miejsce. Siedziałem tam i widziałem, jak ptaki paskudzą na pomnik Corneliusa Rutherforda Snowa.

— Co w tym złego? — zdziwiła się Lorrie. — Jeśli był choć w połowie tak napuszony, jak wygląda na pomniku, mają rację.

— Nie mówię, że ptaki są złe — wyjaśnił szaleniec z promiennym uśmiechem. — Chociaż mogą być. Mam na myśli park, ziemię, cały obszar, na którym zbudowano to miasto.

Chciałem porozmawiać z Lorrie o innych rzeczach, które oboje lubiliśmy, o naszych wspólnych zainteresowaniach, i byłem pewien, że ona też ma na to ochotę, ale musieliśmy słuchać tego uśmiechniętego faceta, ponieważ miał broń.

— To znaczy... że miasto powstało na miejscu indiańskiego cmentarza czy coś w tym rodzaju? — spytała Lorrie.

87

Pokręcił głową.

— Nie, nie. Sama ziemia dawno temu była dobra, ale została zbrukana z powodu zła, jakie czynili tu ludzie.

— Na szczęście — zauważyła Lorrie — nie mam tu żadnej własnej działki. Wynajmuję mieszkanie.

— A ja mieszkam z rodzicami — rzekłem w nadziei, że ten fakt oczyści mnie z podejrzeń o związki ze złą ziemią.

— Nadeszła pora na spłatę długów — oznajmił szaleniec.

Jakby dla podkreślenia jego groźby pod kloszem jednej z halogenowych żarówek na suficie pojawił się nagle pająk i zaczął opuszczać się powoli na jedwabistej nici. Cień stwora z ośmioma odnóżami, zdeformowany i odrażający, który pojawił się w smudze światła na podłodze między nami a szaleńcem, był wielkości talerza.

— Odpowiadanie złem na zło oznacza, że wszyscy przegrywają — zauważyła Lorrie.

— Nie odpowiadam złem na zło — odparł bez gniewu, ale z irytacją. — Wymierzam sprawiedliwość.

— A, to zupełnie co innego — uznała Lorrie.

— Na pana miejscu — zwróciłem się do szaleńca — zastanowiłbym się, jak można mieć pewność, czy to, co robię, jest wymierzaniem sprawiedliwości, a nie kolejnym złem. Zło jest trudno określić. Zdaniem mojej mamy diabeł potrafi nas przekonać, że postępujemy słusznie, podczas gdy faktycznie działamy zgodnie z jego wolą.

— Twoja mama chyba bardzo się o ciebie troszczy — powiedział.

— Owszem — odparłem, czując zawiązującą się nić porozumienia między nami. — W dzieciństwie prasowała mi nawet skarpetki.

Słysząc to oświadczenie, Lorrie spojrzała na mnie z niepokojem.

W obawie, że może mnie uznać za ekscentryka albo co gorsza maminsynka, dodałem szybko:

— Odkąd skończyłem siedemnaście lat, prasuję już sam. I nigdy nie prasuję skarpetek.

Wyraz twarzy Lorrie się nie zmienił.

— Co nie znaczy, że wyręcza mnie mama — zapewniłem ją pospiesznie. — Po prostu nikt nie prasuje mi już skarpetek. Tylko idiota by to robił.

Lorrie zmarszczyła brwi.

— Nie chcę przez to powiedzieć, że moja mama jest idiotką — wyjaśniłem. — To cudowna kobieta. Nie jest idiotką, tylko się o mnie troszczy. Ale inni ludzie, którzy prasują skarpetki, to idioci.

Od razu spostrzegłem, że przez swoją językową niezdarność zapędziłem się w ślepy zaułek.

— Jeśli wy prasujecie skarpetki — ciągnąłem — to wcale nie znaczy, że jesteście idiotami. Z pewnością jesteście po prostu troskliwymi ludźmi, jak moja mama.

Lorrie i szaleniec patrzyli na mnie z niepokojąco podobnymi wyrazami twarzy, jakbym właśnie zszedł z rampy latającego talerza.

Pomyślałem, że zaczął ją nagle przerażać fakt, iż jesteśmy przykuci do siebie kajdankami, i uznałem, że szaleniec dojdzie w końcu do wniosku, iż jeden zakładnik stanowi dla niego wystarczające zabezpieczenie.

Opuszczający się pająk nadal wisiał nam nad głowami, ale jego cień na podłodze, mniejszy już i mniej wyraźny, był teraz wielkości spodka.

Ku memu zaskoczeniu oczy zabójcy zaszły mgiełką.

— Wzruszyłeś mnie tymi skarpetkami — rzekł. — To takie słodkie.

Moja opowieść najwyraźniej nie poruszyła jednak żadnej sentymentalnej struny w Lorrie. Wpatrywała się we mnie intensywnie spod przymrużonych powiek.

— Jesteś wielkim szczęściarzem, Jimmy — oznajmił zabójca.

— Wiem — przyznałem, choć moje jedyne szczęście: to, że

zostałem przykuty do Lorrie Lynn Hicks, a nie jakiegoś schoro-wanego pijaczka — zdawało się mnie opuszczać.

— Jak to jest, kiedy ma się troskliwą matkę? — zastanawiał się szaleniec.

— Dobrze — odparłem, ale wolałem już nic nie dodawać. Pająk wysnuwał z siebie coraz dłuższą nić i zwisał teraz na wprost naszych twarzy.

Zabójca ciągnął rozmarzonym głosem:

— Mieć troskliwą matkę, która co wieczór podaje ci gorące kakao, okrywa cię do snu, całuje w policzek, czyta przed zaśnięciem...

Zanim nauczyłem się czytać, niemal zawsze ktoś usypiał mnie lekturą, bo nasza rodzina lubi książki. Zazwyczaj jednak robiła to babcia Rowena.

Czasem była to opowieść o królewnie Śnieżce, której przyja-ciołom, siedmiu krasnoludkom, przydarzały się tragiczne wy-padki i choroby, aż Śnieżka musiała walczyć samotnie ze złą królową. Przypominam sobie, że na Szczęściarza spadł kiedyś dwutonowy sejf. A biednemu Kichusiowi przytrafiło się coś jeszcze gorszego. Weena czytywała mi też o Kopciuszku: o niebezpiecznych szklanych pantofelkach raniących boleśnie stopę dziewczynki i karocy z dyni, spadającej z drogi w przepaść.

Dopiero gdy dorosłem, przekonałem się, że w uroczych bajkach Arnolda Lobla o Żabie i Ropusze nie zawsze było tak, iż jakiś stwór z łąki odgryzał nogę któremuś z tytułowych bohaterów.

— Nie miałem troskliwej matki — poinformował nas szale-niec niepokojąco zbolałym tonem. — Moje dzieciństwo było trudne, pozbawione ciepła i miłości.

W tym momencie nastąpił nieoczekiwany zwrot wydarzeń. Strach, że zostanę zastrzelony, ustąpił miejsca lękowi, iż ten facet zadręczy nas ględzeniem o swojej niedoli. O tym, jak bito go drucianym wieszakiem, jak do szóstego roku życia zmuszano do noszenia dziewczęcej odzieży, jak nie dawano mu przed spaniem owsianki.

Nie musiałem być porywany, skuwany kajdankami i trzymany na muszce, żeby wysłuchiwać takich żałosnych opowieści. Wystarczyło zostać w domu i oglądać talk-show w telewizji.

Na szczęście szaleniec przygryzł wargę, wyprostował się i powiedział:

— Szkoda czasu na rozpamiętywanie przeszłości. Co było, minęło.

Niestety, widocznego w jego oczach rozżalenia nad sobą nie zastąpiły czarujące iskierki, lecz błysk fanatyzmu.

Pająk nie opuszczał się już niżej. Wisiał na wprost naszych twarzy, być może zdumiony widokiem moim i Lorrie i zastygły z przerażenia.

Szaleniec chwycił tłustego pająka kciukiem i środkowym palcem lewej ręki, jakby zrywał pojedyncze grono w winnicy, zgniótł go i podsunął sobie jego szczątki pod nos, aby je powąchać.

Miałem nadzieję, że nie każe mi robić tego samego. Mam wyjątkowo czuły zmysł powonienia i między innymi dlatego jestem utalentowanym piekarzem.

Na szczęście nie miał zamiaru dzielić ze mną tego odurzającego zapachu.

Niestety, przysunął sobie pajęczą papkę do ust i delikatnie ją polizał. Posmakowawszy tego dziwnego miąższu, uznał, że nie jest wystarczająco dojrzały, i wytarł palce o rękaw marynarki.

Mieliśmy przed sobą absolwenta Uniwersytetu Hannibala Lectera, gotowego robić karierę w hotelarstwie w roli nowego menedżera motelu Batesa.

To degustowanie pająka nie było spektaklem dla nas. Cały ten incydent był z jego strony równie nieświadomym działaniem jak odpędzanie muchy, tyle że z odwrotnym skutkiem.

Teraz, zupełnie nie zdając sobie sprawy z wrażenia, jakie wywarł na nas jego kulinarny ekses, oznajmił:

— Tak czy inaczej, skończył się dawno czas rozmów. Teraz pora na działanie, na wymierzanie sprawiedliwości.

— Jak pan chce to osiągnąć? — spytała Lorrie. Przez chwilę

nie potrafiła już zachować nonszalanckiego i niefrasobliwego tonu głosu.

Chociaż zabójca przemawiał barytonem, teraz, o dziwo, zapiszczał jak rozzłoszczony mały chłopiec.

— Zamierzam wysadzić tu wszystko w powietrze, zabić sporo ludzi i ukarać to miasto.

— Ambitne przedsięwzięcie — stwierdziłem.

— Planowałem to całe życie.

— Właściwie chętnie posłucham o tych drucianych wieszakach — powiedziałem.

— Jakich wieszakach? — spytał.

Zanim zdążyłem zasłużyć na kulkę między oczy, Lorrie wtrąciła:

— Czy mogę dostać moją torebkę?

Zabójca zmarszczył brwi.

— Po co?

— Mam kobiecą przypadłość.

Nie mogłem uwierzyć, że to robi. Nie przekonałem jej, ale sądziłem, że zasiałem w niej przynajmniej dość wątpliwości, by się zastanowiła.

— Kobieca przypadłość? — odparł szaleniec. — Co to znaczy?

— Przecież pan wie — rzekła z udawaną skromnością.

Jak na faceta, który sprawiał wrażenie, że przyciąga omdlewające kobiety w promieniu stu pięćdziesięciu kilometrów jak magnes opiłki metalu, okazał się w tej kwestii zdumiewająco ograniczony.

— Skąd mam wiedzieć? — spytał.

— To akurat ta pora miesiąca — oznajmiła.

— Środek? — rzekł, jakby nie rozumiejąc.

Lorrie powtórzyła, jak gdyby jego oszołomienie było zaraźliwe:

— Środek?

— Mamy środek miesiąca — przypomniał jej. — Piętnasty września. I co z tego?

— Chodzi o moją porę w miesiącu — próbowała go oświecić.

Wpatrywał się w nią tępo.

— Mam okres — oświadczyła zniecierpliwiona.

Przestał marszczyć brwi, nagle pojmując.

— A, kobieca przypadłość.

— No właśnie. Alleluja. Czy teraz dostanę torebkę?

— Po co?

Gdyby miała w ręce ten pilnik do paznokci, wbiłaby go w faceta z entuzjazmem.

— Potrzebuję tamponu — oznajmiła.

— Masz tampon w torebce?

— Owszem.

— I potrzebujesz go natychmiast, nie możesz zaczekać?

— Nie, absolutnie nie mogę — potwierdziła. Potem próbowała odwołać się do jego współczucia, którego nie okazał, strzelając w głowę bibliotekarzowi, ale na które, jej zdaniem, mogła liczyć, zważywszy na fakt, że nie był wcale nieuprzejmy: — Przepraszam, to dla mnie takie krępujące.

Na kobiecych sprawach zabójca może się nie znał, ale podstęp przejrzał natychmiast.

— Co masz naprawdę w tej torebce? Broń?

Lorrie wzruszyła ramionami, przyznając, że ją zdemaskował.

— Nie. Tylko metalowy pilnik do paznokci.

— I co chciałaś zrobić? Wbić mi go w tętnicę szyjną?

— Jedynie gdybym nie trafiła pana w oko — odparła.

Uniósł pistolet i chociaż celował w nią, zdawałem sobie sprawę, że jeśli zacznie strzelać, ja też oberwę. Widziałem, co zrobił z gazetą.

— Powinienem od razu cię zabić — oświadczył, choć bez śladu wrogości w głosie.

— Powinien pan — przyznała. — Ja bym tak zrobiła.

Uśmiechnął się szeroko, kręcąc głową.

— Jesteś niesamowita.

— Pan też — odparła z równie szerokim uśmiechem.

Ja także uśmiechnąłem się od ucha do ucha, lecz twarz miałem tak napiętą, że było to wręcz bolesne.

— Przygotowując się do tego dnia przez tyle lat — ciągnął szaleniec — oczekiwałem dzikiej satysfakcji i wielu emocji, ale nigdy nie przypuszczałem, że będzie aż tak zabawnie.

— Atmosfera przyjęcia zależy od zaproszonych gości — zauważyła Lorrie.

Szaleniec-zabójca rozważał tę myśl, jakby Lorrie zacytowała jedną z najbardziej zawiłych filozoficznych koncepcji Schopenhauera. Pokiwał poważnie głową, przesunął językiem po górnych i dolnych zębach, jakby smakując błyskotliwość tych słów, aż w końcu przyznał jej rację:

— To prawda. Święta prawda.

Zdałem sobie sprawę, że przestałem brać udział w rozmowie. Nie chciałem, by odniósł wrażenie, że we dwoje można spędzać czas przyjemniej niż we trójkę.

Gdy otworzyłem usta — niewątpliwie po to, by powiedzieć coś jeszcze bardziej niestosownego niż głupie zdanie o wieszakach, coś, czym zasłużyłbym raczej na kulkę w krocze — w sklepionych podziemiach rozległo się głuche dudnienie, jakby King Kong uderzył trzy razy swymi potężnymi pięściami o wielkie drzwi w ogromnym murze, oddzielającym jego połowę wyspy od tej, którą zamieszkiwali zdenerwowani tubylcy.

Szaleniec rozpromienił się na ten odgłos.

— To na pewno Honker i Crinkles. Spodobają wam się. Mają ładunki wybuchowe.

# 11

Jak się okazało, Cornelius Rutherford Snow podziwiał nie tylko klasyczną wiktoriańską architekturę, lecz także jej popularne w melodramatach z tego okresu elementy, które sir Arthur Conan Doyle wykorzystał w szczególny sposób w swych nieśmiertelnych opowieściach o Sherlocku Holmesie: ukryte drzwi, tajemne komnaty, ślepe schody, sekretne przejścia.

Idąc ręka w rękę, ale tylko dlatego, że byliśmy skuci kajdankami, i poruszając się szybko, gdyż zabójca szturchał nas w plecy bronią, przeszliśmy z Lorrie w głąb sali, w której nasz prześladowca strzelał brutalnie do starej gazety.

Cała ściana, od podłogi do sufitu, była zabudowana półkami. Zgromadzono na nich roczniki czasopism.

Szaleniec przeglądnął kilka półek, z góry na dół, od lewej do prawej, może szukając magazynu „Life" z 1952 roku, a może mając nadzieję znaleźć bardziej soczystego pająka.

Nie, nic z tych rzeczy. Szukał ukrytego przełącznika. Gdy go znalazł, jeden z regałów przesunął się, odsłaniając zamaskowaną wnękę.

W jej głębi była kamienna ściana z okutymi żelazem dębowymi drzwiami. W czasach, gdy czytelników przetrzymujących książki karało się surowiej, więzili tam być może kogoś, kto nie oddał w terminie powieści Jane Austen, dopóki odosobnienie i racjonowane porcje kleiku nie wzbudziły w nim żalu i skruchy.

Szaleniec trzykrotnie uderzył pięścią w te drzwi, najwyraźniej odpowiadając na sygnał.

Z drugiej strony rozległy się dwa głuche i głośne uderzenia. Gdy szaleniec odpowiedział również dwoma, usłyszeliśmy pojedyncze stuknięcie. Wtedy i on uderzył pięścią w drzwi tylko raz.

Wydawało się to niepotrzebnie skomplikowaną procedurą, ale szaleniec był nią zachwycony. Promieniał z radości. Jego szeroki uśmiech nie był już jednak tak czarujący jak przedtem. Wzbudzał sympatię i wbrew rozsądkowi miało się nadal ochotę poddać jego urokowi, ale patrzyło się mimo woli, czy nie ma na wargach i języku czarnych, włochatych szczątków pająka.

Chwilę po ostatnim uderzeniu w drzwi rozległ się za nimi warkot niewielkiego szybkoobrotowego silnika i zgrzyt metalu o metal.

Diamentowe wiertło przebiło zamek. Na podłogę posypały się odłamki żelaza.

Nasz prześladowca podniósł głos i oznajmił z chłopięcym entuzjazmem:

— Torturowaliśmy członka Towarzystwa Kultywowania Historii Snow Village, ale nie mogliśmy wydobyć od niego kluczy. Jestem pewien, że dałby je nam, gdyby wiedział, gdzie są, ale tak się pechowo dla nas złożyło — i dla niego — że wybraliśmy niewłaściwą osobę. Więc musieliśmy wybrać takie rozwiązanie.

Lorrie ścisnęła moją dłoń, do której była przykuta.

Żałowałem, że nie spotkaliśmy się w innych okolicznościach. Choćby na miejskim pikniku czy popołudniowej potańcówce.

Wiertło zniknęło z uszkodzonego zamka i zapadła cisza. Po chwili drzwi zaskrzypiały i otworzyły się.

Dostrzegłem za nimi coś, co wyglądało na źle oświetlony tunel. Wyszedł z niego ponury mężczyzna. Minąwszy przesunięty regał, znalazł się w podziemiach biblioteki. Za nim szedł drugi człowiek, o podobnym wyglądzie, ciągnąc wózek.

Pierwszy przybysz, około pięćdziesiątki, był całkiem łysy, lecz miał tak krzaczaste czarne brwi, że można by z nich zrobić na drutach sweter dla dziecka. Był w spodniach koloru khaki i zielonej wojskowej koszuli, a na ramieniu miał kaburę z bronią.

— Znakomicie, znakomicie. Zjawiasz się w samą porę, Honker — rzekł szaleniec.

Nie potrafiłem powiedzieć, czy facet nazywa się, na przykład, Bob Honker, czy też jest to jego przydomek, którym został obdarzony z powodu rozmiarów swego nosa. Był on ogromny. Kiedyś musiał być prosty i dumnie sterczący, ale z czasem stał się obwisły, gąbczasty i poznaczony siateczką czerwonych żyłek — jak nos nałogowego pijaka.

Honker wydawał się w tym momencie trzeźwy, ale był posępny i podejrzliwy.

Spojrzał spod oka na mnie i Lorrie i spytał szorstko:

— Kim jest ta dziwka i ten dryblas?

— To zakładnicy — wyjaśnił szaleniec.

— Po cholerę nam zakładnicy?

— Na wypadek gdyby coś nawaliło.

— Myślisz, że coś nawali?

— Nie — odparł szaleniec. — Ale oni mnie bawią.

Drugi mężczyzna odszedł od wózka, by przyłączyć się do rozmowy. Wyglądał jak piosenkarz Art Garfunkel: z dekadencką twarzą chłopca z chóru i fryzurą jak po elektrowstrząsach.

Był w podkoszulku i nylonowej kurtce na zamek błyskawiczny, ale widziałem, że ma pod spodem kaburę z bronią.

— Bez względu na to, czy coś nawali, czy nie — oznajmił — będziemy musieli się ich pozbyć.

— Oczywiście — przytaknął szaleniec.

— Szkoda byłoby nie wykorzystać najpierw tej dziwki — doszedł do wniosku chłopiec z chóru.

To, co powiedział o Lorrie, zmroziło mnie bardziej niż ich swobodna rozmowa na temat zamordowania nas.

Ścisnęła mi rękę tak mocno, że zabolały mnie kostki.

— Wybij ją sobie z głowy, Crinkles — oznajmił szaleniec. — Nic z tego.

Można by się spodziewać, że facet, który nazywa się Crinkles — albo nosi taki przydomek — ma mocno pomarszczoną twarz albo jest wyjątkowo zabawny. Jego twarz była gładka jak jajko na twardo i był mniej więcej równie zabawny, jak odporne na antybiotyki zakażenie paciorkowcami.

— Dlaczego nic z tego? — spytał szaleńca. — Należy do ciebie?

— Do nikogo nie należy — odparł z pewnym rozdrażnieniem nasz prześladowca. — Nie po to przyjechaliśmy aż tutaj, żeby zaliczyć jakąś flądrę. Jeśli nie skupimy się na głównym zadaniu, sknocimy całą operację.

Miałem ochotę powiedzieć, że jeśli zechcą tknąć Lorrie, będą musieli przejść po moim trupie, ale prawdę mówiąc, ci uzbrojeni szaleńcy poradziliby sobie ze mną równie łatwo, jak łopatki kuchennego miksera z kostką masła.

Perspektywa śmierci nie dręczyła mnie tak bardzo jak świadomość, że nie potrafię obronić Lorrie.

Nie zostałem jeszcze mistrzem cukierniczym, ale w moim przekonaniu zawsze byłem bohaterem — albo mogłem nim być w krytycznej sytuacji. Jako dziecko często wyobrażałem sobie, że ubijam *soufflés au chocolat* godne królów i równocześnie walczę ze złymi pachołkami Dartha Vadera.

Teraz stawiałem czoło rzeczywistości. Ci brutalni szaleńcy zjedliby Dartha Vadera w kanapce i dłubali sobie w zębach jego szabelką.

— Bez względu na to, co się stanie — powtórzył Crinkles — musimy ich załatwić.

— Już to ustaliliśmy — powiedział zniecierpliwiony szaleniec.

— Skoro widzieli nasze twarze — nie ustępował Crinkles — trzeba ich zlikwidować.

— Rozumiem — zapewnił go szaleniec.

Crinkles miał oczy koloru brandy. Pojaśniały, gdy powiedział:

— Jak przyjdzie pora, to ja wykończę tę dziwkę.

Pozbyć się, załatwić, zlikwidować, wykończyć. Ten facet był chodzącym słownikiem, jeśli chodziło o synonimy słowa „zabić".

Może pozbawił życia tak wielu ludzi, że rozmowa o zabijaniu już go nudziła i dlatego potrzebował bogatszego języka, by podtrzymać swoje zainteresowanie tym tematem. Albo wprost przeciwnie, był tylko mocny w gębie i brakowało mu ikry, gdy należało wykonać brudną robotę.

Zważywszy jednak na to, że Crinkles zadawał się z szaleńcem, który zastrzelił bez powodu bibliotekarza i który nie widział różnicy między pająkami i cukierkami, uznałem, że najrozsądniej będzie nie wątpić w jego szczerość.

— Możesz ją załatwić, jak zakładnicy nie będą nam już potrzebni — rzekł szaleniec. — Nie mam nic przeciwko temu.

— Do cholery, możesz załatwić ich oboje — dodał Honker. — To dla mnie bez znaczenia.

— Wielkie dzięki — powiedział Crinkles.

— *De nada* — odparł Honker.

Szaleniec poprowadził nas do kolejnych dwóch drewnianych krzeseł. Choć miał teraz wsparcie, przykuł nas kajdankami do jednego z nich, tak jak przedtem.

Dwaj przybysze zaczęli rozładowywać wózek. Było na nim co najmniej sto kilowych brył szarej substancji, zapakowanych w tłusty, przezroczysty papier.

Nie jestem ekspertem od wysadzania murów ani nawet amatorsko się tym nie zajmuję, ale domyśliłem się, że są to materiały wybuchowe, o których wspominał szaleniec.

Honker i Crinkles byli podobnej budowy: krępi i przysadziści, ale szybcy w ruchach. Przypominali mi Beagle Boys.

W komiksach o Scrooge'u McDucku, które uwielbiałem jako dziecko, grupa braci złoczyńców knuła bez przerwy, jak ukraść wujowi Scrooge'owi ogromny zbiornik z pieniędzmi, w którym pławił się w swej fortunie jak w oceanie, rozgarniając od czasu do czasu akry złotych monet spychaczem. Ci faceci byli podobnymi do psów stworami o tępych twarzach, barczystych ramionach i wydatnych torsach, chodzili na dwóch nogach jak ludzie, mieli ręce zamiast łap i nosili koszule w pasy jak więźniowie.

Chociaż Honker i Crinkles nie afiszowali swego łotrostwa za

pomocą odzienia, wyglądali jak sobowtóry tych komiksowych złoczyńców. Tyle że Beagle Boys byli przystojniejsi niż Honker i o wiele mniej przerażający niż Crinkles. Obaj mężczyźni pracowali szybko i niestrudzenie. Najwyraźniej cieszyło ich, że zajmują się konkretną przestępczą działalnością.

Gdy wspólnicy szaleńca roznosili bryły materiałów wybuchowych do wszystkich pomieszczeń w podziemiach, on siedział przy stole, starannie synchronizując zegarki w kilkunastu detonatorach. Pochylał się nad blatem, całkowicie skoncentrowany na tej pracy, przygryzając lekko zębami czubek języka. Czarne włosy opadały mu na czoło, więc ciągle je odgarniał.

Gdy spojrzało się na niego przez zmrużone oczy, wyglądał jak dwunastolatek, sklejający plastikowy model myśliwca marynarki wojennej.

Lorrie i ja byliśmy od niego na tyle daleko, że zniżając głos, mogliśmy swobodnie rozmawiać.

— Jeśli zostaniemy sami z Crinklesem, powiem mu, że mam kobiecą przypadłość — powiedziała konspiracyjnym szeptem, nachylając się blisko.

Widziała, że jesteśmy teraz w rękach trzech psychopatów zamiast jednego, słyszała, co o niej mówili i jak dyskutowali o naszej egzekucji, jakby chodziło o to, kto ma wynieść śmieci. Sądziłem, że to wszystko wzbudzi w niej wątpliwości co do podejmowania lekkomyślnych działań opartych na żywiołowym optymizmie. Jednak dla Lorrie Lynn obecność trzech psychopatów oznaczała jedynie dwie szanse więcej, żeby omamić kogoś historyjką o kobiecej przypadłości, chwycić pilnik do paznokci i utorować nim sobie drogę do wolności.

— Przez ciebie nas zabiją — ostrzegłem ją ponownie.

— Bzdura. I tak zamierzają nas zabić. Nie słyszałeś?

— Ale przez ciebie zabiją nas szybciej — odparłem zaskakująco przenikliwym szeptem, zdając sobie sprawę, że wychodzę na dyplomowanego mięczaka.

Gdzie się podział chłopak, który chciał brać udział w międzygalaktycznej wojnie? Krył się jeszcze gdzieś we mnie?

Lorrie nie mogła wydobyć ręki z kajdanek, ale puściła moją dłoń. Wyglądało na to, że ma ochotę umyć rękę. W kwasie karbolowym.

Jeśli chodzi o romanse, odnosiłem pewne sukcesy, ale nie byłem wcieleniem Rudolfa Valentino. W istocie nie potrzebowałem czarnego notesika, aby zapisywać numery telefonów kobiet, które zdobyłem. Nie potrzebowałem nawet jednej strony. Wystarczyłaby mała karteczka, jaką przykleja się do lodówki, by nie zapomnieć o zakupach. Taka, na której jest dość miejsca, żeby napisać: KUPIĆ MARCHEW NA OBIAD.

Tym razem miałem do czynienia z najcelniejszym strzałem Kupidyna, na jaki mogłem liczyć — byłem przykuty do najpiękniejszej napotkanej przez siebie kobiety — a nie potrafiłem wykorzystać tej okazji, olśnić jej i zdobyć, z tego głupiego powodu, że chciałem przeżyć.

— Będziemy mieli szansę — powiedziałem. — A kiedy się pojawi, nie zmarnujemy jej. Ale to musi być coś o wiele lepszego niż sztuczka z kobiecą przypadłością.

— Na przykład co?

— Coś, co da nam przewagę.

— To znaczy?

— Nie wiem. Coś innego.

— Nie możemy tylko czekać — stwierdziła.

— Owszem, możemy.

— Czekamy na śmierć.

— Nie — zaprzeczyłem, udając, że analizuję sytuację i szukam jakiegoś wyjścia, a nie spodziewam się jedynie cudu. — Ja czekam na odpowiedni moment.

— To przez ciebie zginiemy — zawyrokowała.

— Gdzie twój niezmordowany optymizm? — rzuciłem z miażdżącą pogardą.

— Dławisz go — odparowała tak błyskawicznie, że pokraśniałem jak burak, nim zdałem sobie w pełni sprawę z zadanego przez nią ciosu.

# 12

Siedząc dwa piętra pod ulicami złego miasta, otoczeni przez złą ziemię Snow Village, przyglądaliśmy się, jak Honker, Crinkles i bezimienny szaleniec umieszczają ładunki w kluczowych punktach konstrukcji budynku i dołączają do nich mechanizmy zegarowe.

Myślicie pewnie, że nasze przerażenie narastało z każdą chwilą. Mogę powiedzieć z doświadczenia, że maksymalnego natężenia strachu nie da się utrzymywać przez dłuższy czas.

Jeśli potworne nieszczęście porównamy do choroby, strach jest jej objawem. Jak każdy objaw, nie ma przez cały czas jednakowego nasilenia, lecz pojawia się i znika. Podczas grypy nie wymiotuje się co minutę przez cały dzień i nie ma się biegunki od świtu do zmierzchu.

Może to odrażające porównanie, ale trafne i obrazowe. Dobrze, że nie przyszło mi do głowy, gdy siedzieliśmy z Lorrie przykuci do krzeseł, bo żeby się jej przypodobać i przerwać niezręczną ciszę, zapewne bym je przytoczył, byle tylko coś powiedzieć.

Wkrótce się przekonałem, że Lorrie nie żywiła długo urazy ani nie była skłonna do gniewu. W ciągu dwóch minut przerwała milczenie, stając się znów moją kumpelką i wspólniczką w konspiracji.

— Crinkles jest słabym ogniwem — rzekła cicho.

Ubóstwiałem jej głęboki głos, ale wolałbym, żeby mówiła coś bardziej sensownego. W tym momencie Crinkles rozkładał ładunki wybuchowe wokół podstawy kolumny wspierającej sufit. Obchodził się z nimi tak beztrosko, jak dziecko bawiące się plasteliną.

— Nie wygląda mi na słabe ogniwo, ale może masz rację — odparłem pojednawczym tonem.

— Wierz mi, że się nie mylę.

Crinkles ugniatał teraz zawzięcie dwiema rękami plastik, trzymając w zębach detonator.

— Wiesz, dlaczego on jest słabym ogniwem? — spytała Lorrie.

— Chętnie posłucham.

— Bo mu się podobam.

Policzyłem do pięciu, zanim odpowiedziałem, aby w moim głosie nie było apodyktycznego tonu.

— On chce cię zabić.

— Ale przedtem.

— Co przedtem?

— Zanim spytał tego szczerzącego zęby idiotę, czy może mnie zabić, najwyraźniej okazał mi zainteresowanie.

Tym razem policzyłem do siedmiu.

— O ile pamiętam — oznajmiłem tonem niefrasobliwego przypomnienia — chciał cię zgwałcić.

— Nikt nie gwałci kobiety, której nie uważa za atrakcyjną.

— Mylisz się. To się ciągle zdarza.

— Może ty byś tak postąpił — odparła. — Ale nie większość mężczyzn.

— W gwałcie nie chodzi o seks — wyjaśniłem. — Tylko o dominację.

Spojrzała na mnie, marszcząc brwi.

— Dlaczego tak trudno ci uwierzyć, że mogę się podobać Crinklesowi?

Dopiero po odliczeniu do dziesięciu powiedziałem:

— Jesteś urocza. Nawet więcej: jesteś fantastyczna. Ale Crinkles nie jest typem faceta, który się zakochuje.

103

— Naprawdę tak myślisz?

— Oczywiście. Crinkles potrafi tylko nienawidzić.

— Nie o to mi chodziło.

— A o co?

— O słowa „urocza, a nawet fantastyczna".

— Jesteś najbardziej zachwycającą dziewczyną, jaką spotkałem w życiu. Ale musisz...

— To takie słodkie — odparła. — Nie jestem jednak przeczulona na punkcie swojego wyglądu i chociaż lubię komplementy jak każda kobieta, na dłuższą metę wolę szczerość. Zdaję sobie, na przykład, sprawę z tego, jaki mam nos.

Honker przyczłapał z sąsiedniego pokoju, ciągnąc wypełniony materiałami wybuchowymi wózek i wyglądając jak troll, rozmyślający nad tym, czy dodał dość szałwii i masła do pieczonego w kuchence dziecka.

Crinkles, trzymając nadal w zębach detonator, wysmarkał nos w rękę i wytarł ją o rękaw kurtki.

Szaleniec przygotował ostatni detonator. Gdy zauważył, że na niego patrzę, pomachał do mnie.

— Mam wąski nos — stwierdziła Lorrie.

— Wcale nie — zapewniłem ją, bo prawdę mówiąc nie był bardziej wąski niż nos bogini.

— Ależ tak — upierała się.

— No dobrze, może jest wąski — przyznałem, by uniknąć sprzeczki — ale wygląda idealnie.

— Poza tym mam problem z zębami.

Kusiło mnie, by rozchylić jej cudownie pełne wargi, obejrzeć jej zęby tak, jak weterynarz bada uzębienie klaczy wyścigowej, i obwieścić, że są w świetnym stanie.

Uśmiechnąłem się jednak tylko i powiedziałem spokojnie:

— O swoje zęby nie musisz się martwić. Są białe, równe i nieskazitelne jak perły.

— Właśnie — odparła. — Nie wyglądają na prawdziwe. Ludzie sądzą na pewno, że są sztuczne.

— Nikt nie pomyśli, że taka młoda kobieta ma sztuczne zęby.

— Jak Chilson Strawberry.

Nie miałem pojęcia, o kim mówi.

— Kto to taki?

— Moja przyjaciółka. Jest dokładnie w moim wieku. Organizuje skoki na bungee.

— Skoki na bungee?

— Przygotowuje ekipy wycieczkowe i zabiera ludzi w różne miejsca na świecie, żeby skakali z mostów i nie tylko.

— Nie wpadłem na to, że można zarabiać na życie, organizując skoki na bungee.

— Całkiem nieźle sobie radzi — zapewniła mnie Lorrie. — Chociaż wolę nie myśleć, jak to iganie z grawitacją wpłynie w ciągu dziesięciu lat na jej piersi.

Nie wiedziałem, co na to odpowiedzieć. Byłem dumny, że w ciągu naszej rozmowy, mimo jej nieoczekiwanych zwrotów, zdołałem cokolwiek powiedzieć. Uznałem, że zasługuję na przerwę.

Nie robiąc niemal pauzy na oddech, Lorrie kontynuowała:

— Chilson straciła wszystkie zęby.

— Jak to się stało? — spytałem, zainteresowany wbrew sobie. — Urwało się bungee?

— Nie, to nie miało związku z pracą. Przewróciła się na motocyklu i uderzyła twarzą w podporę mostu.

Na samą myśl poczułem taki ból w zębach, że przez chwilę nie mogłem mówić.

— Kiedy odtwarzali jej szczękę — ciągnęła Lorrie — wyrwali zęby, których nie straciła w wypadku. Potem wstawili jej sztuczne. Może nimi rozłupywać orzechy.

— Biorąc pod uwagę, że jest twoją przyjaciółką — rzekłem z rozbrajającą szczerością — zastanawiam się, co się stało z podporą mostu.

— Nie ucierpiała aż tak, jak myślisz. Musieli spłukać z niej ślady krwi. Było kilka odprysków, drobne pęknięcie.

Jej twarz emanowała szczerością, a jasne oczy nie unikały

mego wzroku. Jeśli ze mnie kpiła, nie dawała tego po sobie poznać.

— Musisz poznać moją rodzinę — oświadczyłem.

— Oho — powiedziała nagle. — Coś się dzieje.

Zamrugałem i rozejrzałem się wokół nieco zdezorientowany, jakbym wychodził z transu. Zupełnie zapomniałem o Honkerze, Crinklesie i szczerzącym zęby szaleńcu.

Choć co najmniej połowa bryłek plastiku pozostała na wózku, Honker wyciągnął go z sali przez drzwi we wnęce do tunelu, z którego przybyli.

Nastawiwszy ostatni detonator, bezimienny szaleniec podał go Crinklesowi razem z kluczykiem od kajdanek i polecił:

— Kiedy skończysz, zabierz tę małą i tego byka ze sobą.

Byka. Ten kretyn był mojej postury i z pewnością o sobie tak nie myślał.

Podążył za Honkerem w głąb tunelu.

Zostaliśmy sami z Crinklesem, co przypominało przebywanie sam na sam z szatanem w sadomasochistycznym kręgu piekła.

Lorrie zaczekała chwilę, by mieć pewność, że faceci w tunelu już jej nie usłyszą, po czym odezwała się:

— Panie Crinkles?

— Nie rób tego — szepnąłem błagalnie.

Crinkles był w głębi sali, zamontowując ostatni detonator do ładunku, który umieścił wokół kolejnej kolumny. Najwyraźniej nie słyszał Lorrie.

— Nawet jeśli mu się podobasz, to typ faceta, który z równą przyjemnością zgwałci cię żywą lub martwą, więc co nam to da?

— Nekrofil? To straszne powiedzieć coś takiego o człowieku.

— On nie jest człowiekiem. To Morlock.

Rozpromieniła się.

— H. G. Wells. *Wehikuł czasu*. Naprawdę dużo czytasz. Albo oglądałeś film.

— Crinkles to też nie człowiek, lecz Grendel.

106

— *Beowulf* — powiedziała, wymieniając tytuł dzieła, w którym pojawił się potwór o imieniu Grendel.

— Jest jak Tom Ripley.

— To psychopata z kilku powieści Patricii Highsmith.

— Z pięciu — uściśliłem. — Tom Ripley to pierwowzór Hannibala Lectera. Pojawił się trzydzieści lat przed nim.

Skończywszy pracę w głębi podłużnej sali, Crinkles wrócił do nas.

Gdy nasz Grendel się zbliżał, spodziewałem się, że Lorrie powie mu o swojej kobiecej przypadłości. Uśmiechnęła się do niego i zatrzepotała rzęsami, ale milczała.

Crinkles miał dziwny grymas na twarzy. Rozpinając kajdanki, którymi byliśmy przykuci do krzesła, sprawiał wrażenie, jakby coś przeżuwał.

Gdy stanęliśmy, nadal skuci ze sobą, Lorrie potrząsnęła głową, by rozrzucić włosy. Wolną ręką rozpięła górny guzik bluzki, by odsłonić swą cudowną szyję.

Zanosiło się na kłopoty.

Chciała wyglądać jeszcze bardziej kusząco, zanim oznajmi, że ma kobiecą przypadłość.

Uwodzenie Crinklesa miało tyle samo sensu, co całowanie zwiniętego w kłębek grzechotnika. Przejrzałby jej intencje jeszcze szybciej niż bezimienny szaleniec i byłby tak zirytowany tą próbą podejścia go, że to ona skończyłaby z pilnikiem w oku.

Najwyraźniej moje oczytanie i porównanie Crinklesa do różnych fikcyjnych potworów dały jej jednak do myślenia. Spojrzała na mnie z wahaniem.

Zanim się odezwała, Crinkles wypluł na rękę to, co przeżuwał. Była to lśniąca od śliny szara kulka.

Mogłem się mylić, ale wyglądała na materiał wybuchowy.

Może podniecało go trzymanie w ustach kilkunastu gramów koncentratu śmierci o takiej mocy, że w razie eksplozji jego głowa zmieniłaby się w rozpyloną papkę.

A może miało mu to zapewnić szczęście, tak jak całowanie kości do gry przed rzuceniem ich na stół.

A może po prostu lubił smak plastiku. W końcu niektórzy ludzie lubią przecier ze Spamu. Mógł mieć prawdziwą orgię smaków, jeśli najpierw obtoczył tę kulkę w papce ze zmiażdżonych pająków.

Bez słowa komentarza położył szarą kulkę na krześle, na którym siedziałem, i oznajmił:

— Wynośmy się stąd. Jazda.

Po drodze do ukrytych za regałem drzwi przechodziliśmy obok stołu, na którym leżała torebka Lorrie.

Sięgnęła po nią odważnie.

Idący za nami Crinkles nie zgłosił sprzeciwu.

# 13

Zbudowany z wapienia tunel miał około dwóch i pół metra szerokości i niski sufit o beczkowym sklepieniu, lecz proste ściany. Prostokątne płyty posadzki ułożone były w jodełkę. Światło rzucane z brązowych kinkietów przez grube żółte świece pełzało leniwie po ścianach i tworzyło razem z cieniami na zaokrąglonym suficie ciągle zmieniające się wzory. Mroczny korytarz wydawał się nieskończenie długi, pełen ulotnych, tajemniczych światłocieni.

Nie zdziwiłbym się, gdyby pojawił się tam nagle Edgar Allan Poe, ale nie spotkaliśmy ani jego, ani Honkera, ani bezimiennego szaleńca.

Choć chłodne — lecz nie wilgotne — powietrze miało zaskakująco świeży i pozbawiony stęchlizny zapach i wyczuwało się w nim jedynie woń surowego wapienia i wosku płonących świec, spodziewałem się w tym tunelu nietoperzy, szczurów, karaluchów, jakichś przemykających stworzeń, ale na razie widzieliśmy tylko Crinklesa.

Gdy przeszliśmy niepewnie kilka metrów, powiedział:

— Stańcie na chwilę.

Kiedy czekaliśmy, zamknął potajemne wejście za regałem, a potem okute żelazem dębowe drzwi prowadzące do wnęki. Może chodziło o to, byśmy nie odczuli w tunelu skutków wybuchu, gdyby eksplozja w bibliotece nastąpiła przedwcześnie, zanim oddalimy się na bezpieczną odległość.

Gdy Crinkles zamykał za nami drzwi, Lorrie otworzyła torebkę i poszperawszy w niej, znalazła stalowy pilnik do paznokci. Była zaskoczona, kiedy odebrałem go jej wolną lewą ręką. Spodziewała się, że go wyrzucę, ale gdy tego nie zrobiłem, powiedziała:

— Oddaj.

— Wydobyłem tego Ekskalibura z kamienia i tylko ja mam moc, by go użyć — szepnąłem w nadziei, że oczaruję ją tą literacką metaforą.

Sprawiała wrażenie, jakby miała ochotę mnie uderzyć. Podejrzewałem, że może mieć cholernie silny cios.

Crinkles dogonił nas i wyprzedził. Był tak arogancki i pewien naszej bezradności, że szedł przodem, zwrócony do nas plecami.

— Ruszajcie się. I nie myślcie, że nie mam oczu z tyłu głowy.

Zapewne miał. Jak wszyscy na jego planecie.

— Gdzie jesteśmy? — spytałem, gdy podążaliśmy za nim.

Był tak naładowany psychopatyczną furią, że nawet zwykła, prosta odpowiedź brzmiała w jego ustach agresywnie:

— Przechodzimy teraz pod Center Square Park.

— Mam na myśli tunel. Skąd on się wziął?

— Jak to skąd się wziął? Został zbudowany, kretynie!

Nie obrażając się, spytałem:

— Ale kto go zbudował? I kiedy?

— Kazał go wykopać jeszcze na początku dziewiętnastego wieku Cornelius Snow, ten chciwy sukinsyn.

— Po co?

— Żeby mógł poruszać się potajemnie po mieście.

— A co, był jakimś wiktoriańskim Batmanem?

— Był parszywą kapitalistyczną świnią. Tunele łączą cztery jego główne posiadłości wokół placu.

W trakcie tej rozmowy Lorrie rzucała mi znaczące spojrzenia, chcąc, żebym od razu zaatakował Crinklesa Ekskaliburem.

Jako zaczarowany miecz, pilnik do paznokci pozostawiał wiele do życzenia. Ukryty niemal w całości w mojej dłoni płaski kawałek metalu był sztywny, ale cieńszy od noża. Nie miał nawet dość ostrej końcówki, by ukłuć mnie w kciuk. Gdyby Lorrie nosiła buty na szpilkach zamiast białych tenisówek, wolałbym rzucić się na Crinklesa z takim butem.

Odpowiadałem na jej coraz bardziej zdesperowane spojrzenia grymasami kiepskiego mima, prosząc, by była cierpliwa, zachowała rozwagę i dała mi czas na znalezienie odpowiedniej okazji do skorzystania z pilnika.

— A więc... jakie cztery posiadłości łączą te tunele? — spytałem Crinklesa, gdy szliśmy naprzód w drżącym świetle świec i wśród pełzających cieni.

Wymienił je z narastającą złością:

— Jego dom, ten krzykliwy przybytek luksusu. Bibliotekę, która jest niczym innym jak świątynią dekadenckiej „literatury" Zachodu. Budynek sądu, gniazdo prawników-szershzeni, którzy ciemiężyli masy na jego rozkaz. I bank, w którym okradał biednych i pozbawiał majątków wdowy.

— Miał własny bank? — spytałem. — Nieźle.

— Ten pieprzony krwiopijca był właścicielem wielu rzeczy i współwłaścicielem prawie wszystkiego — stwierdził Crinkles. — Gdyby stu ludzi podzieliło się jego majątkiem, każdy byłby zbyt bogaty, by pozwolono mu żyć. Szkoda, że nie było mnie wtedy na świecie. Obciąłbym łeb tej imperialistycznej świni i kopał go jak piłkę.

Nawet w migotliwym świetle świec dostrzegłem, że twarz Lorrie jest czerwona i napięta z powodu hamowanej z trudem — można by niemal rzec: histerycznej — frustracji. Nie potrzebowałem specjalisty od mimiki, aby wiedzieć, co wyraża: Rusz się, Jimmy! Rusz się! Zadźgaj go! Zadźgaj tego drania! Raz-dwa!

Wolałem jednak zyskać na czasie.

Lorrie zapewne żałowała, że nie nosi tych butów na szpilkach, wtedy mogłaby je zdjąć i zrobić mi tatuaż na głowie.

111

Po chwili dotarliśmy do punktu przecięcia dwóch tuneli. Wyczuwało się tam wciąż łagodny, ale już silniejszy powiew powietrza. Po lewej i prawej stronie widać było kolejne kinkiety z grubymi żółtymi świecami, które rzucały smugi światła w mrok korytarza.

Powinienem zdać sobie sprawę, że tunele muszą krzyżować się pod placem, gdyż cztery budynki, które wymieniał ze złością Crinkles, znajdowały się w różnych miejscach: na północ, południe, wschód i zachód od parku.

Bez względu na wszystko byłem pod wrażeniem tego skomplikowanego podziemnego labiryntu. Patrząc w lewo, w prawo, przed siebie i za siebie, myślałem o kamiennych korytarzach i oświetlonych pochodniami komnatach ze starych filmów o grobowcach mumii i pomimo naszego ryzykownego położenia, poczułem dreszcz przygody.

— Tędy — rzucił Crinkles, skręcając w lewo.

Podążyliśmy za nim, lecz wcześniej Lorrie postawiła torebkę na ziemi. Ukryła ją w cieniu pod murem w tunelu, którym przyszliśmy z biblioteki.

Gdyby bezimienny, szczerzący zęby idiota zobaczył ją z torebką, nasz podstęp by się wydał — jeśli żałosny plan wykorzystania pilnika do paznokci zasługiwał na miano podstępu.

Wyglądało na to, że Lorrie niechętnie pozbywa się torebki. Bez wątpienia uważała ją za arsenał potencjalnej broni. Crinkles mógł się zadławić rozpylonym pudrem. Gdyby miała szczotkę do włosów, moglibyśmy go nią uderzyć.

Gdy ruszyliśmy ponownie za naszym przewodnikiem, spytałem:

— Po co te wszystkie świece?

Crinkles coraz bardziej tracił do mnie cierpliwość.

— Żebyśmy widzieli w ciemnościach, kretynie.

— Ale to niezbyt wydajne.

— W latach siedemdziesiątych dziewiętnastego wieku mieli tylko świece i lampy naftowe, idioto.

Lorrie znów zaczęła robić dziwne miny i wywracać oczami

jak oszalała klacz, dając mi sygnały, że już pora, żebym go zadźgał.

Crinkles tak mnie do siebie zrażał, że wbrew rozsądkowi byłem niemal gotów go posiekać.

— Owszem, ale nie żyjemy w tamtych czasach — odparłem. — Możecie używać latarek, lamp elektrycznych, jarzeniówek.

— Myślisz, że tego nie wiemy, ośle? Ale wtedy nie byłoby klimatu autentyzmu.

Gdy przeszliśmy w milczeniu kilka kroków, nie mogłem się oprzeć pokusie, żeby zapytać:

— Po co musi być klimat autentyzmu?

— Szef tak sobie życzy.

Domyśliłem się, że szefem jest bezimienny szaleniec, chyba że istniał jakiś boss, którego jeszcze nie spotkaliśmy.

Wiele lat po zbudowaniu tunelu ostatnie trzy metry korytarza zamurowano, używając podwójnej warstwy wzmocnionych stalą betonowych bloków.

Ostatnio połowę z nich rozbito, przecinając metalowe pręty palnikiem acetylenowym. Z jednej strony korytarza leżała sterta gruzu.

Przeszliśmy za Crinklesem przez dziurę w murze do ostatniej części tunelu. Przy końcu korytarza stały otworem kolejne wzmocnione żelazem dębowe drzwi.

Za nimi ukazała się w świetle żarówek — instalację elektryczną dodano kilkadziesiąt lat po zbudowaniu tunelu — duża kamienna sala z potężnymi kolumnami i posadzką w jodełkę. Na dwóch przeciwległych ścianach kamienne schody z ozdobnymi metalowymi poręczami prowadziły do drzwi z polerowanej nierdzewnej stali. Miejsce sprawiało wrażenie tajemnej świątyni.

Połowa przestrzeni była pusta. Drugą połowę wypełniały rzędy zielonych szafek na akta.

Honker i zabójca bibliotekarza stali obok wózka z materiałami wybuchowymi, rozmawiając półgłosem.

W obawie, że przy jaśniejszym świetle zobaczą zbyt dużo, dyskretnie wsunąłem pilnik do kieszeni spodni.

Promieniejąc na widok Lorrie i mnie, jakbyśmy byli starymi przyjaciółmi, którzy przybyli na przyjęcie, nasz uśmiechnięty gospodarz podszedł bliżej, wskazując szerokim gestem bogatą architekturę sali.

— Piękne miejsce, prawda? Na tym poziomie są zgromadzone archiwa firmy.

— Jakiej firmy? — spytałem.

— Jesteśmy w podziemiach banku.

— O cholera — odezwała się Lorrie. — Chcecie go obrabować?

Wzruszył ramionami.

— A czyż banki nie są od tego?

Beagle Boys zakładali już ładunki wybuchowe na dwóch kolumnach.

# 14

Zadowolony z siebie szaleniec wskazał na stojące w kącie sali ogromne urządzenie.

— Wiecie, co to jest?

— Wehikuł czasu? — próbowała zgadnąć Lorrie.

Pochodząc z rodziny, w której nielogiczne uwagi pojawiały się w rozmowie równie często jak przysłówki, szybko dostosowałem się do stylu wypowiedzi panny Hicks.

Szaleniec był nią zaintrygowany, ale — używając metafory — nie zawsze potrafił tańczyć z nią tak jak ja. Jego zielone oczy zalśniły, a uśmiech wyrażał lekkie zdziwienie, gdy zapytał:

— Dlaczego miałby to być wehikuł czasu?

— Biorąc pod uwagę fantastyczne tempo rozwoju nauki — odparła — promy kosmiczne, tomografię komputerową, transplantacje serca, skomputeryzowane tostery, a teraz telefony komórkowe, które można wszędzie ze sobą nosić, i szminki, które się nie rozmazują... Przy takim postępie lada chwila zostanie wynaleziony wehikuł czasu, więc skoro już, to dlaczego nie tu i teraz?

Szaleniec wpatrywał się w Lorrie przez chwilę, po czym spojrzał na urządzenie w kącie, jakby zastanawiając się, czy się nie myli i czy nie jest to w istocie wehikuł czasu.

Gdybym ja powiedział to, co Lorrie, uznałby, że jestem

stuknięty albo się wymądrzam. Byłby rozgniewany lub urażony i tak czy inaczej by mnie zastrzelił.

Piękna kobieta może natomiast powiedzieć, co jej się tylko podoba, i mężczyźni potraktują to poważnie.

Jej niewinny wyraz twarzy, jasne spojrzenie i szczery uśmiech nie pozwoliły mi określić, czy uwagę na temat wehikułu czasu — i wszystko inne, co mówiła — należało traktować serio, czy z przymrużeniem oka.

Większość ludzi nie znajduje niczego zabawnego w sytuacji, gdy są zakładnikami i grożą im śmiercią takie typy jak Crinkles. Podejrzewałem jednak, że Lorrie Lynn Hicks może być na to stać.

Nie mogłem się doczekać, kiedy pozna moją rodzinę.

Wielu ludzi nie bawi się dobrze nawet wtedy, gdy idą na przyjęcie, żeby się zabawić. To dlatego, że nie mają poczucia humoru. Każdy twierdzi, że je ma, ale niektórzy po prostu kłamią, a inni oszukują samych siebie.

To wyjaśnia powodzenie większości seriali telewizyjnych i kinowych komedii. Mogą być całkowicie pozbawione humoru, ale tłumy widzów będą ryczeć ze śmiechu, bo przyklejono im etykietkę ZABAWNE. Publiczność wie, że bezpiecznie można się z nich śmiać, a nawet wypada.

Ten sektor przemysłu rozrywkowego obsługuje ludzi bez poczucia humoru, tak samo jak producent protez zaspokaja potrzeby nieszczęśników, którzy stracili rękę lub nogę. Działalność ta może być ważniejsza niż dożywianie ubogich.

Moja rodzina zawsze uważała, że należy się śmiać nie tylko w radosnych chwilach życia, ale także w trudnych sytuacjach, a nawet w obliczu tragedii i śmierci (choć teraz zamartwiali się pewnie o mnie). Może odziedziczyliśmy jakiś wyjątkowo wrażliwy gen poczucia humoru. Albo jesteśmy ciągle zakręceni od cukru z tych wszystkich wypieków, które zjadamy.

— Nie, to nie jest wehikuł czasu. To awaryjny generator banku — wyjaśnił bezimienny szaleniec.

— Szkoda — odparła z żalem Lorrie. — Wolałabym, żeby to był wehikuł czasu.

Szaleniec westchnął, patrząc tęsknie na generator.

— Tak. Wiem, co masz na myśli.

— A więc unieruchomiliście awaryjny generator — powiedziałem.

Moje słowa wyrwały go z marzeń o podróży w czasie.

— Skąd wiesz?

Wskazałem ręką na podłogę.

— Domyśliłem się, widząc te porozrzucane części.

— Bystry jesteś — rzekł z podziwem.

— W mojej pracy to konieczne.

Nie spytał, czym się zajmuję. Jak przekonałem się w ciągu ostatnich dziesięciu lat, psychopaci są zwykle egocentrykami.

— Bank zamknięto godzinę temu — oznajmił, wyraźnie dumny ze swego misternego planu i zadowolony, że może się nim pochwalić. — Kasjerzy zdali pieniądze i poszli do domu. Skarbiec został zamknięty przed dziesięcioma minutami. Dyrektor banku i dwaj strażnicy wyszli jak zwykle ostatni.

— Wysadzi pan gdzieś w mieście transformator — domyśliła się Lorrie — żeby odciąć dopływ prądu na centralny plac.

— Jak wysiądzie elektryczność — dorzuciłem — awaryjny generator się nie włączy i skarbiec nie będzie zabezpieczony.

— Oboje jesteście bystrzy — stwierdził z aprobatą. — Planowaliście kiedyś skok na bank?

— Nie w tym wcieleniu — odparła Lorrie. — Ale to inna historia.

Wskazał na schody w głębi sali.

— Prowadzą do tej części podziemi banku, gdzie pakuje się w rulony monety, układa w pliki banknoty, sprawdza przywożoną gotówkę i przygotowuje wysyłkę pieniędzy. Frontowe drzwi do skarbca znajdują się również w tym miejscu.

— Jest tam też tylne wejście? — zapytałem tonem niedowierzania, który go rozbawił.

117

Uśmiechnął się szeroko, skinął głową i wskazał na schody bliżej nas.

— Drzwi na górze prowadzą wprost do skarbca.

Ten szczegół zdawał się pasować wyłącznie do jego wypaczonego obrazu rzeczywistości, a nie do realnego świata, w którym żyłem.

Rozbawiony moim zdziwieniem, szaleniec wyjaśnił:

— Cornelius Snow był jedynym udziałowcem banku, kiedy go zbudował. Robił wszystko dla swojej wygody.

— Mówi pan o jakichś machlojkach? — spytała Lorrie jakby z nadzieją w głosie.

— Ależ skąd. Wszystko wskazuje na to, że Cornelius Snow był uczciwym, statecznym obywatelem.

— Był nienasyconą chciwą świnią — wtrącił ze złością Crinkles, pracując przy kolejnym ładunku wybuchowym.

— Nie musiał sprzeniewierzać niczyich funduszy, ponieważ osiemdziesiąt procent zdeponowanych pieniędzy należało do niego.

Crinklesa nie interesowały liczby, tylko emocje.

— Upiekłbym go na rożnie i rzucił na pożarcie psom.

— W latach siedemdziesiątych dziewiętnastego wieku — powiedział szaleniec — nie było w bankach tak kompleksowych mechanizmów regulacji i kontroli jak w dzisiejszych czasach.

— Tyle że psy miałyby dość rozumu, żeby nie jeść trującego mięsa tego łajdaka — dodał Crinkles tonem, który skwasiłby mleko.

— Wkrótce po przełomie stuleci ten uproszczony świat zaczął zanikać.

— Nawet wygłodniałe szczury z rynsztoków nie zjadłyby tego dusigrosza, choćby polano go tłuszczem z bekonu — ciągnął Crinkles.

— Po śmierci Corneliusa, gdy większość jego majątku przejęła organizacja charytatywna, część tunelu prowadzącą do podziemi banku zamurowano.

Przypomniałem sobie wyłom w murze, który mijaliśmy po drodze. Beagle Boys nie próżnowali.

— Tymi schodami nie da się teraz wejść do skarbca — kontynuował bezimienny szaleniec. — Stare dębowe drzwi zastąpiono w latach trzydziestych stalowymi, które potem zaspawano. A z drugiej strony jest wzmocniona betonowa ściana. Ale możemy ją sforsować w ciągu dwóch godzin, jak tylko wyłączymy alarm.

— Dziwię się, że w tej sali nie ma alarmu — powiedziała Lorrie. — Na pewno byłby, gdyby tu stał naprawdę wehikuł czasu.

— Nikt nie widział takiej potrzeby. To na pozór nieduży bank, którego nie warto rabować. Poza tym po roku tysiąc dziewięćset drugim, gdy zamurowano podziemny korytarz, nie było już tylnego wejścia. A organizacja charytatywna, do której należy pałac Snow Mansion, zgodziła się nie ujawniać dla bezpieczeństwa banku informacji o istnieniu tuneli Corneliusa. Widziało je kilka osób z Towarzystwa Historycznego, ale musiały podpisać zobowiązanie, że nikomu o nich nie powiedzą.

Wcześniej szaleniec wspominał o torturowaniu członka tego towarzystwa, który był już niewątpliwie martwy tak jak bibliotekarz. Bez względu na to, jak zręcznie prawnik sformułuje klauzulę o nieujawnianiu informacji, zawsze jest sposób, żeby ją obejść.

Nie powiem, że po usłyszeniu tych sensacji poczułem się jak rażony gromem, ale z pewnością wprawiły mnie one w osłupienie, choć to może niewielka różnica. Urodziłem się i wychowałem w Snow Village, kochałem moje malownicze miasteczko i dobrze znałem jego historię, lecz nigdy nie słyszałem nawet plotek o tajemnych korytarzach pod głównym placem.

Kiedy wyraziłem swoje zdziwienie w obecności szaleńca, spojrzał na mnie lodowatym wzrokiem, jakim patrzyła straszna heloderma i wąż królewski Earl.

— Nie można naprawdę dobrze znać miasta — oznajmił — jeśli się je kocha. Miłość oczarowuje pozorami. Aby dogłębnie,

119

w pełni poznać miasto, trzeba je nienawidzić, pałać do niego nienawiścią. Musi pochłaniać cię żądza poznania wszystkich jego wstydliwych tajemnic i wykorzystania ich przeciwko niemu, odnalezienia jego ukrytych nowotworów i hodowania ich, aż staną się śmiertelnymi guzami. Musisz żyć dla tego dnia, gdy każdy jego kamień zostanie zmieciony na zawsze z powierzchni ziemi.

Domyślałem się, że spotkało go kiedyś coś złego w naszej małej turystycznej mekce. Coś bardziej traumatycznego niż otrzymanie kiepskiego pokoju w hotelu zamiast zarezerwowanego apartamentu czy niemożność skorzystania z wyciągu narciarskiego w zimowy weekend.

— Ale szczerze mówiąc — odezwała się Lorrie (moim zdaniem trochę ryzykownie) — w całej tej eskapadzie nie chodzi o nienawiść ani sprawiedliwość, o której wspominał pan wcześniej. Chodzi o obrabowanie banku. O pieniądze.

Twarz szaleńca tak spąsowiała, że od linii włosów do podbródka i od ucha do ucha wyglądała jak jeden wielki siniak. Uśmiech zniknął z jego ust.

— Nie obchodzą mnie pieniądze — wycedził przez zaciśnięte zęby.

— Nie włamuje się pan do hali targowej, żeby ukraść marchewkę i groszek — stwierdziła Lorrie. — Okrada pan bank.

— Niszczę go, żeby zniszczyć miasto.

— Chodzi o pieniądze — nie ustępowała.

— Chodzi o zemstę. Zasłużoną i od dawna należną. A to oznacza dla mnie sprawiedliwość.

— A dla mnie nie — wtrącił Crinkles, przerywając pracę przy ładunkach wybuchowych, by włączyć się bezpośrednio do rozmowy. — W istocie chodzi o pieniądze, gdyż bogactwo to także źródło władzy, która jednym daje wolność, a innych ciemięży, a więc aby zlikwidować ucisk, ofiary muszą stać się oprawcami.

Nie próbowałem analizować w myślach sensu tego zdania. Bałem się, że mój mózg tego nie wytrzyma. Była to filozofia

Karola Marksa przefiltrowana przez pryzmat poglądów Abbotta i Costella.

Widząc po wyrazie naszych twarzy, że jego przesłanie do nas nie dotarło, Crinkles wyraził je bardziej zwięźle:

— Część pieniędzy tej cuchnącej świni należy do mnie i do wielu innych ludzi, których wyzyskiwał, aby je zdobyć.

— Cholera, niech pan przestanie przez chwilę pleść bzdury — powiedziała do Crinklesa Lorrie. — Cornelius Snow nigdy pana nie wyzyskiwał. Umarł na długo przed pana urodzeniem.

Lorrie poniosło i obrażała wszystkich, którzy mieli możliwości i powody, by nas zabić.

Potrząsnąłem zakutą w kajdanki ręką, by jej przypomnieć, że seria pocisków, którą sprowokuje, uśmierci prawdopodobnie także mnie.

Szopa skręconych włosów na głowie Crinklesa jakby zesztywniała i przypominał teraz bardziej narzeczoną Frankensteina niż Arta Garfunkela.

— To, co tu robimy, jest polityczną demonstracją — oznajmił z naciskiem.

Honker, jak dotąd flegmatyczny w porównaniu ze swymi towarzyszami, przyłączył się do nich, tak podekscytowany całą tą dyskusją o zemście i polityce, że jego krzaczaste brwi drgały, jakby przepływał przez nie prąd.

— Mnie chodzi tylko o forsę — oznajmił. — Żywą gotówkę. Zabieram pieniądze i znikam. Gdybyśmy nie obrabiali banku, nie pisałbym się na tę akcję. Reszta nie ma dla mnie znaczenia, więc jeśli się nie zamkniecie i nie weźmiecie do roboty, wynoszę się stąd i zostawiam was samych.

Umiejętności Honkera musiały być istotne dla powodzenia akcji, ponieważ jego groźba uciszyła wspólników.

Ich wściekłość jednak nie opadła. Wyglądali jak trzymane na łańcuchach agresywne psy, których ślepia płoną niezaspokojonym gniewem dopóty, dopóki nie mogą kogoś ugryźć.

Żałowałem, że nie mam dla nich ciasteczek, niemieckich

*Lebkuchen* lub kruchych szkockich herbatników. Albo czekoladowych babeczek. Poeta William Congreve napisał: „Muzyki czar ukoi dziki gniew", podejrzewam jednak, że dobre ciastka są bardziej skuteczne.

Jakby zdawszy sobie sprawę, że jego groźba wcale nie zachęciła wspólników do zespołowej pracy, Honker próbował odwołać się do ich obsesji. Zaczął od Crinklesa.

— Czas ucieka, a mamy dużo do zrobienia. Tylko tyle chcę powiedzieć. Jak wykonamy robotę, wyrazisz w ten sposób swoje polityczne poglądy, głośno i dobitnie.

Crinkles przygryzł dolną wargę jak nasz młody prezydent i niechętnie skinął głową.

— Zaplanowałeś ten skok — rzekł z kolei Honker do zielonookiego szaleńca — bo chcesz pomścić śmierć matki. Więc załatwmy sprawę i wymierzmy sprawiedliwość.

Oczy zabójcy bibliotekarza zaszły mgłą, tak jak wtedy, gdy poruszyłem czułe struny w jego sercu, wspominając, że matka prasowała mi skarpetki.

— Znalazłem egzemplarze gazety, w których pisano o tej sprawie — powiedział do Honkera.

— Pewnie ciężko ci to było czytać. — Honker mu współczuł.

— Czułem się tak, jakby wyrywano mi serce. Z trudem przez to przebrnąłem. — Głos wiązł mu w gardle z przejęcia. — Ale potem ogarnęła mnie wściekłość.

— To zrozumiałe — rzekł Honker. — Każdy z nas ma tylko jedną matkę.

— Nie chodzi jedynie o to, że została zamordowana. Chodzi o kłamstwa, Honker. Niemal wszystko w tej gazecie było kłamstwem.

Zerknąwszy na zegarek, Honker wzruszył ramionami i spytał:

— A czego spodziewasz się po gazetach?

— Są na służbie kapitalistów — zauważył Crinkles.

— Napisali, że moja matka umarła przy porodzie, a tata zastrzelił lekarza w ataku szału, jakby to miało jakiś sens. Bezimienny szaleniec mógł być w moim wieku. Z dokład-

nością do dnia? Do godziny? Niemal do minuty? Jeśli odziedziczył urodę i zielone oczy po matce...

Zdumiony, powiedziałem bez zastanowienia:

— Punchinello?

Gdy Honker zmarszczył czoło, krzaczaste brwi rzuciły cienie
podejrzenia na jego oczy.

Crinkles wsunął prawą rękę pod kurtkę, dotykając kolby
wetkniętego w kaburę pistoletu.

Szaleniec, który strzelał do gazet, cofnął się o krok, zdumiony,
że znam jego imię.

— Punchinello Beezo? — spytałem.

# 15

Trzej klowni rozmieścili ostatnie ładunki i zamontowali zsynchronizowane detonatory.

Byli klownami, choć bez kostiumów. Honker, Crinkles — byłyby to dla nich idealne sceniczne imiona, gdyby paradowali w butach rozmiaru pięćdziesiąt osiem, workowatych portkach w grochy i jaskrawych pomarańczowych perukach. Może Punchinello używał swego prawdziwego imienia jako pseudonimu, a może pod wielkim namiotem znany był jako Gryzmoł lub Oszołom.

Czy to na cyrkowej arenie, czy tutaj, w świecie jak z komiksu, imię Świrus też by mu pasowało.

Lorrie i ja siedzieliśmy na kamiennej posadzce, plecami do rzędu zielonych szafek, wypełnionych archiwalną dokumentacją z pierwszych stu lat działalności banku. Sądząc z trwających wokół nas przygotowań, budynek miał zapaść się pod ziemię siedemdziesiąt osiem lat przed swoim dwóchsetleciem.

Byłem w fatalnym nastroju.

Choć nie ogarnął mnie jeszcze strach, który obezwładnia wolę i paraliżuje, to, co czułem, wykraczało znacznie poza drobne obawy.

Oprócz lęku towarzyszyło mi wrażenie, że los nie obszedł się ze mną sprawiedliwie. Rodzina Beezo nie powinna być przez dwa pokolenia przekleństwem uczciwego rodu piekarzy. To tak, jakby po wygraniu przez Churchilla drugiej wojny światowej tydzień później przeprowadziła się do jego sąsiedztwa kobieta z dwudziestoma sześcioma kotami i okazała się stukniętą siostrą Hitlera.

Zgoda, to niezbyt błyskotliwe porównanie, a może nawet bezsensowne, ale odzwierciedla moje uczucia. Udręczonej ofiary. Niewinnego chłopca do bicia dla wszechświata, który oszalał. Oprócz lęku i głębokiego poczucia niesprawiedliwości dokuczała mi nieokreślona determinacja. Nieokreślona, gdyż determinacja wymaga ustalenia pewnych granic, w ramach których należy działać, a ja ich nie znałem, nie wiedziałem, co robić, kiedy i jak.

Miałem ochotę odrzucić do tyłu głowę i wyć z rozpaczy. Powstrzymywała mnie od tego jedynie obawa, że gdy zacznę krzyczeć, Honker, Crinkles i Punchinello też podniosą dziki wrzask, będą trąbić, dmuchać w gwizdki i ściskać gumowe gruszki, naśladując pierdzenie.

Do tej pory nie cierpiałem na arlekinofobię, czyli lęk przed klownami. Mnóstwo razy słyszałem historię o nocy moich narodzin, opowieść o uciekinierze z cyrku, mordercy i nałogowym palaczu, ale czyny Konrada Beezo nigdy nie wywoływały we mnie strachu przed wszystkimi klownami.

W ciągu niecałych dwóch godzin Punchinello osiągnął to, co nie udało się jego ojcu. Przyglądałem się, jak z dwoma kretynami rozmieszcza ładunki wybuchowe, i wydawali mi się kosmitami w najbardziej niepokojącym sensie — jak bohaterowie *Inwazji porywaczy ciał* — udającymi ludzkie istoty, lecz mającymi tak mroczne i dziwne cele, że wykraczały one poza nasze pojmowanie.

Jak już powiedziałem, byłem w fatalnym nastroju.

Wyjątkowo wrażliwy gen poczucia humoru, który zawdzięczałem rodzinie Tocków, nadal funkcjonował. Miałem świadomość niedorzeczności całej sytuacji, ale mnie ona bynajmniej nie bawiła.

125

Szaleństwo nie jest złem, ale każde zło jest szalone. Zło samo w sobie nigdy nie jest zabawne, lecz szaleństwo czasem bywa. Musimy śmiać się z irracjonalności zła, bo w ten sposób nie pozwalamy mu nad sobą zapanować, umniejszamy jego wpływ na świat i pozbawiamy je uroku, jaki ma dla niektórych ludzi.

Wtedy, w podziemiach banku, nie wywiązałem się z tego obowiązku. Czułem się pokrzywdzony przez los, byłem przerażony i wściekły i nawet cudowna Lorrie Lynn Hicks nie potrafiła podnieść mnie na duchu.

Jak możecie sobie wyobrazić, miała mnóstwo pytań. Zwykle lubiłem opowiadać historię o nocy moich narodzin, ale nie tym razem. Wydobyła ze mnie jednak informacje dotyczące Konrada Beezo. Jest niestrudzona.

Nie wspomniałem o przepowiedniach mojego dziadka. Gdybym poruszył ten temat, powiedziałbym jej też nieuchronnie o przeczuciu, którego doświadczyłem w bibliotece — niejasnym, ale wyraźnym — że zostanie postrzelona.

Nie zyskałbym nic, niepokojąc ją, zwłaszcza że mój objawiony nagle szósty zmysł mógł być jedynie przebłyskiem rozpalonej wyobraźni.

Skończywszy przygotowywanie ładunków, klowni w cywilu zapalili i rozstawili górnicze lampy, by oświetlić pomieszczenie, gdy nie będzie prądu. Mieli ich za mało na całą dużą salę, więc umieścili je tylko tam, gdzie znajdował się skarbiec.

Lorrie i ja siedzieliśmy daleko od tego miejsca. Gdyby zgasły światła, bylibyśmy w ciemnościach.

Wysłuchawszy mojej historii, Lorrie zastanawiała się przez chwilę, po czym spytała:

— Czy wszyscy klowni są tacy źli?

— Niewielu ich znam.

— Znasz tych trzech. I Konrada Beezo.

— Nigdy go nie spotkałem. Gdy nasze drogi się przecięły, byłem na świecie dopiero od pięciu minut.

— Dla mnie to się liczy jako spotkanie. A więc czterej

klowni na czterech są źli. Szokujące. To tak, jakby spotkać prawdziwego Świętego Mikołaja i dowiedzieć się, że jest alkoholikiem. Masz jeszcze ten kozik?

— Co? — spytałem.

— Kozik.

— Chodzi ci o pilnik do paznokci?

— Skoro tak go nazywasz — powiedziała.

— Bo to jest pilnik.

— Niech będzie. Kiedy masz zamiar coś zrobić?

— Jak przyjdzie pora — odparłem cierpliwie.

— Miejmy nadzieję, że zdążysz, zanim rozerwą nas na strzępy.

Skończyli rozstawiać pięć lamp gazowych. Jedna stała u podnóża schodów, druga w połowie ich długości, trzecia na szerokim podeście u góry, przy tylnych drzwiach do skarbca.

Punchinello wypakował z dwóch dużych walizek narzędzia, maski do spawania i inne przedmioty, których z daleka nie mogłem rozpoznać.

Honker i Crinkles przydźwigali na górę po schodach wyposażoną w kółka butlę z acetylenem.

— Co to za imię „Punchinello"? — spytała Lorrie.

— Ojciec nazwał go tak na cześć słynnego klowna. No wiesz, kogoś takiego jak Punch i Judy.

— Punch i Judy są marionetkami.

— Owszem — odparłem — ale Punch jest również klownem.

— Nie wiedziałam.

— Nosi błazeńską czapkę.

— Myślałam, że sprzedaje samochody.

— Skąd ci to przyszło do głowy?

— Zawsze tak mi się wydawało.

— Punch i Judy zaczęli występować w dziewiętnastym wieku, może nawet w osiemnastym — wyjaśniłem. — Nie było wtedy samochodów.

127

— Kto chciałby robić to samo przez dwa stulecia? Wtedy, zanim wynaleziono samochody, produkował pewnie świece albo był kowalem.

Ona jest czarodziejką. Rzuca na człowieka urok i ma się ochotę patrzeć na świat z jej perspektywy.

Dlatego odpowiedziałem tak, jakby Punch istniał naprawdę, jak ona i ja:

— On nie jest stworzony do tego, żeby robić świece ani być kowalem. To nie w jego stylu. Nie czułby się dobrze w tego rodzaju pracy. Poza tym nosi błazeńską czapkę.

— To niczego nie dowodzi. Mógłby być kowalem-hiphopowcem w stylu funky. — Zmarszczyła brwi. — Zawsze wpada w szał i bije Judy, prawda? To jest ich już pięciu.

— Co pięciu?

— Pięciu złych klownów i ani jednego szczęśliwego.

— Szczerze mówiąc, Judy też go zawsze tłucze — dodałem.

— Czy ona jest klownem?

— Nie wiem. Może.

— No cóż, Punch jest jej mężem, więc Judy jest klownem co najmniej przez małżeństwo. To mamy już sześciu i wszyscy są źli. Ciekawe odkrycie.

Gdzieś w mieście wyleciał w powietrze transformator. Musiał być umieszczony w podziemiach, gdyż od stłumionej fali eksplozji zadrżały fundamenty banku.

Natychmiast zgasły światła. W głębi sali płonęły lampy gazowe, lecz Lorrie i ja siedzieliśmy w ciemnościach.

# 16

Honker i Crinkles stali na rozległym podeście u góry schodów, wyposażeni w maski do spawania, długie ognioodporne
fartuchy i azbestowe rękawice. Honker rozcinał palnikiem
acetylenowym stalowe drzwi.

Uśmiechając się i kręcąc głową, Punchinello uklęknął na
jedno kolano przede mną i Lorrie.

— Naprawdę nazywasz się Jimmy Tock?

— James — poprawiłem go.

— Jesteś synem Rudy'ego Tocka.

— Zgadza się.

— Ojciec mówi, że Rudy Tock ocalił mu życie.

— Tato byłby zaskoczony, słysząc to — odparłem.

— Cóż, Rudy Tock jest równie skromny, jak odważny —
oznajmił Punchinello. — Ale kiedy ta podstawiona pielęgniarka
z zatrutym sztyletem w ręku próbowała zajść od tyłu wielkiego
Konrada Beezo, mojego ojca, zginąłby, gdyby twój tato jej nie
zastrzelił.

Siedziałem oniemiały ze zdumienia.

— O tym nie słyszałam — wtrąciła Lorrie.

— Nie powiedziałeś jej? — spytał mnie Punchinello.

— Jest równie skromny jak jego ojciec — stwierdziła Lorrie.

Powietrze przesycał zapach rozgrzanej stali i roztopionej
substancji do spawania.

— Co to za historia z tą podstawioną pielęgniarką? — spytała Lorrie.

Punchinello usiadł przed nami na podłodze ze skrzyżowanymi nogami i wyjaśnił:

— Została wysłana do szpitala, aby zamordować wielkiego Konrada Beezo, moją matkę i mnie.

— Kto ją wysłał? — chciała wiedzieć Lorrie.

Nawet w ciemnościach dostrzegłem w jego niezwykłych oczach płomień nienawiści, gdy wycedził przez zaciśnięte zęby:

— Virgilio Vivacemente.

W tych stresujących okolicznościach jego odpowiedź — nasycona większą liczbą syczących spółgłosek, niż zawierały ich w istocie wypowiadane słowa — dotarła do mnie jako miła dla ucha seria bezsensownych sylab.

Najwyraźniej Lorrie zrozumiała z tego nie więcej niż ja, gdyż rzekła:

— *Gesundheit.*

— Przeklęci akrobaci — rzucił zjadliwie Punchinello. — Światowej sławy Latająca Rodzina Vivacementich. Artyści trapezu, linoskoczkowie, przepłacane primadonny. A najbardziej arogancki, pompatyczny, zarozumiały i przeceniany spośród nich wszystkich jest Virgilio, głowa rodu, ojciec mojej matki. Virgilio Vivacemente, wieprz nad wieprzami.

— Nieładnie tak mówić o własnym dziadku — zaprotestowała Lorrie.

Ta uwaga wzbudziła agresję Punchinella.

— Odmawiam mu prawa do bycia moim dziadkiem! Wypieram się go, wyrzekam, nie chcę znać tej napuszonej, starej kupy gówna!

— To brzmi okropnie stanowczo — stwierdziła Lorrie. — Osobiście zawsze dałabym dziadkowi jeszcze jedną szansę.

Nachyliwszy się ku niej, Punchinello zaczął wyjaśniać:

— Kiedy matka wyszła za mojego ojca, jej rodzina była zaszokowana, wściekła. Dziewczyna z rodu Latających Vivacementich poślubia klowna?! Dla nich akrobaci to nie tylko cyrkowa arystokracja, lecz półbogowie, klowni zaś należą do najniższych sfer, są plebsem areny.

— Może gdyby nie byli tacy źli — zauważyła Lorrie — inni ludzie cyrku bardziej by ich lubili.

Punchinello zdawał się w ogóle jej nie słyszeć, zajęty rzucaniem oskarżeń na rodzinę matki.

— Kiedy matka poślubiła wielkiego Konrada Beezo, akrobaci najpierw jej unikali, potem nią wzgardzili, a na koniec ją wydziedziczyli i pozbawili majątku. Ponieważ wyszła za mąż z miłości, popełniając według nich mezalians, przestała być ich córką. Traktowali ją jak śmieć!

— Zatem jeśli dobrze rozumiem, występowali w tym samym cyrku, tyle że pańska mama mieszkała z pańskim ojcem w sektorze obozu zajmowanym przez klownów, a rodzina Vivacementich tam, gdzie żyły wyższe sfery. Przebywaliście razem, lecz osobno. Musiało to powodować nieprzyjemne spięcia — zauważyła Lorrie.

— Nawet sobie nie wyobrażasz! Podczas każdego przedstawienia rodzina Vivacementich modliła się do Boga, żeby wielki Beezo skręcił kark, kiedy wystrzelano go z działa, i został sparaliżowany na całe życie, a mój ojciec wznosił modły, żeby to oni spadli z trapezu i zginęli straszną śmiercią, uderzając o arenę.

Zerknąwszy na mnie, Lorrie spytała:

— Nie chciałbyś zobaczyć wyrazu twarzy Boga, gdy otrzymuje ich e-mail?

Tracąc niemal oddech z przejęcia, Punchinello dodał:

— Tamtej nocy, gdy urodziłem się w Snow Village, Virgilio wynajął zabójczynię, która zjawiła się w szpitalu w przebraniu pielęgniarki.

— Wiedziałby, gdzie w krótkim czasie kogoś takiego znaleźć? — spytała Lorrie.

Głos Punchinella oscylował między zapiekłą nienawiścią i żałosnym strachem.

— Virgilio Vivacemente, ten śmieć w ludzkiej postaci, który

131

uważa się za człowieka... ma swoje powiązania, siedzi w samym środku pajęczyny zła. Kiedy trąci nić, kryminaliści z drugiego końca świata odbierają wibracje i natychmiast na nie odpowiadają. To pompatyczny szarlatan i głupiec... ale również jadowity gad, szybki i bezwzględny, wyjątkowo niebezpieczny. Zlecił, by nas zamordowano, kiedy występował ze swą przebiegłą rodziną na arenie — żeby mieć niezbite alibi.

Tak wyobrażał sobie noc moich narodzin pijany szaleniec. Punchinella karmiono tą historią zamiast mlekiem matki i miłością. Słysząc ją tysiąc razy i wychowując się w atmosferze paranoicznych fantazji i nienawiści, wierzył w te absurdy tak, jak czciciele bożków wierzyli kiedyś w rozum i boskość złotych cielców i kamiennych posągów.

— Rudy Tock wszedł do poczekalni akurat w chwili, gdy wynajęta zabójczyni podkradała się od tyłu do mojego ojca — mówił. — Zobaczył tę maniaczkę, wydobył pistolet i zastrzelił ją, zanim zdążyła wykonać rozkazy Virgilia.

Biedna Lois Hanson, zamordowana przez klowna psychopatę młoda, oddana swej pracy kobieta, przemieniła się w jego relacji z pielęgniarki w połączenie krwiożerczej wojowniczki ninja i dzieciobójczyni na usługach króla Heroda.

Poklepawszy mnie po kolanie, bym ocknął się ze zdumienia, Lorrie spytała:

— Twój tato miał pistolet, prawda? Sądziłam, że był zwykłym cukiernikiem.

— Wtedy był tylko piekarzem — sprostowałem.

— O! To co nosi teraz, jak jest mistrzem cukierniczym, karabin maszynowy?

Chcąc skończyć swą ponurą historię, Punchinello ciągnął niecierpliwie:

— Gdy Rudy Tock go ocalił, mój ojciec zdał sobie sprawę, że matce i mnie również grozi wielkie niebezpieczeństwo. Popędził na oddział położniczy, odszukał porodówkę i wbiegł tam akurat w chwili, gdy lekarz mnie dusił. Mnie, niewinnego noworodka!

— Lekarz też był podstawiony? — spytała Lorrie.

— Nie. Doktor MacDonald był prawdziwym lekarzem, ale został przekupiony przez Virgilia Vivacemente, tę gnidę z zasyfionych wnętrzności łasicy.

— Łasice chorują na syfilis? — zainteresowała się Lorrie.

Uznał to za retoryczne pytanie i kontynuował:

— Doktor MacDonald otrzymał ogromną sumę, prawdziwą fortunę, żeby wszystko wskazywało na to, że moja matka umarła przy porodzie, a ja urodziłem się martwy. Virgilio — oby jeszcze tej nocy trafił do piekła — wierzył, że wielki Konrad Beezo skaził bezcenną krew Vivacementich i że moja matka i ja, jako nieczyści, musimy zostać usunięci.

— Co za niegodziwiec! — podsumowała Lorrie, jakby naprawdę wierzyła w jego słowa.

— Mówiłem ci! — krzyknął Punchinello. — Jest bardziej parszywy niż czyrak na dupie szatana.

— To jest faktycznie parszywy — przyznała Lorrie.

— Konrad Beezo zastrzelił doktora MacDonalda, gdy ten próbował mnie udusić. Moja matka, moja piękna matka, już nie żyła.

— Ciekawa historia — skomentowałem, obawiając się, że zostanę uznany za jednego z pachołków Virgilia, jeśli zwrócę uwagę na którykolwiek z niezliczonych absurdów w tej godnej Teatru Obłędu wersji wydarzeń z odległej przeszłości.

— Ale Virgilio Vivacemente, ten skrzek z kloaki wiedźmy...

— O, to mi się podoba — wtrąciła Lorrie.

— ...ten pomiot z psich wymiocin wiedział, jak skorumpowane jest to miasto, jak łatwo będzie mógł ukryć prawdę. Przekupił policję i miejscowych dziennikarzy. Oficjalna wersja wydarzeń, którą opisano w gazecie, to niegodziwy stek kłamstw.

— Kiedy zna się prawdę, wszystko wydaje się jasne. — Udało mi się przybrać współczujący ton.

Przytaknął energicznie.

— Rudy Tock musiał być sfrustrowany, gdy przez tyle lat kazano mu milczeć.

— Tato nie brał żadnych pieniędzy od Virgilia. Ani pensa —

zapewniłem go pospiesznie, obawiając się, że może zechcieć potem wybrać się do miasta, by zastrzelić tatę, mamę i Weenę.

— Oczywiście, że nie — zgodził się Punchinello, usprawiedliwiając się, że nie to miał na myśli. — Mój ojciec, Konrad Beezo, przekazał mi, jakim dzielnym i szlachetnym człowiekiem jest Rudy Tock. Wiem, że zmusili go do milczenia jakimiś brutalnymi metodami.

Rozumiejąc psychikę Punchinella wystarczająco dobrze, by podejrzewać, że skłonny jest uwierzyć jedynie w dziko przesadzone opowieści i wierutne kłamstwa, powiedziałem:

— Całymi latami bili tatę raz w tygodniu.

— Co za potworne miasto.

— Ale to by go nie uciszyło — dodałem. — Zagrozili, że jeśli zacznie mówić, zabiją moją babcię Rowenę.

— Ją też bili — wtrąciła Lorrie.

Nie wiedziałem, czy stara się mi pomóc, czy sobie drwi.

— Ale tylko raz — oznajmiłem.

— Wybili jej zęby — oświadczyła Lorrie z udawanym oburzeniem.

— Tylko dwa — poprawiłem ją pospiesznie w obawie, że możemy przedobrzyć.

— Rozerwali jej ucho.

— Nie ucho, tylko kapelusz — skorygowałem szybko.

— Myślałam, że ucho.

— Kapelusz — powiedziałem z naciskiem, dając jej do zrozumienia, że już wystarczy. — Zdarli jej z głowy kapelusz i podeptali go.

Punchinello Beezo ukrył twarz w dłoniach, mówiąc stłumionym głosem:

— Zdarli z głowy kapelusz starszej kobiecie. Staruszce. Wszyscy cierpieliśmy w rękach tych potworów.

Zanim Lorrie zdążyła powiedzieć, że sługusi Virgilia odcięli babci Rowenie kciuki, spytałem:

— Gdzie pański ojciec przebywał przez ostatnich dwadzieścia lat?

Zdjąwszy z twarzy maskę z dłoni, Punchinello odparł:

— Uciekał, ciągle był w biegu, dwa kroki przed stróżami prawa, ale tylko krok przed prywatnymi detektywami Vivacementego. Wychowywał mnie w kilkunastu różnych miejscach. Musiał zrezygnować ze wspaniałej kariery. Wielki Konrad Beezo... zdegradowany do odgrywania roli klowna w małych cyrkach, na przyjęciach dla dzieci, w myjniach samochodowych lub podczas karnawału. Ukrywał się pod pseudonimami: Cheeso, Giggles, Clappo, Saucy.

— Saucy? — spytała Lorrie.

Czerwieniąc się, Punchinello odparł:

— Przez jakiś czas był mistrzem ceremonii w nocnym klubie ze striptizem. Czuł się taki upokorzony. Mężczyźni, którzy odwiedzają tego typu miejsca, nie doceniali jego geniuszu. Interesowały ich tylko cycki i tyłki.

— Filistyni — powiedziałem współczująco.

— Pogrążony w rozpaczy, ciągle rozwścieczony i przerażony, że lada chwila natrafi na jego ślad jakiś agent Vivacementego, Konrad Beezo był najlepszym ojcem, jakim mógł być w tych okolicznościach, choć po stracie mojej matki nie umiał już nikogo kochać.

— W Hollywood zrobiliby z tej historii wspaniały wyciskacz łez — zauważyła Lorrie.

Punchinello przytaknął.

— Ojciec uważa, że jego rolę powinien zagrać Charles Bronson.

— Absolutny mistrz takich ról — przyznała Lorrie.

— Moje dzieciństwo było pozbawione ciepła i miłości, ale miało swoje zalety. Zanim skończyłem dziesięć lat, nauczyłem się, na przykład — przygotowując się do tego dnia, gdy być może będę musiał wytropić i zniszczyć Virgilia Vivacemente — ogromnie dużo na temat broni palnej, noży i trucizn.

— Inni dziesięcioletni chłopcy nie mają w głowach nic pożytecznego — stwierdziła Lorrie. — Tylko baseball, gry wideo i kolekcjonowanie kart z Pokemonem.

135

— Nie zaznałem od niego miłości, ale przynajmniej chronił mnie przed złym Virgiliem... i starał się, jak mógł, przekazać mi wszystkie umiejętności, dzięki którym stał się legendą w swojej profesji.

W powietrzu rozbrzmiał echem metaliczny dźwięk, jakby głuche uderzenie dzwonu.

Honker i Crinkles, otworzywszy palnikiem stalowe drzwi u góry schodów, wyjęli je z ramy i rzucili na podest.

— Teraz moja kolej — oznajmił Punchinello. Złość i nienawiść na jego twarzy przygasły jak regulowane światło. Emanowała teraz ciepłem i czymś w rodzaju serdeczności. — Ale nie martw się. Kiedy to się skończy, Jimmy, ochronię cię. Wiem, że możemy ci zaufać, że nas nie zdradzisz. Synowi Rudy'ego Tocka nic się nie stanie.

— A co ze mną? — spytała Lorrie.

— Trzeba będzie cię zabić — odparł bez wahania. Jego twarz przypominała teraz bezduszną maskę, a w oczach nie było śladu współczucia.

Chociaż każde zło jest szaleństwem, a szaleństwo oglądane z bezpiecznej odległości może być zabawne, niewielu szaleńców ma poczucie humoru. Jeśli Punchinello je miał, nie było dość wyrafinowane, by wypowiedział żartem takie słowa. Wiedziałem od razu, że mówi serio. Że uwolni mnie, ale zabije Lorrie.

Gdy wstał z podłogi i odszedł, zaniemówiłem przez chwilę z wrażenia, ale zaraz krzyknąłem:

— Punch, niech pan zaczeka! Zdradzę panu tajemnicę.

Odwrócił się do mnie. Jego mroczne emocje rozpierzchły się jak stado ptaków, które zmieniają raptownie kierunek lotu, żeby skorzystać z nagłej zmiany wiatru. Zniknęła bezduszna maska i lodowate spojrzenie. Był teraz przystojniakiem o pięknych włosach i lśniących przyjaźnie oczach.

— Lorrie — oznajmiłem mu — jest moją narzeczoną.

Jego twarz rozpromienił jeden z tych uśmiechów, które warte są milion dolarów.

136

— Fantastycznie! Stanowicie idealną parę.

Nie mając pewności, czy mnie zrozumiał, dodałem:

— Pobieramy się w listopadzie. Chcielibyśmy zaprosić pana na wesele, jeśli to możliwe. Ale nie będzie ślubu, jeśli ją pan zabije.

Wstrzymałem oddech, gdy uśmiechając się i kiwając głową, rozmyślał nad tą sprawą. Rozmyślał długo. W końcu oznajmił:

— Pragnę tylko szczęścia dla syna Rudy'ego Tocka, który ocalił mojego ojca i mnie. Z Honkerem i Crinklesem będą problemy, ale jakoś sobie poradzimy.

Słowo „dziękuję" wydobyło się z moich ust razem z westchnieniem ulgi.

Opuścił nas i poszedł w kierunku schodów.

Lorrie niechętnie okazywała słabość, ale nie mogła pohamować drżenia.

Gdy Punchinello już nie mógł ich usłyszeć, oznajmiła, szczękając zębami:

— Ustalmy jedno, piekarczyku. Nie dam pierwszemu dziecku na imię Konrad ani Beezo.

# 17

Punchinello uderzał młotem i rozbijał betonowe bloki. Honker przecinał odsłonięte stalowe pręty. Crinkles znosił gruz po schodach i wyrzucał go. Jak na trio klownów pracowali zaskakująco wydajnie i sprawnie.

Za każdym razem, gdy Punchinello przerywał pracę, by Honker mógł użyć palnika acetylenowego, odsuwał się jak najdalej od swego towarzysza, unikając iskier sypiących się z metalowych prętów. I za każdym razem spoglądał na zegarek.

Najwyraźniej obliczyli, ile czasu pogotowie energetyczne będzie potrzebowało na naprawienie transformatora, i ufali swoim kalkulacjom. Nie wyglądali na zdenerwowanych. Byli szaleńcami, ale zachowywali całkowity spokój.

Miałem zegarek na lewym przegubie, więc mogłem na niego zerkać, nie przeszkadzając Lorrie, która była przykuta do mojej prawej ręki.

Bynajmniej nie drzemała, gdy siedzieliśmy oparci o metalowe szafki. Była ożywiona i — co was z pewnością nie zaskoczy — bez przerwy coś mówiła.

— Szkoda, że mój ojciec nie jest klownem — rzekła tęsknie.

— Chciałabyś obcować na co dzień ze złośnikiem?

— Ojciec by się tak nie zachowywał. Jest łagodnym człowiekiem, tyle że nieodpowiedzialnym.

— Niewiele podróżuje, co?

— Ciągle ściga tornada — wyjaśniła.

— Dlaczego? — postanowiłem spytać.

— Poluje na burze. W ten sposób zarabia na życie, jeżdżąc po Środkowym Zachodzie swoim terenowym autem.

Był rok 1994. Film *Twister* pokazywano dopiero w 1996. Nie wyobrażałem sobie przedtem, że ściganie tornad może być profesją.

Zakładając, że Lorrie sobie kpi, ciągnąłem:

— Schwytał już jakieś?

— Och, dziesiątki.

— Co z nimi robi?

— Sprzedaje je, oczywiście.

— Więc jak złapie tornado, to jest jego? Ma prawo je sprzedać?

— Jasne. Ma patent.

— A więc widzi tornado, ściga je i kiedy jest dość blisko...

— Łowcy burz są nieustraszeni — stwierdziła Lorrie. — Wchodzą w sam ich środek.

— Zatem wchodzi w sam środek, a potem, co? Nie można tak po prostu zastrzelić tornada jak lwa na sawannie.

— Pewnie, że można — zapewniła go. — To prawie zupełnie to samo.

Brzmiało to już bardziej jak szaleństwo w stylu Punchinella niż niewinny żart.

— Czy twój ojciec sprzedałby mi jedno?

— Gdybyś miał dość pieniędzy.

— Nie sądzę, żebym mógł sobie pozwolić na całe tornado. Muszą sporo kosztować.

— No cóż — odparła. — Zależy, do czego chciałbyś go użyć.

— Myślę, że mógłbym zagrozić wypuszczeniem go nad Chicago i zażądać dziesięciu milionów, może nawet dwudziestu.

Spojrzała na mnie wyraźnie zniecierpliwiona i chyba z politowaniem.

— Słyszałam ten kiepski dowcip już z milion razy.

Zacząłem podejrzewać, że czegoś nie rozumiem.

— Przepraszam. Pytałem serio.

— Cena zależy częściowo od tego, ile minut nagrania na taśmie wideo chcesz kupić. Jedną, dwie, czy dziesięć.

Film na wideo. Oczywiście. Ojciec Lorrie nie chwytał tornad na lasso. Tak już przywykłem do jej ciągłych drwin, że gdy wspomniała o jego polowaniach na tornada, nie mogłem uwierzyć, że należy rozumieć to dosłownie.

— Naukowcy płacą mniej niż stacje telewizyjne czy studia filmowe — wyjaśniła.

— Jezu, to naprawdę niebezpieczna praca.

— Tak, ale widzę teraz, że gdyby nawet był klownem, też nie miałby lekko. — Westchnęła. — Żałuję tylko, że nie bywał częściej w domu, gdy dorastałam.

— Sezon tornad nie trwa cały rok.

— Nie. Ale on ściga także huragany.

— Pewnie uważa się za specjalistę.

— Właśnie. Kiedy kończy się jeden sezon, zaczyna się drugi, więc śledzi prognozy pogody wzdłuż wybrzeży Zatoki Meksykańskiej i Atlantyku.

Na szczycie schodów trzech złodziejaszków wybiło w ścianie dostatecznie dużą dziurę, by wejść do skarbca.

Trzymając w rękach latarki, Punchinello i Crinkles zniknęli za wyłomem w murze. Honker został i obserwował nas z podestu.

— Kiedy po odcięciu energii nie włączył się awaryjny generator, może zadziałał przez telefon automatyczny alarm i w banku jest już policja — zasugerowała Lorrie.

Chociaż miałem nadzieję, że jej niewzruszony optymizm okaże się uzasadniony, powiedziałem:

— Ci faceci by to przewidzieli. Zdaje się, że pomyśleli o wszystkim.

Zamilkła. I ja też.

Podejrzewałem, że martwiliśmy się oboje o to samo: czy Punchinello dotrzyma obietnicy i nas wypuści?

140

Problem stanowili jego wspólnicy. Obaj byli stuknięci, ale nie aż tak, jak syn wielkiego Konrada Beezo. Twardo stąpali po ziemi w przeciwieństwie do niego. Honkerem powodowała chciwość, a Crinkles był chciwy i zawistny. Nie bawiliby się w żadne sentymenty z synem Rudy'ego Tocka.

Zaległa niepokojąca cisza.

Czułem się lepiej, słysząc głos Lorrie, więc próbowałem zachęcić ją znów do rozmowy.

— Dziwię się, że twoja matka i ty nie podróżowałyście z ojcem. Gdybym poślubił kogoś, kto chwyta tornada i przebywa cały czas poza domem, chciałbym być z nim. To znaczy z nią.

— Mama ma własną dobrze prosperującą firmę. Uwielbia swoją pracę, a gdyby wyjechała z Los Angeles, musiałaby z niej zrezygnować.

— Czym się zajmuje? — spytałem.

— Tresuje węże.

Zabrzmiało to obiecująco.

— Mieć matkę treserkę węży wcale nie jest tak fajnie, jak ci się wydaje — dodała Lorrie.

— Naprawdę? Myślałem, że to duża frajda.

— Czasami tak. Ale ona pracowała poza domem. Węże nie są tak łatwe do tresowania jak szczeniaki.

— Można nauczyć węża czystości?

— Nie mówię o przyuczaniu go do porządku, tylko o sztuczkach. Psy je uwielbiają, lecz węże szybko się nudzą. A kiedy są znudzone, próbują odpełznąć, a poruszają się czasem naprawdę szybko.

Punchinello i Crinkles wyszli ze skarbca na podest u góry schodów, gdzie czekał na nich Honker. Wynieśli pudła, postawili je na ziemi i zdjęli z nich wieka.

Honker wydał triumfalny okrzyk, zobaczywszy, co zawierają. Wszyscy trzej mężczyźni zaśmiali się i przybili piątkę jeden drugiemu.

Domyśliłem się, że w pudłach było coś bardziej ekscytującego niż węże lub ciastka.

# 18

Wyciągnęli ze skarbca szesnaście pudeł, znieśli je po schodach i załadowali na wózek, którym przedtem transportowali materiały wybuchowe. Były to kartonowe pudła ze zdejmowanymi wiekami, podobne do tych, do których pakuje się książki podczas przeprowadzki.

— Ponad trzy miliony w gotówce — oznajmił Punchinello, każąc nam wstać i pokazując nam łup.

Przypomniałem sobie coś, co powiedział wcześniej: To na pozór nieduży bank, którego nie warto rabować.

— W większości banków w dużych miastach nie byłoby tyle gotówki — stwierdził Punchinello. — Tutaj Departament Skarbu założył centrum gromadzenia zużytych banknotów, które wszystkie banki wycofują z obiegu. Przysyłają je co tydzień z dwunastu okręgów i w zamian otrzymują świeżo wydrukowane.

— Dwie trzecie tej sumy — wyjaśnił Honker — to zużyte banknoty, a pozostały milion — nowiutkie. Ale to bez znaczenia. Wydaje się je tak samo.

— Wyssaliśmy właśnie trochę krwi z kapitalistycznej pijawki — oznajmił Crinkles, ale ta kiepska metafora odzwierciedlała jego wyczerpanie. Poskręcane włosy kleiły mu się od potu.

Spojrzawszy na zegarek, Punchinello rzucił:

— Musimy ruszyć tyłki, żeby zdążyć przed fajerwerkami.

Crinkles i Honker wyszli pierwsi z podziemi banku. Jeden ciągnął, a drugi pchał wózek. Lorrie i ja szliśmy za nimi, a Punchinello zamykał pochód.

W tajemnych podziemnych korytarzach Corneliusa Snowa połowa grubych żółtych świec w kinkietach już się dopalała. Drżące płomienie oświetlały drogę dużo gorzej niż poprzednio. Migotliwe światła i cienie zmagały się w milczeniu na bitewnym polu wapiennych ścian i sufitu, jak duchy w walce dobra ze złem.

W takim miejscu nie byłoby zaskoczeniem, gdyby zza rogu wyłonił się nagle Człowiek w Skórzanej Masce, bohater filmu *Teksańska masakra piłą mechaniczną*, i zaczął strzelać ze swej firmowej broni. Pasowałby do klownów-zabójców.

— Dziś wieczorem — oznajmił Punchinello, gdy zbliżaliśmy się do miejsca, gdzie korytarz w prawo prowadził do biblioteki — dam wreszcie ojcu powód do dumy, choć zawsze sprawiałem mu zawód.

— Och, mój drogi — powiedziała Lorrie — jest pan dla siebie zbyt surowy. Zna się pan przecież świetnie na broni, nożach i truciznach.

— To nie miało dla niego znaczenia. Pragnął tylko, żebym był klownem, największym klownem wszech czasów, gwiazdą, ale nie mam do tego talentu.

— Jest pan jeszcze młody — zapewniła go Lorrie. — Ma pan mnóstwo czasu na naukę.

— Nie, on ma rację — wtrącił Honker z rozbrajającą szczerością. — Chłopakowi brakuje talentu. To prawdziwa tragedia. Jest synem wielkiego Konrada Beezo, więc uczył się od najlepszych, a nie potrafi nawet dobrze wywinąć orła. Kocham cię, Punch, ale to prawda.

— Nie obrażam się, Honker. Wiem to od dawna.

W miejscu przecięcia korytarzy nie skręciliśmy ani w lewo, ani w prawo. Już się orientowałem w kierunkach. Na wprost przed nami, po przeciwnej stronie placu niż bank, znajdował się budynek Snow Mansion, przed którym zaparkowałem mojego shelby Z.

— Występowałem na arenie z Punchem — powiedział Crinkles. — Robiliśmy numer z wybuchającym samochodem, wsadzaniem nogi do wiadra, deszczem padającym spod parasola, nawet z myszą w spodniach, którego nikt nie knoci...

— Ale ja spieprzyłem wszystkie — przyznał posępnie Punchinello.

— Publiczność się z niego śmieje — stwierdził Honker.

— Nie mają się śmiać z klowna? — spytała Lorrie.

— To nie jest dobry śmiech — odparł Punchinello.

— Naprawdę, panienko, jest nieprzyjemny — wyjaśnił Lorrie Honker. — Śmieją się z niego, nie z nim.

— Jak to można rozróżnić? — zdziwiła się.

— Och, proszę pani — rzekł Crinkles. — Kiedy jest się klownem, to się wie.

Gdy szliśmy pod Center Square Park, uderzyła mnie zmiana w zachowaniu tych dwóch mężczyzn. Byli mniej wrogo do nas nastawieni, bardziej rozmowni. Zwracali się do Lorrie „panienko" i „pani".

Może trzy miliony dolarów wprawiły ich w lepszy nastrój. Może Punchinello porozmawiał z nimi i wyjaśnił, kim jestem. Może nie uważali nas już za zakładników, lecz honorowych klownów.

A może zamierzali w ciągu najbliższych pięciu minut się nas pozbyć i woleli zastrzelić ludzi, do których czuli choć odrobinę sympatii. Próbując myśleć kategoriami psychopaty, zadałem sobie pytanie: Co za przyjemność zabijać kogoś całkowicie obcego?

Punchinello, jakby chcąc jeszcze bardziej siebie pognębić, oznajmił:

— Kiedyś zamiast wsadzić do wiadra nogę, wetknąłem w nie głowę.

— To musiało być dość zabawne — uznała Lorrie.

— Ale nie w jego wykonaniu — zapewnił ją Honker.

144

— Wygwizdali mnie. Tamtego wieczoru musiałem zejść z areny.

Zdyszany Crinkles, ciągnąc wózek, który z drugiej strony pchał Honker, oznajmił:

— Dobry z ciebie chłopak, Punch. Tylko to się liczy. Byłbym dumny, gdybyś był moim synem.

— Miło to słyszeć, Crinkles. Naprawdę miło.

— Zresztą czy to taki zaszczyt być klownem? — zastanawiał się Honker. — Nawet gdy publika śmieje się z tobą, śmieje się też z ciebie, więc wychodzi na zero.

Przy końcu korytarza dotarliśmy do kolejnych solidnych dębowych drzwi z żelaznymi okuciami. Za nimi znajdowały się podziemia Snow Mansion.

Trzej mężczyźni wyjęli potężne latarki, którymi oświetlili to miejsce. Najbardziej rzucały się w oczy ładunki wybuchowe z zainstalowanymi już detonatorami, rozmieszczone strategicznie wokół ogromnej sali, u podstaw kolumn.

Domyślałem się, że czwarty kluczowy obiekt przy miejskim placu — budynek sądu okręgowego — też został podminowany. Spokojne miasteczko Snow Village miało trafić na pierwsze strony gazet.

Piekarze są dociekliwi, zwłaszcza gdy coś im się nie zgadza w przepisie, więc spytałem Punchinella:

— Dlaczego używacie tutaj latarek, a w tunelach świec?

— Świece wyglądały tam tak autentycznie — wyjaśnił. — Jestem miłośnikiem autentyzmu, gdziekolwiek można go jeszcze znaleźć, a coraz trudniej o to w tym świecie z plastiku i poliestru.

— Nie rozumiem.

Spojrzał na mnie z pożałowaniem.

— Nie rozumiesz, bo nie jesteś artystą.

Niczego mi to nie wyjaśniło, ale dotarliśmy już do przestronnej dziewiętnastowiecznej kuchennej windy z rozsuwaną mosiężną kratą zamiast drzwi. Napędzana systemem bloczków i ciężarków, mogła pomieścić i udźwignąć wózek z pudłami pieniędzy.

Pokonawszy cztery kondygnacje schodów, doszliśmy do kuchni na tyłach domu, na głównym poziomie. Światło latarek odbijało się od białych ceramicznych płytek, polerowanej miedzi i ciętego szkła w drzwiczkach kredensów.

Zauważyłem pośród płytek duży blat z gładkiego granitu, idealne miejsce do wyrabiania ciasta na placki i babeczki. Nawet jeśli Cornelius był, jak opisywał go Crinkles, chciwym wyzyskiwaczem i krwiopijcą o mrocznym sercu, dzieciobójcą, kundlem i świnią, nie mógł być całkiem zły, skoro lubił ciasta.

— Spójrzcie na ten stary żelazny piecyk — powiedział Honker.

— Robione w nim żarcie smakowało prawdziwie — rzekł Crinkles.

— Ponieważ było autentyczne — podsumował Punchinello.

Honker położył latarkę na blat i zaczął kręcić korbą przy kuchennej windzie, by dowieźć na górę zrabowane pieniądze.

Crinkles także odłożył latarkę na bok, rozsunął mosiężną kratę i wciągnął wózek do kuchni.

Punchinello strzelił Honkerowi w pierś, Crinklesowi w plecy, a potem wpakował jeszcze w każdego z nich po dwie kule, gdy padali z krzykiem na podłogę.

# 19

Nieoczekiwana brutalność tej zbrodni wprawiła Lorrie w nieme osłupienie, ale ja chyba krzyknąłem. Nie jestem tego pewien, gdyż krzyki ofiar, choć krótkotrwałe, zabrzmiały straszniej i głośniej niż zdławiony okrzyk, który chyba wydobył się z mojego gardła.

Wiem na pewno, że omal nie zwymiotowałem. Ogarnęły mnie mdłości i poczułem nagle w ustach gorzki smak żółci i kwasów żołądkowych.

Zacisnąwszy zęby, oddychałem szybko i głęboko. Przełykałem ciężko i zwalczałem mdłości, wzbudzając w sobie gniew.

Te zabójstwa oburzyły mnie, przeraziły i rozwścieczyły nawet bardziej niż zamordowanie Lionela Davisa, naszego bibliotekarza. Nie potrafię powiedzieć dlaczego.

Byłem bliżej tych ofiar niż Lionela, który zniknął mi z oczu za biurkiem natychmiast, gdy został zastrzelony. Może to było właśnie to: poczułem z bliska zapach śmierci, nie tylko subtelny odór krwi, ale także smród odchodów jednej z ofiar, której z powodu przedśmiertnych drgawek puściły zwieracze.

A może zrobiło to na mnie tak duże wrażenie, ponieważ zabójca i jego dwaj wspólnicy rozmawiali sobie po przyjacielsku na krótko przedtem, nim ich zabił.

Bez wątpienia ci dwaj ludzie nie mieli charakteru, ale Punchinello również. Bez względu na to, jakim się jest szubrawcem, zasługuje się przynajmniej na bezpieczeństwo ze strony ludzi swojego pokroju.

Wilki nie zabijają wilków. Żmije nie atakują żmij. Tylko w ludzkich społecznościach brat musi się mieć na baczności przed bratem.

Sześć wystrzelonych pocisków dowodziło tego tak niezbicie, że byłem jak porażony. Szok wyssał mi powietrze z płuc i posiał spustoszenie w duszy, pozostawiając mnie jakby podwójnie bez tchu.

Wyrzucając z pistoletu magazynek, który zawierał teraz cztery naboje, i wsuwając nowy, Punchinello źle odczytał nasze reakcje. Uśmiechnął się, zadowolony z siebie, przypuszczając, że my też go pochwalimy.

— Jesteście zaskoczeni, co? Myśleliście pewnie, że stuknę ich dopiero wtedy, gdy załadujemy forsę do furgonetki i wyjedziemy z miasta. Ale wierzcie mi, to był najlepszy moment.

Może gdybyśmy z Lorrie się na nich nie natknęli i tak zabiłby swoich kompanów w tym samym miejscu. Trzy miliony dolarów to silna motywacja.

Skoro z zimną krwią zamordował tych mężczyzn, którzy byli dla niego jak wujowie, równie łatwo mógł nie dotrzymać złożonej nam obietnicy.

— To mój prezent ślubny dla was — oznajmił, jakby dawał nam toster albo serwis do herbaty i oczekiwał w stosownym czasie podziękowania na piśmie.

Nazwanie go szaleńcem lub złoczyńcą, okazanie odrazy lub gniewu z powodu jego bezwzględności, mogło grozić natychmiastową egzekucją. Trzymając pojemnik z nitrogliceryną na czubku szpady, nie komplikuj zadania stepowaniem.

Choć zdawałem sobie sprawę, że milcząc, możemy mu ujawnić nasze prawdziwe uczucia, nie potrafiłem wydobyć z siebie głosu.

Nie po raz pierwszy i z pewnością nie ostatni Lorrie ocaliła nam skórę.

— Czy potrafimy choć trochę się panu odwdzięczyć, jeśli damy naszemu pierwszemu synowi na imię Konrad?

Sądziłem, że potraktuje tę propozycję jako czyste lizusostwo i poczuje się urażony tak oczywistą próbą manipulacji, ale myliłem się. Uderzyła w jego najczulszą strunę. Dostrzegliśmy w świetle latarek, że oczy Punchinella wyraźnie zaszły mgłą ze wzruszenia. Przygryzł dolną wargę.

— To takie słodkie — powiedział. — Takie miłe. Nie przychodzi mi do głowy nic, co sprawiłoby mojemu ojcu, sławnemu Konradowi Beezo, większą przyjemność niż nadanie jego imienia wnukowi Rudy'ego Tocka.

Lorrie powitała tę odpowiedź promiennym uśmiechem, za który Leonardo da Vinci oddałby lewą stopę, by móc go namalować.

— Zatem mnie i Jimmy'emu brakuje do szczęścia tylko tego, żeby zgodził się pan być ojcem chrzestnym naszego dziecka.

Aby móc czuć się jako tako bezpiecznie w obecności szalonego księcia, trzeba uchodzić za członka tego samego królewskiego rodu.

Znowu przygryzł wargę, nim odparł ze wzruszeniem:

— Rozumiem, jakie to zobowiązujące. Będę opiekunem małego Konrada. Każdy, kto wyrządzi mu krzywdę, odpowie przede mną.

— Nawet pan nie wie, jaka to ulga dla matki.

Poprosił nas — nie rozkazując, tylko oczekując przyjacielskiej przysługi — byśmy zabrali wózek do frontowych drzwi rozległego historycznego gmachu. Pchałem go, a Lorrie oświetlała drogę.

Punchinello podążał za nami, z latarką w jednej ręce i pistoletem w drugiej.

Nie chciałem mieć go za sobą, ale nie miałem wyboru. Gdybym się zawahał, mógłby znów doznać nagłej zmiany nastroju.

— Wiecie, co jest ironią losu? — spytał.

— Tak. To, że obawiałem się pójść do pralni chemicznej. Ale mój punkt widzenia go nie interesował.

— Ironią losu jest to, że będąc tak kiepskim klownem, znakomicie chodzę po linie i świetnie sobie radzę na trapezie.

— Odziedziczył pan talent po matce — stwierdziła Lorrie.

— I potajemnie ćwiczyłem — przyznał, gdy przechodziliśmy z kuchni przez pokój kredensowy do wielkiej jadalni. — Gdybym przeznaczył na to połowę tego czasu, który poświęciłem na udawanie klowna, zostałbym gwiazdą.

— Jest pan nadal młody — pocieszyła go Lorrie. — Nie jest jeszcze za późno.

— Nie. Nawet gdybym sprzedał duszę za taką możliwość, nie mógłbym nigdy stać się jednym z akrobatów. Virgilio Vivacemente jest dla nich żywym bogiem i zna wszystkich. Gdybym występował, usłyszałby o mnie. Przyszedłby mnie zobaczyć. Rozpoznałby w mej twarzy rysy matki i zabiłby mnie.

— Może by pana uściskał — zasugerowała Lorrie.

— Nigdy. Jego zdaniem moja krew jest skażona. Zabiłby mnie, poćwiartował, zanurzył moje szczątki w benzynie, spalił je, nasikał na prochy, zebrał mokry popiół do wiadra, zabrał go na farmę i zmieszał z gnojówką w kącie chlewu.

— Może nie jest aż tak niegodziwy — zasugerowałem, gdy przechodziliśmy wąskim korytarzem do szerszego.

— Robił już takie rzeczy — zapewnił mnie Punchinello. — To arogancka bestia. Twierdzi, że jest potomkiem Kaliguli, szalonego cesarza starożytnego Rzymu.

Widząc Punchinella w akcji, nie zaprzeczałbym, gdyby ktoś powiedział, że to on ma taki rodowód.

— Dlatego właśnie postanowiłem z narażeniem życia dokonać zemsty — rzekł z westchnieniem. — Zejdę z tego świata, gdy nie mogę latać.

Z bogato zdobionego holu prowadziły w mrok wielkie schody. Na posadzce z czarnego granitu i terakoty widniały postacie w togach i mitologiczne stwory, jak na starożytnych greckich urnach.

150

Omiatane światłem latarek sceny zdawały się ożywać pod naszymi stopami, jakby ci ludzie żyli w dwuwymiarowym świecie, równie realnym jak nasz.

Miałem przez chwilę zawroty głowy, pewnie nie tyle z powodu wpatrywania się w posadzkę, ile wskutek spóźnionej reakcji na popełnioną w kuchni zbrodnię. W dodatku przypomniałem sobie moje przeczucie, że Lorrie zostanie postrzelona, i zastanawiałem się, czy nie stanie się to właśnie w tym miejscu.

Zaschło mi w ustach. Miałem wilgotne dłonie. Potrzebowałem dobrego eklerka.

Lorrie trzymała mnie za prawą rękę, mocno ją ściskając. Jej smukłe palce były lodowato zimne.

Przy jednym z okien, znajdujących się po obu stronach wysokich drzwi wejściowych, Punchinello wyłączył latarkę, rozsunął brokatowe zasłony i spojrzał w mrok.

— Nigdzie na placu nie palą się światła.

Mechanizmy zegarowe detonatorów w podziemiach budynku odliczały sekundy do godziny zero. Zastanawiałem się, ile mamy jeszcze czasu, zanim wszystko pod nami eksploduje.

Jakby czytając w moich myślach, Punchinello odwrócił się od okna.

— Mamy nieco ponad siedem minut, ale to wszystko — oznajmił.

Włączył latarkę, położył ją na ziemi, wyjął z kieszeni marynarki kluczyk od kajdanek i podszedł do mnie.

— Chciałbym, żebyś sprowadził wózek po frontowych schodach do zaparkowanej przy krawężniku żółtej furgonetki.

— Jasne, żaden problem — odparłem, czując odrazę, że mówię tak uniżonym tonem. Z pewnością jednak nie zamierzałem powiedzieć: Zrób to sam, pajacu.

Gdy otworzył mi kluczykiem kajdanki, zastanawiałem się, czy nie spróbować wyrwać mu z ręki pistoletu. Coś w jego ruchach ostrzegło mnie jednak, że spodziewał się tego i zareagowałby brutalnie i skutecznie.

Skutkiem mojej nieprzemyślanej akcji mogło być zastrzelenie Lorrie. Rozsądek nakazywał ostrożność, więc nie sięgnąłem po broń.

Spodziewałem się, że ją także uwolni, on jednak ze zręcznością magika przykuł się do niej kajdankami i przełożył pistolet z prawej ręki do lewej. Trzymał broń tak pewnie, jakby był oburęczny.

# 20

Przykuł się do Lorrie.

Widziałem, jak to zrobił, a jednak dopiero po chwili dotarło to do mojej świadomości. Nie chciałem uwierzyć, że nasze nadzieje na przeżycie tak nagle i drastycznie zmalały.

Przykuci do siebie, Lorrie i ja mogliśmy próbować ucieczki, gdy tylko znajdziemy się na zewnątrz. Teraz stała się jego zakładniczką nie tylko po to, by mógł trzymać w szachu policję, gdyby chcieli użyć siły, ale także bym ja był uległy.

A co do mnie... Punchinello uznał, że jeśli jego sytuacja w jakikolwiek sposób się pogorszy, może się mnie pozbyć.

Pytając, po co przykuł się kajdankami do Lorrie, zakwestionowałbym szczerość jego obietnicy, że nas wypuści. Wtedy sprawy mogłyby przybrać szybko niepożądany obrót.

Tak więc ani Lorrie, ani ja nie okazywaliśmy, że jego zachowanie wydaje się nam dziwne. Musieliśmy udawać, że jesteśmy naiwni jak niemowlęta.

Uśmiechaliśmy się, jakbyśmy bawili się w najlepsze.

Lorrie miała przyklejony do twarzy uśmiech, jak kandydatki na Miss Ameryki podczas testowania ich osobowości, gdy konferansjer zadaje szczególnie podchwytliwe pytanie: „Miss Ohio, gdyby zobaczyła pani, że szczeniak i kociak bawią się na torach, a zbliża się pociąg, i starczyłoby pani czasu, żeby uratować tylko jedno z nich, któremu pozwoliłaby pani zginąć straszną śmiercią — pieskowi czy kotkowi?".

Moja twarz była jak nakrochmalona, a usta wyglądały tak, jakby rozciągnięto je na sznurze do bielizny i przypięto z dwóch stron. Uśmiechałem się także jak Miss Ohio.

Otworzyłem drzwi frontowe i wypchnąłem wózek na ganek. Rześkie powietrze o zapachu wiecznie zielonych drzew zmroziło mój spocony kark.

Nie było jeszcze księżyca. Przez warstwę chmur migotały jedynie gwiazdy.

W parku nie świeciły się żadne światła, nie działały latarnie. Budynki wokół placu stały w mroku i ciszy.

Ogromne modrzewie między chodnikiem a krawężnikiem przesłaniały widok na miasto. Mimo to widziałem zza ich gałęzi błyskające żółte światła i ciężarówki pogotowia energetycznego na Alpine Avenue, pół przecznicy na północ od placu.

Na ulicy nie było w tym momencie żadnego ruchu. Nie dostrzegłem też przez gęstwinę drzew ani jednego pieszego na chodniku.

Punchinello i Lorrie wyszli za mną na ganek.

Nasz prześladowca zostawił latarkę w budynku. W półmroku nie widziałem wyraźnie jego twarzy.

Może dobrze się stało. Gdybym go lepiej widział, odczytałbym z jego oblicza jakieś szaleńcze zamiary i nie wiedziałbym, co zrobić.

Szkoda, że nie widziałem wyraźniej Lorrie. Zauważyłbym, że przestała się uśmiechać. Podobnie jak ja.

Prowadzące na chodnik schody z balustradą miały dziesięć stopni. Wyglądały stromo.

— Będę musiał zanieść te pudła do furgonetki — stwierdziłem. — Wózek zawiesi się na tych stopniach.

— Bez obawy — zapewnił mnie. — Kupiliśmy odpowiedni, z dużymi kołami. Pójdzie jak po maśle.

— Ale...

— Zostało mniej niż sześć minut — ostrzegł. — Nie pozwól, żeby z wózka wysypały się pieniądze. To byłoby... głupie.

Drwił z mojej niezdarności, która praktycznie gwarantowała, że wyłożę się jak długi na chodniku, obsypując się trzema milionami dolarów.

Stanąłem przed wózkiem i pociągnąłem go po schodach, pozwalając mu się toczyć siłą ciężkości i przyhamowując go ciałem. Jakimś cudem dotarłem na chodnik, nie powodując katastrofy.

Punchinello i Lorrie zeszli za mną.

Nie wiedziałem, czy modlić się o to, by pojawili się jacyś piesi, czy żebyśmy pozostali sami. Ten człowiek był tak niezrównoważony, że nawet niewinne spotkanie z kimś mogło doprowadzić do kolejnego morderstwa.

Gdzie podziewał się sprawiedliwie wymierzony spadający sejf, gdy naprawdę był potrzebny?

Pchnąłem wózek w kierunku furgonetki.

Zaledwie dwa i pół metra dalej stał mój dodge daytona shelby Z. Słodkie auto — i bezbronne.

— Drzwi furgonetki są otwarte — oznajmił, idąc za mną i przystając przy krawężniku. — Załaduj pudła z tyłu. I pospiesz się.

Znałem się dobrze na tym, jak działają drożdże i wskutek jakiego procesu chemicznego rośnie ciasto, zaniedbałem jednak studia w dziedzinie materiałów wybuchowych. Nie wiedziałem dokładnie, co się stanie, gdy eksploduje plastik.

Otwierając drzwiczki z tyłu furgonetki, wyobrażałem sobie, że runie cały fronton Snow Mansion, grzebiąc nas pod tonami cegieł i wapienia.

Wyładowując pudła z wózka do furgonetki, widziałem też oczami wyobraźni, jak siła wybuchu rozrywa nas w jednej chwili na strzępy.

Sześć pudeł, osiem, dziesięć...

Widziałem, jak uderzają mnie i ranią odłamki gruzu, jak z płonącymi włosami biegnę oślepiony i zakrwawiony po ulicy.

Dziękuję, babciu Roweno.

Gdy wsadziłem do furgonetki ostatnie pudło, Punchinello rozkazał:

— Zostaw te drzwiczki na razie otwarte. Pojedziemy z tyłu z pieniędzmi. Ty możesz prowadzić.

Pomyślałem, że kiedy dotrzemy tam, dokąd zmierzaliśmy, i zaparkuję samochód, on będzie za mną, w idealnej sytuacji, żeby strzelić mi w tył głowy. Wiedziałem, że to zrobi.

Sądząc po zachowaniu tego faceta, musieliśmy szukać dla małego Konrada innego ojca chrzestnego.

— Łap — powiedział nagle.

Gdy zdałem sobie sprawę, że zamierza rzucić mi kluczyki, krzyknąłem:

— Nie! Niech pan zaczeka. Jeśli ich nie złapię, mogą wpaść do kanału, a wtedy będziemy ugotowani.

Między nami znajdowała się mająca mniej więcej metr na metr stalowa krata z szerokimi na dwa centymetry szczelinami. Przechodząc nad nią, czułem lekki odór stęchłej wody.

Wyciągnął rękę z kluczami i choć nie celował do mnie z pistoletu, gdy podchodziłem, miałem wrażenie, że mnie zastrzeli, kiedy po nie sięgałem.

Niepokój ten wynikał najprawdopodobniej z mojego strachu przed tym, co zamierzałem zrobić. Kiedy brałem od niego kluczyki lewą ręką, prawą zamachnąłem się od dołu, wbijając mu głęboko w krocze pilnik do paznokci i niewątpliwie łącząc jego męskie narządy w bezprecedensową konfigurację.

W ciemnościach nie widziałem, jak krew odpływa mu z twarzy, ale niemal to słyszałem.

Zaskoczony swoją bezwzględnością, której nie przejawiałem nigdy — ani nie potrzebowałem — w piekarni, przekręciłem pilnik.

Skojarzyło mi się niejasno, że Jack zrobił coś podobnego olbrzymowi pod łodygą fasoli, tyle że użył wideł.

Puściwszy pilnik, sięgnąłem natychmiast po pistolet.

Gdy go dźgnąłem, wydał z siebie świszczący odgłos, ni to

kwik, ni rzężenie. Pilnik pozostał w jego ciele, a powietrze uszło z płuc i dławił się teraz, próbując oddychać.

Spodziewałem się, że rzuci broń albo jego uścisk osłabnie z powodu szoku, ale trzymał ją z twardą determinacją.

Lorrie, wyginając się i przebierając nogami w pozbawionym gracji tańcu, by znaleźć się poza linią strzału, uderzyła Punchinella w twarz wolną ręką, a potem jeszcze raz i drugi, chrząkając za każdym ciosem i wykazując takie zdecydowanie, jak figurka uderzająca młotkiem w dzwon w szwajcarskim zegarze z kurantem.

Walczyliśmy o pistolet, on jedną ręką, a ja dwiema. Padł strzał i pocisk odbił się rykoszetem o chodnik, sypiąc mi w twarz odłamkami betonu, po czym brzęknął o metal, może w furgonetce, a może w moim słodkim shelby Z.

Odebrałem mu już niemal broń, ale zdołał jeszcze nacisnąć ponownie spust i pomimo tego, co mój ojciec zrobił dla jego ojca, ten niewdzięcznik postrzelił mnie. Dwukrotnie.

# 21

Gdyby ktoś rozłupał mi nogę toporem, ból nie mógłby być gorszy niż ten, który poczułem.

W filmach, gdy bohater dostaje kulkę, idzie dalej, w imię Boga, miłości do ojczyzny albo dla kobiety. Czasem się skrzywi, ale najczęściej jest wkurzony i stać go wtedy na jeszcze większy heroizm.

Jak wspomniałem wcześniej, od dzieciństwa sądziłem, że mam potencjał, żeby stać się bohaterem, gdy zostanę poddany próbie. Teraz zdałem sobie sprawę, że brakuje mi co najmniej jednej istotnej cechy: wytrzymałości na ból.

Krzycząc, upadłem na jezdnię, między furgonetkę i moje shelby Z. Uderzyłem głową o kratę kanału, a może to krata uderzyła mnie w głowę.

Byłem przerażony, że zabójca strzeli mi w twarz — dopóki nie uświadomiłem sobie, że mam pistolet.

Sięgając ręką między nogi, Punchinello próbował wyjąć z krocza pilnik do paznokci, ale ledwo go dotknął, kwiczał żałośniej niż świnia na widok noża rzeźniczego. Ból powalił go na kolana. Potem przewrócił się na bok, ciągnąc za sobą Lorrie.

Leżeliśmy obaj, Punchinello i ja, wrzeszcząc jak dwie nastolatki ze starego filmu z Jamie Lee Curtis, które znalazły właśnie odciętą głowę.

Usłyszałem, jak Lorrie wykrzykuje moje imię i coś na temat czasu.

Nie mogąc skupić się z powodu bólu i będąc niewątpliwie w stanie lekkiego zamroczenia, próbowałem sobie uzmysłowić, co ona mówi. *Czas na nikogo nie czeka. Czas i rzeka tak szybko płyną. Czas wszystko unosi w dal.* Mimo mojego stanu szybko zdałem sobie jednak sprawę, że w takiej chwili Lorrie nie bawiłaby się w filozofię. Gdy rozpoznałem w jej głosie ton zaniepokojenia, domyśliłem się także sensu jej słów. Czas ucieka. Bomby!

W lewej nodze czułem tak palący ból, że byłem zdziwiony, nie widząc dobywających się z niej płomieni. Miałem też wrażenie, że coś wbija mi się w mięśnie, może strzaskane kości. Nie mogłem tą nogą poruszyć.

To dziwne uczucie być przerażonym, a równocześnie sennym ze zmęczenia. Omdlewającym z bólu, a jednak zdolnym uciąć sobie drzemkę. Jezdnia wydawała mi się miękką poduszką. Posłaniem o delikatnym zapachu asfaltu.

Była to, oczywiście, pokusa snu śmierci, którą zdemaskowałem i odrzuciłem.

Nie próbując wstać i ciągnąc za sobą bezużyteczną nogę, jakbym był Syzyfem obarczonym ciężkim głazem, wspiąłem się na wysoki krawężnik i podczołgałem do Lorrie.

Leżąc na boku, z jedną ręką za plecami, Punchinello był nadal przykuty do Lorrie. Wolną ręką wyrwał pilnik do paznokci z krocza — i natychmiast na siebie zwymiotował.

Ulżyło mi, bo był to dowód, że czuje się gorzej niż ja.

W ciągu ostatnich kilku godzin po raz pierwszy w moim dwudziestoletnim życiu zacząłem wierzyć, że Zło naprawdę istnieje. Uwierzyłem nagle, że nie tylko pojawia się nieuchronnie w filmach i książkach — w osobach złoczyńców i psychopatów, że nie wynika jedynie z zaniedbywania dzieci przez rodziców lub społecznej niesprawiedliwości, ale jest obecne na świecie jako realne zjawisko.

Nieustannie czaruje i kusi swoją obecnością, ale nie może skonsumować związku, dopóki nie zostanie do tego zachęcone. Punchinella wychował być może zły człowiek, wyuczył go języka Zła, lecz ostateczny wybór sposobu życia należał wyłącznie do niego.

Moje uczucie ulgi na widok jego cierpienia było może chorobliwe i niemoralne, ale nie wierzę, że stanowiło samo w sobie przejaw Zła. Niekłamaną satysfakcję sprawiło mi wtedy — i sprawia nawet dziś — twierdzenie, że Zło wystawia rachunek tym, którzy mu ulegają, i że stawianie mu oporu, choć kosztowne, może opłacać się bardziej niż uległość.

Zabawne, do jakich filozoficznych rozważań mogą człowieka zainspirować zwykłe rzygowiny.

Ale zwracanie jedzenia, nawet jeśli może wywołać w człowieku skruchę, nie zatrzyma mechanizmu zegarowego detonatora. Za minutę lub dwie spuścizna Corneliusa Rutherforda Snowa miała obrócić się w ruinę tak całkowicie, jak imperium Ozymandiasa.

— Daj mi — powiedziała Lorrie.

— Co?

— Pistolet.

Nie zdawałem sobie sprawy, że nadal go mam.

— Po co? — spytałem.

— Nie wiem, do której kieszeni włożył klucz.

Nie mieliśmy czasu, by przeszukiwać kieszenie jego spodni, marynarki i koszuli. Zważywszy na wymiociny, nie mieliśmy też na to ochoty.

Nie rozumiałem, co pistolet ma wspólnego z kluczem do kajdanek. Martwiłem się, że Lorrie zrobi sobie krzywdę, więc postanowiłem nie dawać jej broni.

Nagle uzmysłowiłem sobie, że już mi zabrała pistolet.

— Przecież już go wzięłaś — powiedziałem bełkotliwie.

— Lepiej odwróć głowę — ostrzegła. — Może przytrafić się szrapnel.

— Chyba lubię szrapnele — odparłem, nie mogąc sobie przypomnieć, co oznacza to słowo.

160

Gmerała przy broni, przyglądając jej się w ciemnościach.
— Chyba nie boli mnie już tak jak przedtem — rzekłem. —
Teraz jest mi przede wszystkim zimno.
— To niedobrze — odparła zmartwiona.
— Wcześniej też było mi zimno — zapewniłem ją.
Punchinello jęknął, wzdrygnął się i znów zaczął wymiotować
na siebie.
— Czy piliśmy coś? — zapytałem.
— Odwróć głowę — powtórzyła Lorrie, tym razem ostrym
tonem.
— Nie traktuj mnie tak oschle. Ja cię kocham.
— No cóż, zawsze ranimy tych, których kochamy. — Chwy-
ciła mnie za włosy i odciągnęła moją głowę od kajdanek.
— To smutne — powiedziałem, mając na myśli fakt, że
zawsze ranimy tych, których kochamy, i nagle stwierdziłem, że
leżę na chodniku, więc musiałem upaść. — Co za niezdara —
dodałem.
Huknął strzał. Dopiero po chwili zdałem sobie sprawę, że
Lorrie przytknęła lufę pistoletu do łańcucha kajdanek i tym
strzałem uwolniła się od Punchinella.
— Wstawaj — powiedziała pospiesznie. — Ruszaj się,
szybko.
— Będę tu leżał, dopóki nie oprzytomnieję.
— Będziesz leżał, aż umrzesz.
— Nie, to za długo.
Przekonywała mnie pochlebstwami, przekleństwami, roz-
kazami, popychała mnie, szturchała i ciągnęła i nim się zorien-
towałem, byłem na nogach, wspierając się na niej i przeciskając
między furgonetką a moim shelby Z na ulicę, by oddalić się od
Snow Mansion.
— Jak twoja noga? — spytała.
— Jaka noga?
— Pytam, czy nie czujesz bólu?
— Chyba zostawiłem go na chodniku.
— Boże, ale jesteś ciężki — stwierdziła.

— Tylko trochę wyrośnięty, to wszystko.
— W porządku. Wesprzyj się na mnie. Chodźmy.
— Idziemy do parku? — spytałem zduszonym głosem.
— Zgadza się.
— Na piknik?
— Tak. I jesteśmy spóźnieni, więc się pospieszmy.

Spojrzałem Lorrie przez ramię, słysząc odgłos nadjeżdżającego samochodu. Omiotły nas światła reflektorów. Sądząc z błyskających na dachu niebiesko-żółtych lamp, był to policyjny radiowóz albo pojazd międzygalaktyczny.

Samochód zatrzymał się z piskiem opon pięć metrów od nas, otworzyły się drzwiczki i wysiadło z niego dwóch mężczyzn.

— Co się tu dzieje? — spytał jeden z nich.
— Ten człowiek został postrzelony — powiedziała im Lorrie. Zastanawiałem się, o kim mówi. Zanim zdążyłem zapytać, dodała: — Potrzebujemy karetki.

Policjanci zbliżyli się do nas ostrożnie.

— Kto strzelał?
— Mężczyzna, który leży tam, na chodniku. Jest ranny i nie ma już broni. — Gdy policjanci ruszyli w kierunku Punchinella, Lorrie krzyknęła: — Nie! Proszę się cofnąć! Budynek zaraz wyleci w powietrze!

W moim stanie uznałem jej ostrzeżenie za dziwaczne. Dla policjantów też chyba nie miało ono sensu. Pospieszyli do leżącego Punchinella, którego oświetlały połowicznie światła radiowozu.

Lorrie z determinacją prowadziła mnie w kierunku parku.

— Na piknik jest za zimno — oznajmiłem. — Bardzo zimno.
— Rozpalimy ognisko. Tylko ruszaj się.

Szczękając zębami, spytałem drżącym głosem:

— Będzie s-s-sałatka z-z-ziemniaczana?
— Tak. Mnóstwo sałatki.
— M-m-marynowana?
— Tak. Nie zatrzymuj się.
— Nie znoszę m-m-marynowanej.

— Mamy dwa rodzaje.

Omal nie upadłem, potykając się o kolejny krawężnik. Chodnik wydawał się tak zachęcająco miękki.

— Jest za z-z-zimno na piknik — powtórzyłem. — I za c-c-ciemno.

Chwilę później zrobiło się także zbyt głośno.

# 22

Cztery niemal równoczesne eksplozje — w pałacu, banku, sądzie i bibliotece — rozjaśniły mi nagle umysł. Przez chwilę mogłem myśleć aż nazbyt trzeźwo.

Gdy zadrżała ziemia i wiecznie zielone drzewa w parku się zakołysały, zrzucając martwe igliwie, a pierwsze podmuchy eksplozji spowodowały, że kamienne mury rozsypały się z takim łoskotem, jakby szaleni bogowie grali w kręgle, przypomniałem sobie, że zostałem dwukrotnie postrzelony i że nie było to przyjemne.

Ból nie powrócił wraz z tą świadomością i miałem teraz wystarczająco trzeźwy umysł, by zrozumieć, że całkowity brak czucia w nodze był gorszy niż katusze, które przechodziłem na początku. Oznaczał on, że kończyna jest nieodwracalnie uszkodzona, martwa, skazana na amputację.

Gdy ziemia zadrżała, potknąłem się z wyczerpania. Lorrie pomogła mi usiąść na trawie. Oparty o pień jaworu słyszałem, jak przez plac przetaczają się ostatnie echa eksplozji.

Wraz ze świadomością, że zostałem postrzelony, powrócił koszmarny obraz trzech zabójstw, które popełnił na moich oczach Punchinello. Krwawe sceny były bardziej wyraziste we wspomnieniach niż w chwili, gdy się rozgrywały, może dlatego, że w obawie o życie Lorrie i swoje nie zastanawiałem się wtedy nad tym, co widzę, aby nie sparaliżował mnie strach.

Czując mdłości, próbowałem odpędzić te wspomnienia, ale wciąż mnie dręczyły. Przez całe życie miałem spokojną głowę. Teraz jednak ten wewnętrzny pejzaż był splamiony krwią i przesłonięty złowieszczym cieniem.

Gdy zapragnąłem, by ogarnęło mnie znów błogie zamroczenie, które odczuwałem przedtem, nadeszło natychmiast w postaci wielkiej szarej fali. Pochłonęła ona światła stojącego na ulicy policyjnego radiowozu, a potem drzewa. Przypominała gnany wiatrem tuman mgły, co wydawało się dziwne w tak bezwietrzną noc.

Był to kurz.

Okazało się, że ta szara, skłębiona masa to nie mgła ani efekt zamroczenia mojego umysłu, lecz gęste chmury drobnego pyłu, który wzbił się nad pałacem Corneliusa Snowa, gdy ten imponujący gmach zamienił się w ruiny, w sproszkowany wapień, pokruszone cegły, rozbitą zaprawę. Kurz o tysiącu zapachów przetoczył się nad naszymi głowami.

Chmura była biała, ale otaczając nas, sprowadziła ciemności, bardziej nieprzeniknione niż w środku nocy. Odsunąłem się od jaworu i położyłem na prawy bok, zamykając oczy i podciągając koszulę, by zasłonić nos i usta przed dławiącym pyłem.

Sięgnąłem ręką do odrętwiałej lewej nogi, by sprawdzić, czy jeszcze tam jest. Poczułem, że moja dłoń lepi się od ciepłej krwi.

W jednej chwili okryła się kurzem, który utworzył upiorny opatrunek.

Początkowo sądziłem, że Lorrie rzuciła się na trawę obok mnie, zasłaniając twarz przed duszącym pyłem. Usłyszawszy jednak jej głos nad sobą, zrozumiałem, że wciąż stoi. Wzywała karetkę, krztusząc się i z trudem łapiąc powietrze. Krzyczała bez przerwy: na pomoc, na pomoc, postrzelono człowieka!

Chciałem ją chwycić i przyciągnąć do siebie, ale nie miałem siły, żeby podnieść rękę. Ogarnęła mnie potworna słabość.

Kojące zamroczenie, którego wcześniej pragnąłem, teraz

powróciło. Bojąc się o Lorrie, nie chciałem już uciekać w nicość, ale opór był niemożliwy.

Błąkały mi się po głowie wizje ukrytych drzwi, oświetlonych świecami tuneli, martwych twarzy, strzelaniny, treserów węży, tornad, klownów... Musiałem szybko stracić przytomność i śnić, bo wydawało mi się, że jestem akrobatą i idę po linie, trzymając długą tyczkę dla utrzymania równowagi i zbliżając się ostrożnie w kierunku podestu, na którym czekała Lorrie.

Gdy obejrzałem się, by sprawdzić, ile już przeszedłem, zobaczyłem, że ściga mnie Punchinello Beezo. Także miał tyczkę, ale na jej końcach lśniły metalowe ostrza. Uśmiechał się, pewny siebie i był szybszy niż ja.

„Mogłem zostać gwiazdą, Jimmy Tock — powiedział. — Mogłem zostać gwiazdą".

Chwilami przestawałem śnić o cyrkowym namiocie i sekretnych przejściach i uświadamiałem sobie, że kładą mnie na noszach, przenoszą do karetki i przewiązują pasami.

Gdy próbowałem bezskutecznie otworzyć oczy, wmawiałem sobie, że powieki skleiły się po prostu od kurzu i łez. Wiedziałem, że to kłamstwo, ale przynosiło mi ulgę.

W końcu ktoś powiedział:

— Tej nogi nie da się uratować.

Nie miałem pojęcia, czy mówiła to postać z mego snu, czy prawdziwy lekarz, ale odpowiedziałem takim głosem, jakbym był Księciem Żab:

— Potrzebuję obu nóg. Jestem łowcą burz.

Potem zacząłem spadać w niezmierzoną otchłań, gdzie sny były zbyt realne, by mogły być tylko snami, gdzie pilnowały mnie tajemnicze olbrzymy, które mogłem dostrzec jedynie kątem oka, i gdzie powietrze pachniało babeczkami z wiśni.

# 23

Sześć tygodni później Lorrie Lynn Hicks przyszła do nas na kolację.

Wyglądała piękniej niż *pommes à la Sévillane*. Nigdy dotąd nie poświęciłem podczas posiłku tak mało czasu na podziwianie jedzenia na moim talerzu.

Świece w rubinowych osłonach z ciętego szkła rzucały delikatne drżące cienie na ściany wyłożone jedwabną morą i tworzyły bursztynowe kręgi na kasetonowym mahoniowym suficie.

Jej blask przyćmiewał światło świec.

Nad przystawką — zapiekanymi w sezamie krabami — mój ojciec oznajmił:

— Pierwszy raz spotykam osobę, której matka jest treserką węży.

— Próbuje się tym zajmować wiele kobiet, bo myślą, że to duża frajda — oświadczyła Lorrie. — Ale to o wiele trudniejsze, niż im się wydaje. W końcu rezygnują.

— Ale z pewnością to jest duża frajda — wtrąciła moja matka.

— O, tak! Węże są świetne. Nie szczekają, nie drapią mebli i nigdy nie ma się problemu z gryzoniami.

— I nie trzeba ich wyprowadzać — dodała mama.

— No cóż, można, jeśli się chce, ale to denerwuje sąsiadów. Maddy, te kraby są doskonałe.

— Jak treser węży zarabia na życie? — zainteresował się tato.

— Mama ma trzy główne źródła dochodów. Dostarcza różne gatunki węży do filmów i telewizji. Przez jakiś czas wyglądało na to, że musiały się one pojawiać w każdym muzycznym wideoklipie.

Mama była zachwycona.

— A więc wypożycza węże.

— Na godziny, dni czy tygodnie? — spytał tato.

— Zwykle stosuje się dzienną stawkę. Nawet gdy węże odgrywają w filmie znaczącą rolę, potrzebne są tylko przez cztery, pięć dni.

— W dzisiejszych czasach prawie każdy film da się uatrakcyjnić gromadką węży — oznajmiła babcia Rowena. — Choćby ten ostatni z Dustinem Hoffmanem.

— Ludzie, którzy wypożyczają węże na godziny — rzekła poważnie Lorrie — nie są zazwyczaj godni zaufania.

Zaintrygowało mnie to.

— Nigdy nie słyszałem o nieuczciwej wypożyczalni węży.

— Och, są takie — Lorrie się skrzywiła — szemrane firmy. Wypożyczają węże prywatnym osobom na godziny i nie zadają żadnych pytań.

Tato, mama i ja wymieniliśmy zdziwione spojrzenia, ale Weena wiedziała, o co chodzi.

— Dla celów erotycznych.

Tato powiedział: „Ups!", mama: „Co za ohyda!", a ja: „Babciu, czasem mnie przerażasz".

— Moja mama nigdy nie wypożycza węży prywatnym osobom — oznajmiła Lorrie, by nie było co do tego wątpliwości.

— Gdy byłam dziewczynką — powiedziała Weena — mały Ned Yarnel, chłopak z sąsiedztwa, został ukąszony przez grzechotnika.

— Z wypożyczalni czy żyjącego na wolności? — spytał tato.

— Żyjącego na wolności. Mały Ned nie umarł, ale dostał gangreny. Musieli amputować mu najpierw kciuk i jeden palec, a potem całą dłoń.

— Jimmy, kochanie — powiedziała mama. — Tak się cieszę, że nie musieliśmy ucinać ci nogi.

— Ja też się cieszę.

Tato uniósł kieliszek z winem.

— Wznieśmy toast za to, że nasz Jimmy nie jest kaleką.

Po toaście Weena dodała:

— Kiedy mały Ned dorósł, był jedynym jednorękim łucznikiem, który brał udział w olimpiadzie.

— To niemożliwe — powiedziała ze zdumieniem Lorrie.

— Moja droga — odparła Weena. — Jeśli sądzisz, że na olimpiadach zdobywało medale wielu jednorękich łuczników, mało wiesz o sporcie.

— Oczywiście, nie został złotym medalistą — podkreślił tato.

— Srebrnym — przyznała babcia. — Ale zdobyłby złoto, gdyby miał dwoje oczu.

— Był jednooki? — spytała Lorrie, odkładając widelec, by zaakcentować swoje zdziwienie.

— Nie — odparła moja matka. — Miał dwoje oczu. Ale na jedno nie widział.

— Czy aby dobrze strzelać z łuku, nie trzeba postrzegać głębi? — zastanawiała się Lorrie.

— Mały Ned miał coś lepszego — stwierdziła Weena, dumna ze swego przyjaciela z dzieciństwa. — Miał ikrę. Nic nie mogło go powstrzymać.

Biorąc znów do ręki widelec i zjadając ostatni kawałek kraba, Lorrie powiedziała:

— Umieram z ciekawości, czy mały Ned nie był też przypadkiem karłem.

— Cóż za dziwaczne, ale w sumie czarujące przypuszczenie — rzekła moja matka.

— Dla mnie tylko dziwaczne — oświadczyła babcia. —

169

Mały Ned w wieku jedenastu lat miał metr osiemdziesiąt wzrostu, a potem urósł jeszcze dziesięć centymetrów. Był wielki jak nasz Jimmy.

Bez względu na to, co sądzi moja babcia, jestem o kilkanaście centymetrów niższy od małego Neda. Zapewne ważę też dużo mniej. Chyba że ograniczymy porównanie do siły w rękach — wtedy miałbym nad nim znaczną przewagę.

Co do moich nóg, lewa waży więcej niż prawa z powodu dwóch stalowych płytek i licznych śrub w kości udowej oraz pojedynczej płytki w piszczeli. Noga wymagała też poważnej operacji z zakresu chirurgii naczyniowej, ale to nie dodało ani grama do mojej wagi.

Przy tamtej kolacji na początku listopada 1994 roku nie miałem już w ranach sączków, dzięki czemu ładniej pachniałem, ale nosiłem nadal gipsowy opatrunek z włókna szklanego. Siedziałem przy końcu stołu, z wysuniętą na bok sztywną nogą, jakbym chciał podłożyć ją babci.

Skończywszy jeść kraby, Weena cmoknęła głośno, uważając, że osoba w jej wieku ma już do tego prawo, po czym rzekła:

— Wspomniałaś, że twoja mama zarabia na wężach na trzy sposoby.

Lorrie otarła serwetką swe cudownie pełne wargi i oznajmiła:

— Tak, doi także grzechotniki.

— W jakim szatańskim supermarkecie sprzedawaliby coś takiego? — spytał przerażony tato.

— Mieliśmy kiedyś w domu ślicznego węża królewskiego — powiedziała do Lorrie mama. — Ludzie czasami nazywają je mlecznymi. Wołaliśmy na niego Earl, ale zawsze uważałam, że imię Bernard bardziej by do niego pasowało.

— Moim zdaniem wyglądał na Ralpha — dorzuciła babcia Rowena.

— Earl był samcem — stwierdziła mama — a przynajmniej tak zawsze zakładaliśmy. Czy gdyby był samicą, powinniśmy go doić? No bo jeśli nie doi się krowy, może się to dla niej źle skończyć.

Wieczór fantastycznie się zaczął. Nie musiałem prawie nic mówić.

Spojrzałem na tatę. Uśmiechnął się do mnie. Widziałem, że jest w świetnym nastroju.

— Tak zwane mleczne węże nie dają naprawdę mleka — oznajmiła Lorrie. — Grzechotniki również. Moja matka wyciska z nich jad. Chwyta węża za głowę i masuje gruczoły jadowe. Jad tryska ze znajdujących się pod skórą zębów do naczynka. Ponieważ tato uważa jadalnię za świątynię, rzadko kładzie łokieć na stole. Tym razem jednak to zrobił, podpierając ręką podbródek, jakby nastawiał się na słuchanie długiej opowieści.

— A więc twoja matka ma ranczo z grzechotnikami.

— Ranczo to za duże słowo, Rudy. Właściwie nie jest to nawet farma. Raczej jakby ogród z jednym tylko gatunkiem upraw.

Babcia beknęła z zadowoleniem i rzekła:

— Komu sprzedaje ten jad? Mordercom? A może pigmejom do zatruwania strzałek?

— Firmy farmaceutyczne potrzebują go do produkcji szczepionek. Ma też parę innych zastosowań w medycynie.

— Wspomniałaś jeszcze o trzecim źródle dochodów — przypomniał jej ojciec.

— Moja matka jest prawdziwą gwiazdą — stwierdziła z czułością Lorrie. — Więc występuje na przyjęciach. Ma fantastyczny numer z wężami.

— Kto by chciał zamawiać taki występ? — zdziwił się ojciec.

— A kto by nie chciał? — spytała matka, myśląc już zapewne na wyrost o ich rocznicy ślubu i urodzinach Weeny.

— Właśnie — przytaknęła Lorrie. — Są różne firmowe imprezy dla odchodzących na emeryturę albo z okazji Bożego Narodzenia, bar micwy, przyjęcia Amerykańskiego Stowarzyszenia Bibliotek, cokolwiek.

Mama i tato zabrali talerze przeznaczone na przekąski i podali miski rosołu z kukurydzą i położonymi z boku chipsami z sera.

— Uwielbiam kukurydzę — oznajmiła babcia. — Ale dostaję po niej wzdęcia. Kiedyś się tym przejmowałam, lecz teraz już nie. Złoty wiek ma swoje przywileje.

Wznosząc toast nie winem, lecz pierwszą łyżką zupy, tato powiedział:

— Mam nadzieję, że ten łajdak nie wykręci się od procesu. Że będzie smażył się w piekle.

Łajdakiem był, oczywiście, Punchinello Beezo. Następnego ranka miał zostać wstępnie przesłuchany dla ustalenia, czy jest wystarczająco poczytalny, by stanąć przed sądem.

Z jego ręki zginęli od kul Lionel Davis, Honker, Crinkles oraz Byron Metcalf, wieloletni przewodniczący Towarzystwa Historycznego miasteczka Snow Village, którego torturował, aby uzyskać informacje na temat dostępu do podziemnych korytarzy pod rynkiem.

Co więcej, eksplozje zabiły dwie osoby sprzątające gmach sądu i włóczęgę, szperającego w śmietniku za biblioteką. Poniosła również śmierć Martha Faye Jeeter, sędziwa wdowa, mieszkająca w budynku obok sądu.

Zginęło aż osiem osób, ale zważywszy na rozmiary zniszczeń, można było się spodziewać dziesiątków ofiar. Wielu ludzi ocalało, ponieważ eksplozje nastąpiły dwie kondygnacje pod ziemią i część ich energii znalazła ujście w podziemnych tunelach. Biblioteka, pałac i bank zapadły się, zasypując piwnice i podziemia, jakby zburzono je według precyzyjnego planu specjalisty od rozbiórek.

Gmach sądu także zawalił się do środka, ale jego dzwonnica runęła na sąsiedni budynek, przerywając brutalnie spokojne życie wdowy Jeeter.

Jej dwa koty również zostały zmiażdżone. Niektórzy mieszkańcy Snow Village zdawali się bardziej rozgniewani tym haniebnym faktem niż stratami w ludziach i budynkach.

Punchinello wyraził żal, że nie zginęły setki osób. Powiedział policji, że gdyby mógł powtórzyć tę akcję, dodałby ładunki napalmu, aby spowodować pożar, który zniszczyłby dużą część miasteczka.

Fragmenty ulicy i parku zapadły się w głąb sekretnych korytarzy Corneliusa Snowa. Moje piękne czarne sportowe coupe z żółtymi listwami zostało wchłonięte przez jedną z dziur w ziemi.

Pamiętacie, jak mówiłem, że żadna napotkana dziewczyna nie była mi droższa niż ten siedmioletni dodge daytona shelby Z? To zabawne, ale ani przez chwilę nie opłakiwałem jego straty.

Lorrie wyglądałaby świetnie w tym shelby Z, ale lepiej w pontiacu trans am rocznik 1986, nie czarnym, raczej czerwonym lub srebrnym, bo takie kolory pasują bardziej do jej żywiołowego temperamentu. Albo w chevy camaro IROC-Z rocznik 1988, z opuszczanym dachem.

Miałem jednak ten sam problem, co każdy młody piekarz, zarabiający grosze na chlebie i ciastach. Istnieli na świecie mężczyźni, którzy spojrzawszy tylko na Lorrie, kupiliby jej rolls-royce'a na każdy dzień tygodnia. I nie wszyscy wyglądali jak trolle.

— Nie sądzisz, że wyślą tego łajdaka do jakiegoś zakładu psychiatrycznego i dadzą mu spokój? — spytał tato.

— On sam tego nie chce — odparłem. — Mówi, że wiedział dokładnie, co robi, bo chodziło o zemstę.

— Na swój sposób jest szaleńcem — stwierdziła Lorrie. — Ale potrafi odróżnić dobro i zło tak samo jak ja. Maddy, Rudy, ta zupa jest doskonała, nawet jeśli powoduje wzdęcia.

Babcia Rowena miała coś do powiedzenia na tę okoliczność:

— Hector Sanchez, który mieszkał w pobliżu Bright Falls, zmarł z powodu pierdnięcia.

Ojca, jako racjonalistę, poruszyły te słowa.

— Weeno, to po prostu niemożliwe.

— Hector pracował w fabryce olejku do włosów — przypomniała babcia. — Miał piękne włosy, ale niewiele rozsądku. To zdarzyło się pięćdziesiąt sześć lat temu, w trzydziestym ósmym roku, przed wojną.

— Nawet wtedy to nie było możliwe — upierał się tato.

— Nie było cię jeszcze na świecie, Maddy również, więc nie mówcie mi, co jest możliwe. Widziałam to na własne oczy.

— Nigdy dotąd o tym nie wspominałaś — odparł tato, podejrzewając, że zmyśla, ale nie ośmielając się powiedzieć tego wprost. — Jimmy, czy babcia kiedykolwiek o tym mówiła?

— Nie — potwierdziłem. — Pamiętam, że opowiadała nam, jak Harry Ramirez ugotował się na śmierć, ale nie było nic o Hectorze Sanchezie.

— Maddy, słyszałaś kiedykolwiek tę historię?

— Nie, kochanie — przyznała matka. — Ale to niczego nie dowodzi. Na pewno mamie po prostu wyleciało to z pamięci.

— Widoku faceta, który umiera z powodu pierdnięcia, nie zapomina się tak łatwo. — Zwracając się do Lorrie, tato dodał: — Wybacz, moja droga. Zwykle nie poruszamy przy stole takich wulgarnych tematów.

— O wulgarności mógłbyś mówić dopiero wtedy, gdybyś jadł ravioli z puszki, słuchając opowieści o owrzodzonych ślimakach i zapachu tornada, które wessało oczyszczalnię ścieków.

— Historia Hectora Sancheza wcale nie wyleciała mi z pamięci — kontynuowała zniecierpliwiona babcia. — Po prostu po raz pierwszy w naszej rozmowie pojawił się ten temat.

— Czym zajmował się Hector w fabryce olejku do włosów? — spytała mama.

— Kogo to teraz obchodzi, skoro pięćdziesiąt sześć lat temu wyleciał w powietrze z powodu pierdnięcia? — spytał tato.

— Jego rodzinę na pewno to obchodziło — odparła Weena. — Dzięki niemu mieli co jeść. W każdym razie on wcale nie wyleciał w powietrze. To niemożliwe.

— Sprawa zamknięta — oznajmił triumfalnie ojciec.

— Skończyłam wtedy dwadzieścia jeden lat i mój mąż, Sam, zabrał mnie po raz pierwszy do tawerny. Siedzieliśmy w boksie, a Hector na barowym stołku. Zamówiłam Różową Wiewiórkę. Lubisz Różowe Wiewiórki, Lorrie?

Lorrie odparła, że tak.

— Doprowadzasz mnie tą historią do takiego szaleństwa, że widzę różowe wiewiórki nawet teraz, jak pełzają po suficie — wtrącił tato.

— Hector pił piwo z plastrami limonki, siedząc na stołku obok tego kulturysty. Miał bicepsy jak szynki, a na ramieniu przepiękny tatuaż ze szczerzącym kły psem.

— Hector czy kulturysta? — spytała matka.

— Hector nie miał żadnych tatuaży, przynajmniej w widocznym miejscu. Ale miał oswojoną małpkę o imieniu Pancho.

— Pancho też pił piwo? — zainteresowała się matka.

— Nie było go tam.

— A gdzie był?

— W domu z rodziną. Nie należał do tych małp, które lubią włóczyć się po spelunkach. Był domatorem.

Mama poklepała tatę po ramieniu.

— Takie małpki lubię.

— Tak więc Hector, siedząc na stołku przy barze, popuścił sobie zdrowo...

— Wreszcie — wpadł jej w słowo ojciec.

— ...i kulturyście nie spodobał się smród. Hector powiedział mu, żeby spieprzał, chociaż tak naprawdę nie użył tego słowa.

— Ile Hector miał wzrostu? — spytała Lorrie.

— Jakieś metr siedemdziesiąt pięć i ważył z sześćdziesiąt pięć kilo.

— Z pewnością przydałoby mu się wsparcie małpki — oceniła Lorrie.

— A więc kulturysta przyłożył mu dwa razy pięścią, chwycił go za włosy i trzykrotnie uderzył jego głową o bar. Hector spadł martwy ze stołka, a kulturysta zamówił jeszcze jedno piwo, przyprawione dwoma świeżymi jajkami dla uzupełnienia białka w organizmie.

Ojciec promieniał z zadowolenia.

— Zatem miałem rację! Nie zabił go wybuch gazu, tylko pijany kulturysta!

— Nie zginąłby, gdyby nie pierdnął — upierała się babcia.

Kończąc zupę, Lorrie spytała:

— A jak Harry Ramirez ugotował się na śmierć?

Podano następnie główne danie: pieczonego kurczaka, nadziewanego kasztanami i kiełbaskami, polentę, groszek, a potem sałatkę z selerów.

Gdy po północy tato wytoczył z kuchni wózek z deserami, Lorrie nie mogła się zdecydować, czy wybrać ciastko z mandarynką, czy kawałek *genoise*. W końcu wzięła jedno i drugie. Skosztowała *coeur à la crème, budino di ricotta* i *Mont Blanc aux marrons*, po czym wybrała z trzypoziomowej patery cztery ciasteczka.

Zjadłszy w wielkim skupieniu ciastko *springerle*, zdała sobie nagle sprawę, że wszyscy przy stole zamilkli. Gdy podniosła wzrok, cała rodzina się do niej uśmiechała.

— Pyszne — stwierdziła.

Nadal się uśmiechaliśmy.

— Co się stało? — spytała.

— Nic, kochanie — odparła moja matka. — Mamy wrażenie, jakbyśmy znali cię od zawsze.

Lorrie wyszła o pierwszej w nocy. Dla rodziny Tocków była to wczesna pora, ale dla niej późna. O dziewiątej rano musiała uczyć tańca parę nabzdyczonych Węgrów.

Można by o nich opowiedzieć osobną historię. Zachowam ją do kolejnej książki, jeśli zdążę takową napisać.

Gdy stałem przy drzwiach frontowych, wsparty o chodzik, Lorrie mnie pocałowała. Byłoby to idealne zakończenie wieczoru... gdyby nie pocałowała mnie tylko w policzek i gdyby o pół metra dalej nie stała cała moja rodzina, patrząc, uśmiechając się i — w przypadku jednej osoby — głośno cmokając.

Potem pocałowała także moją babcię, matkę i ojca, więc przestałem się czuć wyróżniony.

Gdy na koniec pocałowała mnie w policzek jeszcze raz, poczułem się nieco lepiej.

Kiedy rozpłynęła się w mroku, miałem wrażenie, że zabrała ze sobą niemal cały tlen. Pod jej nieobecność z trudem oddychałem.

Tato wychodził spóźniony do pracy. Został dłużej w domu, by pożegnać Lorrie.

Zanim wyszedł, oznajmił:

— Synu, żaden szanujący się piekarz nie powinien zmarnować takiej szansy.

Gdy mama i babcia sprzątały ze stołu i napełniały naczyniami dwie zmywarki, usadowiłem się w fotelu w salonie i przylgnąłem głową do serwetki w kształcie pająka. Mając przyjemnie pełny żołądek i nogę w gipsie opartą o stołek, czułem się błogo.

Próbowałem czytać powieść sensacyjną, jedną z historii o prywatnym detektywie, cierpiącym na neurofibromatozę, czyli chorobę Recklinghausena, którą rozsławił Człowiek-Słoń. Detektyw ten, prowadząc śledztwa w całym San Francisco, nosił zawsze płaszcz z kapturem, aby ukryć swą zdeformowaną twarz. Nie mogłem jednak jakoś skupić się na czytaniu.

Skończywszy porządki po kolacji, babcia wróciła na kanapę do haftowania. Zaczęła robić poduszkę w kształcie stonogi.

Mama siedziała przy sztaludze w alkowie, pracując nad portretem owczarka collie, którego właścicielka chciała, by miał na obrazie szalik w kratę i kowbojski kapelusz.

Zważywszy na moje życie i kolację, którą skończyłem się właśnie delektować, trudno nie dostrzec w nich ekscentryczności. Gdy piszę o rodzinie Tocków, jej członkowie wydają mi się dziwni i osobliwi. Bo tacy właśnie są. I dlatego ich kocham.

Każda rodzina jest przecież na swój sposób ekscentryczna, podobnie jak każdy człowiek. Wszyscy, tak jak Tockowie, mają swoje dziwactwa.

Ekscentryczny znaczy wykraczający poza to, co uważa się za normalne. Jako cywilizowani ludzie ustalamy granice normalności na zasadzie umowy, ale są one szerokie jak rzeka, a nie wąskie jak liny nad cyrkowym namiotem.

Mimo to nikt z nas nie wiedzie życia, które byłoby pod każdym względem całkowicie normalne i zwyczajne. Jesteśmy w końcu ludźmi, unikatowymi jednostkami, które różnią się

177

między sobą w stopniu niespotykanym u przedstawicieli innych gatunków.

Mamy instynkt, ale nie pozwalamy mu nami rządzić. Czujemy bezmyślny owczy pęd, zew stada, lecz opieramy się skrajnym skutkom jego działania — a gdy nie potrafimy, wciągamy nasze społeczeństwa w krwawe pokłosie zwodniczych utopii, jak Hitler, Lenin lub Mao Tse-tung. To nam przypomina, że nasz indywidualizm jest darem od Boga i że rezygnując z niego, podążamy mroczną ścieżką.

Kiedy przestajemy dostrzegać swoją ekscentryczność i bawić się nią, stajemy się zadufanymi w sobie potworami. Każda rodzina jest na swój sposób równie ekscentryczna jak moja. Mogę to zagwarantować. Otwierając oczy na tę prawdę, otwierasz serce na człowieka.

Poczytaj Dickensa. On to wiedział.

Członkowie mojej rodziny wolą pozostać tacy, jacy są. Nie chcą udawać, by zrobić na kimś wrażenie.

Odnajdują sens istnienia w swojej cichej wierze, w sobie nawzajem i w drobnych cudach codziennego życia. Nie potrzebują żadnej ideologii ani filozofii, żeby się określić. Robią to, żyjąc, odbierając świat wszystkimi zmysłami, pełni nadziei, zawsze gotowi do śmiechu.

Niemal od chwili, gdy spotkałem Lorrie Lynn Hicks w bibliotece, zrozumiałem, że wie to, co Dickens, choćby nawet nie czytała jego książek. O jej pięknie decydował nie tyle wygląd, ile fakt, że nie pasowała do freudowskich stereotypów i nie pozwoliłaby nigdy, by klasyfikowano ją w ten sposób. Nie była niczyją ofiarą ani narzędziem. Nie kierowała się w postępowaniu tym, co uczynili jej ludzie, zazdrością czy przekonaniem o swej moralnej wyższości, lecz szansami, jakie stwarzało jej życie.

Odłożyłem książkę o detektywie z chorobą Człowieka-Słonia i podźwignąwszy się z fotela, stanąłem przy chodziku. Jego kółka zaskrzypiały cicho.

W kuchni zamknąłem za sobą drzwi i podszedłem do zawieszonego na ścianie telefonu.

Stałem tam przez chwilę, wycierając o koszulę wilgotne dłonie. Drżałem na całym ciele. Byłem bardziej zdenerwowany niż wtedy, gdy Punchinello mierzył do mnie z pistoletu.

Czułem lęk jak alpinista, który pragnie zdobyć w rekordowym czasie najwyższy szczyt świata i wie, że przez pewien okres w życiu będzie dysponował umiejętnościami i kondycją, aby spełnić swe marzenie, lecz obawia się, że staną mu na przeszkodzie biurokraci, burze lub przeciwności losu. I kim wtedy będzie, co mu pozostanie?

W ciągu sześciu tygodni od pamiętnej nocy klownów rozmawialiśmy przez telefon wiele razy. Nauczyłem się jej numeru na pamięć.

Wystukałem trzy cyfry i odwiesiłem słuchawkę.

Zaschło mi w gardle. Skrzypiąc kółkami chodzika, podszedłem do szafki po szklankę, a potem do zlewu i nalałem sobie ze specjalnego kraniku zimnej, filtrowanej wody.

Wróciwszy do telefonu, ważyłem dwieście gramów więcej, ale nadal miałem sucho w ustach.

Wystukałem pięć cyfr i znów odwiesiłem słuchawkę.

Nie ufając swojemu głosowi, powiedziałem na próbę: „Cześć, mówi Jimmy".

Nawet ja zrezygnowałem z używania imienia James. Kiedy człowiek uświadamia sobie, że próbuje zmienić fundamentalne prawa natury, najlepiej jest im się poddać.

— Cześć, mówi Jimmy. Przepraszam, jeśli cię obudziłem.

Głos zaczął mi drżeć i stał się o dwie oktawy wyższy. Nie brzmiał tak, odkąd skończyłem trzynaście lat.

Odchrząknąłem, spróbowałem ponownie i tym razem mogłem uchodzić za piętnastolatka.

Wystukawszy sześć cyfr, zamierzałem znów odwiesić słuchawkę, ale z zuchwałym zapamiętaniem wcisnąłem siódmą.

Lorrie odpowiedziała po pierwszym sygnale, jakby siedziała przy telefonie.

— Cześć, mówi Jimmy — odezwałem się. — Przepraszam, jeśli cię obudziłem.

— Wróciłam do domu dopiero przed kwadransem. Jeszcze się nie położyłam.

— To był miły wieczór.

— Dla mnie także — odparła. — Uwielbiam twoją rodzinę.

— Posłuchaj, takich spraw nie powinno się załatwiać przez telefon, ale jeśli tego nie zrobię, nie będę mógł zasnąć. Będę się zamartwiał, że tracę ostatnią szansę zdobycia szczytu.

— W porządku — powiedziała Lorrie. — Ale jeśli masz zamiar być tak zagadkowy, lepiej porobię notatki, żebym później miała możliwość rozszyfrować, o czym, do cholery, mówiłeś. Dobra, mam już pióro i papier.

— Przede wszystkim, nie jestem zbyt przystojny.

— Kto tak uważa?

— Lustro na ścianie. Poza tym jestem niezdarą.

— Wciąż to powtarzasz, ale za bardzo tego nie dostrzegam. Z wyjątkiem takich chwil jak teraz.

— Nie potrafiłem tańczyć, zanim jeszcze wstawili mi w nogę stalowe płytki. Teraz poruszałbym się na parkiecie z taką gracją, jak prototyp dzieła doktora Frankensteina.

— Potrzebujesz tylko odpowiedniego nauczyciela. Uczyłam kiedyś tańca parę niewidomych.

— Oprócz tego jestem piekarzem, co najwyżej pewnego dnia zostanę mistrzem cukierniczym, a to oznacza, że nigdy nie będę milionerem.

— A chcesz być milionerem? — spytała.

— Niespecjalnie. Martwiłbym się cały czas, jak nie stracić tych pieniędzy. Ale chyba powinienem tego pragnąć. Niektórzy uważają, że brak mi ambicji.

— Kto?

— Co kto?

— Kto uważa, że brak ci ambicji?

— Prawdopodobnie wszyscy. W dodatku niewiele podróżuję. Większość ludzi chce zwiedzać świat, a ja jestem domatorem. Sądzę, że można dostrzec cały świat w paru kilometrach kwadratowych, jeśli się umie patrzeć. Nie marzę o przygodach w Chinach czy królestwie Tonga.

— Gdzie leży królestwo Tonga?

— Nie mam pojęcia. Nigdy tam nie pojadę. Pewnie nie zobaczę też Paryża ani Londynu. Niektórzy ludzie uznaliby to za tragedię.

— Kto na przykład?

W przypływie samokrytyki dodałem:

— Całkowicie brakuje mi ogłady.

— Wcale nie całkowicie.

— Niektórzy ludzie tak uważają.

— Znowu oni.

— Kto?

— Niektórzy ludzie — odparła.

— Mieszkamy w jednym z najsłynniejszych ośrodków narciarskich świata — ciągnąłem — a ja nie potrafię jeździć na nartach. Nigdy mi nie zależało, żeby się nauczyć.

— Czy to zbrodnia?

— To świadczy o braku zamiłowania do przygód.

— Niektórzy ludzie absolutnie nie mogą się bez nich obejść — rzekła.

— Nie ja. Wszyscy kochają piesze wędrówki, biegi maratońskie, ćwiczenia na siłowni. Mnie to nie pociąga. Lubię książki, długie rozmowy przy kolacji, długie przegadane spacery. Nie można rozmawiać, pędząc ze zbocza na nartach siedemdziesiąt kilometrów na godzinę. Podczas biegu maratońskiego też sobie nie pogadasz. Niektórzy ludzie uważają, że za dużo mówię.

— Są bardzo zadufani w sobie, prawda?

— Kto?

— Niektórzy ludzie. Obchodzi cię, co inni o tobie myślą, z wyjątkiem twojej rodziny?

— Nie bardzo. To dziwne, prawda? Chyba tylko socjopatom są obojętne opinie otoczenia.

— Uważasz się za socjopatę? — spytała.

— Może mógłbym nim być.

— Nie sądzę.

— Pewnie masz rację. Prawdziwy socjopata powinien być żądny przygód. Musi lubić niebezpieczeństwo, zmiany, podejmowanie ryzyka, a to nie w moim stylu. Jestem beznadziejnym nudziarzem.

— I zadzwoniłeś do mnie, żeby mi to powiedzieć? Że jesteś beznadziejnie nudnym, gadatliwym, nielubiącym przygód, sfrustrowanym socjopatą?

— Owszem, ale to dopiero wstęp.

— Do czego?

— Do pytania, którego nie powinienem ci zadawać przez telefon, tylko osobiście i które prawdopodobnie zadaję o wiele za szybko, ale mam straszliwe przeczucie, że jeśli nie zadam go dziś wieczorem, pokrzyżują mi plany przeciwności losu albo burze i stracę swoją szansę, a więc pytam... Lorrie Lynn Hicks, czy wyjdziesz za mnie?

Sądziłem, że zamilkła z wrażenia, potem zacząłem podejrzewać, że się ze mną droczy, następnie przyszło mi do głowy, że to może oznaczać coś gorszego, aż w końcu usłyszałem, jak mówi:

— Kocham innego.

# Część trzecia

---

## Witaj na świecie,
## Annie Tock

# 24

Wydarzenia z 15 września 1994 roku, gdy wyleciała w powietrze znaczna część rynku, skłoniły mnie do tego, by potraktować poważnie resztę przepowiedni dziadka Josefa. Przeżyłem pierwszy z pięciu „strasznych dni". Ale zapłaciłem za to wysoką cenę.

Kuśtykanie z metalowymi płytkami w nodze w wieku dwudziestu paru lat może być romantyczne, jeśli oberwało się szrapnelem, służąc w piechocie morskiej. Trudno się jednak chwalić, gdy człowiek został postrzelony, próbując odebrać pistolet klownowi.

Nawet jeśli to były klown, który okradał bank, i tak twoja opowieść zostaje pozbawiona heroizmu. Staje się absurdalna.

Ludzie zadają pytania w rodzaju: „A więc zabrałeś mu pistolet, ale czy zachował butelkę wody sodowej?".

Już osiem do dziesięciu miesięcy przed czasem zaczęliśmy snuć rozważania i plany dotyczące drugiego z pięciu strasznych dni, który miał nadejść ponad trzy lata po pierwszym, w poniedziałek 19 stycznia 1998 roku.

W ramach przygotowań kupiłem pistolet kalibru dziewięć milimetrów. Nie lubię broni, ale jeszcze mniej lubię być bezbronny.

Przekonywałem członków rodziny, by nie narażali życia,

wiążąc swoje losy z moim. Jednakże mama, tato i babcia uparli się, że tego feralnego dnia będą mi towarzyszyć przez dwadzieścia cztery godziny.

Ich koronnym argumentem było to, że Punchinello Beezo nie wziąłby mnie jako zakładnika w bibliotece, gdyby oni tam ze mną poszli. W jedności siła.

Odparłem, że ich troje by zastrzelił i zabrał tylko mnie.

Wywołało to z ich strony lawinę zupełnie nieprzekonujących kontrargumentów, zawsze jednak uważali, że wygrali w dyskusji, wznosząc takie gromkie okrzyki jak: Nonsens! Brednie! Austriackie gadanie! Phi! Też coś! Duby smalone! Ba! Dyrdymały! Idiotyzm! Akurat! Jeszcze co! Czysty absurd!

Z moją rodziną nie można dyskutować. Są jak potężna rzeka Missisipi. Jej nurt cię porywa i wkrótce jesteś już w delcie, unoszony prądem, odurzony słońcem i leniwym ruchem wody.

Podczas wielu kolacji, nad niezliczonymi dzbankami kawy, dyskutowaliśmy, czy postąpimy rozsądnie, kryjąc się w czterech ścianach domu, zamykając okna i drzwi i broniąc się w ten sposób przed wszystkimi klownami i innymi ciemnymi siłami, które mogą nam zagrażać.

Mama uważała, że powinniśmy spędzić ten dzień w jakimś miejscu publicznym, w tłumie ludzi. Ponieważ w Snow Village nigdzie nie jest tłoczno przez całą dobę, proponowała polecieć do Las Vegas i zaszyć się na dwadzieścia cztery godziny w kasynie.

Tato wolał się znaleźć na środku wielkiego pola, skąd byłaby widoczność na kilometr we wszystkich kierunkach.

Babcia ostrzegała, że spadający z nieba meteoryt byłby dla nas równie niebezpieczny na otwartej przestrzeni, jak w domu z zamkniętymi drzwiami czy w Las Vegas.

— W Vegas nic takiego się nie zdarzy — zapewniała mama, czerpiąc przekonanie z kubka kawy, wielkiego jak pół jej głowy. — Pamiętajcie, że tam nadal rządzi mafia. Mają sytuację pod kontrolą.

— Mafia! — wtrącił z irytacją ojciec. — Maddy, mafia nie może kontrolować meteorytów.

— Jestem pewna, że może — upierała się matka. — Są zdecydowani, bezwzględni i sprytni.

— Zgadza się — przyznała babcia. — Czytałam w czasopiśmie, że dwa tysiące lat temu na Sycylii wylądował statek kosmiczny i kosmici skrzyżowali się z Sycylijczykami. Dlatego z nich tacy twardziele.

— Co za kretyńskie pismo publikuje takie bzdury? — spytał tato.

— „Newsweek" — odparła babcia.

— W życiu nie wydrukowaliby takich bredni!

— A jednak — zapewniła go babcia.

— Przeczytałaś to w którymś z tych swoich zwariowanych brukowców.

— W „Newsweeku".

Słuchałem tego z uśmiechem, kołysany nurtem delty.

Mijały dni, tygodnie, miesiące i wciąż było jasne, jak zawsze, że nie można spiskować, by oszukać przeznaczenie.

Sytuację komplikował jeszcze fakt, że byliśmy w ciąży.

Owszem, mam świadomość, że niektórym osobom mówiący tak mężczyzna wydaje się arogancki, zważywszy na to, iż ma udział tylko w przyjemności poczęcia i radości ojcostwa, ale nie w bólach porodu. Minionej wiosny moja żona, podpora mego życia, oznajmiła triumfalnie rodzinie: „Jesteśmy w ciąży!". Skoro dała mi w ten sposób licencję na używanie liczby mnogiej, chętnie na to przystałem.

Ponieważ potrafiliśmy określić datę poczęcia, nasz lekarz rodzinny powiedział, że poród nastąpi prawdopodobnie między osiemnastym a dziewiętnastym stycznia.

Nabraliśmy natychmiast przekonania, że nasze pierwsze dziecko przyjdzie na świat w dniu, przed którym już dawno dziadek Josef ostrzegał mojego ojca: w poniedziałek dziewiętnastego.

Ryzyko wydawało się tak duże, że wolelibyśmy wycofać się

z gry. Ale gdy gra się w pokera z diabłem, nikt nie odchodzi od stolika przed nim.

Choć staraliśmy się tego nie okazywać, byliśmy wszyscy tak przerażeni, że nie potrzebowaliśmy środków na przeczyszczenie. W miarę jak czas unosił nas na spotkanie z nieznanym, Lorrie i ja czerpaliśmy coraz więcej nadziei i siły z rodziny.

# 25

Moja ukochana żona potrafi sobie ze mnie żartować — „kocham innego" — i dlatego ja zażartowałem z was. Pamiętajcie, że usłyszałem tę historię od rodziny, która uwielbia opowieści i umie w nich zawrzeć magiczny realizm życia. Znam się na różnych technikach i sztuczkach. Często bywam niezdarny, ale pisząc o moim życiu, postaram się, by głowa nie utkwiła mi w wiadrze, a gdy wykonam numer z myszą w spodniach, na pewno nie zostanę wygwizdany z areny.

Innymi słowy, bądźcie cierpliwi. To, co wydaje się tragiczne, może okazać się komiczne, a to, co komiczne, kończy się czasem łzami. Takie jest życie.

A zatem wróćmy jeszcze na chwilę do przeszłości. Stałem tamtego wieczoru w listopadzie 1994 roku w kuchni rodziców, opierając się o blat, by nie obciążać mojej włożonej w gips nogi, i wyjaśniając Lorrie, że chociaż żaden ze mnie przystojniak, chociaż jestem nudziarzem, gadułą i nie szukam przygód, mam nadzieję, że będzie zachwycona, mogąc za mnie wyjść. A ona odpowiedziała: „Kocham innego".

Mogłem życzyć jej szczęścia, wyjść z chodzikiem z kuchni, piszcząc kółkami, wdrapać się po schodach, ukryć w sypialni i zadusić na śmierć poduszką.

Oznaczałoby to, że ani w tym życiu, ani w przyszłym nigdy bym jej już więcej nie zobaczył. Uznałem taką perspektywę za niedopuszczalną.

Poza tym nie zjadłem jeszcze dość ciast, by chcieć zamienić ten świat na inny, w którym teologowie nie gwarantują istnienia cukru.

Nie podnosząc głosu i starając się brzmieć jak stoik, który ani myśli dusić się poduszką, spytałem:

— Innego?

— Jest piekarzem — odparła. — Jakie mam szanse, hm?

Snow Village było zdecydowanie mniejsze od Nowego Jorku. Jeśli kochała jakiegoś piekarza, musiałem go znać.

— Na pewno go znam — powiedziałem.

— Owszem. Jest bardzo utalentowany. Tworzy w swojej kuchni fragmenty nieba. Jest najlepszy.

Nie mogłem tolerować utraty miłości mego życia i zarazem należnego mi miejsca w hierarchii piekarzy w okręgu Snow.

— Cóż, to na pewno miły facet, ale w tej okolicy tylko mój tato jest lepszym piekarzem niż ja i szybko zaczynam mu dorównywać.

— Oto i on — powiedziała.

— Kto?

— Ten, kogo kocham.

— Jest przy tobie? Oddaj mu słuchawkę.

— Po co?

— Chcę się przekonać, czy chociaż wie, jak zrobić przyzwoite *pâte sablée*.

— Co to takiego?

— Jeśli jest taki genialny, będzie wiedział, o co chodzi. Posłuchaj, Lorrie, świat jest pełen facetów, którzy twierdzą, że mogliby robić wypieki dla królów, ale są tylko mocni w gębie. Niech się wykaże. Daj mi go do telefonu.

— Już jest na linii — odparła. — Mam nadzieję, że ten dziwaczny drugi Jimmy, który bez przerwy siebie krytykował i powtarzał mi, jaki jest nudny, zwyczajny i bezwartościowy, odszedł na zawsze.

O?

— Mój Jimmy — kontynuowała — nie przechwala się, ale zna swoją wartość. I nigdy się nie poddaje, póki nie zdobędzie tego, czego chce.

— A więc — powiedziałem, nie mogąc już opanować drżenia głosu — wyjdziesz za twojego Jimmy'ego?

— Ocaliłeś mi życie, prawda?

— Ale potem ty uratowałaś mnie.

— Zadawalibyśmy sobie tyle trudu, żeby później się nie pobrać? — spytała.

Dwie soboty przed Bożym Narodzeniem wzięliśmy ślub.

Ojciec był moim drużbą.

Chilson Strawberry przyleciała z trasy bungee z Nowej Zelandii, aby być honorową druhną. Patrząc na nią, nikt by nie zgadł, że zderzyła się kiedyś twarzą z filarem mostu.

Tato Lorrie, Bailey, przestał na chwilę ścigać burze, aby wydać córkę za mąż. Przyjechał rozwiany wiatrem, tak samo wyglądał potem w wypożyczonym smokingu i gdy wyjeżdżał — jak człowiek naznaczony wykonywanym zawodem.

Alysa Hicks, matka Lorrie, okazała się czarującą osobą. Zawiodła nas jednak, nie przywożąc ani jednego węża.

W ciągu trzech lat po naszym ślubie zostałem mistrzem cukierniczym. Lorrie zmieniała zawody, od nauczycielki tańca do projektantki stron internetowych, by móc pracować w takich godzinach jak piekarz.

Kupiliśmy dom. Nic szczególnego. Dwie kondygnacje, dwie sypialnie, dwie łazienki. Miejsce, w którym można zacząć wspólne życie.

Przeziębialiśmy się. Potem zdrowieliśmy. Snuliśmy plany. Kochaliśmy się. Mieliśmy problemy z szopami. Graliśmy często w karty z mamą i tatą.

I zaszliśmy w ciążę.

W poniedziałek dwunastego stycznia w południe, po trzech

godzinach snu, Lorrie obudziła się z bólem podbrzusza i krocza. Leżała przez chwilę, sprawdzając częstotliwość skurczów. Były nieregularne i w dużych odstępach czasu. Ponieważ brakowało dokładnie tygodnia do przewidywanej daty porodu, przypuszczała, że to fałszywy alarm. Miała podobne objawy trzy dni wcześniej. Pojechaliśmy do szpitala — i wróciliśmy do domu z dzieckiem nadal w jej gorącym łonie.

Skurcze były na tyle bolesne, że nie mogła już zasnąć. Starając się mnie nie zbudzić, wysunęła się z łóżka, wzięła kąpiel, ubrała się i poszła do kuchni.

Mimo powtarzających się bólów brzucha, czuła głód. Siedząc przy stole kuchennym i czytając sensacyjną książkę, którą jej poleciłem, zjadła kawałek wiśniowego ciasta z czekoladą, a potem dwie porcje *Kugelhopfa* z kminkiem.

Przez kilka godzin skurcze nie stały się bardziej bolesne ani mniej nieregularne.

Za oknami niebo zrzucało ze skrzydeł biały puch. Opadał bezgłośnie, przysypując drzewa i dziedziniec.

Lorrie początkowo nie zwracała uwagi na śnieg. W styczniu padał zwykle codziennie.

Zbudziłem się krótko po szesnastej, wziąłem prysznic, ogoliłem się i poszedłem do kuchni, gdy zaczynał już zapadać zimowy zmierzch.

Lorrie siedziała nadal przy stole, pogrążona w ostatnim rozdziale sensacyjnej książki. Odwzajemniła mój pocałunek, tylko na chwilę odrywając wzrok od lektury, gdy się nad nią pochyliłem, po czym rzekła;

— Hej, bogu słodyczy, dasz mi kawałek *streusla*?

Podczas ciąży miała różne zachcianki, jeśli chodzi o jedzenie, ale na czele listy było ciasto kawowe *streusel* i wszelkie odmiany *Kugelhopfa*.

— To dziecko będzie od urodzenia mówiło po niemiecku — stwierdziłem.

Zanim podałem jej ciasto, spojrzałem przez okno w drzwiach

192

na tyłach domu i zobaczyłem, że schody na ganku pokrywa kilkunastocentymetrowa warstwa świeżego puchu.

— Zdaje się, że meteorolodzy znów się pomylili — powiedziałem. — To coś więcej niż przelotny opad.

Zachwycona książką Lorrie nie zauważyła, że z nieba sypią się już grube płaty śniegu.

— Pięknie — powiedziała, podziwiając gronostajowy pejzaż. Pół minuty później wyprostowała się nagle na krześle, mówiąc: — Ua!

Zaczynając kroić *streusel*, sądziłem, że to reakcja na jakieś emocjonujące wydarzenie w książce, którą czytała.

Sycząc, wciągnęła powietrze przez zaciśnięte zęby, jęknęła i wypuściła książkę z rąk na blat stołu.

Odwróciwszy wzrok od ciasta, zobaczyłem nagle, że jest blada, jak spowity śniegiem świat za oknem.

— Co się stało?

— Myślałam, że to znów fałszywy alarm.

Podszedłem do stołu.

— Kiedy to się zaczęło?

— Około południa?

— Pięć godzin temu? I nie obudziłaś mnie?

— Bolało mnie tylko podbrzusze i krocze, tak jak przedtem — powiedziała. — Ale teraz...

— Czujesz ból w całej jamie brzusznej?

— Tak.

— I w plecach?

— Och, tak.

Takie umiejscowienie bólu oznaczało początek porodu.

Zmartwiałem, ale tylko przez chwilę. Strach ustąpił miejsca podnieceniu, gdy pomyślałem o moim zbliżającym się nieuchronnie ojcostwie.

Strach nie opuściłby mnie, gdybym wiedział, że nasz dom jest pod obserwacją i że czułe urządzenie podsłuchowe, zainstalowane w kuchni, przekazało właśnie treść naszej rozmowy komuś, kto znajdował się w odległości dwustu metrów.

# 26

Przy pierwszej ciąży początkowy etap porodu trwa przeciętnie dwanaście godzin. Mieliśmy dużo czasu. Do szpitala było tylko dziewięć kilometrów.

— Przygotuję auto — powiedziałem. — A ty skończ książkę.

— Daj mi *streusla*.

— Czy powinnaś jeść podczas porodu?

— O czym ty mówisz? Jestem głodna. Mam zamiar jeść przez cały czas.

Podawszy Lorrie kawałek *streusla*, który właśnie ukroiłem, poszedłem na górę po spakowaną już dla niej torbę. Wchodziłem na schody ostrożnie, a schodziłem jak w amoku. Z pewnością nie był to dobry moment, by upaść i złamać nogę.

Podczas trzech lat małżeństwa stałem się zdecydowanie mniej niezdarny, niż byłem przed ślubem. Chyba w drodze jakiejś osmozy wchłonąłem w siebie trochę gracji Lorrie.

Wolałem jednak nie ryzykować, niosąc walizkę do garażu i ładując ją pospiesznie na tył naszego forda explorera.

Mieliśmy także pontiaca trans am rocznik 1986, czerwonego z czarnym wnętrzem. Lorrie wyglądała w nim fantastycznie.

Podniósłszy kilkanaście centymetrów automatycznie otwierane drzwi od garażu dla zapewnienia wentylacji, przekręciłem kluczyk w stacyjce explorera i zostawiłem włączony silnik.

Chciałem, by wnętrze wozu się nagrzało, zanim Lorrie do niego wsiądzie.

Po niewielkiej zamieci sprzed czterech dni założyłem na koła łańcuchy. Postanowiłem ich nie zdejmować.

Czułem się teraz przewidujący, kompetentny i odpowiedzialny. Uznałem, że dzięki mojej zapobiegliwości będzie to rutynowa jazda.

Pod wpływem Lorrie stałem się niepoprawnym optymistą. Przed końcem nocy miałem zapłacić za to wysoką cenę.

W przedsionku między garażem i kuchnią zrzuciłem półbuty i włożyłem pospiesznie buty narciarskie. Ściągnąwszy z haka na ścianie ocieplaną kurtkę, wcisnąłem się w nią.

Zabrałem podobną kurtkę do kuchni dla Lorrie, która stała obok lodówki, jęcząc.

— Ból jest silniejszy, gdy się ruszam, niż jak stoję spokojnie albo siedzę.

— Więc musisz tylko dojść do samochodu. W szpitalu dadzą ci wózek.

Gdy pomogłem Lorrie usiąść na przednim fotelu w samochodzie i zapiąłem jej pas, wróciłem do przedsionka, wyłączyłem światła w domu i zamknąłem na klucz drzwi.

Nie zapomniałem mojego pistoletu kalibru dziewięć milimetrów. Ale nie sądziłem, że będzie mi potrzebny.

Od drugiego z pięciu strasznych dni mego życia dzielił mnie jeszcze tydzień. Zważywszy na dokładność przepowiedni dziadka Josefa, nie przyszło mi do głowy, że mógł pomylić datę — albo że przewidział tylko pięć z sześciu takich dni.

Gdy siadłem za kierownicą explorera, Lorrie powiedziała:

— Kocham cię bardziej niż wszystkie *streusle* i *Kugelhopfy* na świecie.

Odpowiedziałem jej natychmiast:

— A ja ciebie bardziej niż *crème brûlée* i *tarte aux limettes*.

— I bardziej niż słodki sos z fasoli mung? — spytała.

— Dwa razy bardziej.

— Mam szczęście. — Gdy składane drzwi od garażu podnosiły się z łoskotem, Lorrie skrzywiła się z powodu kolejnego skurczu. — To chyba chłopak.

Miała robioną ultrasonografię, aby się upewnić, czy dziecko jest zdrowe, ale nie chcieliśmy znać jego płci. Jestem za nowoczesną technologią, lecz nie wtedy, gdy pozbawia życie jednej z najmilszych niespodzianek.

Wyjechawszy na podjazd, zauważyłem, że zerwał się już lekki wiatr. Były to ledwie podmuchy, ale zasypywały reflektory gęstym śniegiem, przesłaniając mrok białym całunem.

Nasz dom stał przy Hawksbill Road, dwupasmowej asfaltowej szosie, która łączy Snow Village z kurortem o tej samej nazwie. Kurort, w którym pracujemy tato i ja, leży dwa kilometry na północ, a peryferie miasteczka znajdują się osiem kilometrów na południe.

W owej chwili szosą nikt nie jechał. W tak fatalną pogodę można było tam spotkać tylko robotników drogowych, lekkomyślnych głupców albo ciężarne kobiety.

Wzdłuż Hawksbill Road nie powstało zbyt wiele domów. Niemal na całej swej długości przebiega przez skalisty teren, co nie sprzyja zabudowie.

Na skrawku bardziej gościnnej ziemi, gdzie mieszkamy, zajmuje duże działki pięć domów: trzy po naszej stronie drogi i dwa po stronie wschodniej.

Utrzymujemy kontakty i przyjaźnimy się z sąsiadami z czterech spośród tych posesji. W piątej, dokładnie naprzeciwko nas, po przeciwnej stronie Hawksbill Road, mieszkała Nedra Lamm, która od dziesięcioleci słynęła w całej okolicy.

Na trawniku przed jej domem stało kilka dwuipółmetrowej wysokości totemów, które wyrzeźbiła z uschniętych drzew i ozdobiła porożami jeleni. Te groteskowe figury spoglądały na szosę, grożąc klątwą niepożądanym przybyszom.

Nedra Lamm była samotniczką z poczuciem humoru. Na macie przed swymi frontowymi drzwiami nie miała napisu WITAJCIE, lecz ODEJDŹCIE.

Przez padający śnieg nie widziałem prawie jej domu. W białym krajobrazie majaczył tylko jego blady kontur.

Gdy ruszałem z podjazdu na szosę, zwrócił moją uwagę jakiś ruch przy posesji pani Lamm. Z mrocznej czeluści jej otwartego garażu wyjechał z dużą prędkością samochód z wyłączonymi reflektorami, który wydał mi się początkowo dużą furgonetką. Przez ponad trzydzieści osiem lat Nedra jeździła plymouthem valiantem rocznik 1960, bez wątpienia najbrzydszym samochodem wyprodukowanym kiedykolwiek w Detroit, który utrzymywała w idealnym stanie, jakby był ostatnim krzykiem przemysłu motoryzacyjnego.

Gdy pędząca furgonetka wyjechała z podjazdu na Hawksbill Road, przebijając się przez śnieżny całun, rozpoznałem w niej czarnego hummera, cywilną wersję wojskowego pojazdu humvee. Duży i szybki pojazd z napędem na cztery koła, dla którego śnieg ani lód nie stanowiły przeszkód, nie skręcił w lewo ani w prawo, lecz — nie zapaliwszy świateł — przejechał przez szosę w naszym kierunku.

— Co on wyprawia? — zdziwiła się Lorrie.

Obawiając się kolizji, zahamowałem i zatrzymałem samochód.

Hummer stanął ukosem w poprzek podjazdu, blokując nam wyjazd.

Drzwiczki kierowcy otworzyły się gwałtownie i z auta wysiadł mężczyzna z karabinem.

# 27

Mężczyzna był wysoki i barczysty, a wrażenie jego rosłości potęgowała jeszcze sięgającą mu do połowy ud ocieplana skórzana kurtka. Na głowie miał zaciągniętą na uszy i czoło wełnianą czapkę.

Nie dostrzegłem żadnych więcej szczegółów jego ubioru, ponieważ skupiłem całą uwagę na karabinie z powiększonym magazynkiem, który wyglądał bardziej na broń wojskową niż myśliwską. Stanąwszy przed swoim autem, zaledwie pięć metrów od explorera, mężczyzna uniósł broń, by nas zastraszyć lub zabić.

Przeciętnego piekarza taka sytuacja mogła zdezorientować lub sparaliżować, ale mnie pobudziła do działania.

Gdy mężczyzna uniósł karabin, wcisnąłem z całej siły prawą nogą pedał gazu. To on zaczął, nie ja, nie wahałem się więc brutalnie zareagować. Miałem zamiar go zmiażdżyć, uderzając w jego wóz.

Uświadomiwszy sobie natychmiast, że może strzelić mi między oczy, ale nie powstrzyma explorera, rzucił karabin i skoczył na maskę hummera ze zręcznością wskazującą na silne pokrewieństwo z małpami w jego drzewie genealogicznym.

Gdy sięgnął w kierunku drążka z reflektorami nad przednią

szybą, zamierzając być może podciągnąć się na dach, skręciłem ostro w prawo, aby uniknąć niepotrzebnej już teraz kolizji.

Explorer musnął zderzakiem hummera, rozległ się zgrzyt metalu, w opadającym śniegu pojawił się przez chwilę snop iskier — i już nas tam nie było.

Przeciąłem w poprzek dziedziniec, dziękując losowi, że ziemia pod śniegiem jest już od tygodni zamarznięta i twarda jak asfalt, więc nie groziło mi ugrzęźnięcie w błocie.

— Co to było? — spytała Lorrie.

— Nie mam pojęcia.

— Znasz go?

— Nie sądzę. Ale nie przyjrzałem się zbyt dokładnie jego twarzy.

— Wcale mi nie zależy, żeby mu się z bliska przyglądać.

Ujrzałem nagle zwisające, obciążone śniegiem konary ogromnego cedru, niewidoczne niemal na tle białego krajobrazu. Śnieżyca jeszcze bardziej je przesłoniła. Nie mając ani sekundy do stracenia, obróciłem kierownicę raptownie w prawo i w ostatniej chwili uniknąłem czołowego zderzenia z pniem drzewa.

Przez moment sądziłem, że explorer się przewróci, ale tak się nie stało. Przejechaliśmy pod cedrem. Gałęzie otarły się o dach i prawy bok pojazdu, a z konarów posypały się na przednią szybę zwały śniegu, pozbawiając mnie widoczności.

Najprawdopodobniej, gdy przemknęliśmy obok hummera, mężczyzna zeskoczył z maski i chwycił karabin. Nie usłyszałbym nawet uderzenia potężnego pocisku, gdyby roztrzaskał tylną szybę, przebił zagłówek i trafił mnie w czaszkę. Albo Lorrie.

Serce zaciskało mi się jak pięść i podchodziło do gardła, uderzając z taką siłą, że z trudem przełykałem ślinę.

Włączyłem wycieraczki przedniej i tylnej szyby. Odgarnęły śnieg i znów ujrzałem ciemność. Byliśmy na szosie. Wóz podskoczył na poboczu i wjechał na pas ruchu prowadzący na południe.

— Jesteś cała? — spytałem.

— Patrz na drogę. Nic mi się nie stało.

— A dziecko?

— Jest wkurzone. Ktoś próbuje zastrzelić jego mamę.

Odwróciwszy się w fotelu na tyle, na ile pozwalał jej zapięty pas bezpieczeństwa i stan, w jakim się znajdowała, Lorrie spojrzała w kierunku domu.

W lusterkach dostrzegałem tylko pustą szosę tuż za nami i unoszący się za samochodem w blasku tylnych świateł tuman śniegu.

— Widzisz coś? — spytałem.

— Jedzie za nami.

— Zgubimy go.

— Damy radę?

Hummer miał potężniejszy silnik niż explorer. Mężczyzna z karabinem nie wiózł ciężarnej kobiety, mógł więc bardziej ryzykować i rozwijać maksymalną prędkość.

— Zadzwoń na dziewięćset jedenaście — powiedziałem.

Telefon komórkowy był podłączony do gniazdka zapalniczki w desce rozdzielczej.

Lorrie wzięła go do ręki i włączyła, pomrukując z niecierpliwością w oczekiwaniu, aż zniknie z ekranu logo firmy telefonicznej i wstępne napisy.

Zobaczyłem w lusterku wstecznym światła reflektorów. Znajdowały się wyżej nad asfaltem niż u przeciętnego samochodu. To był hummer.

Lorrie wystukała numer 911. Czekała chwilę, nasłuchując, po czym wcisnęła polecenie ZAKOŃCZ i wybrała ponownie ten sam numer.

Telefonia komórkowa na prowincji nie działała w 1998 roku w wielu miejscach tak sprawnie jak teraz, zaledwie siedem lat później. W dodatku śnieżyca zakłóciła sygnał.

Hummer zbliżał się do nas. Był już w odległości około dwudziestu metrów. Sprawiał wrażenie, jakby miał własną osobowość, złowrogie oblicze i wojownicze usposobienie.

Musiałem rozważyć, co jest bardziej niebezpieczne dla matki

i dziecka: pędzić jeszcze szybciej przy tej koszmarnej pogodzie czy ryzykować, że hummer nas dogoni.

Jechaliśmy już sześćdziesiąt kilometrów na godzinę, zbyt szybko jak na panujące warunki. Nagromadzony śnieg zakrywał oznakowania pasów ruchu na szosie. Nie widziałem, gdzie kończy się asfalt, a zaczyna pobocze.

Ponieważ często jeździłem tą drogą, wiedziałem, że w pewnych miejscach pobocze po zachodniej stronie szosy jest szerokie, a w innych wąskie. Przy najbardziej spadzistych skarpach ustawiono barierki. Ale niektóre niezabezpieczone fragmenty zbocza były na tyle strome, że samochód mógł przekoziołkować, gdybym zjechał więcej niż pół metra z asfaltu.

Zwiększyłem prędkość do ponad siedemdziesięciu kilometrów na godzinę i hummer, jak statek widmo rozpływający się we mgle, zniknął w śnieżnej zadymce.

— Przeklęty telefon — mruknęła Lorrie.

— Próbuj dalej.

Zerwał się nagle porywisty wicher. Po wschodniej stronie Hawksbill Road wznoszą się skaliste wzgórza. Podczas burz wiejący z ich kierunku wiatr nabiera prędkości na zboczach i wdziera się z impetem na szosę.

Wyższe pojazdy — duże ciężarówki i mikrobusy — są czasem zmiatane z drogi, jeśli ich kierowcy ignorują ostrzeżenia patroli. Gwałtowne podmuchy wiatru uderzały w explorera, niwecząc moje wysiłki, by utrzymać go na pasie ruchu prowadzącym na południe.

Próbowałem gorączkowo obmyślić lepszą strategię niż ta ucieczka na oślep, ale nic mi nie przychodziło do głowy.

Lorrie jęknęła głośniej niż przedtem, wciągając powietrze przez zaciśnięte zęby.

— Och, maleństwo — powiedziała do naszego niemowlęcia. — Proszę, zaczekaj jeszcze. Nie spiesz się tak.

Hummer wyłonił się za nami z białej mgły: czarny, ogromny, złowrogi, jak opętany przez demona pojazd z kiepskiego horroru.

Nie przejechaliśmy nawet dwóch kilometrów. Przedmieścia Snow Village były jeszcze ponad sześć kilometrów przed nami.

Łańcuchy na kołach dzwoniły na odsłoniętym asfalcie, a zgrzytały i skrzypiały na lodzie. Pomimo łańcuchów i napędu na cztery koła, prędkość powyżej siedemdziesięciu kilometrów na godzinę groziła katastrofą.

W lusterku wstecznym zalśniły światła reflektorów.

Lorrie nie udawało się dodzwonić na policję. Przeklinała naszego operatora, a ja wtórowałem jej w duchu.

Po raz pierwszy, odkąd zaczęliśmy uciekać, usłyszałem wyraźnie ryk silnika hummera. Brzmiał złowrogo, choć był to tylko odgłos maszyny niemającej żadnych złych intencji.

Jadąc zbyt szybko, ryzykowałem, ale nie mogłem pozwolić, by mężczyzna z karabinem staranował nas od tyłu. Na pokrytej śniegiem szosie samochód wpadłby w poślizg, wywrócił się i przekoziołkował na jezdni albo wylądował w rowie.

Ford miał teraz na prędkościomierzu ponad osiemdziesiąt kilometrów. Dziewięćdziesiąt. Wiedziałem, że znalazłszy się znów na wzniesieniu, poczujemy się jak na torze bobslejowym.

Gdy przyspieszyłem, hummer zmalał na chwilę w lusterku, ale niemal natychmiast zaczął nas dopędzać.

Podczas tak gwałtownych zamieci zastępcy szeryfa patrolowali czasem Hawksbill Road w swych terenowych wozach, zaopatrzonych w pługi, wciągarki i termosy z gorącą kawą, szukając kierowców, którzy wpadli w tarapaty. Przy odrobinie szczęścia nie musieliśmy docierać aż do miasta, by uzyskać pomoc. Modliłem się, byśmy natrafili na jakiś policyjny patrol.

Reflektory na dachu ścigającego nas hummera rozbłysły nagle światłami, oświetlając wnętrze explorera tak, jakbyśmy byli na scenie.

Prowadząc samochód, napastnik nie mógł strzelać do nas z karabinu. A jednak poczułem mrowienie na karku.

Wygładzone przez czas skały po zachodniej stronie drogi stanowiły skuteczną zaporę dla upiornego wiatru, który wiał ze wschodu. Tworzyły się tam zaspy, zanikające w kierunku wschodnim, ale spiętrzone w poprzek drogi.

Zamieć zwodziła wzrok na wszelkie możliwe sposoby. Padający gęsto śnieg częściowo oślepiał, ale stwarzał również złudzenie gładkości krajobrazu. Na białym tle zaspa, jakby wyrzeźbiona przez mistrza kamuflażu, wydawała się tylko lekkim wzniesieniem na jezdni.

Zanim zdołałem zahamować, wyrosła przed nami metrowej wysokości biała ściana. Wbiliśmy się w nią, wytracając natychmiast jedną trzecią szybkości.

Lorrie krzyknęła, gdy siła uderzenia wyrzuciła nas do przodu, a ja miałem tylko nadzieję, że szarpnięcie zamortyzowała ta część pasa, która dotykała jej ramienia, a nie brzucha.

Utknąwszy w zaspie, przednie koła zaczęły buksować, próbując się przez nią przebić. Zbrylony śnieg drapał podwozie. Szybko wytracaliśmy prędkość, lecz parliśmy do przodu. Jedna opona ślizgała się w miejscu, ale trzy miały dobrą przyczepność i już myślałem, że nam się uda, gdy nagle zgasł silnik.

# 28

Silnik nie gaśnie nigdy podczas leniwej przejażdżki za miasto, gdy masz dość czasu, by sprawdzić, co się stało, i zająć się problemem. Nie, zdarza się to tylko wtedy, gdy w śnieżnej zamieci pędzisz z ciężarną żoną do szpitala i uzbrojony facet ściga cię terenowym autem wielkości okrętu wojennego. To czegoś dowodzi. Może tego, że w życiu wszystko ma jakiś sens, choć trudno go dostrzec. Może tego, że istnieje przeznaczenie. A może tego, że gdy twoja żona jest w ciąży, powinieneś mieszkać blisko szpitala.

Czasem, opisując swoje życie, mam dziwne uczucie, że ktoś pisze jego scenariusz, gdy ja tylko je relacjonuję.

Jeśli Bóg jest pisarzem, a wszechświat największą powieścią, jaka kiedykolwiek powstała, mogę czuć się jej głównym bohaterem, ale podobnie jak każdy mężczyzna i każda kobieta na ziemi odgrywam jedynie drugoplanową rolę w jednym z miliardów wątków. Wiecie, co zdarza się drugoplanowym postaciom. Nader często giną w trzecim, dziesiątym albo trzydziestym piątym rozdziale. Bohater drugiego planu musi zawsze oglądać się za siebie.

Obejrzawszy się na Hawksbill Road, zobaczyłem, że hummer zatrzymał się najwyżej pięć metrów za nami. Kierowca nie wysiadł od razu.

— Jak wyjdziemy z auta, zastrzeli nas — powiedziała Lorrie.

— Prawdopodobnie.

Przekręciłem kluczyk w stacyjce i wcisnąłem pedał gazu. Zgrzyt rozrusznika i skowyt silnika nie napawały optymizmem.

— Jak tu zostaniemy, też nas zastrzeli.

— Zapewne.

— Wpadliśmy w gówno.

— Po szyję — przyznałem.

Hummer zbliżał się powoli. Reflektory na jego dachu świeciły teraz ponad explorerem, rzucając poświatę na szosę przed nami. Obawiając się, że zaleję silnik, przestałem go uruchamiać.

— Zapomniałam torebki — oznajmiła Lorrie.

— Nie będziemy po nią wracać.

— Chcę tylko powiedzieć, że tym razem nie mam nawet pilnika do paznokci.

Hummer był już całkiem blisko i zaczął nas okrążać, wjeżdżając na pas ruchu prowadzący na północ.

Skupiając uwagę na ręce, w której trzymałem kluczyk, i ponownie próbując uruchomić silnik, nie ośmielałem się podnieść wzroku, nie dlatego że bałem się widoku hummera, lecz z powodu opadających nieustannie milionów płatków śniegu, które działały na mnie w niepokojący sposób. Czułem się miotany wiatrem jak one, podatny na każdy podmuch, niezdolny do podążania własną drogą.

— Co on robi? — spytała Lorrie.

Nie miałem pojęcia, co robi, więc koncentrowałem się nadal na stacyjce i silnik niemal zaskoczył.

— Jimmy, zabierz nas stąd — błagała Lorrie.

Nie zalej go, ostrzegałem sam siebie. Nie próbuj na siłę. Niech znajdzie iskrę.

— Jimmy!

Silnik zaskoczył i zawył.

Hummer stanął obok nas, nie równolegle, lecz pod kątem czterdziestu pięciu stopni. Jego przedni zderzak lśnił kilkanaście centymetrów od moich drzwiczek, na wysokości dolnej krawędzi szyby, uniemożliwiając mi wyjście.

Z bliska wydawał się ogromny, po części dlatego, że miał potężne opony, które dodawały mu jeszcze trzydzieści centymetrów wysokości, jakby kierowca zamierzał brać udział w rajdzie ciężarówek gigantów.

Explorer ruszył z miejsca, powoli, lecz uparcie przebijając się przez zaspę, ale hummer uderzył w nas bokiem. Rozległ się zgrzyt metalu.

Mając przewagę wielkości i mocy, hummer zaczął spychać explorera w kierunku skał po zachodniej stronie szosy, choć oba pojazdy nadal jechały naprzód.

Zerknąłem przez okno, próbując zobaczyć w górze, za szybą hummera, twarz tego szaleńca, żeby pojąć, dlaczego to robi. Lecz w blasku reflektorów nie mogłem go dostrzec.

Jeden z naszych łańcuchów pękł, ale nadal trzymał się na oponie, uderzając luźnymi ogniwami o koło i podwozie i wydając odgłosy przypominające serię strzałów z broni palnej.

Nie mogłem przebijać się przez zaspę i równocześnie próbować ominąć hummera.

Gdy rozpaczliwie starałem się mu uciec, poczułem gwałtowne zmniejszenie oporu pod kołami, które wskazywało, że pokonaliśmy zaspę, i nagle odzyskałem znów nadzieję.

Siedząc wyżej, napastnik musiał przewidzieć, na co się zanosi, i w ostatniej chwili wcisnął pedał gazu. Hummer ruszył naprzód w tej samej chwili co my, uderzając w nas jeszcze mocniej.

Po zachodniej stronie szosy nie było już skał, lecz porośnięte lasami zbocza.

— Tam nie ma barierek — powiedziała złowieszczo Lorrie.

Explorer ześlizgnął się bokiem na tyle daleko, że musiał już być na poboczu, poza asfaltem. Gdy próbowałem znaleźć się za hummerem i wjechać z powrotem na drogę, zaczęło nas obracać w kierunku przeciwnym do ruchu wskazówek zegara. Groziło to runięciem ze skarpy. Przerażająca perspektywa.

Lorrie wciągnęła raptownie powietrze, może dlatego, że poczuła skurcz, a może myśl o upadku w przepaść nie nęciła jej tak, jak przejażdżka kolejką górską w lunaparku. Zdjąłem nogę z gazu. Zgodnie z prawami fizyki explorer wyrównał kurs i zaczął jechać prosto.

Ale było już za późno. Prawy bok pojazdu nagle się przechylił i wiedziałem, że znaleźliśmy się na krawędzi pobocza. Pod nieustępliwym naporem hummera explorer musiał się przewrócić i spaść bokiem ze skarpy.

Reagując wbrew instynktowi, skręciłem kierownicę ostro w prawo, w kierunku urwiska, co Lorrie musiała uznać za samobójczy gest, miałem jednak nadzieję, że wykorzystam hummera, zamiast nadal z nim walczyć. Obróciliśmy się o dziewięćdziesiąt stopni, tyłem do napastnika, i zawiśliśmy na krawędzi długiego śnieżnego zbocza — niezbyt łagodnego, ale i nie bardzo stromego — porośniętego sosnami, niknącymi we mgle, której nie mogły przeniknąć światła reflektorów.

Zaczęliśmy zjeżdżać w dół. Wcisnąłem od razu do oporu pedał hamulca, by utrzymać nas na szczycie pochyłości. Widzieliśmy, dokąd zmierzamy, ale wcale nie miałem ochoty tam jechać.

Hummer włączył wsteczny bieg i cofnął się nieco, najwyraźniej mając zamiar nas staranować. Uderzywszy pod odpowiednim kątem, mógł spowodować, że spadlibyśmy na rosnące na zboczu drzewa.

Nie miałem wyboru. Zanim zdążył w nas uderzyć, zdjąłem nogę z hamulca.

— Trzymaj się — powiedziałem do Lorrie.

Z pracującym na luzie silnikiem, poddani sile grawitacji, zaczęliśmy staczać się ze zbocza.

# 29

Aby oddalić się od napastnika, musieliśmy zjechać w dół. Hamowałem ostrożnie, próbując kontrolować prędkość. Pęknięty łańcuch spadł z opony. Oprócz łoskotu silnika i cichego brzęku pozostałych łańcuchów słyszeliśmy tylko chrzęst śniegu pod kołami.

Zbocze porastał w tym miejscu stary las. Drzewa były tam tak ogromne, a gałęzie tworzyły w górze tak zwarty baldachim, że leżąca na ziemi warstwa śniegu miała zalewie trzydzieści centymetrów grubości, gdzieniegdzie nawet mniej. Dzięki temu, że do poszycia docierało tak mało słońca, nie utrudniały nam jazdy zarośla, a najniższe konary były wysoko nad nami.

Drzew było mniej niż w młodym, wiecznie zielonym lesie. Ogromne, rozłożyste okazy, łaknące chciwie promieni słońca, nie pozwalały się rozrastać nowym drzewkom, które natychmiast usychały.

W rezultacie sosny — a miejscami także jodły — rosły tu rzadziej niż gdzie indziej. Ich imponujące pnie — proste, ze spękaną korą — przypominały mi wyżłobione kolumny, wspierające sklepienie katedry, choć ta katedra nie dawała otuchy ciału ani duszy, kojarzyła się raczej z tonącym okrętem.

Póki kontrolowałem prędkość zjazdu, mogłem lawirować między drzewami. Musieliśmy w końcu trafić do jakiejś doliny albo przynajmniej wąwozu. Wtedy skręciłbym na północ albo południe i liczył na znalezienie jakiejś leśnej drogi, która wywiodłaby nas z tego pustkowia.

Nie dalibyśmy rady wjechać z powrotem pod górę. Pojazd z napędem na cztery koła może sobie radzić ze śniegiem i trudnym terenem, ale ostry kąt nachylenia zbocza wcześniej czy później zmusiłby go do kapitulacji, częściowo dlatego, że na dużej wysokości zatarłby się silnik.

Nasza nadzieja na ucieczkę i ocalenie zależała wyłącznie od tego, czy dotrzemy cało na dół. Dopóki explorer dawał się prowadzić, mieliśmy szansę.

Choć nie nauczyłem się nigdy jeździć na nartach, klucząc autem serpentynami w labiryncie drzew, musiałem myśleć jak narciarz podczas slalomu. Nie ośmielałem się brać zakrętów tak ostro, jak robią to zawodnicy, muskając tyczkę z flagą, bo z pewnością explorer by przekoziołkował. Należało zakręcać łagodnie, szerokim łukiem, co wymagało szybkich decyzji przy każdej nowej konfiguracji przeszkód, ale także holistycznego pojmowania struktury lasu, by przewidywać kolejny manewr w chwili, gdy wykonywałem bieżący.

Okazywało się to znacznie trudniejsze niż przyrządzanie słodkiego sosu o właściwej konsystencji.

— Jimmy, kamienie!

— Widzę.

— Uschnięte pnie!

— Jadę w lewo.

— Drzewa!

— Tak.

— Tu jest za wąsko!

— Damy radę.

Nie omyliłem się.

— Nieźle — pochwaliła.

— Tyle że mam mokro w spodniach.

— Gdzie nauczyłeś się tak jeździć?

— Na starych filmach ze Steve'em McQueenem.

Nie mogłem uniknąć kontrolowanego zjazdu, przecinając po prostu w poprzek zbocze, gdyż miejscami było ono zbyt strome i explorer mógł się przewrócić. Pocieszałem się więc świadomością, że panuję nad sytuacją. Gdyby pojazd uległ uszkodzeniu i musielibyśmy go opuścić, znaleźlibyśmy się w fatalnym położeniu.

Lorrie nie mogłaby w swoim stanie iść wiele kilometrów, nawet w bardziej sprzyjających warunkach. Nie była zresztą w wysokich butach, tylko w adidasach.

Mieliśmy grube kurtki, ale nic ocieplanego pod spodem. Ja miałem w kieszeni cienkie skórzane rękawiczki. Lorrie w ogóle swoich nie zabrała.

Temperatura wynosiła najwyżej pięć stopni poniżej zera. Gdyby ekipy ratownicze odnalazły nas przed nadejściem wiosny, bylibyśmy zamrożeni jak mamuty w polarnym lodzie.

— Jimmy, skręcaj!

— A co ja robię?

Ominąłem grupę skał.

— Wąwóz! — ostrzegła.

Zwykle nie zwracała mi uwagi, gdy prowadziłem. Może jej skłonności do takiego zachowania brały się z czasów, gdy jako nauczycielka tańca wyliczała głośno swoim uczniom kroki fokstrota.

Wąwóz miał około sześciu metrów szerokości i dwa głębokości. Przecięliśmy go, ocierając podwoziem o ziemię przy wyjeździe i unikając o włos czołowego zderzenia z pniem jodły. Straciliśmy tylko prawe boczne lusterko.

Gdy explorer podskakiwał na nierównościach terenu, światła reflektorów rzucały tajemnicze cienie. Niebezpiecznie łatwo było wziąć je za prawdziwe postacie i stracić koncentrację.

— Jelenie! — krzyknęła Lorrie.

Siedem jeleni z białymi ogonkami stało dokładnie na naszej drodze. Były to same dorosłe okazy, gdyż o tej porze roku nie widywało się młodych jelonków. Przywódca stada, potężny rogacz ze wspaniałym porożem, znieruchomiał na nasz widok, podnosząc łeb. Jego ślepia lśniły żółto jak odblaskowe światełka na szosie.

Postanowiwszy skręcić w lewo, by ominąć je szerokim łukiem, spostrzegłem prześwit między drzewami.

Gdy jednak skierowałem explorera w tym kierunku, stary jeleń się przestraszył. Wypuszczając z nozdrzy dwa obłoczki pary wodnej, rzucił się do ucieczki, a za nim natychmiast reszta stada.

Nie mogłem już skręcić w prawo wystarczająco raptownie, by uniknąć kolizji. Gdy nadepnąłem być może zbyt mocno na hamulce, explorer zarył się w śnieg. Opony znalazły przyczepność w warstwie suchych liści i opadłych szyszek. Zwolniliśmy na chwilę, ale potem trafiliśmy na lód. Wóz sunął na zablokowanych kołach w kierunku stada.

Jelenie były piękne, zwinne, pełne gracji. Poruszały się, jakby w ogóle nie dotykały kopytami ziemi, jak zjawy ze snu.

Próbowałem rozpaczliwie je ominąć nie tylko dlatego, że czułem mdłości na myśl o zabiciu któregoś z nich, ale także z powodu ich masy. Zderzenie z takim zwierzęciem byłoby dla explorera równie katastrofalne jak wjechanie w mur.

Nasze spotkanie przebiegało tak, jakby jelenie poruszały się w innym wymiarze niż my, jakbyśmy tylko przez chwilę widzieli się wzajemnie przez szybę oddzielającą dwa odrębne światy. Samochód prześlizgnął się między jeleniami, a przerażone stado czmychnęło na boki i nie potrąciliśmy żadnego ze zwierząt, choć musieliśmy je minąć zaledwie o centymetry.

Jelenie uciekły, ale koła pozostały zablokowane. Nie działała kierownica ani hamulce.

Zjeżdżaliśmy ślizgiem po śniegu, który zmienił się w zbrylony, brudny lód. Chrzęścił i trzeszczał pod kołami, gdy samochód nabierał prędkości.

Zobaczyłem przed nami wywrócone drzewo. Leżało już tak długo, że opadło z niego całe listowie i większość mniejszych gałązek i pozostał tylko ponadmetrowej średnicy pień, który podczas cieplejszych miesięcy zdobiły na pewno porosty i grzyby, teraz jednak był nagi.

Lorrie też musiała go zauważyć, ale nie krzyknęła, tylko przygotowała się na wstrząs.

Uderzyliśmy w pień. Explorer nie ucierpiał aż tak bardzo, jak się spodziewałem. Przydały się pasy bezpieczeństwa, bo wyrzuciło nas z foteli do przodu, ale nie aż tak gwałtownie jak wtedy, gdy wryliśmy się w zaspę na szosie.

Wywrócone drzewo było w środku spróchniałe i wyżarte przez robaki. Pod korą miało już niewiele drewna.

Kolizja nie zmieniła explorera w kupę złomu, a jedynie wyhamowała jego prędkość. Płaty kory, owinięte wokół przedniej osi i zahaczone o podwozie, ocierały o ziemię, spowalniając naszą jazdę jeszcze bardziej.

Samochód zaczął skręcać, zjeżdżając w dół. Bezużyteczna kierownica obracała mi się między palcami. Po chwili jechaliśmy już tyłem, oświetlając reflektorami strome zbocze i osuwając się na oślep w głąb wąwozu. Spotykało nas dokładnie to, czego się obawiałem, gdy hummer spychał explorera na krawędź urwiska.

# 30

Na szczęście nie ześlizgnęliśmy się na tyle daleko, by ponownie nabrać prędkości. Tylny zderzak zahaczył o drzewo. Explorer uderzył bokiem o inne, które rosło w pobliżu, i zaklinował się między nimi. Stanęliśmy w miejscu.

— Dobra robota — rzuciła oschle Lorrie.

— Jak się czujesz?

— Jestem w ciąży.

— Masz skurcze?

— Do zniesienia.

— Nadal są nieregularne?

Skinęła głową.

— Dzięki Bogu.

Wyłączyłem reflektory. Łatwo było odnaleźć nas po śladach, które zostawiliśmy, ale nie miałem zamiaru ułatwiać zadania naszemu tajemniczemu prześladowcy.

Tutaj, pod baldachimem wiecznie zielonych drzew, panowała głęboka ciemność. Chociaż zjechaliśmy najwyżej czterysta metrów w dół, wydawało się, że dzielą nas setki kilometrów od szosy, a jeszcze bardziej odległa była nadzieja ujrzenia ponownie nieba.

Chociaż nie czułem zapachu benzyny i wnioskowałem, że bak ani przewody paliwowe nie zostały uszkodzone, i chociaż musiałem starać się, by w samochodzie było jak najcieplej, wyłączyłem silnik. Nie mogąc kierować się światłami reflektorów, mężczyzna z karabinem mógł nas odnaleźć, idąc za odgłosem silnika.

Chciałem go zmusić, by użył latarki i w ten sposób ujawnił swoją pozycję.

Musiał iść pieszo. Gdyby zjechał, nawet hummer nie pokonałby z powrotem pod górę tak stromego zbocza, zwłaszcza przy rozrzedzonym powietrzu na tej wysokości. Nie ryzykowałby.

— Zablokuj drzwiczki, jak wysiądę — powiedziałem do Lorrie.

— Dokąd idziesz?

— Zaskoczę go.

— Nie. Uciekajmy.

— Nie możesz.

Wyglądała na zbolałą.

— To wkurzające.

Mój uspokajający uśmiech wyglądał chyba koszmarnie.

— Muszę iść.

— Kocham cię.

— Bardziej niż słodki sos z fasolki mung.

Gdy wysiadałem z samochodu, światełko na suficie zdradzało przez chwilę nasze położenie, ale szybko zgasło, kiedy cichutko zamknąłem drzwiczki od strony kierowcy.

Lorrie sięgnęła do przycisku centralnego zamka na konsoli.

Upewniłem się, czy zaklinowany między drzewami explorer nie zsunie się ze zbocza. Tylnych drzwi nie dało się otworzyć. Samochód był unieruchomiony.

Ciemność wydawała się czymś więcej niż tylko brakiem światła, była niemal namacalna, jakby z drzew emanowały miliardy czarnych jak sadza drobinek. Wilgoć, chłód, a przede wszystkim mój strach sprawiały, że odniosłem takie wrażenie.

Nasłuchiwałem, wstrzymując oddech, ale słyszałem tylko stuki i trzaski explorera, stygnącego na zimnym powietrzu, i ponure zawodzenie wiatru w koronach drzew. Nic nie zwiastowało zbliżania się wroga.

Mężczyzna z karabinem mógł stać nadal wysoko nad nami, na poboczu Hawksbill Road, rozmyślając nad kolejnym ruchem. Podejrzewałem jednak, że należy do ludzi, którzy działają błyskawicznie i nie będzie rozważał zbyt długo różnych możliwości.

Nie traciłem czasu na zastanawianie się, kim jest, nie zachodziłem w głowę, szukając wyjaśnień. Gdyby mnie zabił, nigdy bym się tego nie dowiedział. Pokonawszy go, uzyskałbym odpowiedź. Tak czy inaczej wszelkie spekulacje były bezowocne.

Zostawiając Lorrie samą w zamkniętym samochodzie, czułem się tak, jakbym ją opuszczał, ale inaczej nie mogłem mieć nadziei na ocalenie jej i naszego dziecka.

Moje oczy przyzwyczajały się stopniowo do ciemności, ale czekałem z niecierpliwością, kiedy zacznę widzieć w mroku wystarczająco wyraźnie.

Okrążyłem pień jednego z drzew, między którymi zaklinował się explorer, i podszedłem do samochodu od tyłu.

W poszyciu lasu czyhały sprytne pułapki. Warstwa zmrożonego śniegu stanowiła dla mnie mniejsze zagrożenie niż leżące na nim śliskie igliwie i szyszki.

Z punktu widzenia napastnika stojącego na szczycie urwiska krajobraz w dole pozbawiony był głębi. Las stanowił dla niego tylko ciemną płaszczyznę. Wiedziałem, że nie widzi mnie, gdy idę na południe w poprzek zbocza, a jednak wyobrażałem sobie wyraziście, jak obserwuje mnie przez lunetę karabinu, celując mi w głowę.

Pokrywa śnieżna pod drzewami nie miała jednolitej grubości. W niektórych miejscach było kilka centymetrów śniegu, w innych trzydzieści, a gdzieniegdzie przeświecała goła ziemia. W miarę jak mój wzrok przyzwyczajał się do ciemności, zbocze zaczęło mi się jawić jako biała tkanina z naszytymi na chybił trafił ciemnymi łatami.

Nauczyłem się szybko, jak nie robić hałasu, ale ukształtowanie terenu uniemożliwiało całkowicie bezszelestne ruchy. Co kilka kroków przystawałem i nasłuchiwałem, czy nie schodzi z góry nasz prześladowca. Słyszałem tylko zawodzenie wichru w koronach drzew iglastych i złowrogi — niemal bezgłośny — niski szum, który zdawał się dobywać wprost z ziemi, ale musiał być echem wiatru.

Gdy przeszedłem kilkanaście metrów, skręciłem na wschód i zacząłem wspinać się równolegle do śladów, które zostawiliśmy na zboczu. Pochylałem się nad ziemią, chwytając się skał, wystających korzeni i wszystkiego, co zapewniało utrzymanie równowagi. Wchodziłem pod górę jak małpa, choć bez małpiej zręczności.

Miałem nadzieję pokonać połowę lub dwie trzecie wysokości zbocza, zanim zobaczę schodzącego napastnika. Wtedy mógłbym przylgnąć do ziemi, zaczekać, aż mnie minie, pójść na północ i zaskoczyć go od tyłu.

Iście szaleńczy plan. Nie byłem Jamesem Bondem ani nawet Maxwellem Smartem. Jako człowiek czynu wolałem ugniatać ciasto, niż rozbijać ludziom głowy, wolałem miksery od pistoletów maszynowych.

Nie mogłem jednak wymyślić rozwiązania, które byłoby mniej szalone, więc piąłem się dalej, czując się coraz bardziej jak małpa.

Zmarzły mi dłonie. Cienkie rękawiczki, które miałem w kieszeni kurtki, mogły zapewnić mi trochę ciepła, ale straciłbym wtedy czucie w palcach i sprawny chwyt. Wolałem więc przytykać ręce do ust i rozgrzewać je oddechem.

Gorszy od zmarzniętych dłoni był jednak ból w lewej nodze. Czułem w niej rwanie jak w korzeniu ropiejącego zęba. Przy cieplejszej pogodzie zapominam, że mam w kościach nogi stal, ale zimą potrafię czasami wskazać umiejscowienie i dokładny kształt każdej płytki i śrubki.

Gdy pokonawszy dwie trzecie wysokości zbocza, nie zobaczyłem światła latarki ani niczego, co wskazywałoby, że napastnik schodzi w dół, zatrzymałem się. Mając pod nogami pewny grunt, wyprostowałem się, aby obejrzeć dokładnie szczyt urwiska, który znajdował się wciąż ponad sto metrów nade mną. Gdyby nawet hummer stał zaparkowany na poboczu, nie spodziewałem się go zobaczyć pod tak ostrym kątem. Pomyślałem, że mogę dostrzec najwyżej poświatę jego reflektorów lub świateł postojowych, ale w górze widać było tylko zaciągnięte śniegowymi chmurami szare niebo nad drogą.

Nie wierzyłem, że napastnik zniknął ze sceny. Skoro był zdecydowany nas zatrzymać, nie odjechałby tak po prostu. A jeśli zamierzał nas zabić, nie zakładałby, że to strome, lecz możliwe do pokonania zbocze załatwi za niego sprawę.

Dobry cukiernik powinien odznaczać się cierpliwością, lecz ja traciłem ją czasem nawet w kuchni. Stojąc i czekając, by nasz prześladowca wreszcie się ujawnił, byłem tak zirytowany, jak podczas przyrządzania *crème anglaise* z żółtek, cukru i mleka, co wymaga powolnego ubijania składników trzepaczką w niskiej temperaturze, by żółtka się nie zwarzyły.

Moje żółtka, że się tak wyrażę, zaczynały się już warzyć, gdy usłyszałem nad sobą jakiś szelest. Nie był to jedynie gwałtowniejszy podmuch wiatru, lecz odgłos czegoś ogromnego, spadającego z wysokiej gałęzi.

Zważywszy na fakt że jako student nie miałem głowy do historii, starożytnej ani żadnej innej, wydało mi się dziwne, że pomyślałem w tym momencie o ostrym jak brzytwa mieczu, wiszącym o włos od karku Damoklesa.

Podniosłem wzrok.

# 31

Zobaczyłem, jak powietrze przecina ze świstem wiele białych ostrzy, delikatniejszych jednak niż stal i rozpostartych w kształcie łuku. Były to skrzydła o rozpiętości prawie dwóch metrów. Ujrzałem ogromne błyszczące oczy i ostry dziób, usłyszałem znajome pohukiwanie i wiedziałem już, że to sowa. Mimo wszystko krzyknąłem ze zdziwienia, gdy przelatywała nade mną.

Polując na leśne gryzonie, wielki ptak leciał w kierunku północno-zachodnim i szybował teraz bezgłośnie w dół zbocza. Przefrunął nad śladami, które zostawił zjeżdżający explorer, i minął mężczyznę, którego obecności dotychczas nie zauważyłem.

Nawet dla oczu nawykłych już do ciemności widoczność w lesie była słaba. Łaty nagiej ziemi i lekko błyszczący śnieg tworzyły krajobraz jak ze snu, który był jakby w ciągłym ruchu, niczym czarno-biała mozaika w obracającym się bardzo powoli kalejdoskopie.

Mężczyzna stał dziewięć metrów na północ ode mnie, jakieś sześć metrów niżej, między drzewami. Skradając się ostrożnie, minęliśmy się na zboczu.

Krzyknąwszy, choć krótko i niezbyt głośno, zdradziłem swoją obecność, a sam dostrzegłem go, gdy obserwowałem lot sowy.

Nie widziałem żadnych szczegółów, nawet futrzanego kołnierza jego skórzanej kurtki, tylko wyraźny kształt ludzkiej postaci.

Spodziewałem się, że światło latarki wskaże mi, gdzie jest. Nie mógł iść tak daleko po śladach explorera w całkowitych ciemnościach.

Zastanawiałem się, czy widzi mnie przynajmniej równie dobrze, jak ja jego. Wolałem się nie poruszać, na wypadek gdyby nie zlokalizował jeszcze źródła krzyku, który wzbudził jego czujność.

Napastnik zaczął strzelać.

Gdy po raz pierwszy wysiadł z hummera przed naszym domem, wydawało mi się, że ma wojskowy karabin. Teraz charakterystyczny terkot broni maszynowej potwierdził to pierwsze wrażenie.

Serie strzałów, głośniejsze niż trzaski bicza, siekły drzewa na lewo i prawo ode mnie.

Zdumiony, że grad pocisków całkiem mnie ominął, nie znajdowałem pociechy w fakcie, iż nie był to jeden z pięciu strasznych dni z listy dziadka Josefa.

Stałem jak wryty. Przez chwilę wyglądało na to, że Jimmy Tock, człowiek czynu, wypróżni się w spodnie.

Potem rzuciłem się do ucieczki.

Pędziłem na oślep na południe w poprzek zbocza, żałując, że majestatyczne drzewa nie rosną tam gęściej. Lawirowałem pomiędzy ogromnymi pniami, kryjąc się za nimi, ścigany przez kolejną serię pocisków, śmiercionośną etiudę, której każdy takt mógł oznaczać kulkę w moich plecach.

Słyszałem odgłosy pocisków trafiających w drzewa i odbijających się rykoszetem o skały. Coś świsnęło mi koło ucha i wiedziałem, że nie była to pszczoła.

Marnowanie amunicji może okazać się błędem. Nawet powiększony magazynek szybko pustoszeje przy tak intensywnym ostrzale.

Gdyby napastnik zużył wszystkie pociski, nie trafiając mnie, musiałby się zatrzymać, aby przeładować magazynek. Ja biegłbym dalej i wtedy bym mu uciekł. Ale w takiej sytuacji mógłby pójść wprost do explorera i zabić Lorrie.

Ta myśl mnie powaliła. Upadłem, uderzając twardo ramieniem o ziemię i lądując twarzą w śniegu z zielonym igliwiem. Staczając się ze zbocza — nie z wyboru, lecz siłą rozpędu — obijałem się kolanami i łokciami o kamienie, wystające korzenie i zmarznięty grunt.

Choć była to wymuszona taktyka, trzymanie się blisko ziemi i w ruchu wydawało się zręcznym manewrem. Po kilku obrotach zdałem sobie jednak sprawę, że jeśli wpadnę na drzewo pod niewłaściwym kątem, mogę skręcić kark.

Zarośli było tam niewiele, ale sztywny suchy patyk mógł wykłuć mi oko. Potem miałbym już o połowę mniej szans dostrzeżenia w porę spadającego z góry sejfu.

Zacząłem chwytać się kęp suchej trawy, splątanego bluszczu, skał, wszystkiego, co mogło spowolnić moje staczanie się ze zbocza. W końcu podźwignąłem się z ziemi. Przez chwilę biegłem skulony, po czym pomyślałem, że może nie muszę już uciekać, i przystanąłem.

Rozejrzałem się zdezorientowany po lesie. Bezbarwny krajobraz był równie zwodniczy dla oka jak zawsze. Starałem się spokojnie oddychać. Nie wiedziałem, jak daleko uciekłem. Zapewne dostatecznie daleko, by zgubić na chwilę napastnika.

Nie widziałem go, co prawdopodobnie znaczyło, że on także mnie nie widzi.

Myliłem się. Usłyszałem, jak biegnie w moim kierunku.

Nie oglądając się, znów zacząłem biec na południe, w poprzek zbocza. Kluczyłem między drzewami, potykając się wielokrotnie, ślizgając, odzyskując równowagę, zataczając się i pędząc przed siebie.

Ponieważ napastnik nie zaczął od razu strzelać, przypuszczałem, że zabrakło mu amunicji albo nie miał czasu załadować nowego magazynka. Jeśli nie dysponował już bronią, mogłem zawrócić i go zaatakować. Byłby zaskoczony taką brawurą. Kamienie, które pojawiły się nagle pod moimi nogami, utrudniały bieg, ale podsunęły mi pewien pomysł. Skoro czekała mnie walka wręcz z napastnikiem, który mógł mieć nóż albo być odpowiednio przeszkolony, potrzebowałem czegoś dla wyrównania szans. Niektóre kamienie były stosownych rozmiarów. Pochyliwszy się, od razu trafiłem na kamień wielkości niedużego grapefruita. Ale w tej samej chwili kolejna seria strzałów zniweczyła mój kruchy plan.

Gdy kilkanaście centymetrów nade mną rozległ się śmiercionośny świst, przebiegłem pochylony po chybotliwych kamieniach, wślizgnąłem się między dwa drzewa, uskoczyłem w lewo, ośmieliłem się wyprostować, by nabrać prędkości, i skoczyłem z urwiska.

# 32

Może przesadzam, używając słowa „urwisko", ale wydało mi się ono właściwe, gdy trafiłem najpierw prawą, a potem lewą nogą w próżnię. Lecąc, krzyknąłem z przerażenia i spadłem cztery metry niżej na miękki kopiec. Usłyszawszy odgłos płynącej wody i zobaczywszy wartki nurt strumienia z fosforyzującą pianą, zrozumiałem, gdzie jestem. I wiedziałem już, co muszę zrobić.

Gdy zeskoczyłem z urwiska, pociski karabinu przeszywały mrok i jeśli napastnik słyszał mój krzyk, mógł pomyśleć, że mnie trafił. Aby utwierdzić go w tym przekonaniu, krzyknąłem znowu, najgłośniej, jak potrafiłem, a potem raz jeszcze, słabiej, jakbym już konał.

Zerwawszy się natychmiast z miejsca i nie oddalając się od brzegu, podszedłem szybko trzy metry w górę.

Potok Goldmine Run, pośredniej wielkości między strumieniem a rzeką, ma swoje źródła w gorącej studni artezyjskiej, która tworzy powulkaniczne jezioro w górach na wschodzie. Hawksbill Road biegnie nad nią, a zachodnie zbocze wytycza jej bieg.

Głęboki strumień szerokości około czterech metrów płynie wąskim, najwyżej sześciometrowym korytem. Gdy woda do niego dociera, nie jest już ciepła, ale ze względu na stromy spadek zbocza i szybki nurt nie zamarza nawet w niezwykle mroźne zimy. Cienka warstwa lodu, powstała z pary wodnej, pojawia się tylko wzdłuż jego brzegów.

Postrzelony człowiek, spadłszy do strumienia, zostałby szybko porwany przez wodę w położoną niżej dolinę i rozbiłby się po drodze o głazy.

Zbocza nie opadały w tym miejscu stromo do rzeczki, lecz tworzyły z obu stron nawis, który nie osuwał się dzięki korzeniom drzew.

Schroniłem się pod nim trzy metry od miejsca, gdzie spadłem, grzęznąc po kolana w naniesionej przez wiatr stercie gnijących liści i igliwia. Przywarłem plecami do skarpy, z nogami w ściółce, przekonany, że z góry nikt nie może mnie zobaczyć.

Nawet w tę mroźną noc ostre powietrze przenikał nieprzyjemny zapach rozkładającej się roślinności, który musiał być o wiele intensywniejszy wiosną i wczesnym latem.

Zatęskniłem za moją pracą w kuchni, aromatem wypieków, delikatnością bez.

Nie starałem się oddychać bezgłośnie. Plusk i szum spienionej wody i tak wszystko zagłuszały.

Ledwo zdążyłem się ukryć, gdy trzydzieści centymetrów na prawo ode mnie posypała się ziemia, drobne kamienie i zeschłe liście. Musiały osunąć się spod nóg napastnikowi, gdy stanął na skraju urwiska.

Miałem nadzieję, że zobaczywszy rwący nurt rzeki, uzna, iż jeśli spadłem ciężko ranny do wody, porwał mnie prąd i wykrwawiłem się na śmierć, utonąłem lub zmarłem z wycieńczenia.

Gdyby zszedł do wyżłobionego przez strumień wąwozu, by przeszukać jego wąskie brzegi, dostrzegłby mnie natychmiast jak pojedynczą wisienkę na czekoladowym torcie.

Ponowne osunięcie się ziemi i kamieni oznaczało, że napastnik przestąpił z nogi na nogę lub ruszył z miejsca.

Prawdę mówiąc, wątpiłem, by chciał zejść ze zbocza, żeby przyjrzeć się dokładniej wąwozowi. Patrząc z góry, nie zdawał

223

sobie zapewne sprawy, że ma pod stopami nawis, pod którym ktoś może się ukryć, i uważał, że ze skarpy widzi wszystko wystarczająco dobrze.

Spodziewałem się, że wyjmie w tym momencie latarkę i omiecie wąwóz snopem światła, ale mijały sekundy, a ciemności nic nie zakłócało.

Wydawało mi się to dziwne. Nawet z miejsca, gdzie się znajdowałem, widziałem w spienionym nurcie strumienia i na brzegach bielejące skały, które można było wziąć za sylwetkę rannego człowieka albo zwłoki. Należało się spodziewać, że taki bezwzględny zabójca zechce się upewnić, czy jego ofiara nie żyje, czy jest tylko ranna.

Być może straciłem poczucie czasu. Strach rozregulowuje wewnętrzny zegar. Nie odliczałem sekund, ale miałem wrażenie, jakbym ukrywał się już minutę albo dłużej.

Szybko traciłem cierpliwość. Może nie jestem prawdziwym człowiekiem czynu, ale nie znoszę też bezruchu.

Gdybym zbyt szybko wyszedł z ukrycia i napotkał jego spojrzenie, strzeliłby mi w głowę. Jestem trochę uparty, ale nie aż tak, jak babcia Rowena. Nie było szans, żeby wystrzelony z dużą prędkością pocisk nie trafił mnie w czaszkę.

Z drugiej strony, gdybym zwlekał zbyt długo, napastnik mógł zyskać na czasie i dotrzeć wcześniej niż ja do explorera. Lorrie nie było ze mną, jeśli zatem wiedział, że jest w ciąży, spodziewał się ją znaleźć w samochodzie.

Nazwijcie to intuicją lub tylko przeczuciem, ale podejrzewałem, że interesuje się mną tylko ubocznie, jak brzęczącą muchą, którą trzeba zabić, i że głównym obiektem jego zainteresowania jest Lorrie. Nie miałem pojęcia dlaczego. Po prostu to wiedziałem.

Gdy wyszedłem spod nawisu, z sięgającej do kolan sterty liści, spodziewałem się nagłego błysku światła, okrutnego śmiechu, strzału.

Usłyszałem tylko szum wody i szelest wiatru. Mroczny las trwał w wyczekiwaniu...

Na skraju urwiska nie było nikogo.

Zachowując ostrożność, by nie potknąć się i nie wpaść do rwącego strumienia, ruszyłem wzdłuż zbocza. Szukałem najłatwiejszego sposobu dostania się na górę. Najlepsza byłaby winda. Moja lewa noga mocno ucierpiała. Czułem rwanie w miejscu, gdzie wszczepiono mi stalowe płytki. Kulałem.

Z ziemi wystawały, jak szare kości, obrośnięte korzeniami drzew skały. Mimo obolałej nogi zastępowały mi znakomicie liny i drabinę.

Dotarłszy na szczyt, przykucnąłem i rozejrzałem się po mrocznym lesie. Nie dostrzegłem żadnych jeleni, sów ani psychopaty z karabinem.

Instynkt podpowiadał mi, że jestem sam. Zwykle mnie nie zawodzi, gdy wymyślam nowe przepisy, więc postanowiłem zaufać mu i w tych okolicznościach.

Chociaż kulałem, mogłem iść szybko. Zapuściłem się w las. Pokonawszy pewną odległość, zacząłem tracić orientację. Gdy byłem na dole, zarysy wzgórz jakby się przesunęły.

Droga znajdowała się, oczywiście, nade mną, na wschodzie. Zatem zbocze opadało na zachód. Potok Goldmine Run został za mną, na południu. A explorer czekał na zachód od Hawksbill Road i na północ od miejsca, do którego właśnie dotarłem.

Wszystko wydawało się jasne.

A jednak gdy obszedłem kolejne drzewo i przemknąłem między dwoma następnymi, znalazłem się z powrotem nad strumieniem i omal znów nie spadłem ze skarpy. Choć potrafiłem wskazać cztery strony świata, wróciłem do punktu wyjścia — i to w krótkim czasie.

Spędziwszy całe życie w górach, w miasteczku otoczonym lasami, nasłuchałem się opowieści o doświadczonych turystach, którzy gubili drogę w biały dzień i przy dobrej pogodzie. Ekipy ratunkowe wyruszały regularnie na poszukiwania takich zdumionych i zażenowanych swą nieporadnością podróżników.

Niektórzy z tych nieszczęśników nie byli zresztą wcale zdumieni ani zażenowani, tylko martwi. Ginęli z powodu odwodnienia, wygłodzenia, od kłów niedźwiedzia lub pazurów pumy, wskutek upadku... Matka Natura miała w swej ponurej kolekcji niezliczone narzędzia do zadawania śmierci.

Każdy skrawek dzikiego lasu mógł okazać się labiryntem bez wyjścia. Niemal co roku na pierwszej stronie „Snow County Gazette" ukazywał się artykuł o jakimś turyście, który zaginął zaledwie kilometr od głównej drogi.

Nigdy nie byłem nieustraszonym traperem. Kocham cywilizację, ciepło paleniska, przytulną kuchnię.

Odwróciwszy się od szemrzącego głośno, rwącego strumienia, starałem się rozpaczliwie zrozumieć pierwotną strukturę puszczy. Szedłem naprzód, najpierw niepewnie, potem coraz szybciej, choć bardziej z lękiem niż przekonaniem.

Lorrie, samotna i narażona na niebezpieczeństwo, potrzebowała Davy'ego Crocketta. A tymczasem miała tylko mnie: Julię Child z owłosionym torsem.

# 33

Te zdarzenia znam tylko z opowieści.

Zamknięta w explorerze Lorrie odwróciła się w fotelu, by popatrzyć, jak znikam w lesie. Biorąc pod uwagę panujący mrok, trwało to piętnaście sekund, po czym mogła się zająć rozpamiętywaniem swojej śmiertelności.

Otworzywszy telefon komórkowy, wystukała raz jeszcze numer 911. Podobnie jak poprzednio, nie uzyskała połączenia. Choć zegarek pokazywał, że minęło zaledwie pół minuty, brakowało jej już pomysłów, czym mogłaby się zająć. W tych okolicznościach nie miała ochoty śpiewać biesiadnych piosenek.

Aczkolwiek tego dnia, gdy się poznaliśmy, ocaliłem jej życie (a ona mnie), nie była całkowicie przekonana, że potrafię podejść mężczyznę z karabinem i pokonać go gołymi rękami.

Wyznała mi później: „Nie gniewaj się, piekarczyku, ale przypuszczałam, że zginiesz, a ja skończę jako narzeczona Wielkiej Stopy albo spotka mnie jeszcze gorszy los".

Była potwornie spięta. Jak twierdzi, martwiła się bardziej o mnie niż o siebie, w co wierzę, bo to cała Lorrie. Rzadko stawia siebie na pierwszym miejscu.

Z równym niepokojem myślała o naszym nienarodzonym dziecku. Niemożność zapewnienia mu skutecznej ochrony wzbudzała w niej na przemian gniew i strach.

Targana silnymi emocjami poczuła, że jeśli będzie tak bez-czynnie czekała, jeśli nie podejmie jakichś konstruktywnych działań, frustracja i strach doprowadzą ją do obłędu. Wpadła na pewien pomysł. Gdyby pod explorerem było dość miejsca i gdyby nie przeszkodził jej sterczący brzuch, mogłaby wczołgać się pod samochód i ukryć pod nim.

Jeśli szczęśliwie bym wrócił, zawołałaby mnie ze swej kry-jówki. Gdyby zjawił się mężczyzna z karabinem, pomyślałby, że uciekła ze mną albo sama.

Odblokowała zamki i otworzyła drzwiczki. Natychmiast poczuła, jak mroźne powietrze wysysa z jej twarzy krew.

Zimowa noc była wampirem, unoszącym się na skrzydłach ciemności i wbijającym w ciała ofiar zęby mrozu.

Pod explorerem Lorrie musiałaby leżeć na zamarzniętej ziemi. Stygnący silnik zapewniłby jej trochę ciepła, ale nie na długo.

Ostry skurcz sprawił, że wciągnęła raptownie powietrze w płuca. Zamknęła drzwiczki i ponownie zablokowała zamki.

Nigdy w życiu nie czuła się tak bezradna. Pogłębiało to tylko jej frustrację, strach i gniew.

Nagle wydało jej się, że słyszy strzały.

Przekręciła kluczyk w stacyjce, nie na tyle, by włączyć silnik, lecz by móc opuścić o parę centymetrów szybę.

Rozległa się kolejna seria strzałów z broni automatycznej. Poczuła ściskanie w żołądku, tym razem nie z powodu skurczu, lecz ze strachu, że być może została wdową.

O dziwo, trzecia seria strzałów przypomniała jej, że jest niezmordowaną optymistką. Skoro napastnik nie zabił mnie dwiema pierwszymi seriami, może nie był takim znakomitym strzelcem albo nie tak łatwo było mnie pokonać.

Otworzywszy drzwiczki, Lorrie wypuściła dużo ciepłego powietrza. Teraz, gdy mroźny powiew wpadł jeszcze przez opuszczoną szybę, zadrżała z zimna.

Zamknąwszy okno, wyłączyła stacyjkę i zaczęła szukać jakiejś broni. Najpierw zajrzała do schowka na drzwiach. Był tam czarny winylowy pojemnik na śmieci, wypełniony do połowy zużytymi chusteczkami higienicznymi, oraz plastikowa buteleczka z balsamem do rąk.

W schowku na rękawiczki też niczego nie znalazła. Leżała w nim paczka gumy do żucia, miętusy, pomadka do ust i portmonetka z drobnymi, pełna ćwierćdolarówek do parkometrów i automatów sprzedających gazety.

*Jeśli ocalisz mnie i moje dziecko, dam ci dwa dolary i siedemdziesiąt pięć centów.*

W schowku na tablicy rozdzielczej było pudełko kleenexów i dwa foliowe opakowania nawilżonych chusteczek.

Lorrie udało się także, chociaż w jej stanie nie było to łatwe, sięgnąć ręką pod fotel w nadziei, że znajdzie przynajmniej jakiś śrubokręt. A może rewolwer? Albo magiczną różdżkę, za pomocą której zmieni napastnika w żabę?

Nie znalazła żadnej różdżki, rewolweru ani śrubokrętu. Absolutnie niczego.

Przed samochodem wyłonił się nagle z mroku mężczyzna, wypuszczając z otwartych ust obłoki pary. Niósł karabin automatyczny. I nie był mną.

Lorrie poczuła bolesny skurcz serca i do oczu napłynęły jej gorące łzy, gdyż przybycie napastnika sugerowało, że zginąłem albo w najlepszym razie jestem ciężko ranny.

Ulegając przesądom, pomyślała, że jeśli nie podda się rozpaczy, nie pozwoli mi umrzeć. Tylko gdyby pogodziła się ze stratą, stałaby się ona rzeczywista. Można by to nazwać strategią przywracania życia za pomocą magii.

Pohamowała łzy, odzyskując jasność widzenia.

Gdy napastnik się zbliżył, Lorrie zauważyła, że nosi dziwne gogle. Domyśliła się słusznie, że to noktowizor.

Podchodząc do drzwiczek od strony pasażera, zdjął go i wsunął do kieszeni kurtki.

Kiedy spróbował otworzyć drzwiczki, stwierdził, że są zamknięte. Uśmiechnął się do Lorrie przez szybę, pomachał do niej i postukał palcami w szkło.

Miał szeroką, kwadratową twarz, jak gliniany model nowego Muppeta. Lorrie chyba nigdy przedtem go nie widziała, ale wydał jej się znajomy.

Pochyliwszy się nisko, powiedział przyjacielskim tonem: „cześć". Szkło tłumiło jego głos, ale słyszała go wyraźnie.

Jako mała dziewczynka, szukając jakiegoś ładu w świecie węży i tornad, czytała słynną książkę Emily Post na temat dobrego wychowania, ale nie było tam nic, co przygotowałoby ją na to dziwne spotkanie.

Mężczyzna zastukał ponownie w szybę.

— Panienko?

Intuicja podpowiadała jej, że nie powinna z nim rozmawiać. Należało potraktować go tak samo, jak dzieci uczy się postępować z nieznajomymi, którzy proponują im cukierki: „Nie odzywaj się, odwróć się i uciekaj". Nie była w stanie uciec, ale mogła nie wdawać się w rozmowę.

— Proszę otworzyć drzwiczki, panienko.

Patrzyła przed siebie, odwróciwszy wzrok, i milczała.

— Damulko, przebyłem szmat drogi, żeby cię spotkać.

Zaciskała pięści tak mocno, że paznokcie wbiły jej się w dłonie.

— Czy dziecko wkrótce się urodzi? — spytał.

Na wzmiankę o dziecku serce Lorrie zaczęło walić jak oszalałe.

— Nie chcę cię skrzywdzić — zapewnił ją nieznajomy.

Wpatrywała się w mrok przed samochodem, mając nadzieję, że się tam pojawię, ale bezskutecznie.

— Nie chcę od ciebie niczego oprócz dziecka — oznajmił. — Chcę tylko jego.

# 34

Pojemnik na śmieci, balsam do rąk, guma do żucia, miętusy, pomadka do ust, portmonetka na drobne, kleenexy, nawilżone chusteczki...

Choć Lorrie pałała żądzą, by stać się maszyną do zabijania, nie potrafiła dostrzec śmiercionośnego narzędzia w żadnym z przedmiotów, które miała pod ręką. Zwyczajnym kawałkiem sznura można kogoś udusić. Widelec może służyć do jedzenia albo jako broń. Nie miała jednak sznura ani widelca, a nie mogła zabić człowieka pomadką do ust.

W głosie stojącego przy samochodzie mężczyzny nie było pretensji, nienawiści ani wrogości. Uśmiechał się promiennie, mówiąc żartobliwym tonem:

— Musisz mi oddać niemowlę, malutkie słodkie niemowlę.

Chociaż nie był karłem, miał zdeformowany umysł i duszę, dlatego skojarzył się Lorrie z Rumpelstiltskinem. Chciał, żeby wywiązała się z jakiejś koszmarnej umowy.

Gdy mu nie odpowiadała, zaczął obchodzić samochód. Wiedziała, że chce podejść do drzwiczek od strony kierowcy.

Ten Rumpelstiltskin nie nauczył jej, jak tkać z lnu złoto, więc nie miała zamiaru oddawać sukinsynowi swojego dziecka.

Pochyliwszy się nad deską rozdzielczą, włączyła reflektory.

W ich świetle rosnący na stromym zboczu las, ciemne pnie drzew i zarysy ich koron wyglądały jak teatralna sceneria.

Rumpelstiltskin zatrzymał się przed explorerem, przyglądając się Lorrie przez przednią szybę. Uśmiechnął się i pomachał do niej.

Z gęstwiny gałęzi osypywały się płatki śniegu, wirując jak konfetti wokół roześmianego, machającego ręką mężczyzny. Nigdy śmierć nie wyglądała tak odświętnie.

Lorrie nie wiedziała, czy światła samochodu są widoczne w górze na Hawksbill Road. W czasie burzy zapewne nie. Może nie byłoby ich widać nawet w bezchmurną noc.

Sięgnąwszy do kierownicy, nacisnęła na klakson. Potem jeszcze raz.

Rumpelstiltskin pokręcił smętnie głową, jakby go rozczarowała. Wypuścił powoli z ust obłok pary i ruszył dalej w kierunku drzwiczek po stronie kierowcy.

Lorrie zatrąbiła jeszcze kilka razy.

Gdy zobaczyła, że podnosi karabin, przestała trąbić, odwróciła się i zasłoniła twarz.

Mężczyzna rozbił kolbą karabinu szybę w drzwiczkach od strony kierowcy. Na Lorrie posypały się okruchy szkła.

Napastnik odblokował zamek i siadł za kierownicą, zostawiając drzwiczki otwarte.

— Oczywiście, nic nie wyszło tak, jak sobie zaplanowałem — oznajmił. — To jeden z tych przeklętych dni, gdy człowiek zaczyna wierzyć w fatum i pecha.

Wyłączył światła.

Kiedy odłożył karabin, kładąc go na desce rozdzielczej i kolanach Lorrie, skuliła się ze strachu i próbowała odsunąć od broni.

— Spokojnie, damulko. Odpręż się. Czy nie powiedziałem, że cię nie skrzywdzę?

Mimo że napastnik przebywał jakiś czas na wietrze i mrozie, cuchnęło od niego nieprzyjemnie whisky, dymem papierosowym, prochem i chorobą dziąseł.

Zapaliwszy wewnętrzne światło, powiedział:

— Po raz pierwszy od dawna mam w sercu nadzieję. To przyjemne uczucie.

Lorrie spojrzała na niego niechętnie.

Miał uśmiech na twarzy, ale absolutnie nie pasował on do wyrazu jego oczu, jakby był namalowany. Emanowało z niego cierpienie i chroniczny niepokój. Miał oczy jak osaczone zwierzę, pełne tłumionego lęku i obaw, które starał się ukryć.

Wyczuwając, że dostrzegła jego ból, zmienił na chwilę wyraz twarzy, ale potem nałożył na nią jakby jeszcze grubszą warstwę farby. Jego uśmiech stał się nienaturalnie szeroki.

Współczułaby mu, gdyby jej nie przerażał.

— Nie sięgaj po karabin, chociaż masz go na kolanach — przestrzegł. — Nie potrafisz go użyć. Zrobiłabyś sobie krzywdę. I nie zmuszaj mnie, żebym uderzył cię pięścią w twarz. Jesteś matką mojego chłopca.

Lorrie usłyszała alarmowy dzwonek już wtedy, gdy ten człowiek po raz pierwszy wspomniał zza zamkniętej szyby o dziecku. Teraz miała wrażenie, że w jej głowie huczą dzwony z setki dzwonnic.

— O czym pan mówi? — spytała, przerażona drżeniem swego głosu.

Gdy zagrożone było tylko jej życie, potrafiła udawać, że się nie boi. Teraz jednak nosiła w łonie niewinnego zakładnika losu i nie umiała ukryć strachu o niego.

Mężczyzna wyjął z kieszeni kurtki czarny skórzany futerał i rozsunął z trzech stron zamek błyskawiczny.

— Odebrałaś mi syna, moje jedyne dziecko — oznajmił — i jestem pewien, że jeśli posłuchasz głosu serca, pierwsza przyznasz, iż powinnaś teraz oddać mi swoje.

— Pańskiego syna? Nie znam go.

— Posłałaś go na całe życie do więzienia — odparł tonem rozsądku i dobrej woli. — A twój mąż, niewdzięczny potomek Rudy'ego Tocka, pozbawił go... zdolności do prokreacji.

— Pan jest... Konradem Beezo? — spytała zdumiona Lorrie.

— Jedynym i niepowtarzalnym, przez wiele lat zmuszanym do ucieczki i często pozbawianym możliwości ujawniania swoich talentów, ale nadal w głębi duszy dumnym klownem.

Otworzył czarny futerał. Zawierał dwie strzykawki i fiolkę z bursztynowym płynem.

Choć jego twarz wydawała się Lorrie znajoma, nie przypominał zbytnio mężczyzny z fotografii w gazetach, które Rudy trzymał od sierpnia 1974 roku.

— Nie jest pan do siebie podobny — stwierdziła.

Uśmiechając się, kiwając głową i nadając głosowi niezrozumiale serdeczne brzmienie, odparł:

— No cóż, przez dwadzieścia cztery lata każdy się zmienia. Jako notoryczny uciekinier spędziłem z moim małym Punchinellem długie wakacje w Ameryce Południowej i przeszedłem tam operację plastyczną, żeby zachować anonimowość.

Rozpakował jedną ze strzykawek. Ostrze igły niepokojąco zalśniło w półmroku.

Lorrie wiedziała, że przekonywanie tego człowieka będzie równie bezowocne jak dyskusja o muzyce Mozarta z głuchym koniem, rzekła jednak:

— Nie może nas pan winić za to, co stało się z Punchinellem.

— „Winić" to takie mocne słowo — odparł z wielką łagodnością. — Nie musimy mówić o winie. Życie jest na to za krótkie. Po prostu, z jakiegoś powodu, stało się tak, a nie inaczej, i teraz trzeba za to uczciwie zapłacić.

— Z jakiegoś powodu?

Uśmiechając się wciąż dobrodusznie i kiwając głową, Beezo oświadczył:

— Tak, tak, wszyscy mamy swoje powody i z pewnością wyście też je mieli. Kimże jestem, by odmawiać wam racji? Nie ma potrzeby was osądzać. Niczego nie zyskamy, rzucając brudne oskarżenia. Każda historia ma dwie strony, czasem nawet dziesięć. Chodzi tylko o to, co się zdarzyło. Odebrano mi syna i pozbawiono go możliwości obdarzenia mnie wnukami, dziedzicami mego talentu, więc sprawiedliwość wymaga, bym otrzymał zadośćuczynienie.

— Pański Punchinello zabił kilka osób i chciał zabić także

mnie i Jimmy'ego — oświadczyła Lorrie, wypowiadając z naciskiem każde słowo i nie potrafiąc dostroić się do niewzruszonej niefrasobliwości Beezo.

— Tak mówią — przyznał Beezo, mrugając. — Ale zapewniam cię, panienko, że temu, co czyta się w gazetach, nie można wierzyć. Prawda nigdy nie ukazuje się w druku.

— Nie czytałam o tym. Sama to przeżyłam — oznajmiła.

Beezo uśmiechnął się, pokiwał głową, mrugnął, znów się uśmiechnął, pokiwał głową, zaśmiał się krótko, pokiwał głową raz jeszcze i ponownie skupił uwagę na strzykawce.

Lorrie zdała sobie sprawę, że jego z trudem kontrolowane opanowanie zależało od utrzymania klimatu życzliwości, bez względu na fakt, iż była ona totalnie nieszczera. Gdyby nie ta fasada, wszystko by runęło. Jego tłumiony żal i gniew doprowadziłyby do wybuchu. Nie potrafiąc nad sobą zapanować, zabiłby ją i dziecko, którego tak bardzo pragnął.

Pod tymi uśmiechami i chrząknięciami nie ukrywał się usychający z miłości Pagliacci, lecz żądny krwi kretyn.

Patrząc na zawartość ampułki, Lorrie zapytała:

— Co to jest?

— Łagodny środek uspokajający. Napój na sen.

Dłonie Beezo były duże i toporne, ale zręczne. Z wyćwiczoną sprawnością lekarza otworzył ampułkę i napełnił strzykawkę.

— Nie mogę tego brać — zaprotestowała Lorrie. — Zaczynam rodzić.

— Och, nie martw się, moja droga, to bardzo łagodny środek. Nie opóźni porodu.

— Nie. Nie, nie!

— Słonko, wszystko dopiero się zaczyna i potrwa jeszcze wiele godzin.

— Skąd pan wie?

Beezo odparł z szelmowskim uśmiechem, mrugając porozumiewawczo i marszcząc nos:

— Kochanie, muszę ci się przyznać, że byłem trochę wścibski. Tydzień temu założyłem w twojej kuchni i salonie pluskwy i prowadziłem nasłuch z domu Nedry Lamm po drugiej stronie drogi.

Lorrie poczuła, że robi jej się słabo.

— Zna pan Nedrę?

— Znałem biedaczkę przez kilka minut — przyznał Beezo. — Co właściwie znaczą te totemy z rogami?

Zastanawiając się, czy Nedra spoczywa w pokoju wśród stert suchego drewna w szopie, czy w zamrażarce w piwnicy, Lorrie położyła rękę na karabinie.

— To nie jest uprzejme, panienko.

Cofnęła rękę.

Beezo położył otwarty futerał na desce rozdzielczej i umieścił na nim gotową strzykawkę.

— Zdejmij grzecznie kurtkę, podwiń rękaw i pozwól mi znaleźć żyłę.

Zamiast go posłuchać, Lorrie spytała:

— Co pan chce mi zrobić?

Ku jej zaskoczeniu Beezo uszczypnął ją czule w policzek, jak stara ciotka ulubioną siostrzenicę.

— Za bardzo się martwisz, panienko. Przez to sprawdzają się tylko zawsze nasze najgorsze obawy. Uspokoję cię trochę, żebyś była posłuszna i uległa.

— A potem?

— Rozetnę pasy bezpieczeństwa, zrobię z nich uprząż i wciągnę cię po zboczu na Hawksbill Road.

— Jestem w ciąży.

— Tylko ślepy by nie zauważył — odparł Beezo, mrugając. — Znów zaczynasz się zamartwiać. Nie będę zaciskał pasów, więc tobie ani dziecku nic nie grozi. Nie mogę nieść cię po zboczu. To zbyt trudne. I niebezpieczne.

— A kiedy dotrzemy na górę?

— Wpakuję cię do samochodu i zawiozę w przytulne miejsce. Jak przyjdzie pora, odbiorę twoje cudowne dziecko.

— Nie jest pan lekarzem — rzekła przerażona.

— Nie obawiaj się. Znam się na tym.

— Jakim cudem?

— Przeczytałem całą książkę o porodach — oznajmił radośnie. — Mam wszystkie niezbędne materiały i narzędzia.

— O Boże!

— Znowu się zamartwiasz — powiedział. — Naprawdę musisz zmienić swoje nastawienie do życia, moja droga. W tym tkwi sekret szczęścia. Mogę ci polecić kilka świetnych książek na ten temat. — Poklepał ją po ramieniu. — Załatwię wszystko jak należy i zostawię cię w miejscu, gdzie będziesz bezpieczna, aż cię znajdą. Wtedy chłopiec i ja będziemy już daleko cieszyć się naszą wielką przygodą.

Lorrie wpatrywała się w niego oniemiała z przerażenia.

— Nauczę go wszystkiego, co potrafię, i chociaż w jego żyłach nie płynie krew Beezo, będzie najbardziej podziwianym klownem stulecia. — Jego ironiczny śmiech przypominał bulgot bańki gazu w bagnie. — Mój Punchinello jest dowodem na to, że talent nie zawsze dziedziczy się z pokolenia na pokolenie. Ale mam temu chłopcu tyle do przekazania i tyle chęci, by podzielić się z nim swoją wiedzą, że bez wątpienia uczynię go gwiazdą!

— To będzie dziewczynka — oznajmiła Lorrie.

Ciągle się uśmiechając, Beezo pogroził jej delikatnie palcem.

— Pamiętaj, że podsłuchiwałem was przez tydzień. Nie chciałaś, żeby lekarz ci powiedział, jakiej płci jest dziecko.

— A jeśli to będzie dziewczynka?

— Będzie chłopiec — powtórzył z uporem Beezo, mrugając kilkakrotnie, aż zdał sobie sprawę, że jego mrugnięcia mogą stać się niekontrolowanym tikiem. — Będzie chłopiec, ponieważ go potrzebuję.

Lorrie bała się odwrócić od niego wzrok, ale nie mogła znieść gniewu i bólu w jego oczach.

— Dlaczego? — spytała. — Ponieważ żadna dziewczyna nie była nigdy słynnym klownem?

— Kobiety występują w tej roli — przyznał — ale nie osiągają sukcesów. Śmiechem na arenie rządzą mężczyźni.

237

Gdyby urodziła dziewczynkę, zabiłby je obie.

— Jest zimno i robi się bardzo późno — rzekł Beezo. — Zdejmij kurtkę, kochanie, i podwiń rękaw.

— Nie.

Uśmiech zamarł na jego twarzy i zaczął zanikać. Zmusił się, by go ożywić.

— Przykro mi będzie uderzyć cię pięścią, żebyś straciła przytomność. Ale zrobię to, jeśli nie pozostawisz mi wyboru. Z jakiegoś powodu stało się, co się stało, i w głębi duszy wiesz, że należy mi się za to rekompensata. A ty zawsze możesz urodzić kolejne dziecko.

# 35

Drzwiczki były otwarte. Trzymając w prawej ręce kamień wielkości małego grapefruita, nachyliłem się w kierunku explorera i gdy napastnik zauważył moją obecność i odwrócił głowę, uderzyłem go w lewą skroń, mocno, ale nie aż tak, jak bym chciał.

Spojrzał na mnie ze zdumieniem, jakie każdy by okazał na widok zastrzelonego i utopionego cukiernika, który cudem zmartwychwstał.

Przez chwilę sądziłem, że będę musiał uderzyć go kamieniem jeszcze raz. Osunął się jednak na kierownicę, przyciskając twarzą klakson.

Oparłszy go o zagłówek, by uciszyć hałas, spojrzałem na siedzącą za nim Lorrie, czując niewymowną ulgę, że najwyraźniej nic się jej nie stało.

— Nigdy więcej nie chcę słyszeć piosenki *Przyślijcie klownów* — oznajmiła.

Nie po raz pierwszy stałem przed nią, nie rozumiejąc, o co chodzi.

Wskazując na mężczyznę, siedzącego nieruchomo obok niej na fotelu kierowcy, Lorrie oświadczyła:

— To tatuś Punchinella.

Pochyliłem się nad nim zdumiony i zdjąłem mu z głowy narciarską czapeczkę, by się przyjrzeć.

— Chyba przypomina trochę Konrada Beezo...

— Po dwudziestu czterech latach i operacji plastycznej — wyjaśniła.

Przyłożyłem zmarznięte palce do jego szyi, by sprawdzić tętno. Było powolne i równomierne.

— Co on tutaj robi? — spytałem.

— Zbiera datki na UNICEF. Poza tym chciał zabrać nasze dziecko.

Poczułem, jak opada mi serce, przewraca się żołądek i coś napiera na pęcherz. Moje narządy wewnętrzne radykalnie zmieniły położenie.

— Dziecko?

— Opowiem ci później. Jimmy, skurcze nie są częstsze, ale z pewnością o wiele boleśniejsze i cholernie mi zimno.

Jej słowa przeraziły mnie bardziej niż strzały z karabinu. Beezo został pokonany, ale byliśmy daleko od szpitalnej porodówki.

— Zwiążę go liną holowniczą i posadzę na tylnym siedzeniu — oznajmiłem.

— Damy radę stąd wyjechać?

— Nie sądzę.

— Ja też. Ale musimy spróbować, prawda?

— Tak.

Chyba nie doszłaby pieszo na górę. Było tam zbyt daleko i zbyt stromo. W jej stanie, gdyby się poślizgnęła i upadła, dostałaby pewnie krwotoku.

— Skoro mamy jechać — powiedziała — nie chcę, żeby był z nami w samochodzie.

— Zostanie obezwładniony.

— Słynne finałowe słowa. Nie jest zwykłym szaleńcem. Gdyby nim był, mógłby siedzieć mi na kolanach i częstowałabym go miętusami. Ale to wielki Beezo. Nie chcę go tu widzieć.

Rozumiałem jej niechęć.

— W porządku. Przywiążę go do drzewa.

— Dobrze.

— Jak tylko dotrzemy do szpitala, zawiadomię policję, żeby go stąd zabrali. Ale jest strasznie zimno, więc jeśli doznał wstrząsu mózgu, może nie przeżyć.

Wpatrując się w nieprzytomnego Beezo z nienawiścią, której miałem nadzieję nie ujrzeć nigdy w jej wzroku, gdy będzie patrzeć na mnie, Lorrie oświadczyła:

— Kochanie, gdybym miała pistolet do wstrzeliwania gwoździ, przybiłabym go do drzewa i nikomu o tym nie powiedziała.

Była to pouczająca lekcja dla złoczyńców, którzy liczyli, że przez długie lata mogą łamać prawo. Instynkt matki, nakazujący bronić dziecka, ma potężną moc. Nigdy nie groź kobiecie w ciąży, że ukradniesz jej bezcenne niemowlę, zwłaszcza gdy jest córką treserki węży.

Wziąłem do ręki karabin, otworzyłem bagażnik explorera i włożyłem do niego broń.

W skrzynce na narzędzia była zwinięta linka holownicza. Na obu końcach miała ogniwa z zatrzaskami.

Lorrie krzyknęła nagle z przedniego fotela:

— Jimmy! On przytomnieje!

Podbiegłem natychmiast do otwartych drzwiczek po stronie kierowcy. Beezo jęczał, kręcąc głową i mrucząc straszliwym głosem:

— Vivacemente.

Badając mu przedtem tętno, odłożyłem kamień na fotel obok niego. Podniosłem go teraz i uderzyłem go mocno w czoło.

Poderwał prawą rękę w kierunku twarzy i wymamrotał:

— Zasyfiona łasica, wieprz nad wieprzami...

Pierwszy cios okazał się zbyt delikatny. Gdy uderzyłem go mocniej, ponownie stracił przytomność.

Ponieważ ponad cztery lata wcześniej Punchinello zmusił mnie do użycia siły, nie byłem zaskoczony swoją bezwzględnością, lecz niepokoiłem się, że sprawia mi ona przyjemność. Poczułem na przemarzniętej twarzy gorący rumieniec satysfakcji i miałem ochotę raz jeszcze mu przyłożyć, ale tego nie zrobiłem.

241

Moja powściągliwość wydawała się godna uznania i stanowiła konsekwencję wpojonego mi systemu wartości, ale w głębi duszy uważałem — i nadal uważam — że wyważona reakcja na zło jest niemoralna. Zemsta i sprawiedliwość są splecione ze sobą jak włókna liny, po której musi stąpać akrobata, i jeśli nie potrafi utrzymać równowagi, jego los jest przesądzony, bez względu na to, czy spadnie w lewą, czy w prawą stronę.

Wywlokłem Konrada Beezo z explorera i zaciągnąłem go pod odpowiedniej wielkości sosnę. Ledwo sobie z nim poradziłem, ale zanim stracił przytomność, sytuacja przedstawiała się jeszcze gorzej.

Oparłszy go o drzewo, rozpiąłem mu kurtkę, szybko przeciągnąłem linkę holowniczą od dołu przez lewy rękaw i od góry przez prawy, zapinając zamek pod samą szyję.

Potem złączyłem po drugiej stronie pnia metalowe zatrzaski na końcach linki.

Była ona dość mocno napięta. Beezo nie mógł wyciągnąć rąk przed siebie, gdyby próbował zdjąć kurtkę. Był jak w kaftanie bezpieczeństwa, co wydawało się stosowne.

Jeszcze raz zbadałem mu tętno na szyi. Było silne i równomierne.

W tamtych czasach mieliśmy w rodzinie powiedzenie: Jedyny sposób, żeby zabić klowna, to zatłuc go na śmierć mimem.

Wróciwszy do samochodu, włożyłem skórzane rękawiczki. Zmiotłem z fotela kierowcy odłamki szkła, usiadłem za kierownicą i zamknąłem drzwiczki.

Lorrie, skulona na fotelu pasażera, przytknęła dłonie do okrągłego brzucha, na przemian sycząc przez zaciśnięte zęby i pojękując.

— Jest gorzej? — spytałem.

— Pamiętasz scenę z eksplodującą klatką piersiową w *Obcym*?

Na tablicy rozdzielczej leżał czarny skórzany futerał z dwiema strzykawkami.

— Chciał mi to wstrzyknąć, żebym była potulna i uległa — wyjaśniła.

Rozgorzał we mnie gniew, ale niczego bym nie zyskał, pozwalając, by zmienił się w niszczycielski pożar.

Włożywszy ostrożnie napełnioną strzykawkę z powrotem do futerału, zapiąłem go na zamek i schowałem jako dowód.

— Dzięki współczesnej chemii można zapewnić sobie domowe szczęście. Że też mi to nie przyszło do głowy! Jestem jak najbardziej za tym, żeby żona była uległa.

— Gdybyś tak myślał, nigdy byś się ze mną nie ożenił.

Pocałowałem ją szybko w policzek.

— Z pewnością.

— Mam już na dzisiaj dość przygód. Chcę dostać coś na znieczulenie.

Bałem się przekręcić kluczyk w stacyjce, martwiąc się, że silnik nie zaskoczy albo że nie wydostaniemy się spomiędzy drzew.

— Beezo zamierzał zrobić uprząż z pasów bezpieczeństwa — powiedziała Lorrie — i ciągnąć mnie po zboczu na drogę, jak myśliwy martwego jelenia.

Miałem ochotę wysiąść z explorera i zabić go. I modliłem się, żebyśmy nie byli zmuszeni skorzystać z jego planu.

# 36

Po drugiej próbie silnik zgrzytnął i zaskoczył. Włączyłem reflektory. Lorrie podkręciła ogrzewanie, by zneutralizować mroźne powietrze wlatujące przez rozbitą szybę.

Przesmyk między starymi jodłami, które blokowały samochód, był zbyt wąski, by umożliwić nam jazdę do tyłu. Ale mogliśmy spróbować ruszyć do przodu.

Gdy wcisnąłem pedał gazu, silnik zawył, a koła zaczęły kręcić się w miejscu. Explorer zatrzeszczał, próbując wyrwać się z objęć drzew.

Kiedy dodałem jeszcze gazu, silnik ryknął, opony zapiszczały, a trzeszczenie przybrało na sile. Towarzyszył mu stukot, którego źródła nie umiałem określić.

Explorer zaczął drżeć jak przerażony koń, któremu lawina kamieni uwięziła nogę.

Usłyszałem metaliczny zgrzyt. Nie podobał mi się ten dźwięk.

Gdy zdjąłem nogę z gazu, explorer cofnął się o parę centymetrów. Nie zdawałem sobie sprawy, że posunęliśmy się już o tyle do przodu.

Zacząłem naciskać rytmicznie na gaz. Explorer kołysał się łagodnie w przód i w tył, ocierając się o korę jodeł.

Kręcenie kierownicą lekko w prawo nie dawało rezultatu. Gdy obróciłem ją w lewo, samochód ruszył ostro z miejsca kilkanaście centymetrów i znów stanął.

Skręciłem kierownicę z powrotem w prawo, naciskając pedał gazu. Usłyszeliśmy głośny metaliczny łoskot, jakbyśmy znajdowali się wewnątrz dzwonu, i nagle byliśmy wolni.

— Mam nadzieję, że z dzieckiem pójdzie równie łatwo — powiedziała Lorrie.

— Gdyby coś się zmieniło, natychmiast daj mi znać.

— Słucham?

— Na przykład, gdyby odeszły ci wody.

— Och, kochanie, jeśli odejdą mi wody, sam to zauważysz. Będziesz mokry po kostki.

Nie sądziłem, żeby explorer zdołał wjechać na wysoką skarpę. Ale musiałem spróbować.

Na dole zbocze nie było tak strome jak wyżej i wspięliśmy się pod górę dalej, niż się spodziewałem, jadąc zygzakiem tylko wtedy, gdy trzeba było omijać drzewa lub nieliczne skały. Pokonaliśmy ze sto metrów, zanim z powodu stromizny i rozrzedzonego powietrza silnik zaczął się dławić.

Od tej chwili zamierzałem jechać serpentynami, by nie forsować samochodu. Kierowanie się wprost na północ lub na południe po prawie pionowym stoku zakrawałoby na samobójstwo. Było tam zbyt stromo i explorer wcześniej czy później by się przewrócił. Ale lawirując ostrożnie w lewo i w prawo, mogliśmy uniknąć zgaśnięcia silnika lub wywrotki i posuwać się w górę jak po spiralnych schodach.

Strategia ta wymagała rozwagi i dużej koncentracji. Przy każdym skręcie musiałem instynktownie kalkulować, pod jakim kątem wjeżdżać, by jak najmniej ryzykować.

Teren okazał się bardzo nierówny. Często, gdy odrobinę zbyt gwałtownie dodawałem gazu, explorer zaczynał kołysać się na wybojach, podrzucając nas w fotelach i przechylając się niebezpiecznie na boki. Wiele razy widziałem oczami wyobraźni, jak spadamy na dno wąwozu, obijając się o drzewa niczym kulka o przeszkody we fliperze.

Chwilami zwalniałem, by samochód przestał się chwiać. Czasem zatrzymywałem się, przerażony tym, że nie mogę utrzymać w rękach kierownicy. Przystając, wpatrywałem się w groźny krajobraz w świetle reflektorów i korygowałem naszą trasę.

Gdy pokonaliśmy połowę drogi, zacząłem wierzyć, że nam się uda.

Lorrie także musiała odzyskać wiarę, gdyż przerwała pełne napięcia milczenie, które towarzyszyło nam do tej chwili.

— Gdybyśmy zginęli dzisiejszej nocy, żałowałabym, że czegoś ci nie powiedziałam.

— Że jestem bogiem miłości?

— Faceci, którzy tak uważają, to aroganckie dupki. Ty jesteś... przytulnym szczeniakiem, ale gdybym umarła, nie powiedziawszy ci tego, nie czułabym żalu.

— Ja też mógłbym spokojnie umrzeć, nie słysząc o tym.

— Miłość między rodzicami i dziećmi — oznajmiła — przybiera różne dziwne formy. Rodzice mogą cię kochać i wiesz, że cię kochają, i ty także ich kochasz, a jednak dorastasz w takiej samotności, że czujesz w sobie... pustkę.

Nie oczekiwałem tak poważnych wyznań. Rozumiałem, do czego zmierza.

— Miłość to nie wszystko — oświadczyła. — Rodzice muszą wiedzieć, jak odnosić się do dziecka i do siebie nawzajem. Muszą chcieć przebywać z tobą bardziej niż z kimkolwiek innym. Muszą przedkładać dom nad każde inne miejsce na świecie i interesować się tobą bardziej niż...

— Wężami i tornadami — podpowiedziałem.

— Boże, kocham ich. Są naprawdę mili, Jimmy, i mają dobre intencje. Ale zamykają się w sobie. Mają zamknięte drzwi i widać ich tylko przez okna.

Coraz bardziej drżał jej głos i gdy zamilkła, powiedziałem:

— Jesteś skarbem, Lorrie Lynn.

— Miałeś w dzieciństwie to wszystko, czego tak bardzo pragnęłam, o czym marzyłam. Twoi rodzice żyją dla ciebie i dla siebie nawzajem, dla rodziny. Weena na swój sposób także. To błogosławieństwo, Jimmy. I jestem wam tak cholernie wdzięczna, że mnie przyjęliście.

Pod pozorami godnej podziwu odporności, pod pancerzem urody i mądrości moja żona jest delikatną istotą i mogłaby być nieśmiałą panienką, gdyby nie wybrała roli buntowniczki, i to w dodatku z klasą.

Ja jestem mięczakiem. Cholernym mięczakiem. Płaczę nawet na widok martwych zwierząt na szosie.

Słowa Lorrie sprawiły, że zaniemówiłem. Gdybym spróbował coś powiedzieć, zalałbym się łzami. Prowadząc explorera w kierunku krawędzi urwiska, nie chciałem ryzykować, że będę miał zamglony wzrok.

Na szczęście podjęła następny wątek i silniejszym już głosem ciągnęła, nie czekając na odpowiedź:

— Nie masz pojęcia, Jimmy, z jaką radością będę wychowywała nasze dzieci w taki sam sposób, jak wychowywano ciebie, dając im w darze Maddy, Rudy'ego i Weenę, pozwalając dorastać w rodzinie, która we wzajemnych relacjach potrafi znaleźć najgłębszy sens życia.

Byliśmy dwa albo trzy zakręty od szczytu.

— Nie rozmawialiśmy nigdy o tym, ile będziemy mieć dzieci — rzekła Lorrie. — Teraz myślę, że pięcioro. A ty, jak uważasz?

Odzyskałem wreszcie głos.

— Zawsze sądziłem, że troje, ale po twojej przemowie myślę, że dwadzieścioro.

— Powiedzmy, że na razie pięcioro.

— Zgoda — odparłem. — Jedno już prawie wyjęte z piecyka, zostały cztery do upieczenia.

— Dwie dziewczynki i trzech chłopców — zastanawiała się — czy trzy dziewczynki i dwóch chłopców?

— Czy my o tym decydujemy?

— Wierzę, że kształtujemy rzeczywistość pozytywnym myśleniem. Jestem pewna, że moglibyśmy wymyślić taką kombinację, jakiej byśmy chcieli, chociaż dla zachowania idealnej równowagi powinniśmy mieć dwie dziewczynki, dwóch chłopców i hermafrodytę.

— Może byłaby to przesadna równowaga.

— Och, Jimmy, żadne dzieci nie były nigdy tak kochane, jak będą nasze.

— Ale nie będziemy ich rozpieszczać — zastrzegłem.

— Jasne, że nie! Prababcia Rowena będzie im czytała bajki. To utrzyma ich w ryzach.

Lorrie mówiła bez przerwy i wkrótce spostrzegłem, że dzięki temu pokonaliśmy bez strachu niebezpieczne zbocze i dotarliśmy na szczyt, na Hawksbill Road.

# 37

Wjechaliśmy na Hawksbill Road sześć metrów przed zaparkowanym tam hummerem. Przebrnąwszy przez świeżo usypaną wysoką zaspę na poboczu szosy, znaleźliśmy się na pasie ruchu prowadzącym na południe, odśnieżonym niemal do asfaltu.

Tuż przed nami dwa pojazdy służby drogowej oczyszczały drogę do miasta. Przodem jechał pług na ogromnych kołach, a za nim ciężarówka rozsypująca sól i piasek.

Podążałem za nią w bezpiecznej odległości. W tak parszywą pogodę nie dotarlibyśmy do miasta szybciej nawet z policyjną eskortą.

Ciemne niebo skrywało się za ciężkimi chmurami, a o sile wiatru świadczyły jedynie wirujące nad jezdnią białe pasemka śniegu.

Dziecko, na razie jeszcze niewidoczne, dawało wyraz swemu zniecierpliwieniu, by wyjść na wolność po dziewięciu miesiącach uwięzienia. Skurcze Lorrie stały się regularne. Sprawdzała ich częstotliwość z zegarkiem w ręku. Słysząc jej jęki i coraz głośniejsze krzyki, wiedziałem, kiedy następują, i modliłem się w duchu, by pług jechał szybciej.

Ludzie, którzy cierpią, często przeklinają swój ból. Z jakiegoś powodu zdajemy się wierzyć, że plugawe słowa stanowią na niego antidotum. Z ust Lorrie nie padło tamtego wieczoru ani jedno przekleństwo.

Mogę poświadczyć, że w zwykłych warunkach potrafi zastosować na ranę czy stłuczenie werbalny antyseptyk o większym stężeniu niż jodyna. Ale noc porodu nie należała do zwyczajnych.

Lorrie mówiła, że nie przeklina bólu, gdyż przychodzące na świat niemowlę mogłoby pomyśleć, iż jest niepożądane.

Nie przyszło mi do głowy, że nasze dziecko może się urodzić z zaawansowanymi umiejętnościami językowymi. Uznałem jej troskę jako uzasadnioną — i kochałem ją za to, co powiedziała.

Kiedy jęki, pomruki i nieartykułowane krzyki nie potrafiły już uzewnętrznić jej bólu, uciekła się dla dobra dziecka do słów opisujących to, co piękne.

— Trusssskawki, sssłoneczniki, muszszelki — mówiła, wymawiając syczące spółgłoski tak dosadnie, że ktoś nieznający angielskiego nabrałby przekonania, iż życzy zarazy, chorób i potępienia znienawidzonemu wrogowi.

Kiedy dotarliśmy do miasta i do szpitala okręgowego Snow, Lorrie nie odeszły jeszcze wody, ale wyglądało na to, że sączą się przez każdy por jej skóry. Pociła się tak, jakby rąbała drewno albo kopała rów. Rozpięła kurtkę i zdjęła. Była mokra od potu.

Zaparkowałem przy wejściu na ostry dyżur, pobiegłem do środka i wróciłem po chwili z sanitariuszem i wózkiem.

Sanitariusz — piegowaty chłopak o imieniu Cory — sądził, że Lorrie popadła w delirium, gdy przesiadając się z samochodu na wózek recytowała pospiesznie i z przerażającym zapałem: „Pelargonie, coca-cola, kotki, białe gęsi, ciastka na Boże Narodzenie...".

W drodze do holu wyjaśniałem mu, że żona wita w ten sposób na świecie niemowlę, używając zamiast przekleństw słów, które oznaczają to, co piękne, ale osiągnąłem chyba tylko tyle, że mnie też zaczął się trochę bać.

Nie mogłem odprowadzić Lorrie aż na oddział położniczy,

między innymi dlatego, że musiałem okazać naszą legitymację ubezpieczeniową w recepcji na tyłach poczekalni. Pocałowałem ją, a ona ścisnęła mi rękę tak mocno, że strzyknęły mi kostki i powiedziała:

— Może nie dwadzieścioro.

Sanitariusz razem z pielęgniarką powieźli Lorrie w kierunku windy.

Gdy znikała mi z oczu, słyszałem, jak mówi dobitnie:

— *Crêpes Suzette, clafouti, gâteau à l'orange, soufflé au chocolat.*

Przypuszczałem, że jeśli nasze dziecko urodzi się ze znajomością angielskiego, może również znać francuski i szykować się już do zawodu cukiernika.

Gdy recepcjonistka skserowała moją legitymację ubezpieczeniową i zaczęła wypełniać kilogram formularzy, skorzystałem z jej telefonu, by zadzwonić do Hueya Fostera. Był przyjacielem mojego ojca z dzieciństwa, niedoszłym piekarzem, który został gliną.

Właśnie od Hueya tato dostał bezpłatną wejściówkę do cyrku, na której odwrocie zapisał daty pięciu straszliwych dni mojego życia. Nie mieliśmy o to do niego pretensji.

Pracował na nocnej zmianie i zastałem go w komisariacie. Gdy powiedziałem mu o Konradzie Beezo, zbiegłym mordercy i niedoszłym porywaczu dziecka, przywiązanym do drzewa w dolinie jakieś czterysta metrów na zachód od miejsca, gdzie stał zaparkowany jego hummer, Huey odparł:

— To obszar działania policji stanowej. Zaraz ich zawiadomię i pojadę z nimi. Po tych wszystkich latach chcę osobiście założyć temu łajdakowi kajdanki.

Potem zadzwoniłem do rodziców, mówiąc im tylko, że jesteśmy w szpitalu i Lorrie zaczęła rodzić.

— Maluję wydętą świnię — oznajmiła mama — ale to może zaczekać. Przyjedziemy najszybciej, jak się da.

— Nie musicie fatygować się w taką pogodę.

— Kochany, gdyby nawet leciały z nieba skorpiony i krowie

placki, i tak byśmy przyjechali, choć bez entuzjazmu. Trochę to potrwa, bo musimy najpierw wcisnąć Weenę w kombinezon. Wiesz, jaka to dla niej katorga, ale zjawimy się.

Byłem nadal stosunkowo młodym człowiekiem, gdy recepcjonistka skończyła wypełniać formularze i kazała mi je podpisać. Z recepcji udałem się na oddział położniczy. Poczekalnia dla ojców zmieniła wygląd od czasu, gdy swoimi narodzinami sprawiłem matce tyle bólu. Tęczową gamę kolorów zastąpiła szara wykładzina, szare ściany i obite czarną dermą krzesła, jakby dyrekcja szpitala doszła do wniosku, że w ciągu minionych dwudziestu czterech lat ojcostwo przestało sprawiać radość.

Recepcjonistka zadzwoniła na oddział, by mnie zaanonsować. Pielęgniarka wskazała mi toaletę, gdzie umyłem się zgodnie z instrukcjami i przebrałem w zieloną szpitalną odzież. Potem zaprowadzono mnie do żony.

Lorrie nie odeszły jeszcze wody, ale wszystko wskazywało na to, że poród jest bliski. Z tego powodu, a także dlatego, że żadna inna ciężarna kobieta nie była tego dnia na tyle nierozsądna, by rodzić podczas zamieci, przygotowano ją szybko w izolatce i przewieziono na porodówkę.

Gdy tam wszedłem, postawna rudowłosa pielęgniarka mierzyła Lorrie ciśnienie, a doktor Mello Melodeon, nasz lekarz, osłuchiwał ją stetoskopem.

Mello jest rosły jak obrońca drużyny futbolowej, ujmujący jak właściciel tawerny, którego urok zapełnia stołki przy barze, i w ogóle porządny z niego facet. Zważywszy na jego nazwisko, oliwkową skórę, swobodne zachowanie i melodyjny głos, można by pomyśleć, że był kiedyś rastafarianinem z Jamajki, który zamienił dredy i reggae na karierę w medycynie. Tymczasem urodził się w Atlancie i pochodził z rodziny zawodowych śpiewaków gospel.

Skończywszy badanie Lorrie stetoskopem, powiedział:

— Jimmy, jak to możliwe, że kiedy Rachel robi twoją szarlotkę z polewą czekoladową, nie smakuje tak samo?

Rachel to jego żona.

— Skąd wzięła przepis? — spytałem.

— W uzdrowisku dają go, jak się poprosi. Jedliśmy tam w zeszłym tygodniu w restauracji.

— Szkoda, że nie przyszła do mnie. To oryginalny przepis z uzdrowiska, ale trochę go zmodyfikowałem. Przede wszystkim dodałem łyżkę wanilii i gałki muszkatołowej.

— Gałka rozumiem, ale wanilia w cieście czekoladowym?

— W tym tkwi tajemnica — zapewniłem go.

— Hej, hej, ja tu jestem! — przypomniała nam Lorrie. Wziąłem ją za rękę.

— I nie mówisz przez zęby: *crêpes Suzette* ani *clafouti*.

— Ponieważ istnieje jeszcze piękniejsze słowo — oznajmiła. — Epidural. Czyż nie brzmi cudownie?

— Więc żebym miał jasność: dodajesz wanilii do kremu? — spytał Mello.

— Nie do kremu. Do ciasta.

— Do ciasta — powtórzył, kiwając poważnie głową.

— Może zaprojektować komuś stronę internetową? — wtrąciła Lorrie. — Tym się zajmuję. I rodzę dzieci.

— Projektowanie stron internetowych to ciekawa praca, moja droga — zapewnił ją Mello Melodeon — ale nigdy nie będzie aż tak fascynująca jak to, co robi Jimmy. Strony internetowej nie da się zjeść.

— Dziecka również — odparła — ale wolę je od szarlotki z polewą czekoladową.

— Możesz mieć jedno i drugie — zauważył Mello — choć nie równocześnie.

Skrzywiwszy się nagle i zacisnąwszy dłonie na pościeli, Lorrie powiedziała:

— Potrzebuję jeszcze epiduralu.

— Jako twój lekarz, ja o tym decyduję. Chodzi o złagodzenie bólu, a nie wyeliminowanie go.

— Wiedziałam, że powinniśmy zwrócić się do prawdziwego lekarza — powiedziała do mnie Lorrie.

— A więc dodajesz wanilię w tym samym czasie co kakao? — spytał Mello.

— Nie. To za wcześnie. Dodaj ją tuż przed żółtkami.

— Przed żółtkami — powtórzył, będąc wyraźnie pod wrażeniem mojej kulinarnej taktyki.

I tak kontynuowaliśmy rozmowę, dopóki Lorrie nie odeszły wody. Wtedy ona znalazła się w centrum naszej uwagi.

Lorrie i ja uzgodniliśmy, że nie będziemy filmować porodu. Uznała, że byłoby to w złym guście. A ja uważałem, że przekracza to moje techniczne umiejętności.

Chciałem jednak być obecny przy porodzie, by uczestniczyć w radosnej chwili przyjścia na świat naszego pierworodnego, ale także by udowodnić babci Rowenie, że nie zemdleję, nie upadnę na twarz i nie złamię sobie nosa, jak uparcie twierdziła.

Ale zaledwie Lorrie odeszły wody, w porodówce zjawiła się pielęgniarka, skrzypiąc butami o podłogę, jakby towarzyszył jej chór myszy, i oznajmiła, że jest do mnie ważny telefon. Kapitan Huey Foster z komisariatu policji w Snow Village chciał pilnie ze mną rozmawiać.

— Zaraz wrócę — obiecałem Lorrie. — Zaczekaj.

— Tak, jasne.

Odebrałem telefon w pokoju pielęgniarek.

— Co się dzieje, Huey?

— On zniknął.

— Kto?

— A jak myślisz? Beezo.

— To niemożliwe. Nie znalazłeś właściwego drzewa.

— Wybacz, Jimmy, ale założę się o mój lewy półdupek, że nie ma tam innego drzewa, ozdobionego linką holowniczą i rozdartą kurtką z kożuszkiem.

Gdyby zsumować, ile razy serce opadało mi w piersi tej nocy, doszlibyśmy do głębokości, na jakiej leżał *Titanic*.

— Nie mógł uwolnić rąk — powiedziałem. — Miał je za plecami. Mocno go związałem. Co on zrobił, do cholery? Przegryzł linkę?

— Niemal na to wygląda.

Czarny hummer stał zaparkowany przy Hawksbill Road dokładnie tam, gdzie kazałem im go szukać.

— Nawiasem mówiąc — oznajmił Huey — wiemy już, że został skradziony dwanaście dni temu w Las Vegas.

Policyjna ekipa poszukiwawcza weszła w las po śladach explorera. Kiedy odkryli, że Beezo uciekł, chcieli wezwać grupę pościgową. Ale pogoda była niesprzyjająca.

— W taki mróz nie zajdzie daleko bez kurtki — stwierdził Huey. — Po wiosennej odwilży znajdziemy go jak martwego dinozaura.

— Nie jego — powiedziałem drżącym głosem. — On jest... inny. Przypomina pajacyka, który wciąż wyskakuje na sprężynie z pudełka.

— Nie ma nadprzyrodzonej mocy.

— Nie byłbym taki pewny.

Huey westchnął.

— Dochodzę do podobnego wniosku — przyznał. — Wezwałem właśnie czterech ludzi, którzy nie mają służby. Na wszelki wypadek przyjadą do szpitala.

— Kiedy tu będą?

— Za dziesięć minut. Może piętnaście. Tymczasem pilnuj Lorrie. Nie sądzę, żeby się tu zjawił, ale to możliwe. Urodziła już?

— Dziecko jest w drodze. Posłuchaj, Huey, on ulokował się w domu Nedry Lamm, żeby nas obserwować.

— Nedra to kretynka, ale na to by się nie zgodziła.

— Chyba nie miała wyboru. Może uda mu się wrócić do jej domu. Jeśli uważa, że hummer jest spalony, zechce skorzystać z jej samochodu.

— Tego ohydnego starego plymoutha valianta?

— Jest w idealnym stanie i ma łańcuchy na kołach.

— Sprawdzimy to — obiecał Huey. — Teraz wróć lepiej do tej swojej niezwykłej dziewczyny i nie pozwól, by coś jej się stało, dopóki nie zjawią się moi ludzie.

Odłożyłem słuchawkę. Dłonie miałem wilgotne od potu. Wytarłem je o szpitalny fartuch.

Beezo nadciągał. Czułem to w kościach. Po z górą dwudziestu czterech latach wracał na oddział ginekologiczny szpitala okręgowego Snow. Tym razem chciał naszego dziecka.

# 38

Nie chciałem mówić Lorrie, co się dzieje. I tak miała pełne ręce roboty. No, może nie ręce, ale była dość zajęta i nie wyszłoby jej na zdrowie, gdyby dowiedziała się, że Beezo uciekł.

Gdybym wrócił na porodówkę, wyczułaby natychmiast mój strach, bez względu na to, jak bardzo byłaby odurzona. Nie potrafiłbym okłamać Lorrie nawet dla jej dobra. Byłbym jak masło przy jej gorącym nożu, które rozsmarowałaby na grzance w kilka sekund.

Poza tym doktor Mello Melodeon zadawałby mi kolejne pytania na temat szarlotki z polewą czekoladową, a na to nie miałem czasu.

Pospieszyłem do poczekalni dla ojców, gdzie — w innym wystroju wnętrza — został zastrzelony doktor Ferris Mac-Donald. Z tego pomieszczenia Beezo wtargnął na oddział położniczy, zabijając siostrę Hanson.

Jeśli przestępcy rzeczywiście lubią wracać na miejsce zbrodni, mógł przyjść tą samą drogą po nasze dziecko.

Mógł.

Nie chciałem, by los mojej żony i dziecka zależał od domysłów.

Wytarłszy ponownie dłonie o zielony fartuch, wyszedłem na główny korytarz na drugim piętrze.

Panowała tam nienaturalna — nawet jak na szpital — cisza, jakby padający śnieg wygłuszył ściany.

Po mojej prawej stronie było czworo drzwi, prowadzących najwyraźniej do różnych sektorów oddziału położniczego. Dalej znajdowało się panoramiczne okno umożliwiające wgląd na oddział noworodków, gdzie leżały w łóżeczkach bobasy.

Na końcu korytarza podświetlony na czerwono napis wskazywał wyjście awaryjne.

Beezo mógł dostać się tamtędy schodami na oddział. Nie zobaczyłbym go w poczekalni dla ojców, więc musiałem zachować czujność na korytarzu.

Usłyszałem nagle cichy, ale łatwo rozpoznawalny dźwięk dzwonka windy. Ktoś wjechał na drugie piętro.

Tyle razy ćwiczyłem ostatnio wstrzymywanie oddechu, że mógłbym wkrótce zostać poławiaczem pereł.

Z windy wyszedł lekarz w białym laboratoryjnym fartuchu, niosąc podkładkę do sporządzania notatek i gawędząc z pielęgniarką, która była zbyt niska i zbyt kobieca jak na Konrada Beezo. Skierowali się w głąb korytarza.

Pomyślałem, że powinienem podejść do wyjścia awaryjnego i upewnić się, czy nie słychać tam czyichś kroków, ale nie chciałem odwracać się plecami do korytarza.

Gdzie podziewali się ludzie Hueya Fostera? Powinni już się zjawić.

Spojrzawszy na zegarek, stwierdziłem, że minęły dopiero dwie minuty, odkąd odłożyłem słuchawkę telefonu. Ludzie Hueya wkładali jeszcze buty.

Kiedy czeka się na mordercę, czas nie upływa nawet w połowie tak szybko jak wtedy, gdy człowiek bawi się dobrze w kuchni.

W holu na parterze szpitala stał strażnik. Zastanawiałem się, czy nie wezwać go na pomoc na górę.

Nazywał się Vernon Tibbit. Miał sześćdziesiąt osiem lat, wielki brzuch, słaby wzrok i nie nosił broni. Jego praca polegała głównie na wskazywaniu drogi odwiedzającym, pomaganiu pacjentom na wózkach, przynoszeniu kawy recepcjonistce i polerowaniu odznaki.

Nie chciałem, by Vernon zginął, pozostawiając recepcjonistkę bez kawy.

Konrad Beezo nie zamierzał może wjechać do szpitala czołgiem przez ścianę, ale z pewnością był dobrze uzbrojony. Odniosłem nieodparte wrażenie, że nigdzie się nie pojawiał bez spluwy. Ja nie miałem broni, noża, pałki ani kija baseballowego.

Kiedy przypomniałem sobie karabin, który odebrałem Beezo i który leżał teraz w bagażniku explorera, dreszcz przeszedł mi po plecach. Zmienił w lesie magazynek i z pewnością tego nowego nie opróżnił. Poczułem się nagle jak macho, występujący w roli Rambo, choć niewątpliwie bardziej ociężały niż Sylwester Stallone.

Potem uświadomiłem sobie, że nie mogę szarżować po szpitalu, strzelając na oślep z karabinu. Nie należałem do personelu, a godziny odwiedzin już się skończyły.

Bałem się, że zostanę zastrzelony, martwiłem się porodem Lorrie i losem mojego nienarodzonego dziecka, obawiałem się, że moja obolała lewa noga, która tyle wycierpiała, zawiedzie mnie w kluczowym momencie, a do tego jeszcze było mi niewygodnie w zielonym szpitalnym uniformie.

Ściągnąwszy z butów elastyczne ochraniacze, nie poczułem się wiele lepiej. Miałem wrażenie, jakbym szedł na bal przebierańców.

Święto Halloween przypadało w tym roku dziewięć miesięcy wcześniej. Lada chwila miał się zjawić szalony klown z hasłem „cukierek albo psikus", bez kostiumu, ale mimo wszystko straszny jak cholera.

Zabrzmiał dzwonek windy.

Przełknąłem ślinę, czując w żołądku ruch jabłka Adama.

Po dzwonku na drugim piętrze zapanowała niebywała cisza, jak w samo południe na zakurzonej ulicy miasteczka z Dzikiego Zachodu, gdy wszyscy obywatele ukryli się przed nadciągającymi rewolwerowcami.

Zamiast rewolwerowca z windy wyszli tato, mama i babcia Rowena.

Byłem zdumiony, że dotarli do szpitala tak szybko, pół godziny wcześniej, niż się spodziewałem. Ich obecność podniosła mnie na duchu i przywróciła odwagę.

Gdy ruszyli w moim kierunku, machając na powitanie, pospieszyłem ich uściskać.

I wtedy zdałem sobie sprawę, że wszyscy ludzie, których najbardziej kocham — mama, tato, babcia, Lorrie i moje dziecko — zgromadzili się w jednym miejscu. Beezo mógł ich zabić jedną serią z karabinu.

# 39

Gdy zimą babcia wychodziła na dwór, wkładała wyłącznie kombinezony, które szyła z pikowanych materiałów. Nie cierpiała zimna i wierzyła, że w poprzednim wcieleniu była Hawajką. Czasem miewała sny, w których nosiła naszyjniki z muszli i spódnice z trawy i tańczyła u podnóża wulkanu. Razem ze wszystkimi mieszkańcami wioski zginęła podczas erupcji. Można by sądzić, że powinna z tego powodu mieć lęk przed ogniem. Podejrzewała jednak, że w jeszcze wcześniejszym wcieleniu była Eskimoską, która zginęła z całym psim zaprzęgiem w trakcie śnieżycy, nie mogąc znaleźć drogi powrotnej do igloo.

Wyciągając szeroko ręce, Weena przydreptała do mnie w pękatym białym kombinezonie z zapiętym szczelnie pod szyją kapturem, spod którego widać było tylko jej twarz. Nie mogłem się zdecydować, czy przypominała mi bardziej trzyletnie dziecko ubrane do zabawy na śniegu, czy ludzika z reklamy opon Michelina.

Ani mama, ani tato nie gustowali w ekstrawaganckich strojach, a jeśli nawet, nigdy tego nie okazywali, wiedząc, że babcia robi zwykle wszystko, by skupić na sobie uwagę.

Mieli mnóstwo pytań. Byli tak podekscytowani z powodu dziecka, że dopiero po dłuższej chwili udało mi się zainteresować ich faktem, że Beezo wrócił. Wtedy otoczyli mnie jak pretorianie, mający ogromne doświadczenie w zapobieganiu zabójstwom.

Przeraziło mnie to bardziej, niż gdyby trzęśli się ze strachu. Poczułem wielką ulgę, gdy kilka minut później przybyli pierwsi ludzie Hueya Fostera, umundurowani i uzbrojeni.

Wkrótce jeden z policjantów zajął miejsce przy schodach, dwóch pilnowało korytarza, z którego wchodziło się na oddział położniczy, a czwarty stanął obok windy.

Ostatni z tych ludzi poinformował mnie, że Nedra Lamm została zamordowana we własnym domu. Wstępne oględziny zwłok wykazały, że ją uduszono.

Kiedy zaprowadziłem rodzinę do poczekalni dla ojców, pielęgniarka przyniosła mi wiadomość, że Lorrie nadal rodzi i że dzwoni do mnie Huey Foster.

Zostawiwszy mamę, tatę i babcię pod opieką policjantów, odebrałem telefon, tak jak poprzednio, w dyżurce pielęgniarek.

Huey był z natury energicznym facetem. Nawet policjant z małego miasteczka widuje więcej drastycznych scen niż przeciętny obywatel. Wystarczą choćby skutki tragicznych wypadków samochodowych, by był oswojony ze śmiercią. Ale Huey Foster nigdy sobie nie pozwalał angażować się emocjonalnie w pracę.

Do tej chwili. Teraz był zdeprymowany, wściekły i roztrzęsiony. Kilka razy musiał przerywać, by wziąć się w garść i móc mówić dalej.

Nedra Lamm została uduszona, jak powiedział agent Paolini, ale nikt nie potrafił na razie określić, jakie przeszła tortury, zanim zginęła.

Nedra — równie zbzikowana, jak dumna ze swej niezależności — polowała na jelenie i miała ogromną zamrażarkę pełną dziczyzny. Konrad Beezo ułożył zapakowane mięso na ganku z tyłu domu, a Nedrę wsadził do chłodziarki.

Zanim to zrobił, rozebrał ją do naga i pomalował całą —

z przodu i z tyłu, od stóp do głów — w kolorowe paski i kropki, jak w tradycyjnym stroju klowna.

Być może jeszcze wtedy żyła.

Zrobił jej także makijaż na twarzy, by przypominała klowna, zaczernił trzy zęby i zabarwił na zielono język.

Znalazłszy w kuchennej szufladzie strzykawkę do polewania tłuszczem indyka, zdjął z niej gumową gruszkę, pomalował ją na czerwono i przykleił Nedrze do nosa.

Nie robił tego wszystkiego byle jak. Najwyraźniej poświęcił na jej makijaż długie godziny, dbając drobiazgowo o szczegóły.

Jeśli wtedy jeszcze żyła, z pewnością była już martwa, gdy użył igły i nici, by zaszyć jej powieki, a potem wymalował na nich gwiazdy.

Na koniec wybrał poroże jelenia z kolekcji w garażu Nedry i przywiązał jej do głowy. Aby wsadzić ją do zamrażarki z rogami w takiej pozycji, by była zwrócona twarzą do osoby, która ją znajdzie, musiał w kilku miejscach połamać jej nogi, do czego posłużył się młotem.

— Jimmy, jestem przekonany, że jemu wydawało się to zabawne — powiedział Huey Foster. — Uważał, że ktoś, kto otworzy tę zamrażarkę, będzie się śmiał, że my wszyscy będziemy przez wiele lat żartowali na temat Nedry w przebraniu klowna i wspominali, jakim to Beezo był żartownisiem.

Stojąc w dyżurce pielęgniarek, czułem, że jest mi zimniej niż w lesie podczas zamieci.

— No cóż, nas ten szalony sukinsyn nie rozśmieszył — stwierdził Huey. — Ani trochę. Młody policjant, który ze mną był, wyskoczył z domu i zwymiotował na podwórku.

— Gdzie jest Beezo, Huey?

— Mam nadzieję, że zamarza na śmierć w lesie.

— Nie wrócił po wóz Nedry?

— Plymouth nadal stoi w garażu.

— On nie został w lesie, Huey.

— Być może — przyznał Foster.

263

— Jeśli zdołał dotrzeć do Hawksbill Road, mógł zatrzymać jakiś przejeżdżający samochód.

— Kto byłby tak głupi, by go zabierać?

— Jaki normalny, uczciwy człowiek odmówiłby mu w taką pogodę? Widząc faceta, który stoi zziębnięty obok hummera, przypuszczasz, że miał awarię. Jeśli go nie podwieziesz, może zamarznąć. Nie mówisz sobie wtedy: Lepiej go nie zabiorę, bo wygląda na klowna-mordercę.

— Jeśli kogoś zatrzymał, zapewne ukradł mu samochód.

— A facet, który go zabrał, leży martwy w bagażniku.

— Ten łajdak i jego syn są winni wszystkich zabójstw, które zdarzyły się w tym mieście w ciągu ostatnich trzydziestu lat.

— Co teraz zamierzasz?

— Policja stanowa chce zarządzić blokadę dróg. Z tego okręgu jest tylko pięć tras wyjazdowych, a śnieg już nam pomaga.

— On nie wyjedzie tej nocy. Ma tu coś do załatwienia.

— Obyś się mylił.

— Mam wewnętrzny zegar — oznajmiłem.

— Słucham?

— Kiedy piekę coś w piecyku, zawsze zaglądam do niego pięć sekund przed sygnałem timera. Zawsze. Instynktownie wiem, czy wypiek jest gotowy, czy nie. Beezo jeszcze nie zniknął.

— Masz to po swoim ojcu. Mógł zostać gliną równie dobrze jak piekarzem. Ty przypuszczalnie także. Ja nie miałem wyboru.

— Boję się, Huey.

— Ja też.

Gdy odłożyłem słuchawkę, pielęgniarka przyszła mi powiedzieć, że Lorrie urodziła dziecko.

— Bez komplikacji — oznajmiła.

Boże, miałem ochotę ją zbesztać.

Rudowłosa pielęgniarka myła nasze małe cudeńko w basenie w kącie porodówki.

Mello Melodeon czekał, aż Lorrie wydali łożysko i błony

264

płodowe, masując jej delikatnie podbrzusze, by kontrolować przepływ krwi.

Być może mogłem zostać policjantem równie dobrze jak piekarzem, ale na pewno nie nadawałem się na lekarza. Nie jestem nawet dobrym pacjentem.

Zemdlałbym i rozbił sobie nos o podłogę, gdyby nie przekonanie, że babcia Rowena zjawi się natychmiast i zrobi mi zdjęcie. Z pewnością miała w kieszeni kombinezonu aparat fotograficzny.

Wzorując się na tym zdjęciu, wyhaftowałaby potem scenę mojego upokorzenia na poduszce i położyła ją na honorowym miejscu na kanapie w salonie.

Wezgłowie łóżka na porodówce zostało podniesione, więc Lorrie znajdowała się w pozycji półsiedzącej. Była spocona, obolała, wyczerpana... i rozpromieniona.

— O, jesteś — przywitała mnie. — Myślałam, że wyszedłeś na kolację.

Oblizując wargi i klepiąc się po brzuchu, powiedziałem:

— Nowojorski stek, pieczone ziemniaki, purée z kukurydzy, surówka z białej kapusty i karmelowe *gâteau* z czekoladą.

— Czy do karmelowego *gâteau* z czekoladą — zainteresował się Mello Melodeon — trzeba zawsze dodawać mielone migdały, czy wystarczą orzechy laskowe?

— Boże, co dziewczyna musiałaby przy was zrobić, żeby być gwiazdą? — spytała Lorrie.

W tym momencie wydaliła łożysko i błony płodowe. Było to dość spektakularne, ale mało gwiazdorskie.

Chwyciłem ją za rękę i chwiałem się na nogach przy jej łóżku.

— Możesz się o mnie wesprzeć, dryblasie — zaproponowała.

— Dzięki — odparłem szczerze.

Kiedy rudowłosa pielęgniarka przyniosła dziecko, było już czyściutkie, różowe i zawinięte w miękki biały kocyk.

— Panie Tock, proszę się przywitać z córką.

Lorrie trzymała bezcenne zawiniątko, a ja stałem sparaliżowany i oniemiały. Od dziewięciu miesięcy wiedziałem, na co się zanosi, a mimo wszystko wydawało mi się to nierealne. Wybraliśmy dla chłopca imię Andy, a dla dziewczynki — Anne.

Anne miała delikatne złote włoski, idealny nosek i równie doskonałe oczy, podbródek i drobniutkie rączki.

Przyszła mi na myśl zamknięta w zamrażarce Nedra Lamm, siedzący w więzieniu Punchinello, czający się gdzieś w mroku zimowej nocy Konrad Beezo i zacząłem się zastanawiać, jak mogłem sprowadzić bezbronne dziecko na ten świat, który z roku na rok stawał się coraz bardziej ponury.

Na takie dni, gdy wszechświat wydaje się okrutny albo przynajmniej obojętny, mój tato ma powiedzenie, które poprawia mu nastrój. Słyszałem je setki razy. Dopóki jest ciasto, jest nadzieja. A ciasto jest zawsze.

Mimo strachu przed Konradem Beezo i wszystkich trosk powiedziałem ze łzami radości w oczach:

— Witaj na świecie, Annie Tock.

# 40

Jak być może pamiętacie, Annie przybyła do nas w poniedziałkową noc dwunastego stycznia 1998 roku, dokładnie siedem dni przed drugą z pięciu straszliwych dat, przepowiedzianych przez dziadka Josefa. Następny tydzień był najdłuższy w moim życiu. Czekałem, aż klown zrzuci drugi wielki but.

Skończyła się zamieć. Niebo nabrało czystego, ostrego jak stal odcienia błękitu, znanego ludziom żyjącym na dużych wysokościach. Odnosiło się wrażenie, że po podniesieniu ręki można by ją sobie o nie zranić.

Ponieważ Beezo był na wolności, a nas czekał sądny dzień, dom rodzinny przy Hawksbill Road wydawał się niebezpiecznie odosobniony. Pozostaliśmy więc w miasteczku z rodzicami.

Oczywiście najbardziej obawialiśmy się tego, by Annie, którą obdarzył nas właśnie los, nie została nam w jakiś sposób odebrana.

Byliśmy gotowi raczej umrzeć, niż na to pozwolić.

Huey Foster wiedział o niepokojąco dokładnych przepowiedniach mojego dziadka, przydzielono nam więc z komisariatu w Snow Village policjantów, którzy strzegli domu moich rodziców przez całą dobę od środy rano, gdy przywiozłem tam Lorrie i Annie. W istocie przyjechaliśmy ze szpitala radiowozem.

267

Każdy z policjantów miał ośmiogodzinną zmianę. Co godzina obchodził dom, sprawdzając wszystkie okna i drzwi, obserwując sąsiednie rezydencje i ulicę.

Tato chodził do pracy, ale ja wziąłem wolne i siedziałem w domu. Oczywiście, gdy napięcie doprowadzało mnie do szaleństwa, robiłem wypieki.

Każdy z policjantów siadywał przy stole w kuchni i do czwartku wszyscy zgodnie twierdzili, że nigdy w życiu nie jadali tak dobrze.

Gdy kogoś spotyka nieszczęście, sąsiedzi wyrażają zwykle swą troskę i solidarność, przynosząc jedzenie. Do nas nie ośmielali się przynosić zwyczajowych zapiekanek i domowej roboty ciast.

Przynosili za to płyty DVD. Nie wiem, czy niezależnie od siebie wszyscy doszli do wniosku, że w epoce medialnej stanowiły one stosowny substytut ofiarowywanych na pocieszenie wypieków, czy też mieli zebranie, by to przedyskutować. W każdym razie w piątek mieliśmy w domu zapas płyt DVD na dwa lata.

Babcia Rowena zawłaszczyła natychmiast wszystkie filmy ze Schwarzeneggerem i oglądała je w swojej sypialni przy zamkniętych drzwiach.

Resztę płyt włożyliśmy do pudła w kącie salonu i na razie o nich zapomnieliśmy.

Mama skończyła malować wydętą świnię i wzięła się do portretu dziecka. Być może zbyt długo ograniczała się do malowania zwierząt, bo nasze słodkie maleństwo na płótnie przypominało dziwnie króliczka.

Annie nie absorbowała nas aż tak, jak się spodziewałem. Była cudownym dzieckiem. Nie płakała, nie sprawiała kłopotów. Sypiała lepiej od nas — jak piekarze, od dziewiątej rano do czwartej po południu.

Czasem niemal żałowałem, że nie jest bardziej marudna, żeby odwrócić moją uwagę od myśli o Beezo.

Mimo obecności policjanta w naszym domu cieszyłem się, że mam własny pistolet i że nauczyłem się nim posługiwać.

Zauważyłem, że Lorrie zawsze ma pod ręką ostry nóż — i jabłko, które zamierzała obrać i zjeść „za chwilę". W sobotę rano było już trochę przywiędłe i wymieniła je na gruszkę. Owoce obiera się zwykle małym nożykiem. Lorrie wolała nóż rzeźnicki.

Tato, złoty człowiek, przyniósł do domu dwa kije baseballowe. Nie te nowoczesne, aluminiowe, tylko solidne, drewniane. Nigdy nie interesował się bronią i nie miał czasu, by nauczyć się strzelać. Jeden kij oddał mamie.

Nikt nie spytał go, dlaczego nie kupił trzeciego dla babci. Każde z nas bez specjalnego wysiłku mogło uruchomić wyobraźnię, by uzasadnić jego decyzję.

W końcu nadszedł straszliwy dzień.

W poniedziałek tato miał wolne, więc w niedzielę od północy do świtu dnia dziewiętnastego stycznia siedzieliśmy całą szóstką w jadalni, uzbrojeni w ciasteczka, *Kugelhopf, streusel* i filiżanki czarnej kawy.

Zasłony były zaciągnięte. Rozmowa przebiegała płynnie jak zawsze, ale mówiliśmy ciszej niż zwykle i od czasu do czasu wszyscy milkliśmy, nasłuchując odgłosów z wnętrza domu i zawodzenia wiatru.

Do świtu klown się nie pojawił.

Niebo było znów szare i zachmurzone.

Kończący służbę policjant zabrał ze sobą torebkę ciastek, a jego zmiennik przyjechał z pustą torbą.

Gdy cały świat rozpoczynał pracę, my kładliśmy się do łóżek. Ale tylko babcia i niemowlę byli w stanie zasnąć.

Poniedziałkowy poranek minął bez incydentów.

Nadeszło południe, potem popołudnie.

Policjanci zmienili się ponownie o szesnastej i nieco ponad godzinę później zaczął zapadać wczesny zimowy zmierzch.

Fakt, że nic się nie wydarzyło, wcale mnie nie uspokoił. Wprost przeciwnie. Gdy do północy pozostało sześć godzin, nerwy miałem napięte jak postronki.

W tych warunkach, gdybym użył pistoletu, zapewne postrzeliłbym się w nogę. Byłby to kolejny epizod rodzinnej historii wart wyhaftowania na poduszce.

O siódmej Huey Foster zadzwonił z wiadomością, że nasz dom przy Hawksbill Road płonie. Strażacy informowali, że intensywność płomieni wskazywała na podpalenie.

W pierwszej chwili chciałem pędzić na miejsce pożaru, być tam, zrobić coś.

Agent Paolini — który pełnił akurat u nas służbę — przekonał mnie, że Beezo mógł specjalnie podłożyć ogień, by wyciągnąć mnie na zewnątrz, kiedy byłem z żoną, córką i dobrze uzbrojoną rodziną.

Przed ósmą dowiedzieliśmy się, że nasz dom spłonął doszczętnie i pozostały po nim tylko zgliszcza. Najwyraźniej ktoś rozlał w środku benzynę i podpalił.

Nie ocalały żadne meble, przybory kuchenne, odzież ani pamiątki.

Wróciliśmy do stołu w jadalni, tym razem na kolację, nie mniej zmartwieni i równie czujni jak przedtem. Gdy jednak do dziesiątej nic więcej się nie zdarzyło, zaczęliśmy się zastanawiać, czy najgorsze nie jest już za nami.

Co prawda nie jest miło stracić w pożarze dom i cały dobytek, ale to dużo lepsze, niż zostać dwukrotnie postrzelonym w nogę, i o niebo lepsze, niż pozwolić, by szaleniec porwał twoją śliczną malutką córeczkę.

Byliśmy gotowi zawrzeć układ z losem. Poświęcamy bez urazy dom i cały nasz dobytek, bylebyśmy wiedzieli, że doczekamy bezpiecznie trzeciego spośród strasznych dni przepowiedzianych przez dziadka Josefa: poniedziałku dwudziestego trzeciego grudnia 2002 roku. Taka cena za prawie cztery lata spokoju wydawała się rozsądna.

O jedenastej wszyscy sześcioro — i nawet agent Paolini, który wyruszył sumiennie na kolejny obchód domu — przypuszczaliśmy, że los przyjął naszą ofertę. Rozmowę zaczęła zabarwiać nutka triumfu.

Huey zadzwonił z wiadomością, która zdawała się zamykać

sprawę, choć nie skłaniała nas do wznoszenia toastów szampanem.

Gdy strażacy dogaszali pożar i zwijali węże, jeden z nich zauważył, że ustawiona przed naszym domem na poboczu drogi skrzynka na listy jest otwarta. Znalazł tam słoik ze złożoną kartką papieru. Była na niej napisana odręcznie wiadomość. Policja stwierdziła później, że to pismo Konrada Beezo. Porównali tę notatkę z formularzami, które wypełniał, gdy przywiózł swoją żonę, Natalie, do szpitala w noc moich narodzin. Wiadomość zawierała obietnicę: JEŚLI URODZI WAM SIĘ KIEDYŚ CHŁO-PIEC, WRÓCĘ PO NIEGO.

# Część czwarta

**Zawsze pragnąłem tylko nieśmiertelności**

# 41

Niczyje życie nie powinno być wypełnione strachem. Rodzimy się, by odczuwać zachwyt, radość, nadzieję, miłość, by zdumiewać się tajemnicą istnienia, podziwiać piękno świata, szukać prawdy i sensu, zdobywać mądrość i poprzez właściwe traktowanie innych roztaczać jasność w naszym otoczeniu. Konrad Beezo, choć niewidoczny i przyczajony, przez sam fakt swojego istnienia czynił świat mrocznym miejscem, ale my żyliśmy w blasku światła, a nie w jego cieniu.

Nikt nie może zapewnić nam szczęścia. Szczęście to wybór, którego możemy dokonać. Zawsze jest ciasto.

Po spłonięciu naszego domu w styczniu 1998 roku Lorrie, Annie i ja przenieśliśmy się na kilka tygodni do moich rodziców.

Opinia Hueya Fostera, którą wyraził w noc pożaru, że z domu nic nie ocalało, okazała się słuszna w odniesieniu do mebli, sprzętu gospodarstwa domowego, książek i odzieży.

Wydobyliśmy jednak z popiołów w całkiem dobrym stanie trzy przedmioty o pamiątkowej wartości: wisiorek z kameą, który kupiłem dla Lorrie, szklaną ozdobę na choinkę, którą nabyła podczas naszej podróży poślubnej w sklepie z upominkami w Carmel w Kalifornii, oraz gratisową wejściówkę do cyrku, na której odwrocie mój ojciec zapisał pięć dat.

Awers wejściówki był osmalony i zaplamiony wodą. Słowa

WSTĘP DLA DWÓCH OSÓB i GRATIS całkowicie zniknęły. Zachowały się tylko widoczne między plamami z sadzy i wody niewyraźne kontury pięknych rysunków lwów i słoni.

O dziwo, u dołu wejściówki można było odczytać niemal równie wyraźne jak przedtem słowa PRZYGOTUJ SIĘ NA CZARY. W kontekście aktualnej sytuacji brzmiały nieco złowieszczo, jakby nie stanowiły obietnicy miłych wrażeń, lecz subtelną groźbę.

Co jeszcze dziwniejsze, rewers wejściówki wydawał się nietknięty przez ogień i wodę. Papier był po tej stronie tylko nieco pożółkły, a pięć dat zapisanych drukowanymi literami przez mojego ojca można było bez trudu odczytać.

Wejściówka pachniała dymem. Nie powiem, że cuchnęła także siarką.

Na początku marca zaczęliśmy rozglądać się za domem w miasteczku, najchętniej w pobliżu rodziców. Pod koniec miesiąca wystawiono na sprzedaż willę w ich sąsiedztwie.

Znaki opatrzności są dla nas czytelne. Złożyliśmy ofertę, której sprzedający nie mogli odrzucić, i piętnastego maja zawarliśmy transakcję.

Gdybyśmy byli bogaci, moglibyśmy kupić otoczoną murem i strzeżoną przez całą dobę rezydencję z osobną bramą wjazdową. Mieszkanie po sąsiedzku z moimi rodzicami było jednak wszystkim, co upodabniało nas do rodziny Corleone.

Po narodzinach Annie nasze życie wyglądało podobnie jak przedtem, tyle że więcej czasu pochłaniały kupki i siusiu. Drażni mnie niesprawiedliwość komisji przyznającej Pokojową Nagrodę Nobla takim facetom jak Jasir Arafat, podczas gdy od lat nie otrzymuje jej osoba, która wynalazła zapinane na rzepy pieluszki jednorazowego użytku.

Annie nie trzeba było odzwyczajać od karmienia piersią. Gdy miała pięć miesięcy, odmówiła kategorycznie ssania mleka matki, domagając się urozmaicenia pokarmu.

Była bystrą dziewczynką i krótko przed Bożym Narodzeniem wymówiła już pierwsze słowo. Jeśli wierzyć Lorrie i mojej matce, zdarzyło się to dwudziestego drugiego grudnia i powiedziała „mama". Natomiast według mojego ojca było to dwudziestego pierwszego i wypowiedziała nie jedno słowo, lecz dwa: „czekoladowe *zabaglione*".

W dzień Bożego Narodzenia powiedziała „tati". Nie pamiętam, bym dostał tamtego roku jakieś inne prezenty.

Babcia haftowała przez jakiś czas króliki, kotki, pieski i inne stworzenia, by oczarować małą. Wkrótce ją to jednak znudziło i przerzuciła się na gady.

Dwudziestego pierwszego marca 1999 roku, gdy Annie miała czternaście miesięcy, odwiozłem Lorrie — przy dobrej pogodzie i bez żadnych niespodzianek — do szpitala, gdzie urodziła Lucy Jean.

Gdy wydaliła błony płodowe zaraz po tym, jak doktor Mello Melodeon zawiązał i przeciął pępowinę, pochwalił ją słowami:

— Poszło lepiej niż poprzednio. Zupełnie bez wysiłku, jak u źrebiącej się doświadczonej klaczy.

— Jak tylko dociągniesz wóz do domu — obiecałem jej — dam ci wielki worek owsa.

— Śmiej się, póki możesz — odparowała. — Bo będziesz teraz sam z trzema kobietami. Jest nas dość, by urządzić sabat czarownic.

— Nie boję się. Co mi się jeszcze może przydarzyć? Już rzuciłaś na mnie czar.

Być może Konrad Beezo miał jakiś sposób, by śledzić nas na odległość — co wydawało się prawdopodobne, zważywszy na fakt, że zjawił się w porę przed narodzinami Annie. Jeśli tak było, tym razem wolał się nie ujawniać, dopóki nie będzie znana płeć dziecka.

Chociaż chciałem, by urodził mi się kiedyś syn, z radością wychowywałbym pięć córek — albo nawet dziesięć! — gdyby to pokrzyżowało Beezo plany zemsty i trzymało go na dystans. Na wypadek gdyby los pobłogosławił nas gromadką dziewczynek, musiałem pomyśleć poważnie o nauce tańca, której Lorrie regularnie mnie poddawała. Wychowując pięć córek, które trzeba kiedyś wydać za mąż, straciłbym zbyt wiele pięknych wspomnień, gdybym nie potrafił tańczyć fokstrota.

W rezultacie nauczyłem się poruszać na parkiecie lepiej, niż sobie wyobrażałem, biorąc pod uwagę, że jestem trochę przerośnięty i ociężały. Nie ma obawy, że przyćmię sławę Freda Astaire'a, ale jeśli partnerka pozwoli mi pokręcić się z nią trochę do muzyki Straussa czy Benny'ego Goodmana, nie będzie mnie porównywała z tańczącym niedźwiedziem.

Czternastego lipca 2000 roku, gdy zadałem już sobie trud, by nauczyć się tańczyć, opatrzność pokrzyżowała mi nagle wszystkie plany, spełniając moje pragnienie posiadania syna i rzucając wyzwanie szalonemu klownowi, aby dotrzymał mrocznej obietnicy, którą zapisał na kartce w słoiku.

Wyszedłszy z łona matki, mały Andy nie zareagował na wymierzony mu przez doktora Mello Melodeona klaps w pośladek typowym dla niemowlęcia płaczem, pełnym zdziwienia i przestrachu. Wydał tylko krótki okrzyk, wyrażający niewątpliwie oburzenie, po czym wysunął język.

Musiałem natychmiast podzielić się z Mello swoim zaniepokojeniem.

— Boże, on ma takiego małego...

— Co?

— Siusiaka.

— Nazywasz to siusiakiem?

— A co, na medycynie używacie jakiegoś bardziej wyrafinowanego słowa?

— Jego ptaszek jest normalnej wielkości — zapewnił mnie Mello — i wystarczy mu do zaspokojenia wszystkich potrzeb w najbliższej przyszłości.

— Mój mąż jest idiotą — rzekła czule Lorrie. — Jimmy, kochanie, chłopiec, który urodziłby się z takim sprzętem, jakiego byś oczekiwał, miałby również rogi, ponieważ byłby Antychrystem.

278

— Cóż, cieszę się, że nim nie jest — odparłem. — Wyobrażam sobie, jak cuchnęłyby jego pieluchy.

Nawet w tak radosnej chwili nie potrafiliśmy jednak zapomnieć o Beezo. Nie pogwizdywaliśmy dla dodania sobie otuchy na pełnym duchów cmentarzu, lecz odpędzaliśmy je śmiechem.

# 42

Będąc nowym komendantem policji, Huey Foster zapewnił w szpitalu ochronę Lorrie i małemu Andy'emu. Strażnikom — nieumundurowanym policjantom po służbie — polecono, by jak najmniej zwracali na siebie uwagę.

Półtora dnia później, gdy zabrałem żonę i niemowlę do domu, czekał już tam na nas jeszcze jeden policjant.

Komendant przydzielił nam do ochrony agentów, którzy zmieniali się co dwanaście godzin. Przychodzili i wychodzili najdyskretniej, jak mogli, przez garaż, ukrywając się na tylnym siedzeniu samochodu taty albo mojego.

Huey działał nie tylko w trosce o nas, ale także w nadziei, że schwyta Konrada Beezo.

Po nerwowym tygodniu, kiedy klown się nie pojawił, Huey nie mógł już usprawiedliwiać kosztów zapewniania nam ochrony.

Poza tym gdyby jego łasi na ciasta ludzie przybrali jeszcze bardziej na wadze, nie mogliby dopiąć spodni.

Na resztę tego pierwszego miesiąca tato, mama i babcia przeprowadzili się do nas. W jedności siła.

Polegaliśmy również na pomocy ludzi z cechu piekarzy i cukierników z Kolorado. Oni także przybierali na wadze, ale mając doświadczenie w branży i nie mogąc poszczycić się

280

takim wrodzonym metabolizmem, jak członkowie naszej rodziny, byli dość rozsądni, by nosić spodnie z gumkami w pasie. Do końca miesiąca dzielni koledzy z cechu zrobili, co mogli, i wrócili do domów.

Tato i mama przeprowadzili się z Weeną do siebie.

Zaczęliśmy sądzić, że Konrad Beezo nie żyje. Biorąc pod uwagę jego nienawiść do całego świata, paranoiczne zachowanie, arogancję i skłonność do zabijania, już dawno powinien zginąć z czyjejś ręki.

Jeśli nie był martwy, może przebywał w jakimś zakładzie psychiatrycznym. Przybrawszy o jedną tożsamość za dużo, żył teraz w delirium rozdzielenia jaźni na wiele osobowości, wierząc, że jest równocześnie Clappym, Cheeso, Slappym, Burpo, Nutsym i Bongo.

Chociaż obawiałem się, że gdy tylko nabierzemy przekonania, iż Beezo zniknął na zawsze, zaraz spadnie na nas nieszczęście, nie mogliśmy trwać do końca naszych dni w takim napięciu. Nawet zwykła ostrożność stawała się w końcu ciężarem nie do zniesienia.

Musieliśmy normalnie żyć.

Czternastego lipca 2001 roku, gdy Andy obchodził pierwsze urodziny, poczuliśmy, że wyszliśmy bezpiecznie poza granice świata, w którym straszył duch Beezo.

Żyło nam się dobrze i coraz lepiej. Annie miała trzy i pół roku i od dawna korzystała już z nocnika. Lucy, skończywszy dwa lata, nauczyła się właśnie korzystać z plastikowej nakładki na sedesie i podchodziła do tego z entuzjazmem. Andy wiedział, do czego służy nocnik, ale całkowicie nim gardził... dopóki nie zaczął stopniowo dostrzegać, z jaką dumą Lucy wstępuje na prawdziwy tron.

Annie i Lucy dzieliły pokój naprzeciwko naszej sypialni. Annie lubiła kolor żółty, Lucy — różowy. Podzieliliśmy więc ich pokój na pół i pomalowaliśmy ściany dwoma kolorami.

Annie, mająca już zadatki na chłopczycę, drwiła sobie, że połowa pokoju, która należy do siostry, jest niuniowata, a Lucy, nie opanowawszy jeszcze sztuki sarkazmu, określała jej połowę jako głupio cytrynową.

Obie dziewczynki wierzyły, że w ich szafie mieszka potwór. Według Lucy był włochaty i miał wielkie zęby. Twierdziła, że zjada dzieci, a potem nimi wymiotuje. Lucy bała się, by jej nie zjadł, ale jeszcze bardziej, by nią nie zwymiotował.

Mając zaledwie dwadzieścia osiem miesięcy, wykazywała zamiłowanie do czystości i porządku, którego inne maluchy nie tylko nie podzielały, ale wręcz nie potrafiły zrozumieć. W jej części pokoju wszystko było na swoim miejscu. Kiedy słałem jej łóżko, szła za mną, wygładzając zmarszczki na pościeli.

Uznaliśmy, że Lucy zostanie genialną matematyczką albo wybitnym architektem, bądź też zainteresują się nią psycholodzy badający zaburzenia obsesyjno-kompulsywne.

O ile Lucy uwielbiała porządek, o tyle Annie rozkoszowała się bałaganem. Gdy słałem jej łóżko, szła za mną, „wzburzając" pościel, by wyglądała bardziej swobodnie.

Zdaniem Annie potwór w szafie miał łuski, mnóstwo drobnych zębów, czerwone ślepia i pazury, które malował na niebiesko. Uważała, podobnie jak Lucy, że zjada dzieci, ale nie połykał ich, lecz przeżuwał powoli, delektując się każdym kęsem.

Chociaż zapewnialiśmy dziewczynki, że w ich szafie nie ma żadnego potwora, takie zapewnienia — jak wiedzą wszyscy rodzice — nie są zbyt skuteczne.

Lorrie zaprojektowała na komputerze wymyślny napis, wydrukowała go czerwonymi i czarnymi literami i przykleiła taśmą od środka na drzwiach szafy: UWAGA, POTWORY! DO TEGO POKOJU WSTĘP WZBRONIONY! JEŚLI WESZŁYŚCIE PRZEZ SZPARĘ W PODŁODZE SZAFY, MUSICIE NATYCHMIAST WYJŚĆ TĄ SAMĄ DROGĄ! NIE WOLNO WAM PRZEBYWAĆ W TYM DOMU!

To uspokoiło dziewczynki na jakiś czas. Irracjonalne lęki bywają jednak najbardziej uporczywe.

Nie tylko zresztą u dzieci. W świecie, gdzie rządzone przez

szaleńców złowrogie państwa chcą zdobyć broń jądrową, jakże wielu ludzi obawia się bardziej zbyt tłustej diety i odrobiny pestycydów w soku jabłkowym niż bomb walizkowych.

Aby jeszcze bardziej uspokoić dziewczynki, postawiliśmy na krześle obok drzwi szafy kapitana Fluffy'ego, pluszowego misia w wojskowej czapce. Był wartownikiem, który miał je ochraniać.

— To tylko głupi niedźwiedź — stwierdziła Annie.

— Właśnie. Głupi — zgodziła się Lucy.

— Nie potrafi odstraszyć potworów — uznała Annie. — Zjedzą go.

— Tak — zawtórowała jej Lucy. — Zjedzą go i wyrzygają.

— Mylicie się — oznajmiła Lorrie. — Kapitan jest bardzo mądry i pochodzi z rodu niedźwiedzi, które od wieków strzegły grzecznych dziewczynek. I żadnej nie pozwoliły skrzywdzić.

— Ani jednej? — spytała z powątpiewaniem Annie.

— Ani jednej — zapewniłem ją.

— Może się nie przyznały — odparła Annie.

— Właśnie — podchwyciła Lucy. — Mogły skłamać.

— Czy kapitan Fluffy wygląda na kłamcę? — spytała Lorrie.

Annie przyjrzała mu się i odparła:

— Nie. Ale prababcia Weena też nie wygląda, a dziadek mówi, że nie znała żadnego faceta, który wysadził się w powietrze pierdnięciem, chociaż ona tak twierdzi.

— Właśnie. Wysadził się pierdnięciem — powtórzyła jak echo Lucy.

— Dziadek nigdy nie zarzucał prababci kłamstwa — zauważyłem. — Mówił tylko, że czasem trochę przesadza.

— Kapitan Fluffy nie wygląda na kłamcę i nie jest kłamcą — oznajmiła Lorrie — więc powinnyście go przeprosić.

Annie przygryzła na chwilę dolną wargę.

— Przepraszam, kapitanie Fluffy.

— Właśnie, Fluffy — dodała Lucy.

Zostawiliśmy dziewczynkom zapaloną nocną lampkę i daliśmy każdej małą latarkę. Jak powszechnie wiadomo, snop światła eliminuje zarówno wymiotujące, jak i przeżuwające pokarm potwory.

Minęło dwanaście miesięcy, kolejny cudowny rok pełen jasnych wspomnień, bez prawdziwego strachu.

Chociaż trzy z pięciu dat, zapisanych na odwrocie wejściówki do cyrku, były jeszcze przed nami, nie mogliśmy zakładać, że mają one na pewno coś wspólnego z Konradem Beezo. Roztropność nakazywała zachowywać czujność wobec zagrożeń, które mogły pochodzić ze źródeł niemających związku z klownem ani jego uwięzionym synem.

Od nocy moich narodzin upłynęło dwadzieścia osiem lat. Jeśli Beezo wciąż żył, miał prawie sześćdziesiątkę. Mógł być nadal szalony jak kręcący się po labiryncie szczur laboratoryjny, ale czas musiał wycisnąć na nim swe piętno. Z pewnością nie pałał już tak dziką nienawiścią, nie kipiał wściekłością.

Gdy mijało lato 2002 roku, czułem, że najprawdopodobniej nie zobaczymy już Konrada Beezo.

We wrześniu, kiedy nasz Andy miał dwadzieścia sześć miesięcy, zaczął bać się potwora w szafie. Był nim pożerający dzieci klown.

Przeraziliśmy się nie na żarty. Choć nasz dom nie bardzo nadawał się do instalowania systemu alarmowego, kazaliśmy go założyć i zabezpieczyć wszystkie okna i drzwi.

Nie mówiliśmy nigdy dzieciom o Konradzie Beezo ani Punchinellu, o brutalności tych ludzi i ich groźbach. Annie, Lucy i Andy byli o wiele za mali, by zrozumieć tę makabryczną historię, by obciążała ich psychikę. Najstraszniejszą rzeczą, jaką mogli znieść w tym wieku, był potwór w szafie albo trzy potwory.

Zastanawialiśmy się, czy nie usłyszeli historii o klownie od któregoś z towarzyszy zabaw. Było to jednak mało prawdopodobne, gdyż nie bawili się nigdy z innymi dziećmi bez naszej opieki.

Ponieważ nie mieliśmy pewności, że Konrad Beezo nie żyje albo siedzi zamknięty w zakładzie psychiatrycznym, któreś z nas zawsze towarzyszyło dzieciom podczas zabawy, a często pilnowali ich także moi rodzice. Obserwowaliśmy wszystko. Nasłuchiwaliśmy. Z pewnością coś byśmy usłyszeli. Może Andy widział złego klowna na filmie albo w telewizji. Co prawda kontrolowaliśmy, jakie programy oglądają, i staraliśmy się ich chronić przed szkodliwym wpływem mediów, ale nie mogliśmy mieć stuprocentowej pewności, że coś nie umknęło naszej uwadze i że wrażliwy mały Andy nie zobaczył gdzieś klowna z piłą tarczową.

Chłopiec nie potrafił powiedzieć, skąd wzięły się te lęki. Z jego punktu widzenia sytuacja wyglądała następująco: Był sobie zły klown, który chciał go pożreć. Ukrywał się w jego szafie i czekał, aż zaśnie, by go schrupać.

— Nie czujecie jego zapachu? — pytał Andy.

Niczego nie czuliśmy.

Umieściliśmy po wewnętrznej stronie drzwi szafy poważne ostrzeżenie dla klowna-kanibala i podarowaliśmy Andy'emu pluszowego niedźwiedzia, sierżanta Snugglesa, który pełnił taką funkcję, jak kapitan Fluffy. Otrzymał także specjalną latarkę do unicestwiania potworów z łatwym do obsługi przełącznikiem, dopasowanym do jego drobnych rączek.

Założywszy system alarmowy, zakupiliśmy również małe pojemniki z gazem pieprzowym w aerozolu, ukrywając je w różnych miejscach w domu, tak by były poza zasięgiem dzieci. W podobny sposób rozmieściliśmy cztery paralizatory. Założyliśmy też dodatkowe rygle na drzwiach od frontu, z tyłu domu oraz między kuchnią i garażem.

Ponieważ dziadek Josef nie wymienił w swej przepowiedni daty dwunastego stycznia 1998 roku — czyli nocy, gdy Beezo próbował porwać Lorrie, odebrać poród naszego pierwszego dziecka i uciec z maleństwem — a wspomniał jedynie o dziewiętnastym stycznia, kiedy to spłonął nasz dom, mogliśmy zakładać, że nie ostrzegł nas również przed innym pechowym dniem, związanym ściśle ze zbliżającą się trzecią datą z listy.

Co najmniej dwa tygodnie wcześniej musieliśmy zatem zachowywać paranoiczną ostrożność. Cieszyliśmy się prawie czterema latami spokoju i normalności. Teraz, gdy zbliżała się trzecia z pięciu feralnych dat — poniedziałek, dwudziestego trzeciego grudnia 2003 roku — czuliśmy, jak pada na nas długi cień, cień przeszłości, wydarzeń z dziewiątego sierpnia 1974 roku.

# 43

Mam bzika na punkcie świąt Bożego Narodzenia i jestem ulubionym klientem wszystkich sprzedawców świątecznych ozdób i błyskotek.

Od Święta Dziękczynienia do początku stycznia stoi na naszym dachu przy kominie oświetlony Święty Mikołaj z workiem prezentów, machając do przechodniów.

Komin, okap, okna i kolumny ganku są przyozdobione tyloma sznurami kolorowych lampek, że widzą nas z pewnością astronauci z kosmosu.

Na dziedzińcu przed domem, po jednej stronie ścieżki, stoi ogromna szopka ze Świętą Rodziną, mędrcami, aniołami i wielbłądami. Jest tam też wół, osioł, dwie krowy, pies, pięć gołębic i dziewięć myszy.

Po drugiej stronie ścieżki stoją elfy, renifery, bałwany i kolędnicy. Wszystkie postacie są ruchome, zmechanizowane i tworzą cichą symfonię tykających zegarów i brzęczących transformatorów.

Na frontowych drzwiach wisi wieniec, który jest być może cięższy od samych drzwi. Gałązki jodły poprzetykane są ostrokrzewem i ozdobione szyszkami, orzechami, srebrnymi dzwoneczkami, złotymi koralikami, bombkami, kółeczkami i cekinami.

We wnętrzu domu nie toleruję przez tych sześć tygodni żadnej nieozdobionej powierzchni ani kąta. Z każdej futryny drzwi i zawieszonej na suficie lampy zwisa jemioła.

Chociaż przeddzień Wigilii, dwudziesty trzeci grudnia, miał być tego roku feralnym dniem, wszystkie ozdoby zostały rozpakowane, wyczyszczone, rozwieszone i podłączone.

Życie jest zbyt krótkie, a Boże Narodzenie przypada tylko raz w roku. Nie zamierzaliśmy pozwolić, by ktoś taki jak Konrad Beezo pozbawił nas świątecznego nastroju.

Wieczorem dwudziestego drugiego grudnia chcieliśmy zaprosić mamę, tatę i babcię do naszego domu na kolację o dwudziestej pierwszej. Mieli zostać całą noc, pomagając nam czuwać, gdy zegar wybije północ i zacznie się trzeci dzień z listy dziadka Josefa.

O siódmej stół był już nakryty świątecznym porcelanowym serwisem, szmaragdowozielonymi kieliszkami z rżniętego kryształu, lśniącymi srebrnymi sztućcami i świecami w szklanych podstawkach w kształcie pulchnych bałwanów. Na środku stały miniaturowe gwiazdy betlejemskie, wetknięte między białe chryzantemy.

O siódmej dwadzieścia zadzwonił telefon. Odebrałem go w kuchni, gdzie przygotowywaliśmy z Lorrie kolację.

— Jimmy — oznajmił Huey Foster — mam dla ciebie dobre wiadomości na temat Konrada Beezo.

— Nie bardzo wypada tak mówić w święta — powiedziałem do komendanta — ale mam nadzieję, że ten dupek nie żyje.

— Wieści nie są aż tak optymistyczne, ale prawie. Jest u mnie w biurze agent FBI, Porter Carson z wydziału w Denver. Chce jak najszybciej pomówić z tobą i Lorrie i wiem, że zainteresuje cię to, co ma do powiedzenia.

— Przywieź go tu zaraz — zaproponowałem.

— Nie mogę przyjechać, ale go do was przyślę — odparł Huey. — Dziś mamy w biurze świąteczne przyjęcie. Ajerkoniak jest bezalkoholowy, ale jako szef mam prawo go doprawić, a potem będę rozdawał noworoczne premie. Wyjaśniłem Porterowi, jak do was dojechać, ale poradzi sobie i bez tego, kiedy zobaczy łunę świateł nad waszym domem.

Gdy odłożyłem słuchawkę, Lorrie spytała, marszcząc brwi:

— Beezo?

Powtórzyłem jej, co powiedział Huey.

— Zabierzmy stąd dzieci — zaproponowała. — Lepiej, żeby niczego nie słyszały.

Nasze trzy elfy urzędowały w salonie, rozłożone na podłodze z pudełkami kredek i prawie dwumetrowej długości świątecznym transparentem, na którym widniał przyozdobiony wymyślnie napis KOCHAMY CIĘ, ŚWIĘTY MIKOŁAJU, zaprojektowany przez Lorrie na komputerze. Dzieci miały za zadanie pokolorować go starannie i z uczuciem, by w Wigilię dobry Święty Mikołaj był bardziej skłonny zostawić im furę prezentów.

Wykazujemy się szatańskim sprytem, gdy chodzi o wymyślanie zajęć dla tej trójki nadpobudliwych brzdąców.

Annie miała już w te święta prawie pięć lat, Lucy brakowało trzech miesięcy do czterech, a Andy liczył sobie dwa i pół roku. Często, stwierdzam to z dumą, potrafili bawić się razem na tyle zgodnie, że miernik chaosu wykazałby nie więcej niż cztery kreski w skali od jednego do dziesięciu.

Tego wieczoru byli szczególnie spokojni. Annie i Lucy rywalizowały w kolorowaniu napisu i czyniły to w skupieniu, z językami zaciśniętymi między zębami. Andy, straciwszy zainteresowanie transparentem, malował sobie kredkami paznokcie u nóg.

— Zabieramy wszystko do waszego pokoju, dziewczynki — oznajmiłem, pomagając im zebrać kredki. — Muszę posprzątać salon. Dziadek, babcia i prababcia zaraz tu będą. Musicie się jeszcze przebrać, żeby ładnie wyglądać.

— Chłopcy nie są ładni, tylko przystojni — poinformowała mnie cierpliwie Annie.

— Ja jestem ładny — zaprotestował Andy, wystawiając nogę i pokazując pomalowane na tęczowo paznokcie.

— Tatuś też ładnie wygląda — oświadczyła Lucy.

— Dzięki, Lucy Jean. Twoja opinia na temat urody wiele dla mnie znaczy, bo pewnego dnia zostaniesz Miss Kolorado.

— Ja osiągnę jeszcze więcej — oznajmiła Annie, gdy szliśmy w kierunku schodów. — Kiedy dorosnę, będę pieprzoną artystką.

Dzieci naprawdę mnie zaskakują. Nieustannie.

Przystanąwszy z wrażenia, zapytałem:

— Annie, gdzie słyszałaś coś takiego?

— Wczoraj listonosz powiedział do prababci, że wygląda sexy, a ona mu odpowiedziała: „Ależ z ciebie pieprzony artysta, George". Potem on się roześmiał, a prababcia uszczypnęła go w policzek.

Dzieciom nie należy mówić, że jakiegoś słowa nie powinny używać. Gdybym popełnił ten błąd, cała trójka zaczęłaby wstawiać w co trzecie zdanie „pieprzonego artystę", przez co byłyby to pamiętne święta z zupełnie niewłaściwego powodu.

Przemilczałem sprawę w nadziei, że szybko o tym zapomną, i ulokowałem dzieciaki z kredkami w pokoju dziewczynek.

Nie bałem się zostawiać ich samych na górze, gdy Lorrie i ja byliśmy na parterze, po pierwsze dlatego, że dom był dokładnie zamknięty, a po drugie system alarmowy działał na zasadzie monitoringu. Gdyby któreś drzwi czy okno zostały otwarte, nie włączyłby się alarm, tylko usłyszelibyśmy z głośnika komunikat, w którym miejscu doszło do włamania.

Wróciwszy na parter, poszedłem do holu i wyjrzałem na ulicę przez jedno z wysokich, wąskich okien obok drzwi frontowych.

Komisariat policji znajdował się niecałe dziesięć minut drogi od naszego domu. Chciałem otworzyć drzwi, zanim Porter Carson użyje dzwonka, by dzieci nie zorientowały się, że mamy gościa.

W ciągu dwóch minut przy krawężniku naprzeciwko wejścia zatrzymał się mercury mountaineer.

Z samochodu wysiadł mężczyzna w ciemnym garniturze,

białej koszuli, ciemnym krawacie i rozpiętym płaszczu. Był wysoki, zadbany i robił wrażenie pewnego siebie.

Gdy wchodził na schody, dostrzegłem w świetle lamp na ganku, że ma czterdzieści parę lat, jest przystojny i ma zaczesane do tyłu ciemne włosy.

Zauważywszy mnie w oknie, uniósł palec, jakby chciał powiedzieć „chwileczkę", i wyciągnął z kieszeni płaszcza portfel z dokumentami. Przyłożył do szkła legitymację FBI, abym mógł porównać jego twarz z fotografią, zanim mu otworzę.

Z pewnością Huey Foster wspomniał Carsonowi, że dbamy o nasze bezpieczeństwo, i jeśli agent znał historię Beezo, musiał rozumieć, że nasza paranoja wynikała ze zdrowego rozsądku.

# 44

Pod wpływem hollywoodzkich filmów spodziewałem się, że Porter Carson będzie sztywny i oficjalny, jak agenci federalni z kinowego ekranu. Tymczasem miał głos, który od razu przypadł mi do gustu: przyjazny, z miękkim akcentem z Georgii. Gdy mu otworzyłem, nagrany na taśmie głos oznajmił: „Otwarte drzwi frontowe".

— Mamy w domu taki sam system alarmowy — powiedział, kiedy uścisnęliśmy sobie dłonie. — Mój syn Jamie ma czternaście lat i jest fanatykiem komputerów. Niebezpieczna kombinacja. Nie mógł się oprzeć pokusie, żeby wprowadzić do systemu więcej tekstu. Z głośnika zaczęły nagle padać słowa: „Otwarte drzwi frontowe, pilnuj swego tyłka". Musiałem go na jakiś czas uziemić.

Zamknąłem za Carsonem drzwi.

— My mamy trójkę dzieci, najstarsze pięcioletnie. Będą nastolatkami w jednym czasie.

— Uff!

Wieszając jego płaszcz do szafy w holu, powiedziałem:

— Zastanawiamy się, czy nie zamknąć ich w pokoju i nie karmić przez szparę w drzwiach, dopóki nie skończą dwudziestu jeden lat.

Carson wciągnął głęboko powietrze, delektując się zapachem.

— W tym domu pachnie jak w najlepszych apartamentach raju.

W powietrzu mieszały się wonie girland z gałązek cedru, sosnowej choinki, przyrządzonego tego popołudnia kremu z orzeszków ziemnych, popcornu, waniliowo-cynamonowych świec, świeżej kawy, szynki pieczonej w zalewie wiśniowej i włożonego do drugiego piecyka czekoladowego ciasta z marmoladą...

Olśniony błyskotkami, światełkami i naszą wszechobecną kolekcją figurek Świętego Mikołaja, Porter Carson przekrzywił głowę, nasłuchując *Srebrnych dzwoneczków* w wykonaniu Binga Crosby'ego.

— Świętujecie Boże Narodzenie jak mało kto w dzisiejszych czasach — stwierdził.

— Szkoda, że tradycja zanika — odparłem. — Zapraszam do kuchni. Moja żona obiera dorodne ziemniaki z Idaho. Świetne do pieczenia w sosie.

Lorrie w istocie już skończyła je obierać i wycierała właśnie ręce w ręcznik z motywami gwiazd betlejemskich, gdy przedstawiłem ją Carsonowi.

Jeśli reszta domu pachniała rajem, w kuchni unosiły się jeszcze bardziej aromatyczne zapachy, jak w pałacu bogów.

Agent FBI wydawał się zauroczony Lorrie, zresztą jak wszyscy mężczyźni, i traktował ją z właściwą południowcom kurtuazją. Stał, gdy nalewała do trzech filiżanek pyszną kolumbijską kawę, a potem odsunął jej krzesło, gdy siadała.

Czułem się jak nieokrzesany prostak i musiałem uważać, by nie siorbać.

Usadowiwszy się w końcu przy stole, Carson przystąpił do rzeczy i oznajmił:

— Nie chcę wzbudzać złudnych nadziei. To, co powiem, nie powinno, broń Boże, usypiać za wcześnie państwa czujności, ale sądzę, że wasze kłopoty z Konradem Beezo mogą się wreszcie skończyć.

— Proszę się nie obawiać — rzekła Lorrie. — Uwierzę,

że nie żyje, dopiero jak zobaczę jego ciało spopielone w krematorium.

Carson uśmiechnął się szeroko.

— Pani Tock, jest pani dla mnie ideałem troskliwej matki. O ile mi było wiadomo, zabójstwa popełnione przez Beezo nie podlegały federalnej jurysdykcji.

— Dlaczego FBI zajmuje się tą sprawą? — zainteresowałem się.

— Znakomita kawa, proszę pani. Co nadaje jej taki smak?

— Odrobina wanilii.

— Jest doskonała. Wracając do pańskiego pytania, Beezo wziął przykład z syna, zebrał ekipę i wkrótce po spaleniu państwa domu zaczął okradać banki.

Napad na bank jest przestępstwem federalnym. Podobnie jak oderwanie metki z materaca przed wprowadzeniem go do sprzedaży detalicznej. Zgadnijcie, czym bardziej interesuje się FBI.

— Nie wysadził jeszcze żadnego banku — oznajmił Carson — ale strzela bez skrupułów do strażników, kasjerów i każdego, kto stanie mu na drodze.

— Pewnie cała jego ekipa to też klowni — powiedziała Lorrie.

— Nie, proszę pani, bynajmniej. Może jego syn zwerbował już wszystkich klownów-złodziei. Jednym z jego wspólników był niejaki Emory Ornwall, który siedział w Leavenworth za napad na bank. Dwaj pozostali to robotnicy cyrkowi.

— Słyszałem to określenie — rzekłem — ale nie jestem pewien, co znaczy.

— Robotnicy cyrkowi to faceci, którzy stawiają i zwijają namiot, zajmują się sprzętem, generatorami, tego typu sprawami.

— Ile banków obrobili? — spytała Lorrie. — Są w tym dobrzy?

— Owszem, proszę pani. Okradli siedem banków w tysiąc dziewięćset dziewięćdziesiątym ósmym, cztery w dziewięćdziesiątym dziewiątym. Poza tym zrobili dwa duże skoki na samochody opancerzone, w sierpniu i wrześniu dziewięćdziesiątego dziewiątego.

— Nie działali przez ostatnie trzy lata?

— Przy napadzie na drugi samochód zdobyli taki łup — sześć milionów w gotówce i dwa miliony w obligacjach na okaziciela — że Beezo nie potrzebował już więcej pieniędzy. Zwłaszcza że postanowili z Ornwallem zabić wspólników, by się z nimi nie dzielić.

— Trudno sobie wyobrazić, by faceci, którzy znali Konrada Beezo, odwracali się do niego plecami — powiedziałem.

— Może wcale tak nie było. Obu wspólnikom strzelono z bliskiej odległości prosto w twarz z broni tak dużego kalibru, że ich głowy były podziurawione jak dynie na Halloween.

Carson uśmiechnął się, po czym zdał sobie sprawę, że to, co dla agenta FBI było zwykłym faktem, dla nas mogło stanowić nadmiar informacji.

— Przepraszam panią.

— Więc ściga pan Beezo przez cały ten czas?

— Dopadliśmy Ornwalla w marcu dwutysięcznego roku. Mieszkał w Miami, podając się za Johna Dillingera.

— Żartuje pan?

— Nie, proszę pana. — Carson uśmiechnął się i pokręcił głową. — Ornwall jest ekspertem od banków i samochodów opancerzonych, ale brak mu jednej klepki.

— Raczej dwóch.

— Powiedział nam, że występując pod nazwiskiem Dillinger, czuł się jak bohater historii Edgara Allana Poego *Skradziony list*. Ukrywał się, będąc na widoku. Kto by się spodziewał, że człowiek poszukiwany za napady na banki przyjmie nazwisko słynnego nieżyjącego już kryminalisty?

— Ale wy na to wpadliście.

— Ponieważ za pierwszym razem, gdy aresztowaliśmy Emory'ego Ornwalla i posłaliśmy go do Leavenworth, ukrywał się pod nazwiskiem Jesse Jamesa.

— Niewiarygodne — zdumiałem się.

— Wielu kryminalistów to tępaki — podsumował Carson.

— Jeszcze kawy? — spytała Lorrie.

— Nie, dziękuję pani. Widzę, że szykujecie się państwo do kolacji, więc nie chcę przeszkadzać.

— Może pan nam towarzyszyć.

— Niestety, nie mogę. Ale dziękuję za zaproszenie. Jak już powiedziałem... Ornwall jest ekspertem od banków i samochodów opancerzonych, ale nie zna się na strategii ani taktyce. Beezo planował wszystkie akcje i był w tym doskonały.

— Mówi pan o naszym Beezo? — spytała z niedowierzaniem Lorrie.

— Tak, proszę pani. Znaliśmy inteligentnych facetów, którzy schodzili na złą drogę, ale jemu nikt nie dorównywał. Podziwialiśmy go.

— On jest szaleńcem — odparłem zaskoczony.

— Może tak, może nie. Ale jest geniuszem, gdy chodzi o wielkie skoki. Mówią, że miał szansę zostać najsławniejszym klownem swojej epoki, lecz jak widać, ma wrodzony talent także w innej dziedzinie.

— Z naszego doświadczenia wynika, że jest impulsywny i szalony, nie kieruje się rozsądkiem.

— Cóż, z pewnością Ornwall ani cyrkowi robotnicy nie mieli genialnych pomysłów. Byli przeciętniakami. Schrzaniliby każdą akcję, gdyby Beezo nie zaplanował wszystkiego tak dobrze i nie trzymał ich w ryzach. Jest prawdziwym geniuszem.

— Założenie podsłuchu w naszym domu i obserwowanie nas z mieszkania Nedry Lamm wymagało trochę zachodu — przypomniała mi Lorrie, po czym zwróciła się do Carsona z zasadniczym pytaniem: — Gdzie on teraz jest?

— Ornwall twierdzi, że Beezo wyjechał do Ameryki Południowej. Nie wie dokładnie dokąd, a to duży kontynent.

— Kiedy siedziałam z nim uwięziona w explorerze, wtedy w lesie, wspomniał, że był w Ameryce Południowej w siedemdziesiątym czwartym — powiedziała Lorrie. — Po tym, jak zabił doktora MacDonalda.

Carson skinął głową.

— Spędził wtedy sześć miesięcy w Chile i dwa i pół roku w Argentynie. Tym razem... Zabrało nam to trochę czasu, ale wyśledziliśmy, że poleciał do Brazylii.

— Schwytaliście go?

— Nie, proszę pani. Ale to kwestia czasu.

— Jest nadal w Brazylii?

— Nie, proszę pani. Wyjechał stamtąd pierwszego. Trzydzieści sześć godzin później dowiedzieliśmy się, gdzie się ukrywał, i ustaliliśmy jego tożsamość i adres w Rio.

Lorrie spojrzała na mnie znacząco.

— Prawie go dopadliśmy — kontynuował Carson. — Ale wymknął się do Wenezueli, gdzie mamy chwilowo problemy z ekstradycją. Nie wydostanie się stamtąd, chyba że przywieziemy go w kajdankach albo w skrzyni.

Jedynie z powodu strachu o rodzinę twarz Lorrie mogła ściągnąć się tak, żeby stracić na urodzie.

— Nie ma go już w Wenezueli — powiedziała do Portera Carsona. — Jutro... zjawi się tutaj.

# 45

Aromat czekoladowego ciasta z marmoladą, pieczonej szynki nasączonej wiśniowym sokiem, mocno palonej kolumbijskiej kawy i subtelny cierpki zapach przenikającego serce strachu, który przejawiał się również w postaci lekko metalicznego smaku...

Do tej chwili nie zdawałem sobie sprawy, jak głęboką miałem nadzieję, że Konrad Beezo nie żyje.

Wmawiałem sobie, że nie mogę o nim zapomnieć, że rozsądek nakazuje zakładać, iż pozostał przy życiu.

Podświadomie jednak wbiłem już kołek w jego serce, wcisnąłem mu w usta ząbek czosnku, położyłem mu na piersi krucyfiks i pochowałem go twarzą w dół na cmentarzu moich myśli.

Teraz Beezo zmartwychwstał.

— Zjawi się tu jutro — przepowiadała Lorrie — albo nawet dziś o północy.

Jej chłodna pewność zdumiała i wprawiła w zakłopotanie Portera Carsona.

— Nie, proszę pani, to niemożliwe.

— Ręczę za to życiem — odparła. — I w istocie, panie Carson, tak właśnie będę musiała zrobić, czy mi się to podoba, czy nie.

Agent zwrócił się do mnie.

— Panie Tock, przyszedłem tu, by o coś prosić, ale proszę mi wierzyć, nie chodziło mi o to, by ostrzec was, że Beezo stoi na progu waszego domu. Tak nie jest. Mogę was o tym zapewnić.

Lorrie wpatrywała się we mnie, mając w oczach pytanie, które potrafiłem odczytać, jakby było zapisane na kartce: Czy powinniśmy opowiedzieć mu historię o dziadku Josefie i pięciu datach?

Tylko najbliżsi dorośli członkowie rodziny i kilku zaufanych przyjaciół wiedziało o przepowiedni, w której cieniu żyłem: o wiszących nad moją głową pięciu mieczach Damoklesa, z których dwóch uniknąłem, a trzy nadal mi zagrażały.

Huey Foster wiedział o tym, ale nie sądziłem, by podzielił się swą wiedzą z Porterem Carsonem.

Gdyby wspomnieć o czymś takim pragmatycznemu agentowi FBI, uważałby człowieka za przesądnego głupca. Wyobrażałem sobie, jak mówi: „A więc pańskim zdaniem ciąży na panu klątwa, panie Tock? Wierzy pan w wiedźmy i zabobony?".

Dziadek Josef nie wyklął mnie. Nie życzył mi pięciu strasznych dni. Jakimś cudem w ostatnich chwilach życia otrzymał moc przewidywania przyszłości, by ostrzec mnie, by dać mi szansę ocalenia nie tyle — być może — siebie, ile ludzi, których kocham.

Carson potraktowałby to jednak nieuchronnie jako klątwę. Gdybym nawet zdołał przełamać jego sceptycyzm i wyjaśnić mu różnicę między klątwą a przepowiednią, nie uwierzyłby w możliwość przewidzenia przyszłości bardziej niż w skuteczność czarów szamana.

Jako odpowiedzialny stróż prawa mógłby się poczuć w obowiązku, by zgłosić odpowiednim władzom, że Annie, Lucy i Andy wychowywani są przez rodziców, którzy uważają, że ciąży na nich przekleństwo, którzy czują się nękani przez satanistów i nekromantów i dzieląc te lęki z dziećmi, zastraszają je.

Przez lata w gazetach opisywano rodziców oskarżanych fałszywie o znęcanie się nad dziećmi, co prowadziło do pozbawienia ich praw rodzicielskich i rozbijało na lata rodziny, dopóki oszczercy nie przyznali się do kłamstwa albo nie udowodniono im działania w złej wierze. Do tego czasu zrujnowano jednak życie wielu ludziom, a psychika dzieci doznawała nieodwracalnych szkód.

Ponieważ nikt nie chciał narażać dzieci na ryzyko, władze w takich sytuacjach często wierzyły oczywistym kłamstwom ludzi, którzy chcieli się na kimś zemścić. Uczciwy agent FBI, który nie miał powodów, by nas szkalować, zostałby z uwagą wysłuchany i szybko podjęto by stosowne działania.

Wolałem nie ryzykować, mówiąc Porterowi Carsonowi o dziadku Josefie, że ściągnę na nas brzęczący rój przekonanych o swej nieomylności biurokratów. Odpowiedziałem na nieme pytanie Lorrie przeczącym ruchem głowy.

Zwracając się ponownie do Carsona, Lorrie oznajmiła:

— W porządku, proszę mnie posłuchać. Nie mogę panu powiedzieć, skąd to wiem, ale wiem na pewno, że ten szalony sukinsyn zjawi się tutaj w ciągu jutrzejszego dnia. Chce...

— Ale, proszę pani, to po prostu nie...

— Mówię do pana, błagam, proszę mnie wysłuchać. Chce odebrać mi małego Andy'ego i prawdopodobnie chce nas wszystkich zabić. Jeśli zamierza pan go naprawdę schwytać, proszę zapomnieć o Wenezueli. Już go tam nie ma, jeśli w ogóle kiedykolwiek był. Niech nam pan pomoże zastawić na niego sidła tutaj.

Zapał widoczny na twarzy Lorrie i stanowczy ton jej głosu zbiły Carsona z tropu.

— Mogę panią zapewnić, że Beezo nie stoi na progu waszego domu i nie zjawi się tu jutro. On...

Zrozpaczona i blada z niepokoju Lorrie odsunęła krzesło, wstała i załamując ręce, powiedziała do mnie:

— Jimmy, na litość boską, przekonaj go. Mam przeczucie, że Huey nie ma tym razem dość ludzi, by nas ochronić. Nie możemy już liczyć na szczęście. Potrzebujemy pomocy.

Carson, wyraźnie przygnębiony, podniósł się z miejsca, by — jak przystało na dżentelmena — nie siedzieć, gdy kobieta stoi. Ja także wstałem, kiedy oznajmił:

— Pani Tock, pozwolę sobie powtórzyć i wyjaśnić, co komendant Foster powiedział niedawno pani mężowi przez telefon.

Carson odchrząknął i kontynuował:

— Jimmy, mam dla ciebie dobre wiadomości na temat Konrada Beezo.

Najdziwniejsze nie było to, że powtórzył dokładnie słowa Hueya, ale że usłyszałem głos Fostera, nie Portera Carsona.

Nie, to nie Huey do mnie dzwonił. Nie rozmawiałem z nim, tylko z tym człowiekiem.

Zwracając się do mnie, agent FBI dodał:

— A pańska odpowiedź, jeśli dobrze pamiętam, była uszczypliwa. — Zamilkł na chwilę. — „Nie bardzo wypada tak mówić w święta, ale mam nadzieję, że ten dupek nie żyje".

Jego głos brzmiał tak podobnie do mojego, że poczułem strach pulsujący jak krew w moich żyłach i tętnicach.

Carson wyjął spod marynarki pistolet zaopatrzony w tłumik.

# 46

Porter Carson zapewnił Lorrie, że nie przyszedł jej ostrzec, iż Konrad Beezo stoi na progu naszego domu. Był szczery w dwóch kwestiach. Po pierwsze, nie miał zamiaru jej ostrzegać. Po drugie, Beezo przeszedł już przez jej próg i znajdował się w kuchni.

Ponadto Carson był przekonany, że Beezo nie zjawi się u nas następnego dnia — ponieważ już się zjawił.

Konrad Beezo miał brązowe oczy. Oczy Portera Carsona były niebieskie. Kolorowe szkła kontaktowe stosowano już od dawna.

Beezo miał prawie sześćdziesiątkę. Carson wyglądał na czterdzieści pięć lat. Teraz dostrzegałem podobieństwa w ich sylwetkach i budowie ciała, ale poza tym wydawali się dwoma różnymi ludźmi.

W Rio mają gabinety jedni z najlepszych chirurgów plastycznych na świecie, którzy są do dyspozycji bogatej klienteli. Jeśli człowiek ma pieniądze i zgodzi się na ryzyko operacji, może zostać odmłodzony i zyskać całkiem nową tożsamość.

Kiedy ktoś cierpi na paranoję i pała żądzą zemsty, wierząc, że była mu przeznaczona wielkość, której wskutek spisku został pozbawiony, ma być może motywację, by znosić ból i ryzyko licznych zabiegów. Szaleństwo nie zawsze przejawia się w spontanicznym działaniu. Paranoidalni zabójcy mają czasem dość cierpliwości, by latami planować zemstę.

Usłyszawszy, jak Beezo zręcznie naśladuje mój głos, przypomniałem sobie, że przed dwudziestu ośmiu laty drwił w podobny sposób w szpitalnej poczekalni z mego ojca.

Widząc wówczas jego zdumienie, rzekł: „Mówiłem, że jestem utalentowany, panie Rudy Tock. Mam więcej zdolności, niż pan sobie wyobraża".

Ojciec potraktował wtedy te słowa jako przechwałki próżnego, niezrównoważonego człowieka, który chciał zabłysnąć.

Teraz, prawie po trzydziestu latach, zdałem sobie sprawę, że nie były to pogróżki. *Nie wchodźcie mi w drogę.*

Gdy staliśmy wszyscy troje wokół stołu kuchennego, Beezo uśmiechał się triumfalnie. Jego brązowe oczy płonęły złowrogim blaskiem zza niebieskich soczewek.

Odezwał się teraz własnym głosem, nie z miękkim południowym akcentem Portera Carsona, lecz szorstkim tonem człowieka, który ścigał nas w hummerze:

— Jak już mówiłem, przyszedłem tu o coś prosić. Gdzie moja rekompensata?

Lorrie i ja mierzyliśmy wzrokiem jego wykrzywioną z nienawiści twarz i lufę zaopatrzonego w tłumik pistoletu.

— Gdzie moje *quid pro quo*? — spytał.

Aby zyskać na czasie, udaliśmy, że nie rozumiemy jego pytania.

— Jakie *quid pro quo*? — spytała Lorrie.

— Moje odszkodowanie, moje zadośćuczynienie — odparł niecierpliwie Beezo. — Moje „coś za coś", wasz Andy za mojego Punchinella.

— Nie — powiedziała Lorrie. W jej głosie nie było gniewu ani strachu, tylko bezwzględna stanowczość.

— Będę go dobrze traktował — obiecał Beezo. — Lepiej, niż wy traktowaliście mojego syna.

Głos uwiązł mi w gardle z gniewu i przerażenia, lecz Lorrie powtórzyła zdecydowanie:

— Nie.

— Okradziono mnie z należnej mi sławy. Zawsze pragnąłem tylko nieśmiertelności, ale zadowolę się teraz choćby namiastką chwały. Jeśli nauczę tego chłopca wszystkiego, co potrafię, zostanie największą gwiazdą cyrku swoich czasów.

— Nie ma do tego zdolności — zapewniła go Lorrie. — Jest potomkiem cukierników i łowców burz.

— Więzy krwi są bez znaczenia — odparł Beezo. — Liczy się tylko mój geniusz. Mam talent do przekazywania wiedzy.

— Niech pan stąd odejdzie. — Lorrie zniżyła głos niemal do szeptu, jakby rzucała na niego zaklęcie, mając nadzieję wyleczyć go z obłędu. — Niech pan spłodzi własne dziecko.

Beezo nie ustępował:

— Nawet chłopca, który ma minimalne zadatki na klowna, można uczynić wielkim, kiedy ja będę jego przewodnikiem i mistrzem, jego guru.

— Niech pan spłodzi własne dziecko — powtórzyła. — Nawet taki bydlak jak pan znajdzie jakąś wariatkę, która rozłoży przed nim nogi.

W jej głosie brzmiała pogarda. Nie rozumiałem, po co jeszcze bardziej go drażni.

— Za pieniądze — kontynuowała — jakaś naćpana, zdesperowana dziwka opanuje mdłości i pozwoli panu się zerżnąć.

O dziwo, zamiast rozsierdzić Beezo, szyderstwa Lorrie najwyraźniej zbiły go z tropu. Skrzywił się kilka razy na jej słowa i oblizał nerwowo wargi.

— Z jakąś psychopatyczną wiedźmą — ciągnęła — może pan spłodzić kolejnego żądnego krwi potworka, równie szalonego jak pański pierworodny.

Nie mając odwagi spojrzeć Lorrie w oczy, a może wyczuwając większe zagrożenie w moim z trudem hamowanym milczeniu, Beezo skierował uwagę na mnie.

Lufa pistoletu, który trzymał w drżącej prawej ręce, była także wycelowana w moim kierunku i ujrzałem w niej mroczną głębię wieczności.

Widząc, że Konrad Beezo na nią nie patrzy, Lorrie wsunęła rękę do kieszeni swojego kolorowego świątecznego fartucha i wyjęła miniaturowy pojemnik z gazem pieprzowym.

Uświadomiwszy sobie swój błąd, Beezo odwrócił ode mnie wzrok.

Lorrie trysnęła mu w twarz rdzawym płynem.

Beezo — na wpół oślepiony — nacisnął spust. Rozległ się głuchy strzał. Pocisk rozbił szybę w oszklonym kredensie i kilka naczyń.

Chwyciłem krzesło i wymierzyłem je w kierunku Beezo, gdy strzelał na oślep po raz drugi. Trzeci strzał padł, kiedy zmuszałem go do odwrotu w głąb kuchni, jak treser rozjuszonego lwa.

Czwarty strzał przedziurawił dzielące nas krzesło. Drzazgi sosnowego drewna i kawałki miękkiej gąbki musnęły mi twarz, ale kula mnie nie dosięgła.

Gdy Beezo cofnął się do kuchennego zlewu, przygwoździłem go nogami krzesła.

Wrzasnął z bólu i strzelił po raz piąty, zostawiając ślad po kuli w podłodze z dębowych desek.

W zepchniętym do narożnika szczurze obudził się nagle tygrys. Wyrwał mi krzesło i oddał szósty strzał, rozbijając szybę w piecyku.

Rzucił we mnie krzesłem, ale zrobiłem unik.

Chwytając z trudem powietrze, dławiąc się oparami gazu pieprzowego i nie mogąc powstrzymać łzawienia przekrwionych oczu, Beezo przeszedł chwiejnym krokiem z bronią w ręku przez kuchnię, niemal zderzył się z lodówką, po czym wpadł przez wahadłowe drzwi do jadalni.

Lorrie leżała, zupełnie nieruchoma i przerażająco milcząca, na dębowej podłodze. Postrzelona. I, o Boże, w kałuży krwi.

# 47

Nie mogłem zostawić jej tam samej, ale nie mogłem też zostać przy niej, gdy Beezo szalał po domu.

Ten dylemat wyboru udało się natychmiast rozwiązać dzięki jednemu z wielu niełatwych równań miłości. Kochałem Lorrie nad życie. Ale oboje kochaliśmy nasze dzieci bardziej niż siebie, co w języku matematyki można by nazwać miłością do potęgi. Miłość plus miłość do potęgi oznacza nieuchronny wybór.

Czując mdłości na myśl o niedopuszczalnej stracie i przerażony perspektywą innej, równie bolesnej, ruszyłem w pościg za Beezo, zdecydowany dopaść go, zanim odnajdzie dzieci.

Nie miałby teraz ochoty uciekać i wracać kiedy indziej. Widzieliśmy już jego nową twarz, którą sprawił sobie w Brazylii. Nigdy więcej nie zyskałby nad nami przewagi, działając przez zaskoczenie.

Gra dobiegała końca. Chciał odebrać swoją rekompensatę, swoje „coś za coś", Andy'ego za Punchinella. Gotów był także zabić dziewczynki i nazwać to wyrównaniem rachunków.

Gdy wbiegłem przez wahadłowe drzwi do jadalni, właśnie stamtąd wychodził, słaniając się i zahaczając ramieniem o framugę.

W salonie znów do mnie strzelił. Musiał wciąż mieć zamglony od gazu wzrok, więc pocisk trafił mnie raczej przypadkiem niż dzięki jego umiejętnościom.

Poczułem, że pali mnie prawe ucho. Ból nie był porażający, ale potknąłem się i upadłem ze strachu.

Zanim się podniosłem, Beezo zniknął.

Znalazłem go w holu. W prawej ręce trzymał pistolet, a lewą kurczowo chwytał się poręczy, wspinając się z uporem po schodach. Pokonał już połowę ich wysokości.

Musiał sądzić, że dostałem w głowę i jestem nieprzytomny albo nawet martwy, bo nie oglądał się ani nie słyszał, że go ścigam.

Nim dotarł na piętro, złapałem go z tyłu i pociągnąłem na dół.

Obawa o rodzinę i strach przed samotnym życiem nie tyle dodały mi odwagi, ile sprawiły, że nie zastanawiałem się, co robię.

Drewniana balustrada zatrzeszczała pod naszym ciężarem. Beezo upuścił broń i spadliśmy razem na podłogę w holu.

Przyłożyłem mu do gardła prawe ramię, dociskając mocno lewą ręką prawy przegub. Bez najmniejszych skrupułów zmiażdżyłbym mu tchawicę i słuchał z dziką rozkoszą, jak bębni obcasami o podłogę w przedśmiertnych skurczach.

Zanim zdążyłem jednak wziąć go w żelazny uścisk, Beezo opuścił podbródek, opierając go o moje ramię i uniemożliwiając mi zaciśnięcie ręki z całej siły.

Uniósł obie dłonie nad głowę, mając nadzieję oślepić mnie paznokciami. Były to te same okrutne ręce, które udusiły Nedrę Lamm. Bezlitosne ręce zabójcy doktora MacDonalda i siostry Hanson.

Starałem się odsunąć twarz jak najdalej od niego.

Chwycił mnie za draśnięte pociskiem ucho i wykręcił je.

Poczułem tak ostry ból, że straciłem oddech i niemal zemdlałem.

Gdy Beezo zorientował się, że na chwilę rozluźniłem uścisk, a potem odkrył, że ma palce śliskie od krwi, poznał mój słaby punkt. Wykręcał się i wyrywał na wszystkie strony, by uwolnić się z moich rąk, cały czas próbując złapać mnie za ucho.

Prędzej czy później udałoby mu się to zrobić.

Następnym razem ból mógł pozbawić mnie przytomności, obezwładnić i skazać na śmierć.

Pistolet leżał półtora metra ode mnie, na dolnym stopniu schodów.

W jednej chwili przestałem dusić Beezo i odepchnąłem go od siebie.

Przeturlałem się w stronę schodów, chwyciłem pistolet, odwróciłem się i wystrzeliłem.

Pocisk trafił Beezo z bliskiej odległości, rozrywając mu gardło. Upadł twarzą do podłogi, z rozpostartymi ramionami, bębniąc spazmatycznie prawą dłonią o posadzkę.

Zakładając, że nie pomyliłem się w obliczeniach, z pistoletu padło osiem strzałów. Jeśli mieścił normalny magazynek, pozostały w nim dwa pociski.

Dusząc się, dławiąc i wciągając ze świstem powietrze przez rozerwane gardło, Konrad Beezo umierał, zbroczony krwią.

Chciałbym móc powiedzieć, że litość skłoniła mnie, by strzelić do niego jeszcze dwukrotnie, ale nie miało to nic wspólnego z litością.

Śmierć odebrała mu życie, a coś gorszego zabrało jego duszę. Czułem niemal zimny powiew powietrza, gdy ów egzekutor zgłosił się po swoją należność.

Oczy Beezo — jedno niebieskie, a jedno brązowe — były okrągłe jak u ryby, szkliste i beznamiętne, a jednak pełne niezgłębionych tajemnic.

Moje prawe ucho przypominało filiżankę wypełnioną po brzegi ciepłą krwią, usłyszałem jednak, jak Annie woła z korytarza na drugim piętrze:

— Tatusiu? Mamusiu?

Słyszałem także głos Lucy i Andy'ego.

Dzieci nie doszły jeszcze do schodów, ale nadchodziły.

Chcąc za wszelką cenę oszczędzić im widoku zakrwawionego, martwego Beezo, krzyknąłem:

— Wracajcie do pokoju! Zamknijcie drzwi! Tu jest potwór!

Nigdy nie żartowaliśmy na temat potworów. Traktowaliśmy lęki dzieci poważnie i z szacunkiem.

W rezultacie uwierzyły w moje słowa. Usłyszałem tupot ich nóg, a potem trzaśnięcie drzwi od sypialni dziewczynek, zamkniętych z taką siłą, że zadrżały ściany, szyby w oknach i gałązka jemioły, zawieszona na wstążce na lampie w holu.

— Lorrie — wyszeptałem, zmartwiały ze strachu, że śmierć, która przyszła po Beezo, może zechcieć zebrać jeszcze jedno żniwo.

Pobiegłem do kuchni.

# 48

*Miłość zdziała wszystko, z wyjątkiem wskrzeszania umarłych.*
Pamięć przypomina ruchome piaski, w których nic nie ginie, i nawet to, czego uczyliśmy się niechętnie w szkole i co wydaje się dawno zapomniane, wyłania się nagle, nie tyle wtedy, gdy jest potrzebne, ile w chwili, kiedy jakiś mroczny duch chce z nas zadrwić, pokazując bezużyteczność całej naszej wiedzy.

Gdy biegłem do kuchni, przypomniał mi się z lekcji angielskiej poezji ten właśnie cytat: *Miłość zdziała wszystko, z wyjątkiem wskrzeszania umarłych*, a także nazwisko poetki, Emily Dickinson. Często pisała ku pokrzepieniu serc, ale te słowa były dla mnie torturą.

Nasza wiedza i doświadczenie to dwie różne rzeczy. Wpadając przez wahadłowe drzwi do kuchni, wiedziałem, że moja płomienna miłość potrafi zdziałać to, co zdaniem poetki było niemożliwe.

Gdybym znalazł Lorrie martwą, wskrzesiłbym ją siłą woli, intensywnością pragnienia, by zawsze była ze mną, ożywiłbym ją dotykiem ust i oddechem, przekazując jej własne życie.

Chociaż wiedziałem, że przekonanie o mojej uzdrawiającej mocy to szaleństwo, takie samo jak wszystko, w co wierzył Beezo, nie traciłem jednak nadziei, bo gdyby nawet moja miłość nie potrafiła wskrzeszać umarłych, mógłbym tylko pogrążyć się w rozpaczy i być niczym żywy trup.

Gdy znalazłem się w kuchni, liczyła się każda chwila i musiałem podjąć odpowiednie działania nie tylko szybko, ale także we właściwej kolejności. Inaczej wszystko byłoby stracone.

Najpierw, omijając połamane krzesło i nie dotykając Lorrie, podbiegłem do telefonu. Zaciskając w spoconej dłoni śliską słuchawkę, wystukałem numer 911 i odczekałem dłużące się w nieskończoność dwa sygnały.

Zanim rozległ się trzeci, odezwała się policyjna telefonistka. Rozpoznałem głos mojej znajomej, Denise Deerborn. Dwa razy umawialiśmy się na randkę. Lubiliśmy się na tyle, by nie tracić czasu na umawianie się po raz kolejny.

Odezwałem się zdenerwowanym, drżącym głosem:

— Denise, mówi Jimmy Tock. Moja żona, Lorrie, została postrzelona. Jest ciężko ranna. Potrzebujemy karetki. Błagam, natychmiast!

Wiedząc, że nasz adres pojawił się na ekranie komputera Denise, gdy uzyskałem połączenie, nie traciłem więcej czasu na rozmowę i rzuciłem słuchawkę. Zawisła na kablu, obijając się o szafkę.

Przyklęknąłem obok Lorrie, leżącej w kałuży krwi. Jej twarz była tak doskonale piękna i tak blada, że podobne mają zwykle tylko marmurowe posągi.

Wyglądało na to, że została postrzelona w brzuch.

Miała zamknięte oczy. Nie poruszała powiekami.

Przyłożywszy palce do jej szyi, próbowałem wyczuć puls. Obawiałem się już najgorszego, gdy w końcu go odnalazłem. Był szybki i słaby, ale wyraźny.

Wybuchnąłem płaczem, lecz nagle uzmysłowiłem sobie, że choć Lorrie jest nieprzytomna, może mnie usłyszeć i przestraszyć się mojego szlochu. Dla jej dobra opanowałem się i chociaż cały drżałem, słychać było tylko mój nierówny, przyspieszony oddech.

Mimo utraty przytomności Lorrie oddychała szybko i płytko. Dotknąłem jej twarzy i ramienia. Miała zimną, lepką skórę.

Była w szoku.

Mój szok miał charakter emocjonalny, dotyczył umysłu i serca, ona jednak doznała szoku fizjologicznego, spowodowanego ciężkim urazem i utratą krwi. Jeśli nie zginęła z powodu ran, szok mógł doprowadzić do jej śmierci.

Leżała na wznak, w idealnej pozycji do udzielania pomocy. Złożywszy ścierkę do naczyń, podłożyłem ją Lorrie pod głowę, by nie było jej twardo. Tylko stopy powinna mieć uniesione.

Ściągnąłem z półek książki kucharskie, ułożyłem je w stos i ostrożnie podniosłem nogi Lorrie na wysokość dwudziestu kilku centymetrów.

W połączeniu z gwałtownym wzrostem ciśnienia krwi utrata ciepła mogła spowodować jej śmierć. Potrzebowałem koców, ale bałem się zostawić ją na dłużej samą, by pobiec po nie na górę.

Jeśli miała umrzeć, nie chciałem, by umierała samotnie.

Znajdująca się obok pralnia służyła również do przechowywania odzieży. Zerwałem z wieszaków na ścianie zimowe płaszcze.

Wróciwszy do kuchni, otuliłem nimi Lorrie. Moim płaszczem i jej, a także płaszczykami Annie, Lucy i Andy'ego.

Położywszy się obok Lorrie, nie bacząc na krew, przylgnąłem do niej całym ciałem, by ją ogrzać.

Gdy usłyszałem w oddali wycie syreny, przyłożyłem znów palce do jej szyi. Puls nie był wiele silniejszy niż przedtem, przekonywałem siebie jednak, że nie jest też słabszy — i wiedziałem, że kłamię.

Przemawiałem do delikatnej muszelki jej ucha, w nadziei, że uchwyci się mocno mojego głosu, że moje słowa zatrzymają ją na tym świecie. Mówiłem rzeczy, których już nie pamiętam, składałem obietnice i dodawałem jej otuchy, wkrótce jednak zacząłem się ograniczać do dwóch słów, do największej znanej mi prawdy, którą powtarzałem żarliwie i zapamiętale: „Kocham cię, kocham cię, kocham cię...".

# 49

Ojciec poprosił zmartwionych sąsiadów, by się cofnęli i zeszli z ganku i ścieżki na trawnik między świątecznymi figurkami. Tuż za tatą szli dwaj sanitariusze, wioząc Lorrie na noszach z kółkami. Leżała nieprzytomna pod wełnianym kocem, podłączona do kroplówki.

Byłem przy niej, trzymając wysoko butelkę z osoczem. Sanitariusze woleli, by pomagał im policjant, ale ja ufałem w tym wypadku tylko sobie.

Musieli znieść nosze po schodach. Gdy je postawili, kółka stuknęły o chodnik i potoczyły się z piskiem na ulicę.

Moja matka była z trójką dzieci na górze, w pokoju dziewczynek, pocieszając je i dbając o to, by nie wyglądały przez okno.

Wzdłuż ulicy stało kilka policyjnych radiowozów z włączonymi silnikami. Rzucały niebiesko-czerwone błyski na ośnieżone drzewa i okoliczne domy. Karetka czekała przy krawężniku, za samochodem mercury mountaineerem, którym przyjechał Konrad Beezo.

Kevin Tolliver, sanitariusz, który miał zająć się Lorrie w drodze do szpitala, wziął ode mnie butelkę z osoczem i wsiadł od tyłu do karetki, gdy jego partner, Carlos Nuñez, wsuwał do niej nosze.

Kiedy także chciałem wsiąść, Carlos mnie zatrzymał.

— Nie ma miejsca, Jimmy. Kevin będzie miał dużo pracy. Nie chcesz mu chyba przeszkadzać.

— Ale ja muszę...

— Wiem — przerwał mi Carlos. — Ale kiedy dojedziemy do szpitala, ona trafi od razu na salę operacyjną. Tam też nie możesz z nią być.

Cofnąłem się niechętnie.

Zamykając drzwi i rozdzielając mnie z Lorrie być może na zawsze, Carlos powiedział:

— Tato zawiezie cię swoim samochodem, Jimmy. Będziecie tuż za nami.

Gdy Carlos usiadł pospiesznie za kierownicą karetki, tato się pojawił i zabrał mnie z ulicy na chodnik.

Minęliśmy szopkę, w której aniołowie, mędrcy i pokorne zwierzęta czuwali przy Świętej Rodzinie.

Niewielka żarówka przepaliła się, pozostawiając jednego z aniołów w cieniu. Na tle jasno oświetlonej szopki jego mroczna postać ze złożonymi częściowo skrzydłami wyglądała złowieszczo, niepokojąco.

Na podjeździe przed domem rodziców stał chevy blazer taty. Z jego rury wydechowej wydobywały się kłęby pary.

Babcia Rowena wyprowadziła samochód z garażu, by był w gotowości. Stała przed domem bez płaszcza, ubrana do kolacji.

Chociaż miała osiemdziesiąt pięć lat, potrafiłaby uściskiem połamać człowiekowi żebra.

Włączywszy syrenę, Carlos ruszył karetką od krawężnika. Policjant zapewnił mu swobodny przejazd przez pobliskie skrzyżowanie.

Gdy odgłos syreny szybko cichł, babcia wcisnęła mi coś do prawej ręki, pocałowała mnie i kazała wsiadać do auta.

Policjant przepuścił nas przez skrzyżowanie i kiedy jechaliśmy w kierunku szpitala, spojrzałem na swą zaciśniętą prawą dłoń. Miałem na palcach zakrzepłą krew. Moją i mojej ukochanej żony.

Rozwarłszy dłoń, stwierdziłem, że babcia, która przez chwilę była na górze z mamą i dziećmi, wyciągnęła ze szkatułki Lorrie wisiorek z kameą, który podarowałem jej, gdy umawialiśmy się na randki.

Była to jedna z trzech rzeczy ocalałych z pożaru, który zniszczył nasz pierwszy dom. Aż dziw, że zachował się tak delikatny przedmiot. Złoty łańcuszek i pozłacany medalion powinny były się stopić. Kamea z białego steatytu z wyrzeźbionym profilem kobiety powinna być spękana i poczerniała.

Tymczasem jedynym uszczerbkiem, jakiego doznał wisiorek, było lekkie przebarwienie kilku loków we włosach kobiety na portrecie. Jej rysy pozostały piękne jak dawniej.

Nie wszystko jest tak kruche, jak się wydaje.

Zacisnąłem zakrwawioną dłoń na wisiorku tak mocno, że gdy dotarliśmy do szpitala, bolała mnie, jakby została przebita gwoździem.

Lorrie już operowano.

Pielęgniarka chciała koniecznie zabrać mnie na ostry dyżur. Pocisk Beezo, który trafił mnie w salonie, rozerwał mi chrząstkę prawego ucha. Oczyściła je i usunęła zakrzepłą krew z trąbki Eustachiusza. Pozwoliłem, by dano mi tylko miejscowe znieczulenie, gdy młody lekarz zakładał mi szwy.

Przez resztę życia będę wyglądał z powodu tego ucha jak poturbowany bokser, który spędził zbyt wiele lat na ringu.

Ponieważ nie pozwolono nam czuwać na korytarzu obok sali operacyjnej, do której zabrano Lorrie, i ponieważ po operacji miano ją przewieźć na oddział intensywnej opieki medycznej, tato i ja czekaliśmy w poczekalni tego oddziału.

Było tam ponuro. Odpowiadało mi to. Nie chciałem być dopieszczany jaskrawymi kolorami, miękkimi fotelami i inspirującą sztuką.

Chciałem cierpieć.

Może to idiotyczne, ale martwiłem się, że jeśli ogarnie mnie otępienie umysłu, serca lub ciała, jeśli poddam się jakiejkolwiek słabości, Lorrie umrze. Czułem, że tylko gdy będę znosił przenikliwy ból, mogę utrzymać uwagę Boga i mieć pewność, że słyszy moje błagania.

Nie wolno mi było jednak płakać, bo w ten sposób przyznałbym, że spodziewam się najgorszego. I tym samym prowokowałbym śmierć, by zabrała to, czego pragnie.

Tamtej nocy byłem bardziej przesądny niż ogarnięci manią prześladowczą ludzie, których codziennym życiem rządzą wyszukane rytuały i wzorce zachowań, mające na celu uniknięcie pecha.

Przez jakiś czas tato i ja dzieliliśmy poczekalnię z innymi nieszczęśnikami. Potem zostaliśmy sami.

Lorrie przyjęto do szpitala o ósmej dwanaście. O wpół do dziesiątej doktor Wayne Cornell, operujący ją lekarz, przysłał do nas pielęgniarkę.

Powiedziała nam najpierw, że doktor Cornell — specjalizujący się w operacjach jelit — jest doskonałym chirurgiem. Dodała, że towarzyszy mu „fantastyczny" zespół.

Nie potrzebowałem tych zapewnień. Aby pozostać przy zdrowych zmysłach, nabrałem już przekonania, że doktor Cornell jest niezrównanym geniuszem o rękach wrażliwych jak u wirtuoza fortepianu.

Według pielęgniarki Lorrie była nadal w stanie krytycznym, ale operacja przebiegała pomyślnie. Czekał nas jednak długi wieczór. Doktor Cornell szacował, że nie skończy wcześniej niż między północą a pierwszą w nocy.

Lorrie trafiły dwa pociski. Poczyniły wiele szkód.

W tym momencie nie chciałem znać więcej szczegółów. Nie byłbym w stanie ich znieść.

Pielęgniarka wyszła.

Niewielka poczekalnia, w której zostałem tylko z tatą, wydawała się ogromna jak hangar lotniczy.

— Wyjdzie z tego — starał się mnie pocieszyć. — Wydobrzeje.

Nie mogłem usiedzieć w miejscu. Musiałem się poruszać, rozładować napięcie.

Była niedziela, dwudziestego drugiego grudnia. Data, która nie figurowała na odwrocie biletu do cyrku. Dopiero o północy miał się zacząć trzeci z dni wymienionych przez dziadka Josefa. Co mogło się wtedy zdarzyć gorszego niż minionego wieczoru?

Udawałem, że nie znam odpowiedzi na to pytanie. Było zbyt niebezpieczne, bym dopuszczał je do siebie.

Chociaż wstałem, żeby się przechadzać, stwierdziłem nagle, że stoję przy jednym z dwóch okien. Nie miałem pojęcia, jak długo tam tkwię.

Próbowałem skoncentrować się na widoku za szybą, ale była tam tylko ciemność. Bezdenna otchłań.

Trzymałem się kurczowo framugi okna. Poczułem zawroty głowy. Miałem wrażenie, że wypadnę zaraz przez okno, w bezmiar ciemności.

Usłyszałem za sobą głos taty:

— Jimmy?

Gdy nie odpowiedziałem, położył mi rękę na ramieniu i rzekł:

— Synu...

Odwróciłem się do niego. A potem zrobiłem coś, co nie zdarzyło mi się od dzieciństwa: rozpłakałem się w ramionach ojca.

# 50

Tuż przed północą przyjechała moja matka, przywożąc w dużej puszce domowej roboty ciasteczka: cytrynowe babeczki, magdalenki, biszkopty i chińskie sezamki. Weena podążała za nią w żółtym śniegowym kombinezonie i niosła dwa duże termosy z naszą ulubioną kolumbijską kawą. Szpital oferował przekąski i kawę z automatów. Byliśmy jednak rodziną, która nawet w sytuacji kryzysowej nie spożywała tego rodzaju żywności. Annie, Lucy i Andy przenieśli się do domu moich rodziców. Byli pod troskliwą opieką całego zastępu zaufanych sąsiadów. Mama przywiozła mi również zmianę odzieży. Moje buty, spodnie i koszula były sztywne od zakrzepłej krwi.

— Kochanie, doprowadź się do porządku w męskiej toalecie na końcu korytarza — poradziła. — Od razu lepiej się poczujesz.

Wychodząc z poczekalni na tyle czasu, by zdążyć się umyć i przebrać, czułbym się jednak tak, jakbym przerywał czuwanie i opuszczał Lorrie. Nie chciałem tego robić.

Przed wyjściem z domu mama znalazła swoje ulubione zdjęcie Lorrie i włożyła je w niewielką ramkę. Siedząc w poczekalni, trzymała je teraz na kolanach i wpatrywała się w nie, jakby było talizmanem, który zapewni jej synowej powrót do zdrowia.

Ojciec usiadł obok matki i chwycił ją mocno za rękę. Mruknął coś do niej, a ona skinęła głową. Przesunęła palcem po zdjęciu, jakby przygładzała Lorrie włosy.

Weena wzięła ode mnie delikatnie wisiorek z kameą, zacisnęła go w ciepłych dłoniach i szepnęła:

— Idź, Jimmy. Musisz ładnie wyglądać dla Lorrie.

Uznałem, że czuwanie nie zostanie przerwane, jeśli tych troje ludzi pozostanie w poczekalni.

Znalazłszy się w męskiej toalecie, zawahałem się, czy umyć ręce, z obawy, że zmyję Lorrie razem z jej krwią.

Nie boimy się własnej śmierci tak bardzo, jak odejścia tych, których kochamy. Nie umiemy pogodzić się z ich stratą i doprowadza nas to do szaleństwa.

Kiedy wróciłem do poczekalni na oddziale intensywnej opieki medycznej, wszyscy czworo napiliśmy się kawy i jedliśmy ciasteczka z taką powagą, jakbyśmy przyjmowali komunię.

Pół godziny po północy pielęgniarka wróciła z informacją, że doktor Cornell będzie potrzebował więcej czasu, niż początkowo sądził. Spodziewał się, że porozmawia z nami około pierwszej trzydzieści.

Lorrie operowano już ponad cztery godziny.

Kawa i ciastka leżały mi na żołądku.

Doktor Cornell, ubrany nadal w zielony fartuch i czapeczkę, zjawił się razem z naszym lekarzem, Mello Melodeonem, o pierwszej trzydzieści trzy. Miał po czterdziestce. Wyglądał młodziej, ale wzbudzał zaufanie swoim doświadczeniem i kompetencją.

— Biorąc pod uwagę, jak poważne miała obrażenia — oznajmił — operacja przebiegła bardzo pomyślnie.

Usunął jej uszkodzoną śledzionę, bez której mogła żyć. Co gorsza, musiał usunąć również poszarpaną nerkę. Ale, z bożą pomocą, mogła cieszyć się pełnią życia z tą, która jej pozostała.

Uszkodzone żyły w jamie brzusznej wymagały wiele żmudnej pracy. Zastąpił je przeszczepami, wykorzystując żyłę pobraną z nogi Lorrie.

Zszył przebite w dwóch miejscach jelito cienkie i wyciął pięciocentymetrowy rozerwany odcinek okrężnicy.

— Będzie w stanie krytycznym jeszcze co najmniej przez dwadzieścia cztery godziny — rzekł.

Ze względu na uszkodzenia jelit istniało niebezpieczeństwo zapalenia otrzewnej. W takim przypadku musiałby ponownie ją operować. Trzeba by rozrzedzać jej krew, by zmniejszyć ryzyko zawału z powodu zakrzepów tworzących się w miejscach, gdzie szwy łączyły ścianki żył.

— Lorrie nie jest jeszcze bezpieczna — przestrzegł Cornell — ale jestem teraz o nią o wiele spokojniejszy niż wtedy, gdy zaczynałem operację. Sądzę, że potrafi walczyć, prawda?

— Jest twarda — stwierdził Mello Melodeon.

A ja dodałem:

— Twardsza ode mnie.

Gdy przewieziono ją do izolatki na oddziale intensywnej opieki medycznej, pozwolono mi wejść do niej na pięć minut. Była wciąż uśpiona. Chociaż na jej twarzy malował się spokój, widziałem, jak wiele wycierpiała.

Dotknąłem jej dłoni. Wydała mi się ciepła, może dlatego, że moje ręce były lodowate.

Twarz miała bladą, ale promienną, jak święci na obrazach z czasów, gdy większość ludzi wierzyła w świętość, a szczególnie artyści.

Była podłączona do kroplówki i aparatury monitorującej pracę serca, a w nosie miała rurki zapewniające dopływ tlenu. Odwróciłem na chwilę wzrok od jej twarzy, by spojrzeć na monitor, gdzie pulsował równomiernie świetlny punkcik, obrazujący bicie jej serca.

Mama i babcia spędziły z Lorrie kilka minut, po czym wróciły do domu, by zająć się dziećmi.

Radziłem tacie, by również poszedł, ale został ze mną.

— W puszce zostało jeszcze trochę ciasteczek — powiedział.

O tej porze, tuż przed świtem, bylibyśmy w pracy, gdybyśmy nie siedzieli w szpitalu, więc nie czułem się senny. Żyłem krótkimi wizytami u Lorrie, na które pozwalał personel oddziału.

O świcie zjawiła się w poczekalni pielęgniarka, by mnie poinformować, że Lorrie się przebudziła. Pierwsze, co powiedziała, to: „Dajcie mi Jimmy'ego". Widząc ją przytomną, nie rozpłakałem się tylko dlatego, że łzy zamgliłyby mi wzrok. A byłem spragniony jej widoku.

— Co z Andym? — spytała.

— Jest cały i zdrowy.

— A Annie i Lucy?

— Nic im nie grozi.

— Naprawdę?

— Absolutnie.

— A Beezo?

— Nie żyje.

— To dobrze — powiedziała, zamykając oczy. — Dobrze.

Po chwili spytała:

— Jaki dziś dzień?

Przez chwilę zamierzałem nie powiedzieć jej prawdy, ale nie zrobiłem tego.

— Dwudziesty trzeci grudnia.

— To ta data.

— Najwyraźniej dziadek pomylił się o kilka godzin. Powinien był ostrzec nas przed dwudziestym drugim.

— Możliwe.

— Już po najgorszym.

— Dla mnie — powiedziała.

— Dla nas wszystkich.

— Być może nie dla ciebie.

— Nic mi nie jest.

— Bądź czujny, Jimmy.

— Nie martw się o mnie.

— Bądź cały czas czujny.

# 51

Ojciec pojechał do domu, by zdrzemnąć się trzy godziny, obiecując wrócić z grubymi kanapkami z wołowiną, sałatką z oliwek i całym ciastem pistacjowo-migdałowym.

Gdy doktor Cornell robił rano obchód, stwierdził, że jest zadowolony ze stanu Lorrie: nadal był ciężki, ale poprawiał się z godziny na godzinę.

Przez poczekalnię oddziału przewijali się różni ludzie, przeżywający osobiste tragedie. Gdy doktor Cornell usiadł i poprosił mnie, bym także zajął miejsce, byliśmy akurat sami.

Zrozumiałem natychmiast, że chce mi powiedzieć coś, co może uzasadnić, dlaczego dziadek przepowiedział, że dwudziesty trzeci grudnia będzie dniem, którego powinienem się bać.

Pomyślałem o pociskach przebijających jelita, rozrywających nerki i naczynia krwionośne i zastanawiałem się, jakich jeszcze spustoszeń mogły dokonać. I nagle przemknęło mi przez myśl: rdzeń kręgowy.

— O Boże, nie. Chyba nie jest sparaliżowana od pasa w dół?

— Ależ skąd — odparł zdumiony doktor Cornell. — O czymś takim powiedziałbym ci wczoraj.

Nie pozwoliłem sobie na westchnienie ulgi, ponieważ najwyraźniej chciał mi przekazać wiadomość, która nie dawała powodu do wznoszenia toastu szampanem.

— O ile wiem, macie z Lorrie troje dzieci.

— Tak. Annie, Lucy i Andy. Razem troje.

— Najstarsze skończy wkrótce pięć lat?

— Tak. Annie. Nasza chłopczyca.

— Trójka dzieci w wieku poniżej pięciu lat. To spora gromadka.

— Zwłaszcza gdy każde ma w szafie swojego potwora.

— Czy to zdaniem Lorrie idealna rodzina? — spytał.

— To cholernie dobre dzieciaki — odparłem. — Ale nie są bez wad.

— Mam na myśli liczbę dzieci.

— Cóż, chce mieć dwadzieścioro — przyznałem.

Przyglądał mi się tak, jakby właśnie zauważył, że w ciągu nocy wyrosła mi druga głowa.

— To właściwie żart — wyjaśniłem. — Zadowoli się piątką, szóstką lub siódemką. Wyskoczyła z tą dwudziestką, żeby dać mi do zrozumienia, jak ważna jest dla niej rodzina.

— Jimmy, wiesz, że Lorrie cudem ocalała?

Skinąłem głową.

— Wiem też, że przez jakiś czas będzie osłabiona i musi dojść do siebie, ale proszę się nie martwić o dzieci. Moi rodzice i ja zajmiemy się nimi. Lorrie nie będzie tym obarczona.

— Nie o to chodzi, Jimmy. Problem polega na tym, że... Lorrie nie może już mieć dzieci. Jeśli ta wiadomość będzie dla niej ciosem, nie chcę, żeby się dowiedziała, dopóki nie odzyska sił.

Mając tylko Lorrie, Annie, Lucy i Andy'ego, dziękowałbym co rano i co wieczór Bogu, że ofiarował mi aż tyle.

Nie byłem pewien, jak Lorrie przyjmie tę wiadomość. Jest pragmatyczką, ale także marzycielką, równocześnie realistką i romantyczką.

— Musiałem usunąć jej jeden z jajników i jajowód — wyjaśnił. — Drugi jajnik jest nieuszkodzony, ale uraz jajowodu spowoduje nieuchronnie powstanie blizny, która go zamknie.

— Nie da się go w przyszłości udrożnić?

— Wątpię. Poza tym ma teraz tylko jedną nerkę. Tak czy inaczej nie powinna już zachodzić w ciążę.

— Powiem jej to. W odpowiednim momencie.

— Zrobiłem wszystko, co mogłem, Jimmy.

— Wiem. I nie potrafię wyrazić słowami, jak jestem panu wdzięczny. Ma pan u mnie na całe życie darmowe wypieki.

Gdy doktor Cornell wyszedł, nie traciłem czujności, czekając na niewysłowiony koszmar, który przepowiadał mój dziadek, i zastanawiając się, czy mogło chodzić o bezpłodność Lorrie. Dla mnie była to, owszem, przykra wiadomość, ale nic poza tym, dla niej jednak mogła oznaczać tragedię.

Jak się okazało, dopiero po kilku miesiącach mieliśmy w pełni zrozumieć, dlaczego dwudziesty trzeci grudnia był w naszym życiu niemal równie strasznym dniem jak wieczór dwudziestego drugiego.

Tato, wyglądając na wypoczętego, wrócił z kanapkami z wołowiną, sałatką z oliwek i całym ciastem pistacjowo--migdałowym.

Później, podczas mojej kolejnej krótkiej wizyty w izolatce, Lorrie powiedziała:

— Punchinello nadal żyje.

— Jest w więzieniu o najwyższym stopniu zabezpieczenia. Nie ma potrzeby się o niego martwić.

— Trochę się jednak pomartwię.

Wyczerpana przymknęła oczy.

Stałem obok łóżka, przyglądając się jej przez chwilę, po czym powiedziałem cicho:

— Tak mi przykro.

Nie spała, choć tak mi się wydawało. Nie otwierając oczu, spytała:

— Dlaczego jest ci przykro?

— Wpakowałem cię w kłopoty.

— Nieprawda. Ocaliłeś mi życie.

— Kiedy za mnie wyszłaś, ciążąca na mnie klątwa stała się twoją.

Otworzywszy oczy, przeszyła mnie wzrokiem.

— Posłuchaj, piekarczyku. Nie ma żadnej klątwy. Jest tylko życie.

— Ale...

— Nie powiedziałam, że masz słuchać?

— Tak, proszę pani.

— Nie ma żadnej klątwy. Życie jest, jakie jest. A w moim życiu jesteś największym błogosławieństwem, na jakie mogłam liczyć. Jesteś odpowiedzią na wszystkie moje modlitwy.

Przy następnej wizycie, kiedy już spała, założyłem jej ostrożnie na szyję wisiorek z kameą.

Był delikatny, ale niezniszczalny. Niezmiennie piękny. Symbol wiecznej miłości.

# 52

Jedenastego stycznia 2003 roku Lorrie wypisano ze szpitala. Na jakiś czas zamieszkała po sąsiedzku u moich rodziców, gdzie mogło się nią zaopiekować więcej osób.

Spała na rozkładanym łóżku w przylegającej do salonu artystycznej alkowie mamy, pod czujnym okiem uwiecznionego na niedokończonym portrecie udomowionego żółwia o imieniu Lumpy Dumpy.

W niedzielę dwudziestego szóstego stycznia uznaliśmy, że po długotrwałej i skutecznej diecie Lorrie może już sobie pozwolić na świąteczną kolację w stylu rodziny Tocków.

Nigdy przedtem nie mieliśmy w Boże Narodzenie tak suto zastawionego stołu. Prowadziliśmy poważne dyskusje, czy nie załamie się pod ciężarem tylu smakołyków. Po przeprowadzeniu obliczeń, w których miała swój udział matematyczna wyobraźnia dzieci, uznaliśmy, że brakuje jeszcze dwóch bułek, by stół nie wytrzymał obciążenia.

Zgromadziliśmy się w osiem osób na spóźnioną ucztę. Dzieci siedziały dumnie na poduszkach, a dorosłym dodawało animuszu dobre wino.

Jeszcze nigdy świąteczne świeczki nie rzucały na nasze twarze tak ciepłego i jasnego blasku. Dzieci wyglądały jak beztroskie elfy, a gdy spojrzałem na mamę, tatę, babcię i Lorrie, poczułem się jak w towarzystwie aniołów.

Podczas jedzenia zupy babcia Rowena oznajmiła:

— To wino kojarzy mi się z tym, jak Sparky Anderson odkorkował butelkę merlota i znalazł w niej odcięty palec.

Dzieci zapiszczały chórkiem z odrazą i zachwytem.

— Weeno — powiedział ostrzegawczym tonem ojciec — to nie jest odpowiednia historia do kolacji, zwłaszcza w Boże Narodzenie.

— Och, wprost przeciwnie — odparła babcia. — To najbardziej świąteczna opowieść, jaką znam.

— Nie ma w niej nic świątecznego — rzekł z irytacją tato.

Mama pospieszyła babci z pomocą:

— Nie, Rudy. Rowena ma rację. To jest świąteczna opowieść. Występuje tam renifer.

— I gruby facet z białą brodą — dodała babcia.

— Wiesz — wtrąciła Lorrie — właściwie nigdy jeszcze nie słyszałam tej historii, jak Harry Ramirez ugotował się na śmierć.

— To też jest świąteczna opowieść — powiedziała moja matka.

Tato jęknął.

— Owszem — zgodziła się babcia. — Występuje w niej karzeł.

Tato rozdziawił usta.

— Co karzeł ma wspólnego z Bożym Narodzeniem?

— Nie słyszałeś nigdy o elfach? — spytała babcia.

— Elfy to nie to samo co karły.

— Dla mnie tak — stwierdziła babcia.

— Dla mnie też — oznajmiła Lucy.

— Karły są ludźmi — upierał się tato. — Elfy to duszki.

— To nie powód, żeby nimi gardzić — zrugała go babcia.

— Czy ten karzeł nie nazywał się Chris Kringle? — przypomniała sobie mama.

— Nie, droga Maddy — poprawiła ją babcia. — Chris Pringle, przez P.

— To brzmi dla mnie wystarczająco świątecznie — uznała Lorrie.

— Co za bzdury! — zezłościł się ojciec.

Mama poklepała go po ramieniu, mówiąc:

— Nie bądź takim Scrooge'em, kochanie.

— A więc — zaczęła babcia — Sparky Anderson zapłacił osiemnaście dolarów za tę butelkę merlota, co wtedy było dużo wyższą sumą niż obecnie.

— Wszystko tak podrożało — wtrąciła mama.

— Zwłaszcza — dodała Lorrie — jeśli chce się dostać coś z odciętym palcem w środku.

Następny z pięciu strasznych dni miał nadejść za dziesięć miesięcy, co tamtej nocy — lśniącej błyskotkami i pachnącej pieczonym indykiem — wydawało się nam wiecznością.

# Część piąta

## Umyłeś ręce jak Poncjusz Piłat

# 53

Federalne więzienie Rocky Mountain, zakład karny o najwyższym stopniu zabezpieczenia, znajduje się kilkanaście kilometrów od Denver, na szczycie wzgórza pozbawionego drzew i zamienionego w płaskowyż. Wyższe zbocza za nim i stoki położone niżej są gęsto zalesione, ale na terenie więzienia nie ma niczego, co stanowiłoby przeszkodę dla świateł reflektorów, co dawałoby schronienie uciekinierom, próbującym uniknąć ognia karabinów maszynowych z wież strażniczych.

Z Rocky Mountain nie uciekł nigdy żaden skazany. Aby opuścić ten zakład, trzeba dostać zwolnienie warunkowe... albo być martwym.

We wznoszących się wysoko kamiennych murach widać tylko zakratowane okienka, zbyt małe, by ktokolwiek mógł się przez nie przecisnąć. Nad każdym skrzydłem budynku góruje stromy, kryty łupkami dach.

Nad głównym wjazdem na otoczony murem parking widnieją wyryte w kamieniu słowa: PRAWDA * PRAWO * SPRAWIEDLIWOŚĆ * KARA. Zważywszy na wygląd tego miejsca i osadzonych tam zatwardziałych przestępców, słowo „resocjalizacja" pominięto zapewne nieprzypadkowo.

W tamtą środę, dwudziestego szóstego listopada, w czwarty spośród moich pięciu feralnych dni, wiszące nisko nad więzieniem chmury wyglądały równie posępnie jak przyszłość skazanych. Lodowaty wiatr przenikał do szpiku kości.

Zanim wpuszczono nas przez bramę na parking, musieliśmy wszyscy troje wysiąść z explorera, a dwaj energiczni strażnicy przeszukali samochód w środku i pod spodem, by sprawdzić, czy nie przewozimy ukrytych w neseserach bomb lub wyrzutni rakiet.

— Boję się — przyznała Lorrie.

— Nie musisz z nami wchodzić — powiedziałem.

— Muszę. Zbyt wiele od tego zależy. Muszę tam być.

Uzyskawszy pozwolenie na wjazd, zaparkowaliśmy możliwie najbliżej drzwi wejściowych. Z powodu przenikliwego wiatru pokonanie na piechotę nawet krótkiego dystansu było udręką.

Personel więzienia dysponował ogrzewanym garażem w podziemiach. Parking na zewnątrz był dla przyjezdnych.

W przeddzień Święta Dziękczynienia można by się tam spodziewać tłumu stęsknionych krewnych. Tymczasem na każdy zaparkowany samochód przypadało dziewięć wolnych miejsc.

Więźniowie pochodzili ze wszystkich zachodnich stanów i być może wiele rodzin musiałoby pokonywać zbyt duże odległości, by regularnie ich odwiedzać. A może los tych ludzi nikogo nie obchodził.

Zdarzało się oczywiście, że skazani zamordowali swoich krewnych, więc nie mogli oczekiwać świątecznych wizyt.

Mimo tego szczególnego okresu nie umiałem wzbudzić w sobie współczucia dla tych osadzonych w ponurych celach samotnych ludzi, którzy z ciężkim sercem patrzyli tęsknie na ptaki, szybujące po szarym niebie za wąskimi oknami. Nigdy nie rozumiałem hollywoodzkich filmów, które idealizują skazańców i życie za kratkami. Poza tym większość z tych facetów ma telewizor, prenumeratę „Hustlera" i dostęp do wszelkich narkotyków.

Za głównym wejściem, w krótkim korytarzu, gdzie stało trzech uzbrojonych strażników — jeden z karabinem — przedstawiliśmy się, pokazaliśmy dokumenty ze zdjęciami i wpisaliśmy się do rejestru. Potem przeszliśmy przez bramkę z wykrywaczem metalu i poddaliśmy się badaniu fluoroskopowemu. Cały czas byliśmy pod obserwacją zawieszonych pod sufitem kamer.

Piękny owczarek alzacki, szkolony w wykrywaniu narkotyków, leżał przy nogach tresera, opierając pysk na łapie. Uniósł łeb, węszył przez chwilę w naszym kierunku, a potem ziewnął. Nasz zapas aspiryny i leków na nadkwasotę nie stanowił powodu, by zerwał się na nogi i zaczął warczeć. Zastanawiałem się, jak zareagowałby na kogoś, komu przepisano prozac.

Z końca korytarza obserwowała nas jeszcze jedna kamera. Strażnik otworzył kolejne stalowe drzwi, by wpuścić nas do poczekalni.

Ponieważ naszą wizytę zaaranżował Huey Foster, a także ze względu na jej niecodzienny charakter, traktowano nas jak VIP-ów. Sam zastępca naczelnika więzienia, w towarzystwie uzbrojonego strażnika, zabrał nas z poczekalni do windy, wjechał z nami na drugie piętro i poprowadził labiryntem korytarzy. Po drodze mijaliśmy dwukrotnie drzwi, otwierające się, gdy przykładał prawą dłoń do zamontowanego na ścianie skanera, który odczytywał jego linie papilarne.

Przed salą widzeń kazano nam zdjąć płaszcze i powiesić je na wieszaku na ścianie. Przeczytaliśmy na plakacie obok drzwi krótką listę ZASAD POSTĘPOWANIA.

Początkowo tylko Lorrie i ja weszliśmy do pomieszczenia o wymiarach mniej więcej sześć metrów na cztery, z podłogą z szarych winylowych płytek, szarymi ścianami i niskim wyciszonym sufitem z jarzeniówkami.

Ponure światło z ciemnego nieba przenikało z trudem przez hartowane szyby w oknach.

Środek pomieszczenia zajmował dwuipółmetrowej długości stół konferencyjny. Po jednej jego stronie stało pojedyncze krzesło, a po drugiej cztery dalsze.

Na pojedynczym krześle siedział Punchinello Beezo, który nie wiedział jeszcze, że w jego mocy leżało ocalenie naszej rodziny od tragedii albo skazanie nas na niewymowne cierpienia.

# 54

Po tej stronie stołu, gdzie siedział Punchinello, przymocowane były do blatu dwa owinięte taśmą izolacyjną stalowe pierścienie, które obejmowały przeguby jego rąk. Mógł wstać z krzesła i wyprostować się, ale nie miał swobody ruchu. Nogi stołu przytwierdzono do podłogi.

Odwiedzający rozmawiali zwykle z więźniami przez specjalną kratkę w szybie z kuloodpornego szkła, w rozmównicy, która służyła równocześnie kilku osobom. Z sal widzeń korzystali najczęściej adwokaci, chcący pomówić z klientami w cztery oczy.

Poprosiliśmy o spotkanie z Punchinellem na osobności nie dlatego, że chcieliśmy omówić z nim jakąś poufną sprawę, lecz z tego powodu, iż w bardziej intymnej atmosferze mieliśmy większe szanse przekonania go, by spełnił naszą prośbę.

Określenie „intymna atmosfera" zupełnie zresztą nie przystawało do ponurej, odpychającej sali widzeń. Nie było to miejsce, które sprzyjałoby temu, aby człowieka o zatwardziałym sercu nakłonić do spełnienia dobrego uczynku.

Strażnik, który nas tam przyprowadził, pozostał na korytarzu, zamykając za nami drzwi.

Ten, który pilnował Punchinella, wyszedł przez drugie, oszklone drzwi do sąsiedniego pomieszczenia. Stojąc za nimi, niczego nie słyszał, ale wszystko widział.

Zostaliśmy sami z człowiekiem, który zabiłby nas przed ponad dziewięciu laty, gdyby tylko miał możliwość, i którego skazano na dożywocie częściowo na podstawie naszych zeznań. Istniało duże prawdopodobieństwo, że odniesie się wrogo do wszelkich naszych próśb, toteż żałowałem, iż przepisy więzienne zabraniały przynoszenia skazanym ciasteczek.

Dziewięć lat spędzonych za kratkami nie wycisnęło na Punchinellu żadnego piętna. Nie miał tak stylowej i zadbanej fryzury jak wtedy, gdy wysadzał w powietrze miejski rynek, ale był równie przystojny jak zawsze i ciągle chłopięcy.

Jego gwiazdorski uśmiech wydawał się szczery, a jasnozielone oczy ożywiała ciekawość.

Gdy usiedliśmy naprzeciw niego przy szerokim stole, poruszył palcami prawej ręki w taki sposób, jak robią to zwykle babcie, zwracając się do wnuków i mówiąc przy tym: tiu-tiu-tiu.

— Dobrze pan wygląda — powiedziałem.

— Dobrze się czuję — odparł.

— Trudno uwierzyć, że minęło już dziewięć lat.

— Może tobie. Mnie wydaje się, że sto.

Sprawiał wrażenie, jakby nie żywił do nas urazy. A przecież należał do rodziny Beezo, w której pielęgnowano pretensje i animozje. Nie wyczuwałem jednak w jego głosie wrogości.

— Tak — rzekłem bezsensownie — domyślam się, że ma pan tu teraz dużo wolnego czasu.

— Dobrze go wykorzystuję. Skończyłem korespondencyjnie studia prawnicze, chociaż jako przestępca nie dostanę nigdy pracy w sądzie.

— Studia prawnicze? To imponujące.

— Składałem apelacje w swojej sprawie, a także w sprawach innych więźniów. Nie uwierzyłbyś, ilu jest tu ludzi, którzy zostali niewinnie skazani.

— Pewnie wszyscy? — próbowała zgadnąć Lorrie.

— Owszem, prawie wszyscy — odparł zupełnie bez ironii. — Czasem ogarnia człowieka rozpacz, ile mamy w tym społeczeństwie niesprawiedliwości.

— Zawsze jest ciasto — powiedziałem i dopiero po chwili zdałem sobie sprawę, że nie znając ulubionego powiedzenia mojego taty, Punchinello pomyśli, że plotę bzdury.

Nie przejąwszy się moją dziwaczną uwagą, odrzekł:

— Cóż, lubię ciasto, oczywiście, ale wolę sprawiedliwość. Poza zdobyciem dyplomu prawnika nauczyłem się mówić płynnie po niemiecku, ponieważ jest to język sprawiedliwości.

— Niby dlaczego? — zdziwiła się Lorrie.

— Właściwie nie wiem. Słyszałem to z ust jakiegoś aktora w starym filmie z czasów drugiej wojny światowej. Wtedy wydało mi się to sensowne. — Powiedział coś do Lorrie po niemiecku, po czym przetłumaczył: — Ładnie dziś wyglądasz.

— Zawsze był pan szarmancki.

Uśmiechnął się do niej i mrugnął.

— Nauczyłem się również mówić płynnie po norwesku i szwedzku.

— Nie znałam dotąd nikogo, kto studiowałby i norweski, i szwedzki — przyznała Lorrie.

— Cóż, pomyślałem, że uprzejmie będzie zwrócić się do nich w ich ojczystym języku, gdy będę przyjmował nagrodę Nobla.

Ponieważ wydawał się absolutnie szczery, spytałem:

— Nagrodę Nobla w jakiej dziedzinie?

— Jeszcze się nie zdecydowałem. Może pokojową, może z literatury.

— Ambitne plany — pochwaliła Lorrie.

— Pracuję nad pewną powieścią. Mówi tak połowa facetów w tym zakładzie, ale ja naprawdę to robię.

— Myślałem o napisaniu autobiografii — przyznałem.

— Jestem przy rozdziale trzydziestym drugim — oznajmił Punchinello. — Mój bohater dowiedział się właśnie, jak bardzo złym człowiekiem jest akrobata. — Powiedział coś po szwedzku lub norwesku, po czym przetłumaczył: — Pokora, z jaką przyjmuję tę nagrodę, dorównuje z pewnością mądrości waszej decyzji, by mi ją przyznać.

— Popłaczą się ze wzruszenia — powiedziała Lorrie.

Choć Punchinello był w równym stopniu stuknięty, jak groźny, jego osiągnięcia zrobiły na mnie wrażenie.

— Studia prawnicze, nauka niemieckiego, norweskiego i szwedzkiego, pisanie powieści... Ja potrzebowałbym na to o wiele więcej niż dziewięć lat.

— Sekret polega na tym, że gdy nie rozprasza mnie seks, potrafię dużo lepiej wykorzystywać czas i skupić całą energię na realizacji moich planów.

Spodziewałem się, że prędzej czy później dojdziemy do tego tematu.

— Przykro mi, że tak się stało, ale naprawdę nie dał mi pan wyboru.

Machnął lekceważąco ręką, jakby nie było o czym mówić.

— Moglibyśmy winić się wzajemnie o wiele rzeczy. Co się stało, to się nie odstanie. Nie żyję przeszłością, tylko dla przyszłości.

— Ja kuleję, kiedy jest zimno — odparłem.

Wycelował we mnie palec, pobrzękując kajdankami, którymi był przykuty do stołu.

— Przestań biadolić. Ty też nie dałeś mi wyboru.

— Chyba faktycznie.

— Jak zaczniemy się licytować — zauważył — nie przebijesz mnie. W końcu zabiłeś mojego ojca.

— To nie wszystko — przyznałem.

— I nie ochrzciłeś jego imieniem pierworodnego syna, tak jak obiecałeś. Po Annie i Lucy przyszedł na świat Andy, a nie Konrad.

Przeniknął mnie dreszcz, gdy to usłyszałem.

— Skąd zna pan ich imiona?

— Pisano o nich w zeszłym roku w gazecie, po całej tej zadymie.

— Nazywa pan „zadymą" to, że pański ojciec próbował nas zabić i porwać naszego Andy'ego? — spytała Lorrie.

Punchinello poklepał dłonią blat stołu, jakby chcąc uspokoić Lorrie, i odparł:

— Nie denerwuj się. Nie mordujemy się wzajemnie tak, jak członkowie rodzin Hatfieldów i McCoyów. On potrafił być trudny.

— To niezbyt precyzyjne określenie — stwierdziła Lorrie.

— Mówię prawdę, dziewczyno. A kto wie to lepiej niż ja? Może pamiętacie, dziewięć lat temu, gdy byliśmy w podziemiach banku i kiedy było jeszcze miło, powiedziałem wam, że miałem pozbawione ciepła i miłości dzieciństwo.

— Owszem — przyznała Lorrie. — Dokładnie tak pan powiedział.

— Starał się być dla mnie dobrym ojcem, ale nie potrafił — oznajmił Punchinello. — Czy wiecie, że przez wszystkie te lata, odkąd tu jestem, nie przysłał mi nigdy świątecznej kartki ani pieniędzy na słodycze?

— To przykre — rzekłem, naprawdę mu współczując.

— Ale z pewnością nie przyszliście tutaj, żebyśmy opowiadali sobie wzajemnie, jakim był draniem.

— Właściwie... — zacząłem.

Przerwał mi, unosząc dłoń.

— Zanim mi powiecie, o co wam chodzi, ustalmy pewne warunki.

— Jakie warunki? — spytała Lorrie.

— Oczywiście, oczekujecie ode mnie czegoś ważnego. Nie fatygowalibyście się specjalnie, by przeprosić za to, że zostałem wykastrowany, chociaż doceniam waszą skruchę. Jeśli macie coś ode mnie dostać, należy mi się rekompensata.

— Może najpierw pan posłucha, czego chcemy — zaproponowałem.

— Nie, wolałbym ustalić wstępne warunki — oznajmił. — Potem, gdybym uznał, że robię kiepski interes, możemy je zweryfikować.

— Zgoda — powiedziała Lorrie.

— Po pierwsze, chciałbym dostawać co roku dziewiątego sierpnia kartkę urodzinową i życzenia świąteczne na Boże Narodzenie. Większość facetów, którzy tu siedzą, dostaje od czasu do czasu kartki, a ja nigdy.

— Dwie kartki — potwierdziłem.

— I nie jakieś tandetne ani takie, które niby są zabawne, a w rzeczywistości złośliwe — dodał. — Niech to będzie coś romantycznego, z Hallmarku.

— Hallmark — zgodziłem się.

— Tutejsza biblioteka jest niedofinansowana i możemy dostawać książki tylko bezpośrednio z wydawnictwa lub księgarni, a nie od prywatnych osób — wyjaśnił. — Załatwcie z jakimś księgarzem, żeby przysyłali mi wszystkie nowe powieści Constance Hammersmith.

— Znam tę autorkę — powiedziałem. — Bohaterem jej książek jest detektyw z chorobą Recklinghausena. Porusza się po San Francisco w płaszczu z kapturem.

— To fantastyczne powieści! — oznajmił, najwyraźniej zachwycony, że podzielamy jego literackie gusta. — Ten detektyw to Człowiek-Słoń — niekochany przez nikogo, zawsze ośmieszany wyrzutek — więc los innych nie powinien go obchodzić, a jednak tak nie jest. Pomaga ludziom, którym nikt nie chce pomóc.

— Constance Hammersmith pisze dwie książki w roku — rzekłem. — Będzie je pan dostawał na bieżąco.

— I ostatnia sprawa... Wolno mi mieć tutaj konto. Potrzebowałbym trochę pieniędzy na słodycze, gumę do żucia i od czasu do czasu jakieś chipsy.

Stał się w końcu takim żałosnym potworem.

— Z pieniędzmi będzie problem — oznajmiła Lorrie.

— Nie chcę dużo. Czterdzieści, pięćdziesiąt dolarów miesięcznie. I tylko przez jakiś czas. Życie bez pieniędzy jest tutaj piekłem.

— Kiedy wyjaśnimy, po co tu jesteśmy — powiedziałem — zrozumie pan, dlaczego nie możemy dać panu pieniędzy. Ale z pewnością da się załatwić, aby ktoś je przysyłał, jeśli wszyscy zachowamy w tej sprawie dyskrecję.

Punchinello rozpromienił się.

— Ojej, byłoby cudownie! Kiedy czyta się Constance Hammersmith, trzeba mieć batoniki Hersheya.

Oszpecony, zakapturzony detektyw z jej powieści uwielbiał czekoladę. I grę na klawesynie.

— Nie przywieziemy panu klawesynu — ostrzegłem.

— W porządku. I tak nie mam zdolności muzycznych. Wystarczy to, co już uzgodniliśmy. To wiele by zmieniło. Życie tutaj jest takie... monotonne. To niesprawiedliwe, gdy ma się tyle ograniczeń i tak mało przyjemności. Traktują mnie tak, jakbym zabił z tysiąc osób.

— Kilka pan zabił — przypomniała mu Lorrie.

— Ale nie tysiąc. A na tę staruszkę zawaliła się wieża sądu. Nie miałem zamiaru jej zabijać. Sprawiedliwa kara powinna być proporcjonalna do winy.

— Właśnie — powiedziałem.

Pochyliwszy się naprzód z niekłamanym zainteresowaniem, Punchinello splótł ręce na stole, pobrzękując kajdankami i powiedział:

— Umieram z ciekawości, co was tutaj sprowadza.

— Syndaktylia — odparłem.

# 55

Syndaktylia.

Wzdrygnął się na to słowo, jakbym go spoliczkował. Jego więzienna cera przybrała mleczną, a potem kredową barwę.

— Skąd o tym wiecie? — spytał.

— Urodził się pan z pięcioma zrośniętymi palcami w lewej stopie — rzekłem.

— Ten łajdak wam o tym powiedział, prawda?

— Nie — odparła Lorrie. — Dowiedzieliśmy się o pańskiej syndaktylii dopiero tydzień temu.

— A w lewej dłoni miał pan zrośnięte trzy palce — dodałem.

Uniósł obie ręce, rozkładając szeroko palce. Miał ładne, kształtne dłonie, choć w tym momencie wyraźnie drżały.

— Zrośnięta była tylko skóra, nie kości — oznajmił. — Ale on powiedział, że nie ma na to rady, że będę musiał z tym żyć.

Do oczu napłynęły mu łzy. Płakał w milczeniu. Po chwili ukrył twarz w dłoniach.

Spojrzałem na Lorrie. Pokręciła głową.

Daliśmy mu trochę czasu. Potrzebował kilku minut.

Za oknami niebo pociemniało, jakby jakiś niebiański reżyser skrócił dzień z trzech aktów do dwóch, skreślając popołudnie i łącząc poranek ze zmierzchem.

Nie wiedziałem, jak Punchinello zareaguje na moje słowa,

ale nie spodziewałem się, że tak się wzruszy. Byłem wstrząśnięty.

Odzyskawszy głos, odsłonił zapłakaną twarz.

— Wielki Beezo... powiedział mi, że kuśtykając z powodu zrośniętych pięciu palców stopy, mam znakomite zadatki na klowna. Mój zabawny chód wyglądał, jego zdaniem, autentycznie.

Strażnik przyglądający się nam przez szybę w drzwiach był wyraźnie zdumiony, że bezwzględny zabójca szlocha.

— Ludzie nie widzieli mojej stopy, tylko zabawny chód. Ale widzieli moją dłoń. Nie mogłem trzymać jej ciągle w kieszeni.

— Nie wyglądała odpychająco — zapewniłem go. — Była po prostu inna... i cholernie nieużyteczna.

— Och, dla mnie była odrażająca — odparł. — Nienawidziłem jej. Moja matka była uosobieniem doskonałości. Wielki Beezo pokazywał mi jej fotografie. Wiele fotografii. Matka była doskonała... ale ja nie.

Pomyślałem o mojej matce, Maddy. Budzi sympatię, ale nie jest ideałem piękna. Za to ma czułe i dobre serce, warte więcej niż wszystkie blaski Hollywood.

— Gdy dorastałem, wielki Beezo robił od czasu do czasu zdjęcia mojej zdeformowanej stopy i dłoni i wysyłał je bez zwrotnego adresu do tej podłej świni, tej starej zasyfionej łasicy, Virgilia Vivacemente.

— Po co? — spytała Lorrie.

— Aby mu pokazać, że jego piękna i uzdolniona córka nie spłodziła akrobaty, że kolejne pokolenie cyrkowych gwiazd z dynastii Vivacementich będzie musiało się wywodzić spośród jego innych, mniej obiecujących potomków. Jak mógłbym z taką stopą chodzić po linie? Jak taką ręką chwytałbym się trapezu?

— Kiedy pana zoperowano? — spytałem.

— Gdy miałem osiem lat, zachorowałem na gardło. Wielki Beezo musiał zawieźć mnie do szpitala. Lekarz stwierdził, że skoro nie mam zrośniętych kości, rozdzielenie palców będzie prostą sprawą. Wtedy oświadczyłem, że nie będę uczył się zawodu klowna, dopóki mnie nie zoperują.

— Ale nie miał pan uzdolnień w tym kierunku.

Skinął głową.

— Po operacji bardzo się starałem dotrzymać warunków umowy, ale byłem kiepskim klownem. Od chwili gdy rozdzielono mi palce stopy i dłoni, wiedziałem to z całą pewnością.

— Jest pan urodzonym akrobatą — wtrąciła Lorrie.

— Tak. Zacząłem potajemnie ćwiczyć, ale było już za późno. Trzeba szkolić się od najmłodszych lat. Poza tym w oczach Virgilia, tej chodzącej kloaki, byłem skażony płynącą w moich żyłach krwią klowna. Uruchomiłby wszelkie swoje kontakty, by uniemożliwić mi występy.

— A więc w końcu postanowił pan poświęcić życie dokonaniu zemsty — zacytowałem jego słowa z owego wieczoru, gdy spotkaliśmy się w 1994 roku.

Powtórzył to, co powiedział nam niemal dziesięć lat wcześniej:

— Zejdę z tego świata, gdy nie mogę latać.

— Ta idiotyczna historia, którą opowiedział panu o nocy pańskich narodzin, pielęgniarce-morderczyni i lekarzu, którego Virgilio przekupił, by zabił pańską matkę — to było wszystko groteskowe kłamstwo — zapewniłem go.

Punchinello uśmiechnął się przez łzy i pokręcił głową.

— W pewnym sensie tak podejrzewałem.

Jego wyznanie mnie zmroziło.

— W pewnym sensie tak pan podejrzewał? A jednak wrócił pan do Snow Village, by zabić kilka osób i powysadzać w powietrze budynki?

Wzruszył ramionami.

— Coś musiałem zrobić. Kierowała mną nienawiść. Nic innego mi nie pozostało.

Coś musiał zrobić. Jest leniwy piątkowy wieczór, więc wysadźmy w powietrze miasto.

— Ma pan najwyraźniej zdolności językowe. — Swoich

myśli wolałem nie wypowiadać na głos. — Mógł pan zostać nauczycielem albo tłumaczem.

— Przez całe życie nie umiałem zadowolić wielkiego Beezo. A był jedynym człowiekiem, który czegoś ode mnie oczekiwał. Nie zrobiłbym na nim wrażenia, zostając nauczycielem. Ale wiedziałem, że był ze mnie dumny, gdy pomściłem śmierć matki. — Na jego ustach pojawił się niemal świątobliwy uśmiech. — Wiem, że ojciec kochał mnie za to.

— Doprawdy? — spytałem tonem pogardy, którego nie potrafiłem ukryć. — Kochał pana? Nigdy nie przysłał panu nawet kartki świątecznej.

Jego uśmiech przygasił smutek.

— Przyznam, że nigdy nie był dobrym ojcem. Ale wiem, że kochał mnie za to, co zrobiłem.

— Na pewno, Punch — wtrąciła Lorrie. — Myślę, że zrobił pan to, co należało. — Tymi słowami przypomniała mi, że przyjechaliśmy, by go sobie zjednać, a nie nastawiać do nas wrogo.

Jej aprobata, dla mnie brzmiąca nieszczerze, ale przekonująca dla Punchinella, przywróciła uśmiech na jego twarzy.

— Gdyby tamtej nocy w Snow Village wszystko poszło zgodnie z planem, mogłaś ułożyć sobie życie ze mną, zamiast z nim.

— Ho, ho, jest o czym porozmyślać, prawda? — odparła, uśmiechając się do niego.

— Syndaktylia — powtórzyłem.

Zamrugał oczami, a bezmyślny uśmiech zamarł na jego ustach.

— Nie powiedziałeś mi jeszcze, skąd o tym wiesz.

— Urodziłem się z normalnie rozwiniętymi dłońmi, ale miałem trzy zrośnięte palce w prawej stopie i dwa w lewej.

— Na Boga, co to za przeklęty szpital? — odparł Punchinello, bardziej przerażony niż zdumiony.

Nie mogłem się nadziwić, że chwilami wydawał się człowiekiem przy zdrowych zmysłach, a chwilami szaleńcem, że był dość bystry, by skończyć prawo i nauczyć się niemieckiego, a równocześnie potrafił czasem powiedzieć coś tak głupiego, jak przed chwilą.

— Szpital nie miał z tym nic wspólnego — zauważyłem.

— Powinienem był też go wysadzić.

Spojrzałem pytająco na Lorrie.

Wzięła głęboki oddech i skinęła głową.

— Mieliśmy obaj zrośnięte palce — powiedziałem do Punchinella — ponieważ jesteśmy braćmi. Bliźniakami.

Popatrzył na mnie zdziwiony, po chwili przeniósł wzrok na Lorrie. Potem uśmiechnął się z przekąsem i pełną rozbawienia podejrzliwością.

— Spróbuj wmówić to jakiemuś dupkowi, który nigdy nie widział się w lustrze.

— Nie wyglądamy jednakowo — oznajmiłem — ponieważ jesteśmy bliźniakami dwujajowymi.

# 56

Nie chciałem być jego bratem bliźniakiem nie tylko dlatego, że był maniakalnym zabójcą, lecz również z tego powodu, że nie miałem ochoty wklejać do rodzinnego albumu zdjęcia Konrada Beezo z podpisem OJCIEC. Natalie Vivacemente Beezo mogła być niewyobrażalnie piękna i mieć doskonałe ciało, ale nawet dla niej nie widziałem miejsca w moim drzewie genealogicznym.

Mam jednego ojca i jedną matkę, Rudy'ego i Maddy Tocków. Oni — i tylko oni — wychowali mnie na człowieka, którym jestem, dali mi szansę zostania tym, kim miałem być. Moim przeznaczeniem jest zawód piekarza, nie cyrkowy namiot. Jeśli w moich żyłach nie płynie ich krew, wypełnia je ich miłość, bo przez całe życie robili mi z niej transfuzje.

Innych możliwości — że Natalie mogła przeżyć albo że po jej śmierci mogłem być wychowywany przez Konrada — nie brałem pod uwagę.

Poza tym wszystkie inne wersje mojego życia wydają mi się nieprawdopodobne. Pomyślcie. Przepowiednie dziadka Josefa — który nie był moim prawdziwym dziadkiem — nie dotyczyły jego prawdziwego wnuka, który tamtej nocy urodził się martwy, lecz mnie, niemowlęcia, które Rudy i Maddy uważali błędnie za swoje dziecko. Jakim cudem miałby wizje wydarzeń z życia „wnuka", z którym nie był w istocie spokrewniony?

Mogę jedynie zakładać, że jakaś wyższa siła, świadoma dziwnego splotu wydarzeń, które miały nastąpić, wykorzystała mojego dziadka nie tylko, a może nawet nie głównie po to, by ostrzec mnie przed pięcioma strasznymi dniami w moim życiu, ale również, co ważniejsze, aby sprawić, by Rudy wierzył całym sercem, że niemowlę ze zrośniętymi palcami, zupełnie niepodobne do swoich rodziców, było dzieckiem, które Maddy nosiła przez dziewięć miesięcy w łonie. Dziadek Josef powiedział Rudy'emu, że urodzę się o 22.46, będę miał pięćdziesiąt centymetrów wzrostu i ważył cztery kilogramy trzysta gramów. Wspomniał też o moich zrośniętych palcach. Kiedy tato wziął mnie na ręce, zawiniętego w kocyk, wiedział już, że jestem spełnieniem przepowiedni, wygłoszonych na łożu śmierci przez jego ojca.

Jakiś anioł stróż nie chciał, abym skończył w sierocińcu albo został zaadoptowany przez inną rodzinę. Chciał, bym zajął miejsce Jimmy'ego Tocka, który zmarł w drodze na świat.

Dlaczego?

Może Bóg uznał, że światu brakuje jednego dobrego cukiernika.

Może uznał, że Rudy i Maddy zasługują na dziecko, które mogli obdarzyć bezinteresowną miłością i czułością.

Pełna i prawdziwa odpowiedź na to pytanie stanowi tak głęboką tajemnicę, że nigdy jej nie odkryję, chyba że zostanie mi objawiona po śmierci.

Jedno muszę skorygować. Jimmy Tock nie umarł w drodze na świat. Zmarło jakieś bezimienne niemowlę. Ja jestem jedynym Jimmym Tockiem, jedynym człowiekiem o takim nazwisku, synem Rudy'ego i Maddy, bez względu na to, z czyjego łona wyszedłem. Moim przeznaczeniem są wypieki, Lorrie Lynn Hicks, Annie, Lucy i Andy i wiele rzeczy, o których jeszcze nie wiem, i w każdym dniu życia realizuję plan opatrzności, nawet jeśli go nie rozumiem.

Jestem głęboko wdzięczny Losowi. Pokorny. I czasem prze-rażony.

W roku 1779 poeta William Cowper napisał: „Bóg na dziwne sposoby dokonuje swych cudów".

Racja, Bill.

Uśmiechając się nadal podejrzliwie i z przekąsem, Punchinello powiedział:

— Mówcie, co wiecie.

— Przyprowadziliśmy kogoś, komu może łatwiej pan uwierzy — oznajmiła Lorrie.

Podszedłem do drzwi, otworzyłem je i wyjrzawszy na korytarz, poprosiłem Charlene Coleman, ziemskie narzędzie mego anioła stróża, by dosiadła się do nas.

# 57

Charlene Coleman, pielęgniarka z oddziału położniczego, która pełniła dyżur w noc moich narodzin, a teraz w wieku pięćdziesięciu dziewięciu lat nadal pracowała w szpitalu, nie straciła całkiem swego akcentu z Missisipi, choć przeżyła tyle czasu w Kolorado. Miała równie sympatyczną twarz jak kiedyś i równie czarną.

Przytyła trochę, co przypisywała darmowym wypiekom, które dostawała od mojego ojca od lat. Ale, jak mówiła, jeśli chce się trafić do nieba, należy najpierw przejść przez życie i trzeba mieć ciało dla ochrony przed ciosami, które inkasuje się po drodze.

Niewiele kobiet ma taką klasę jak Charlene. Jest zdumiewająco kompetentna, ale nie zadufana w sobie. Zdecydowana, lecz nie apodyktyczna. Ma swoje zasady, ale nie narzuca ich innym. Nie jest zapatrzona tylko w siebie.

Charlene usiadła przy stole między mną a Lorrie, dokładnie na wprost Punchinella.

— Był pan rozkrzyczanym brzdącem o czerwonej, pomarszczonej twarzy — powiedziała — a wyrósł pan na przystojniaka, który łamie serca, choć nawet się nie stara.

Ku mojemu zaskoczeniu Punchinello oblał się rumieńcem. Wydawał się zadowolony z tego komplementu, odparł jednak:

— Nie wyszło mi to na dobre.

— Baranku, nigdy nie pogardzaj darami, które daje ci Bóg. Jeśli nie potrafimy z nich skorzystać, to nasza wina, nie jego. — Przyglądała mu się przez chwilę. — Moim zdaniem pan nigdy naprawdę nie wiedział, że jest pan przystojnym chłopcem. Nawet teraz nie bardzo pan w to wierzy.

Wpatrywał się w swoją dłoń, nad którą kiedyś ciążyło przekleństwo syndaktylii. Rozsunął palce i poruszał każdym z nich oddzielnie, jakby dopiero wczoraj je rozdzielono, jakby dopiero uczył się nimi posługiwać.

— Pańska mama też była urodziwa — ciągnęła Charlene — i słodka jak dziecko, ale delikatna.

Podniósłszy wzrok znad swej dłoni, Punchinello wrócił z przyzwyczajenia do szalonej historii, którą zmyślił jego ojciec:

— Została zamordowana przez lekarza, ponieważ...

— To nieprawda — przerwała mu Charlene. — Wie pan równie dobrze jak ja, że to bzdura. Kiedy zaczyna się wierzyć w kłamstwa tylko dlatego, że tak wygodniej, całe życie staje się kłamstwem. I dokąd to człowieka prowadzi?

— Za kratki — przyznał.

— Mówię, że pańska mama była delikatna, nie tylko dlatego, że umarła podczas porodu, bo tak właśnie się stało, choć lekarz robił wszystko, by ją uratować. Miała również słabą psychikę. Ktoś musiał mocno ją zranić. Była przerażonym biedactwem, bojącym się nie tylko porodu. Trzymała kurczowo moją rękę i nie chciała jej puścić. Myślę, że chciała mi coś powiedzieć, ale nie mogła zdobyć się na odwagę.

Wyczuwałem, że gdyby Punchinello nie był przykuty do stołu i gdyby zezwalał na to więzienny regulamin, chwyciłby Charlene za rękę, tak jak zrobiła jego matka. Wpatrywał się w nią jak zahipnotyzowany. Jego twarz wyrażała głęboki smutek, rozczarowanie i dziecięcą tęsknotę.

— Chociaż pańska mama umarła — kontynuowała Charlene — urodziła zdrowe bliźniaki. Jimmy był większy, pan mniejszy.

Patrzyłem, jak wpatruje się w Charlene i zastanawiałem się nad tym, jak inaczej potoczyłoby się moje życie, gdyby to jego próbowała wtedy ocalić zamiast mnie.

Świadomość, że mogłem znaleźć się na jego miejscu, powinna ułatwić mi dostrzeżenie w nim brata, ale jakoś nie miałem do niego serca. Pozostał dla mnie obcy.

— Maddy Tock — powiedziała Charlene do Punchinella — miała także ciężki poród, ale w jej przypadku stało się odwrotnie niż z pańską matką. Maddy przeżyła, lecz umarło jej dziecko. Ostatni skurcz miała tak bolesny, że zemdlała — i nie wiedziała, że niemowlę urodziło się martwe. Zabrałam je i położyłam do łóżeczka, żeby nie zobaczyła maleństwa, gdy się ocknie — i żeby w ogóle nie musiała go oglądać, jeśli tak postanowi.

O dziwo, myślałem o tym martwym niemowlęciu z żalem, jak o utraconym bracie. Punchinello nie wzbudzał we mnie takich uczuć.

— Potem doktor MacDonald poszedł do poczekalni dla ojców — wtrąciła Lorrie — aby pocieszyć Konrada Beezo po stracie żony, a Rudy'ego Tocka z powodu śmierci dziecka.

— Brakowało nam tej nocy personelu — przypomniała Charlene. — Panowała grypa i wiele osób było na zwolnieniu. Dyżurowała ze mną tylko Lois Hanson. Kiedy usłyszałyśmy, jak Konrad Beezo krzyczy na lekarza, zachowując się wulgarnie i agresywnie, obie pomyślałyśmy o bliźniakach, ale z różnych powodów. Lois sądziła, że widok jego dzieci uspokoi Konrada, ale ja zaznałam wcześniej przemocy w małżeństwie i rozpoznałam w głosie tego człowieka wściekłość, której nie da się uśmierzyć łagodnością, która musi sama się wypalić. Myślałam tylko o tym, by zabrać niemowlęta w bezpieczne miejsce. Lois wyszła na korytarz, by zanieść pana do poczekalni, i zginęła od kuli, a ja uciekłam z Jimmym w przeciwnym kierunku i ukryłam się.

Martwiłem się, że mimo faktu, iż obaj urodziliśmy się z syndaktylią, Punchinello przyjmie opowieść Charlene sceptycznie albo całkiem ją odrzuci. Tymczasem wyglądało na to, że nie tylko wierzy w tę historię, ale jest nią wręcz urzeczony.

Może spodobała mu się romantyczna idea, że ma wiele wspólnego ze zdradzonym tytułowym bohaterem książki Aleksandra Dumas *Człowiek w żelaznej masce*, że jest odpowiednikiem dzielnego wieśniaka, podczas gdy ja, jego brat bliźniak, zasiadam na tronie Francji.

— Gdy odkryłam, że nasz cudowny doktor MacDonald i Lois Hanson zostali zamordowani — ciągnęła Charlene — zrozumiałam, że jestem jedyną żyjącą osobą, która wie, iż dziecko Maddy urodziło się martwe, a Natalie Beezo wydała na świat bliźniaki. Gdybym nic nie zrobiła, Maddy i Rudy przeżyliby wielką tragedię, a dziecko, które ocaliłam, byłoby zdane na łaskę społeczeństwa, zostałoby odesłane do sierocińca albo do rodziny zastępczej... a może zabraliby je krewni Konrada Beezo, równie niezrównoważeni jak on. I przez całe życie wszyscy wytykaliby je palcami, mówiąc: To syn mordercy. Wiedziałam, jakimi dobrymi i uczciwymi ludźmi są Rudy i Maddy i jaką miłością obdarzą tego chłopca, więc postąpiłam, jak uznałam za stosowne, i niech Chrystus mi wybaczy, jeśli uzna, że odgrywałam rolę Boga.

Punchinello zamknął oczy i rozważał w milczeniu przez jakieś pół minuty opowieść pielęgniarki, po czym zwrócił się do mnie:

— Więc co się stało z prawdziwym tobą?

Nie od razu pojąłem, o co mu chodzi. Potem uświadomiłem sobie, że „prawdziwy ja" to zmarłe dziecko mojej mamy i taty.

— Charlene miała dużą wiklinową torbę — wyjaśniłem. — Owinęła martwe niemowlę w miękkie białe prześcieradło, włożyła je do torby i zabrała ze szpitala do swojego pastora.

— Jestem z urodzenia i wychowania baptystką — powiedziała Charlene do Punchinella. — Czerpiemy radość z naszej wiary. Ubieram się lepiej do kościoła w niedzielę niż na imprezę w sobotni wieczór i pochodzę z rodziny, która lubi chwalić Boga pieśniami gospel. Gdyby pastor powiedział mi, że postąpiłam źle, pewnie próbowałabym to naprawić. Ale jeśli miał wątpliwości, współczucie wzięło w nim górę. Przy naszym kościele jest cmentarz, więc znaleźliśmy tam razem ładny zakątek dla dziecka Maddy. Pochowaliśmy je, odmawiając modlitwę, tylko we dwoje, a rok później kupiłam niewielki nagrobek. Kiedy odczuwam potrzebę, chodzę tam z kwiatami, mówię mu, jakie godne życie prowadzi tutaj zamiast niego Jimmy i jaki może być dumny z takiego przyrodniego brata.

Poszedłem na cmentarz z mamą i tatą i widziałem ten nagrobek, zwyczajną płytę z granitu grubości pięciu centymetrów. Wyryto na niej napis: TU SPOCZYWA MAŁY T. BÓG KOCHAŁ GO TAK BARDZO, ŻE WEZWAŁ GO DO SIEBIE W CHWILI NARODZIN.

Może z powodu naszej źle ukierunkowanej wolnej woli albo karygodnej dumy żyjemy w przekonaniu, że znajdujemy się w centrum wydarzeń. Rzadko bywają takie chwile, że widzimy siebie we właściwej perspektywie, uwalniamy się od naszego ego i próbujemy dostrzec całokształt sytuacji, zauważać, że każdy z nas jest jedynie nicią w barwnym gobelinie, niezbędną jednak do tego, by jego splot był trwały.

Gdy stałem przed tym nagrobkiem, poczułem nagle, jakby porwała mnie fala przypływu, uniosła, obróciła i wyrzuciła z powrotem na brzeg, umacniając mój szacunek dla niezmierzonych zawiłości życia i pokorę wobec jego niezgłębionych tajemnic.

# 58

Dotkliwy mróz zamieniał płatki śniegu w grudki, które uderzały o więzienne okna, jakby duchy ofiar odsiadujących wyroki zabójców stukały w szyby, by zwrócić na siebie uwagę.

Kiedy Charlene powiedziała nam już wszystko, co miała do powiedzenia, i wróciła na korytarz, Punchinello pochylił się ku mnie i spytał ze szczerością w głosie:

— Zastanawiasz się czasem, czy istniejesz naprawdę?

Jego pytanie zdenerwowało mnie, ponieważ nie rozumiałem, do czego zmierza, i martwiłem się, że sprowokuje jakąś idiotyczną dyskusję, z której powodu trudno nam będzie przedstawić mu naszą prośbę.

— Co masz na myśli?

— Nie wiesz, o co mi chodzi, ponieważ nigdy nie wątpiłeś, czy naprawdę istniejesz. Czasem, gdy idę ulicą, mam wrażenie, że nikt mnie nie dostrzega, i jestem pewien, że stałem się niewidzialny. Albo budzę się nocą przekonany, że za oknem niczego nie ma, tylko ciemność i pustka, i boję się rozsunąć zasłony i wyjrzeć, boję się, że ujrzę idealną próżnię, a kiedy odwrócę się od okna, pokoju także nie będzie, i będę krzyczał bezgłośnie i unosił się w powietrzu, straciwszy zmysł dotyku, smak i węch, głuchy i ślepy. Świat zniknie, jakby go nigdy nie było, ja nie będę mógł dotknąć swojego ciała ani czuć bicia serca, ale nie zdołam przestać myśleć, intensywnie i rozpacz-liwie, o tym, czego nie mam i czego pragnę, o tym, od czego chcę się uwolnić, o tym, że dla wszystkich jestem nikim i że wszyscy nic dla mnie nie znaczą, że nigdy nie istniałem, a jednak mam tyle wspomnień, dręczących, natrętnych, znienawidzonych wspomnień.

Rozpacz to porzucenie nadziei. Desperacja jest rozpaczą pobudzoną do działania, energicznego i brawurowego. Opowiadał mi, że wszystko, czego się nauczył, od korzystania z broni i materiałów wybuchowych do języka niemieckiego, od przepisów prawa do gramatyki norweskiej, było wynikiem desperacji, jakby zdobywając wiedzę, osiągał poczucie materialności, realności. Nadal jednak budził się w nocy, przekonany, że za oknem czai się złowieszcza otchłań.

Otworzył się przede mną i to, co ujrzałem, było zarazem żałosne i przerażające.

Jego słowa ujawniały więcej, niż zdawał sobie sprawę. Pokazał mi, że po najgłębszej autoanalizie, na jaką go było stać, nadal naprawdę siebie nie rozumiał, nadal żył w kłamstwie. Przedstawił mi się — i samemu sobie — jako człowiek, który wątpi w swoje istnienie, a zatem i w jego sens. W istocie wątpił w istnienie świata, a tylko swoje uważał za realne.

Nazywają to solipsyzmem i słyszał o tym nawet cukiernik taki jak ja. Według tej teorii dowieść można tylko istnienia jednostki i należy bardzo się troszczyć o zaspokojenie jej uczuć i pragnień. On nie potrafiłby nigdy widzieć siebie jako nici w gobelinie. Był wszechświatem, a my wszyscy tworami jego wyobraźni, które mógł zniszczyć, kiedy uznał za stosowne, bez szczególnych konsekwencji dla nas i dla niego.

Tego rodzaju myślenie nie oznacza początkowo obłędu, choć może w końcu do niego prowadzić. Zaczyna się od pewnego wyboru. Stanowi rodzaj filozofii, która budzi zainteresowanie na najlepszych uniwersytetach. Czyniło to z niego bardziej znaczącą postać, niż gdyby był biednym zagubionym chłopcem, który oszalał wskutek niefortunnych okoliczności.

Przerażał mnie bardziej niż kiedykolwiek. Przybyliśmy w to miejsce gnani nadzieją — i potrzebą — poruszenia jego serca, ale nasze prośby mogły skłonić go do poświęceń równie skutecznie, jak nas mamrotanie upiora we śnie.

To był czwarty z pięciu strasznych dni w moim życiu i teraz wiedziałem już, dlaczego będzie najgorszy. Czułem, że on nam odmówi i w ten sposób zostaniemy skazani na przeżywanie niepowetowanej straty.

— Po co tu przyjechaliście? — spytał.

Nie po raz pierwszy, gdy zabrakło mi słów, Lorrie wiedziała, co powiedzieć. Nawiązała do fundamentalnego kłamstwa, za którego pomocą przekonywał sam siebie, że jest ofiarą, a nie potworem.

— Przyjechaliśmy, żeby panu powiedzieć — oznajmiła — że istnieje pan naprawdę i że jest sposób, by raz na zawsze pan to sobie udowodnił.

— A cóż to za sposób?

— Chcemy, żeby uratował pan życie naszej córce. Tylko pan może tego dokonać i nic nie jest bardziej rzeczywiste.

# 59

Lorrie wyjęła z torebki fotografię Annie i podsunęła ją w kierunku Punchinella.

— Ładna — stwierdził, ale nie dotknął zdjęcia.

— Za niecałe dwa miesiące skończy sześć lat — powiedziała Lorrie. — Jeśli dożyje.

— Ja nigdy nie będę miał dzieci — przypomniał nam. Nic nie odpowiedziałem. Przeprosiłem go już kiedyś za to, że stracił przeze mnie męskość, choć to w zasadzie chirurg dokonał dzieła, którego ja nie dokończyłem.

— Annie miała nerczaka — oznajmiła Lorrie.

— To brzmi jak nazwa orzeszków — odparł Punchinello, uśmiechając się z powodu swego kiepskiego dowcipu.

— To rak nerek — wyjaśniłem. — Guzy rosną bardzo szybko. Jeśli nie usunie się ich wcześnie, atakują płuca, wątrobę i mózg.

— Dzięki Bogu, wykryto u niej chorobę na czas — stwierdziła Lorrie. — Wycięto jej obie nerki i zastosowano naświetlania, chemioterapię. Nie ma już raka.

— To dobrze — powiedział. — Nikt nie powinien mieć raka.

— Ale są dalsze powikłania.

— To nie jest tak interesujące, jak zamiana niemowląt — rzekł Punchinello.

Nie odważyłem się nic powiedzieć. Miałem wrażenie, jakby życie mojej Annie wisiało na włosku, tak cienkim, że mogłem przeciąć go jednym zbyt ostrym słowem.

Lorrie kontynuowała, jakby nigdy nic.

— Po wycięciu nerek była poddawana hemodializie trzy razy w tygodniu po cztery godziny.

— Skoro ma sześć lat — zauważył Punchinello — nie musi chodzić do pracy ani nic takiego. Ma mnóstwo wolnego czasu.

Nie mogłem się zorientować, czy jest jedynie nietaktowny i gruboskórny, czy też celowo nas drażni i sprawia mu to przyjemność.

— Główną część urządzenia do dializy stanowi duży pojemnik zwany dializatorem — powiedziała Lorrie.

— Czy ta Charlene może trafić przed sąd z powodu tego, co zrobiła? — spytał nagle Punchinello.

Postanowiwszy, że nie dam mu się wyprowadzić z równowagi, odparłem:

— Tylko wtedy, gdyby moi rodzice chcieli ją zaskarżyć. Ale tego nie zrobią.

Lorrie ciągnęła z uporem dalej:

— Dializator zawiera tysiące cienkich włókien, przez które przepływa krew.

— W zasadzie nie lubię Murzynów — poinformował nas Punchinello — ale ona wydaje się dość miła.

— Jest tam roztwór, płyn oczyszczający — kontynuowała Lorrie — który usuwa produkty przemiany materii i nadmiar soli.

— Straszny z niej jednak tłuścioch — stwierdził Punchinello. — Musi pochłaniać niesamowite ilości jedzenia. Człowiek się zastanawia, czy nie połknęła tego niemowlęcia, zamiast je pochować.

Lorrie zamknęła oczy i wciągnęła głęboko powietrze, po czym mówiła dalej:

— Zdarza się to bardzo rzadko, ale czasem pacjent poddawany dializie jest uczulony na jeden lub kilka składników roztworu oczyszczającego.

— Nie mam nic przeciwko Murzynom. Powinni mieć równe prawa i tak dalej. Po prostu nie podoba mi się to, że nie są biali.

— Dializat, czyli roztwór oczyszczający, zawiera wiele substancji chemicznych. Zaledwie ich śladowe ilości powracają do organizmu z krwią i są zwykle nieszkodliwe.

— Nie podoba mi się, że mają dłonie na zewnątrz czarne, a wewnątrz białe — oznajmił Punchinello. — Podeszwy stóp też mają jasne. To tak, jakby nosili źle wykonane i kiepsko zaprojektowane maskujące stroje dla czarnuchów.

— Jeśli lekarz przepisze dializat, który nie działa tak dobrze, jak powinien — wyjaśniła Lorrie — albo jeśli pacjent jest na niego uczulony, jego skład można zmienić.

— Istnienie Murzynów — rzekł Punchinello — stanowi dla mnie jeden z dowodów, że świat jest niedoskonały. Byłoby o wiele lepiej, gdyby wszyscy byli biali.

Przypuszczalnie, nie zdając sobie z tego sprawy, gotów był już przyznać, że jego zdaniem świat jest jedynie sceną, zwodniczym złudzeniem i tylko on sam nadaje mu jakąś wartość.

Lorrie spojrzała na mnie. Miała spokojną twarz, ale w jej oczach malowała się rozpacz. Skinąłem głową, by nie rezygnowała.

Nasze szanse przekonania Punchinella malały z każdą chwilą, ale gdybyśmy się poddali, dla Annie nie byłoby żadnej nadziei.

— Czasami, choć niezwykle rzadko — powiedziała Lorrie — pacjent poddawany dializie jest tak silnie uczulony na najmniejsze nawet ilości niezbędnych do tego zabiegu substancji chemicznych, że nie ma możliwości zmiany składu dializatu. Reakcje alergiczne przybierają na sile i występuje ryzyko szoku anafilaktycznego.

— Jezu, czemu nie oddasz jej swojej nerki? — spytał Punchinello. — Na pewno byłabyś odpowiednią dawczynią.

— Dzięki pańskiemu ojcu — przypomniała mu Lorrie — mam tylko jedną nerkę.

— To ty bądź dawcą — zwrócił się do mnie.

— Gdybym mógł nim być, już bym leżał na stole operacyj-
nym — odparłem. — Kiedy robiono mi testy pod kątem możliwości wykonania transplantacji, okazało się, że mam naczy-
niaki w obu nerkach.

— Więc ty także umrzesz?

— To łagodne guzy. Można z nimi żyć, ale nie nadaję się na
dawcę nerki.

Ostatnie słowa, jakie dziadek Josef wypowiedział na łożu
śmierci, brzmiały: „Nerki! Dlaczego nerki mają być tak cholernie ważne? To absurd! Absurd!".

Ojciec sądził, że dziadek mówił już wtedy od rzeczy, że te
słowa były bez znaczenia.

Wiemy, co powiedziałby na ten temat poeta William Cowper,
gdyby nie umarł w 1800 roku.

Oprócz rozważań dotyczących tajemnic boskich ścieżek, stary
Bill napisał również: „Za surowym obliczem opatrzności Bóg
ukrywa uśmiechniętą twarz".

Zawsze tak właśnie uważałem. Ale muszę przyznać, że
ostatnio bywały chwile, gdy zastanawiałem się, czy Jego
uśmiech nie jest równie przewrotny jak ten, którym obdarzał
nas Punchinello.

Teraz mój brat zabójca zasugerował:

— Zapiszcie małą na listę oczekujących na przeszczepy, tak
jak robią wszyscy.

— Musielibyśmy czekać rok, a może dłużej, na odpowiednią
nerkę — odparła Lorrie. — Lucy i Andy są zbyt mali, by być
dawcami.

— Rok to nie tak długo. Moją syndaktylię zoperowano
dopiero, gdy miałem osiem lat. Gdzie wtedy byliście?

— Nie słucha pan, co mówię — powiedziała dobitnie
Lorrie. — Annie musi być cały czas poddawana dializie, ale
nie może. Już to wyjaśniałam.

— Mogę nie być odpowiednim dawcą.

— Z dużym prawdopodobieństwem pan jest — zapewniłem go.

— To będzie znów jak utkwienie głową w wiadrze — zawyrokował. — Zawsze tak się kończy.

Starając się, by poczuł emocjonalny związek z Annie, Lorrie powiedziała:

— Jest pan jej stryjkiem.

— A ty jesteś moim bratem — zwrócił się do mnie. — A gdzie byłeś przez ostatnich dziewięć lat, gdy wymiar sprawiedliwości mnie ukrzyżował? Umyłeś ręce jak Poncjusz Piłat.

Irracjonalność jego zarzutów i mania wielkości przejawiająca się w tym, że porównywał się z Chrystusem, kazały mi milczeć.

— Istnieje jeszcze jeden dowód na to, że czarna rasa jest pomyłką — kontynuował. — Murzyn powinien mieć czarną spermę, skoro biały człowiek ma białą. Ale wiem, że tak nie jest. Widziałem dość filmów porno.

Są takie dni, gdy wydaje mi się, że najbardziej przekonujący literacki obraz naszego świata stanowi fantasmagoryczne królestwo, po którym oprowadzał Alicję Lewis Carroll.

Lorrie nie dawała za wygraną:

— Prędzej czy później szok anafilaktyczny zabije Annie. Nie możemy dłużej ryzykować. Jesteśmy w sytuacji bez wyjścia. Pozostało jej dosłownie...

Załamał jej się głos.

Dokończyłem za nią:

— Annie pozostało dosłownie tylko kilka dni życia.

Poczułem, jak strach ściska mi serce, i przez chwilę nie mogłem oddychać.

— A więc wszystko się ciągle obraca wokół starego, dobrego Punchinella — rzekł mój brat. — Punchinello Beezo będzie najsłynniejszym klownem w historii. Tylko że nim nie zostałem. Punchinello stanie się najlepszym akrobatą swoich czasów! Ale mi na to nie pozwolono. Nikt nie pomści śmierci matki tak jak Punchinello! Tyle że nie udało mi się uciec z pieniędzmi i straciłem jądra. A teraz znowu jedynie Punchinello, spośród wszystkich ludzi na świecie, może uratować małą Annie Tock, która nawiasem mówiąc, powinna nazywać się Annie Beezo.

Tylko Punchinello! Ale w końcu ona i tak umrze, ponieważ jak zwykle wszystko zmierza do tego, by usunąć mi spod nóg dywan, na którym stoję.

Jego słowa wstrząsnęły Lorrie. Wstała z krzesła i odwróciła się od niego, nie mogąc opanować drżenia.

Wydusiłem z siebie tylko słowo „błagam".

— Odejdźcie — powiedział. — Wracajcie do domu. Kiedy ta mała suka umrze, pochowajcie ją na cmentarzu baptystów obok bezimiennego dziecka, któremu ukradliście życie.

# 60

Kiedy wyszliśmy z sali widzeń na korytarz, Charlene Coleman domyśliła się straszliwej prawdy, gdy tylko zobaczyła nasze twarze. Rozpostarła ramiona, a Lorrie przylgnęła do niej, szlochając.

Przypomniawszy sobie wszystko, co zaszło przez ostatnie pół godziny, żałowałem, że nie mogę cofnąć czasu i podejść do Punchinella raz jeszcze z większą finezją.

Wiedziałem, oczywiście, że kolejna rozmowa z nim nie dałaby więcej niż ta, którą właśnie zakończyliśmy, podobnie jak dziesięć czy sto rozmów. Było to jak rzucanie słów na wiatr, jak rozkazywanie huraganowi, by się uciszył.

Miałem świadomość, że nie zawiodłem Annie, że przyjazd tutaj był od samego początku beznadziejnym posunięciem. A jednak czułem się tak, jakbym ją zawiódł, i byłem pogrążony w tak bezdennej rozpaczy, że brakowało mi sił, aby wrócić na parking.

— Zdjęcie — przypomniała sobie nagle Lorrie. — Ten sukinsyn zabrał zdjęcie Annie.

Nie musiała nic więcej mówić. Rozumiałem, dlaczego nagle pobladła i zacisnęła z odrazą usta.

Nie mogłem znieść myśli, że Punchinello jest sam w celi z fotografią mojej Annie, wpatruje się w nią z satysfakcją

363

i wyobraża sobie bolesną śmierć naszego dziecka, by zaspokoić swoją żądzę okrucieństwa.

Rzuciłem się z powrotem do sali widzeń i zastałem go ze strażnikiem, który zamierzał właśnie rozkuć mu ręce, by mógł wstać od stołu.

— Ta fotografia jest nasza — powiedziałem.

Zawahał się, po czym wyciągnął rękę ze zdjęciem w moim kierunku, ale nie chciał puścić, gdy próbowałem je odebrać.

— Co z kartkami? — spytał.

— Jakimi?

— Na moje urodziny i Boże Narodzenie.

— Tak, pamiętam.

— Prawdziwy Hallmark. Taka była umowa.

— Nie zawarliśmy żadnej umowy, ty sukinsynu.

Poczerwieniał na twarzy.

— Nie obrażaj mojej matki.

Mówił poważnie. Już to przerabialiśmy.

Opanowawszy gniew, dodał:

— Ale zapomniałbym... przecież to także twoja matka, prawda?

— Nie. Moja matka maluje teraz legwana w domu w Snow Village.

— Czy to oznacza, że pieniędzy na słodycze też nie będzie?

— Ani chipsów.

Wydawał się szczerze zdumiony moją postawą.

— A co z książkami Constance Hammersmith?

— Oddaj mi fotografię.

Zwracając mi ją, powiedział do strażnika:

— Musimy pomówić jeszcze kilka minut w cztery oczy.

Strażnik spojrzał na mnie pytająco.

Bojąc się odezwać, skinąłem tylko głową.

Strażnik wyszedł z sali i przyglądał się nam zza szyby.

— Przyniosłeś mi do podpisu oświadczenie dla szpitala? — spytał Punchinello.

Lorrie odezwała się zza progu, przytrzymując drzwi prowadzące na korytarz:

— Mam je w torebce, w trzech egzemplarzach. Sporządzone przez dobrego prawnika.

— Wejdź — powiedział. — Zamknij drzwi.

Lorrie dołączyła do mnie, choć z pewnością podejrzewała, tak jak ja, że Punchinello robi z nas głupców i znów okrutnie z nas zadrwi.

— Kiedy to będzie? — spytał.

— Jutro rano — odparłem. — Szpital w Denver jest gotowy. Trzeba ich zawiadomić z dwunastogodzinnym wyprzedzeniem.

— Nasza umowa...

— Jest aktualna, jeśli tylko pan zechce — zapewniła go Lorrie, wyjmując z torebki formularze i pióro.

Punchinello westchnął.

— Uwielbiam powieści kryminalne.

— I batoniki Hersheya — przypomniałem mu.

— Ale kiedy prowadziliśmy negocjacje — powiedział — nie wiedziałem, że mam być dawcą nerki. To duże poświęcenie, biorąc pod uwagę fakt, że pozbawiłeś mnie już jąder.

Czekaliśmy w napięciu.

— Chcę jeszcze jednej rzeczy — oznajmił.

Z pewnością w tym momencie zamierzał zaskoczyć nas jakąś niespodzianką i szydzić z naszej bezsilności.

— To dyskretne pomieszczenie — wyjaśnił. — Nie ma w nim podsłuchu, ponieważ skazani spotykają się tu zwykle ze swoimi adwokatami.

— Wiemy o tym — odparła Lorrie.

— I wątpię, żeby ten kretyn za szybą potrafił czytać z ruchu warg.

— Czego chcesz? — spytałem, przekonany, że chodzi o coś, czego nie będę w stanie mu dać.

— Wiem, że nie ufasz mi tak, jak powinieneś ufać bratu. Więc nie oczekuję, że zrobisz to, zanim oddam jej nerkę. Ale musisz przyrzec, że potem wywiążesz się z obietnicy.

— Jeśli tylko potrafię.

— Och, z pewnością — odparł radośnie. — Wystarczy pamiętać, co uczyniłeś z wielkim Beezo.

Nie miałem pojęcia, do czego zmierza, nie wiedziałem, czy to złośliwy żart, czy poważna propozycja.

— Chcę, żebyś zabił Virgilia Vivacementego — oświadczył. — Chcę, żeby ten wrzód na dupie szatana cierpiał i miał świadomość, że to ja cię przysłałem. I żeby na koniec był bardziej martwy niż ktokolwiek na świecie.

To nie był żart. Mówił serio.

— Jasne — odparłem.

# 61

Białe jarzeniówki na szarym suficie, białe kartki formularzy na stalowym stole, grudki śniegu wytrącające biel z szarości dnia i bębniące w okna, gdy stalówka pióra kreśliła z cichym szelestem podpis na papierze... Strażnik Punchinella oraz ten, który przyprowadził nas z poczekalni, byli świadkami. Złożyli podpisy tam gdzie mój brat.

Lorrie zostawiła Punchinellowi jeden egzemplarz dokumentu i włożyła pozostałe do torebki. Umowa została przypieczętowana, choć jej warunków nie zapisano na papierze.

Nie uścisnęliśmy sobie dłoni. Zrobiłbym to, gdyby Punchinello sobie życzył. Zniósłbym tę drobną przykrość w zamian za życie Annie. Ale on najwyraźniej nie uznał tego za konieczne.

— Kiedy będzie po wszystkim i Annie wydobrzeje — powiedział — chciałbym, żebyście czasem ją tu do mnie przywieźli, przynajmniej w Boże Narodzenie.

— Nie — odparła otwarcie i bez wahania Lorrie, choć ja obiecałbym mu wszystko, co chciałby usłyszeć.

— Jestem w końcu jej stryjkiem. I wybawcą.

— Nie będę pana okłamywać — oznajmiła. — I Jimmy też nie. Nie będzie pan nigdy nawet najmniejszą cząstką jej życia.

367

— Może jednak — odparł Punchinello, wskazując wymownie, na ile pozwalały mu na to skute kajdankami ręce, miejsce, gdzie miał lewą nerkę.

Lorrie zmierzyła go wzrokiem.

Uśmiechnął się w końcu.

— Niezła z ciebie sztuka — powiedział.

— Wzajemnie — odparła.

Zostawiliśmy go, przekazując wieści o tym, że zmienił zdanie, czekającej w korytarzu Charlene Coleman.

Z więzienia pojechaliśmy do Denver, gdzie Annie przygotowywano na wszelki wypadek w szpitalu do operacji i gdzie zatrzymaliśmy się w hotelu Marriott.

Sine niebo pluło grudkami śniegu jak kawałkami połamanych zębów.

W mieście jezdnie były upstrzone łatami świeżego lodu.

Wiatr targał poły płaszczów przechodniom na chodnikach.

Charlene spotkała się z nami tego ranka w hotelu. Teraz, wyściskawszy nas serdecznie, pojechała z powrotem do Snow Village.

Gdy siedzieliśmy znów w explorerze tylko we dwoje i Lorrie prowadziła, zmierzając do szpitala, powiedziałem:

— Przeraziłem się, kiedy mu oświadczyłaś, że Annie nigdy nie będzie cząstką jego życia.

— Wiedział, że nigdy na to nie pozwolimy — wyjaśniła. — Gdybyśmy się zgodzili, uznałby, że kłamiemy. Wtedy nabrałby pewności, że skłamałeś także, obiecując zabić Vivacementego. A teraz sądzi, że naprawdę to zrobisz, ponieważ, jak powiedział, wystarczy pamiętać, co uczyniłeś z wielkim Beezo. Jeśli uważa, że dotrzymasz obietnicy, on wywiąże się ze swojej.

W milczeniu przejechaliśmy kilka przecznic, po czym spytałem:

— Czy to szaleniec, czy diabeł wcielony?

— To dla mnie bez znaczenia. Tak czy inaczej musimy z nim pertraktować.

— Jeśli najpierw postradał zmysły, a potem zaczął czynić zło, można by go przynajmniej usprawiedliwiać. I niemal mu współczuć.

— Nic z tego — odparła jak lwica, niemająca względów dla drapieżnika, który zagraża jej potomstwu.

— Jeśli najpierw uległ złu i to doprowadziło go do szaleństwa, nie mam wobec niego żadnych braterskich zobowiązań.

— Dręczy cię to już od jakiegoś czasu.

— Owszem.

— Daj sobie spokój. Zapomnij o tym. Biegli już to ustalili, uznając, że może odpowiadać przed sądem za swoje czyny.

Zatrzymała się na czerwonym świetle.

Przez skrzyżowanie przejechał czarny cadillac, karawan z zaciemnionymi szybami. Może przewoził jakąś zmarłą osobistość.

— Nie zamierzam naprawdę zabić Vivacementego — zapewniłem Lorrie.

— To dobrze. Jeśli kiedykolwiek postanowisz mordować ludzi, nie wybieraj ofiar przypadkowo. Porozmawiaj ze mną. Dam ci listę nazwisk.

Światło zmieniło się na zielone.

Gdy mijaliśmy skrzyżowanie, trzech stojących na rogu roześmianych nastolatków uniosło dłonie w obscenicznym geście. Jego obraźliwość podkreślał jeszcze fakt, że środkowe palce wystawały im z czarnych rękawiczek. Jeden z chłopaków rzucił w nas zlodowaciałą kulką śniegu, która uderzyła mocno o drzwiczki samochodu z mojej strony.

Kiedy byliśmy jedną przecznicę od szpitala, nadal rozmyślałem o Punchinellu i martwiłem się o Annie.

— On zmieni zdanie — powiedziałem.

— Nawet o tym nie myśl.

— To czwarty z pięciu moich strasznych dni.

— Już okazał się wystarczająco koszmarny.

— Jeszcze nie dość. Najgorsze przed nami. Wnioskując z przeszłości, tak musi być.

— Pamiętaj o mocy negatywnego myślenia — ostrzegła mnie.

Mimo odmrażacza do szyb na wycieraczkach zaczęły gromadzić się grudki lodu i ich gumowe pióra nie pracowały regularnie.

Była wigilia Święta Dziękczynienia, a miało się wrażenie, że to sam środek stycznia. Albo Halloween.

# 62

Kapitan Fluffy — bohaterski miś, który chronił dzieci przed wyłażącymi nocą z szafy potworami — dzielił z Annie szpitalne łóżko. Było to najtrudniejsze zadanie w jego karierze. Gdy przyjechaliśmy, nasza córka spała. Była teraz zawsze zmęczona i dużo sypiała. Zbyt dużo.

Chociaż Annie nie wiedziała, jak bliska śmierci była przed jedenastoma miesiącami jej matka, znała historię wisiorka z kameą, który ocalał z pożaru i który mama miała przy sobie na oddziale intensywnej opieki medycznej. Poprosiła o niego. I nosiła go teraz.

Moja śliczna mała Annie miała ziemistą cerę i przerzedzone włosy. Jej oczy były zamglone, a usta blade. Wyglądała jak mały, chory ptaszek.

Nie interesowały mnie gazety, telewizja ani widok za oknem. Wpatrywałem się w moją córeczkę, widząc ją oczami wyobraźni taką, jaka kiedyś była i jaka mogła znów być.

Nie chciałem odwracać od niej wzroku ani wychodzić z sali w obawie, że kiedy wrócę, już jej nie zobaczę i zostaną mi tylko fotografie.

Jej niezłomny duch, odwaga, którą wykazywała w ciągu tych wyczerpujących miesięcy choroby, bólu i coraz większego osłabienia, dodawały mi sił. Ale pragnąłem czegoś więcej.

Chciałem, by wyzdrowiała i była znów pełna życia. Moja chłopczyca. Moja mała „pieprzona artystka".

Rodzice wychowali mnie tak, że nie prosiłem nigdy Boga o łaski ani przywileje, tylko o wskazówki i siłę, by postępować słusznie. Nie modliłem się o wygraną na loterii, o miłość, zdrowie, czy szczęście. Modlitwa to nie lista zamówień. Bóg nie jest Świętym Mikołajem.

Nauczyli mnie wierzyć, że bez proszenia otrzymujemy wszystko, czego potrzebujemy. Musimy kierować się rozumem, aby rozpoznawać nasz potencjał oraz narzędzia, którymi dysponujemy, i znajdować odwagę, by robić to, co należy.

W tym momencie jednak wydawało się, że uczyniliśmy już wszystko, co w ludzkiej mocy. Gdyby los Annie zależał teraz od Boga, byłbym spokojniejszy. Ale o jej życiu decydował Punchinello Beezo i czułem w żołądku niepokój, jakby latały mi tam roje owadów.

Modliłem się więc do Boga, by oddał mi moją chłopczycę, i prosiłem, by sprawił, żeby Punchinello zrobił to, co należy, choćby oczekiwał w zamian śmierci Virgilia Vivacementego.

Nawet Bóg może potrzebować szczególnego rodzaju kalkulatora, by obliczyć wzór takiej moralności.

Gdy siedziałem przy Annie sparaliżowany strachem, Lorrie była cały czas w ruchu, dzwoniła do różnych osób i uzgadniała wszystko z dyrekcją szpitala i więzienia.

Kiedy Annie się budziła, rozmawialiśmy o wielu sprawach, o kapuście i królach, o przyszłorocznej wyprawie do Disneylandu, a potem na Hawaje, o nauce jazdy na nartach i pieczeniu ciast, ale nigdy o tym, co było teraz, o mrocznej niepewności.

Czoło miała gorące, ale delikatne palce — zimne. Wydawało się, że jej szczupłe przeguby mogą pęknąć, jeśli odważy się unieść ręce znad pościeli.

Filozofowie i teolodzy zastanawiali się przez wieki nad istnieniem i naturą piekła, ale tu, w szpitalu, wiedziałem, że piekło istnieje, i potrafiłem je opisać. Piekło to utrata dziecka i strach, że już nigdy się go nie odzyska.

Władze szpitala i więzienia okazały się wyjątkowo pomocne i skuteczne w działaniu. Punchinello Beezo przyjechał po południu więzienną karetką, ze skutymi rękami i nogami, pod czujnym okiem dwóch uzbrojonych strażników. Nie widziałem go, słyszałem tylko relacje.

Testy wykazały, że może być dawcą.

O szóstej rano lekarze mieli dokonać przeszczepu.

Do północy owego koszmarnego dnia brakowało jeszcze wiele godzin. Mógł przedtem zmienić zdanie albo uciec.

O ósmej trzydzieści mój ojciec zadzwonił ze Snow Village, spełniając przepowiednię dziadka Josefa w nieoczekiwany sposób. Babcia Weena, zdrzemnąwszy się przed kolacją, umarła spokojnie we śnie w wieku osiemdziesięciu sześciu lat.

Lorrie wyciągnęła mnie wbrew mojej woli na korytarz, by przekazać mi tę wiadomość w tajemnicy przed Annie.

Siedziałem przez chwilę w fotelu w pustej szpitalnej sali, aby Annie nie widziała moich łez i nie martwiła się, że płaczę z jej powodu.

Zadzwoniłem z telefonu komórkowego do mamy i rozmawialiśmy przez kilka minut o babci Rowenie. Oczywiście odejście matki i babci napawa smutkiem, ale ponieważ miała bardzo długie i szczęśliwe życie i umarła, nie czując bólu ani strachu, zbyt wielka rozpacz zakrawałaby na bluźnierstwo.

— Dziwi mnie tylko — powiedziała mama — że odeszła tuż przed kolacją. Gdyby wiedziała, co się stanie, nie położyłaby się, dopóki byśmy nie zjedli.

Nadeszła północ. A potem ranek Święta Dziękczynienia.

Ponieważ stan zdrowia Annie się pogarszał, mogła być następnego dnia zbyt słaba, by przejść operację, więc przeszczep nerki rozpoczęto o szóstej.

Punchinello nie zawiódł.

Odwiedziłem go kilka godzin później w jego pokoju, gdzie leżał przykuty do łóżka i pilnowany przez strażnika. Strażnik wyszedł na korytarz, by zostawić nas samych. Choć dobrze znałem charakter tego potwora, głos załamał mi się z wdzięczności, gdy powiedziałem „dziękuję".

Uśmiechnął się jak gwiazdor filmowy, mrugnął do mnie i odparł:

— Nie musisz mi dziękować, bracie. Nie mogę się już doczekać kartek urodzinowych, słodyczy, sensacyjnych powieści... i tego, żeby akrobata o sercu węża był przypiekany rozgrzanymi do czerwoności szczypcami i żywcem ćwiartowany. Oczywiście, jeśli ci to pasuje.

— Jasne, nie ma sprawy.

— Nie chcę ograniczać twojej pomysłowości — zapewnił mnie.

— Nie martw się. Liczy się to, czego ty chcesz.

— Może przybijesz go gwoździami do ściany, zanim się z nim rozprawisz — zasugerował Punchinello.

— Gwoździe źle się trzymają w murze bez zaprawy. Lepiej kupię kołki.

Skinął głową.

— Dobry pomysł. I zanim zaczniesz obcinać mu palce, dłonie i tak dalej, urżnij mu najpierw nos. Wielki Beezo mówił mi, że ten łajdak jest próżny i bardzo szczyci się swoim nosem.

— W porządku, ale jeśli chcesz czegoś jeszcze, lepiej zacznę robić notatki.

— To wszystko. — Westchnął ciężko. — Cholera, jak żałuję, że nie mogę tam być z tobą.

— Byłoby fantastycznie — odparłem.

Annie przeszła operację tak gładko, jak porusza się w powietrzu wypełniony gorącym powietrzem balon.

W przeciwieństwie do dawcy nerka nie była szalona ani zła i nadawała się tak idealnie dla jego bratanicy, że nie wystąpiły po operacji żadne komplikacje.

Annie żyła. I kwitła.

Teraz czaruje wszystkich i olśniewa, tak jak dawniej, zanim pokonał ją nowotwór.

Przede mną pozostał jeszcze tylko jeden z pięciu strasznych dni: szesnastego kwietnia 2005 roku. Potem życie będzie wydawało mi się dziwne, bez przerażających dat w kalendarzu, z przyszłością pozbawioną ponurych perspektyw. Zakładając, że przeżyję.

# Część szósta

## Wolny i swobodny, wzbudzam miłość kobiet i zazdrość mężczyzn

# 63

Pomiędzy pieczeniem ciast i pobieraniem dodatkowych lekcji w posługiwaniu się bronią, między udoskonalaniem przepisu na czekoladowy placek z kasztanami i przyjmowaniem zleceń na zabójstwa od szalonych dawców nerek, napisałem pierwsze sześćdziesiąt dwa rozdziały tej książki w ciągu roku poprzedzającego ostatnią z pięciu dat przepowiedzianych przez dziadka Josefa.

Nie jestem całkiem pewien, co skłoniło mnie do pisania.

O ile wiem, nigdy pamiętnik mistrza cukierniczego nie znalazł się na liście bestsellerów „New York Timesa". Dzisiejsi czytelnicy potrzebują najwyraźniej wyznań znanych osobistości, szerzących nienawiść politycznych traktatów, porad dietetycznych, w jaki sposób stracić na wadze, jedząc tylko masło, oraz samouczków ze wskazówkami, jak stać się obrzydliwie bogatym dzięki zastosowaniu kodeksu samurajów w biznesie.

Nie kierowało mną ego. Gdyby jakimś cudem książka odniosła sukces, wszyscy i tak by uważali, że jestem przerośnięty i niezdarny. Nie jestem Jamesem i choćbym napisał całą bibliotekę książek, nadal bym nim nie był. Urodziłem się Jimmym i będę nim, gdy złożą mnie do grobu.

Po części napisałem tę książkę, aby opowiedzieć moim dzieciom, jak się tu znalazły, jakie burzliwe morza i niebezpieczne mielizny musieliśmy pokonać. Chcę, żeby wiedziały, co znaczy rodzina — i czym nie jest. Żeby wiedziały, jak bardzo je kochamy, gdybym nie żył dość długo, by powtarzać to każdemu z nich sto tysięcy razy.

Po części spisałem te wspomnienia dla mojej żony, aby wiedziała, że bez niej mogłem nie przeżyć już pierwszego z pięciu strasznych dni. Każdy z nas ma swoje przeznaczenie, ale czasami nasze losy tak ściśle się splatają, że jeśli śmierć zabiera jedną osobę, musi zabrać i drugą.

Pisałem też po to, by zrozumieć zawiłości życia. Jego tajemnice. Zarówno czarny, jak i beztroski humor, który stanowi jego osnowę. Absurd. Strach. Nadzieję. Radość i rozpacz. Boga, którego nigdy nie widzimy bezpośrednio.

To mi się nie udało. Za niecałe cztery miesiące kończę trzydzieści jeden lat, wiele wycierpiałem, napisałem tyle słów, a jednak nie potrafię wyjaśnić sensu życia lepiej niż wtedy, gdy dzięki Charlene Coleman uniknąłem losu Punchinella.

Nie umiem powiedzieć, dlaczego dzieją się wokół nas różne rzeczy, ale jakże kocham życie!

Wreszcie, po siedemnastu miesiącach spokoju i szczęścia, nadszedł ranek piątego dnia, szesnastego kwietnia.

Byliśmy przygotowani na tyle, na ile nauczyło nas doświadczenie, ale wiedzieliśmy również, że w istocie nic nie możemy zrobić. Mogliśmy wyobrażać sobie, co się zdarzy, ale nie potrafiliśmy niczego przewidzieć.

Ponieważ rytm naszego życia wyznaczały godziny pracy piekarni i chcieliśmy, by nasze dzieci się do niego dostosowały, uczyły się w domu. Zaczynały lekcje o drugiej nad ranem i kończyły o ósmej, potem jadły z nami śniadanie, bawiły się w słońcu albo na śniegu i kładły się spać.

Rolę szkoły odgrywał zwykle stół w jadalni, a czasem odbywały wycieczki do stołu w kuchni. Nauczycielką była ich matka i dobrze się z tego wywiązywała.

Annie obchodziła w styczniu siódme urodziny. Dostała

tort w kształcie nerki. Lucy miała za parę miesięcy skończyć sześć lat, a Andy zmierzał śmiało do piątych urodzin. Uwielbiali się uczyć i robili szatańskie postępy, w najlepszym znaczeniu tego słowa.

Gdy nadszedł mój feralny dzień, tradycyjnie już nie poszedłem do pracy. Gdybym uznał, że należy rozmieścić w całym domu krokodyle na łańcuchach albo pozabijać deskami okna, zrobiłbym to. Wolałem jednak pomóc dzieciom w lekcjach, a potem przyszykować śniadanie.

Siedzieliśmy przy kuchennym stole, jedząc gofry z truskawkami, gdy ktoś zadzwonił do drzwi.

Lucy podeszła natychmiast do telefonu i położyła rękę na słuchawce, gotowa wykręcić numer 911.

Annie zdjęła z wieszaka kluczyki od samochodu, po czym otworzyła drzwi między kuchnią i pralnią oraz między pralnią i garażem, przygotowując nam drogę ucieczki.

Andy pobiegł do łazienki się wysikać, aby nie sprawiać potem kłopotów.

Lorrie podeszła ze mną do łukowatego przejścia między jadalnią i salonem i pocałowała mnie pospiesznie.

Dzwonek u drzwi zabrzmiał ponownie.

— Jest środek miesiąca, więc to pewnie roznosiciel gazet — powiedziałem.

— Racja.

Miałem na sobie elegancką tweedową marynarkę, nie tyle dla uczczenia tego dnia, ile po to, by ukryć kaburę z bronią. W holu wsunąłem pod nią rękę.

Przez wysokie francuskie okno obok drzwi zobaczyłem stojącego na progu chłopaka. Uśmiechnął się do mnie, pokazując przewiązane czerwoną wstążką srebrne pudło.

Wyglądał na jakieś dziesięć lat, miał kruczoczarne włosy i zielone oczy. Był w starannie skrojonych spodniach ze lśniącego srebrzyście materiału, czerwonej jedwabnej koszuli ze srebrnymi guzikami i błyszczącej srebrnej marynarce ze srebrno-czerwonymi guzikami w spiralne wzory.

Sprawiał wrażenie, jakby przygotowywał się do roli sobowtóra Elvisa.

Skoro dziesięciolatek przychodził mnie zabić, mogłem równie dobrze umrzeć i skończyć z tym. Nie miałem zamiaru strzelać do małego chłopca, bez względu na jego zamiary.

Gdy otworzyłem drzwi, zapytał:

— Jimmy Tock?

— To ja.

Wyprostowawszy ręce, w których trzymał pudełko, uśmiechnął się jak żywa maskotka, maszerująca na czele pochodu z okazji Święta Radości, i oznajmił:

— To dla pana!

— Nie chcę tego.

Uśmiechnął się jeszcze szerzej.

— Ale to jest dla pana!

— Nie, dziękuję.

Jego uśmiech przygasł.

— Dla pana ode mnie!

— Nieprawda. Kto cię z tym przysłał?

Chłopak przestał się uśmiechać.

— Proszę pana, na litość boską, niech pan weźmie to pieprzone pudełko. Jeśli wrócę z nim do samochodu, on stłucze mnie na kwaśne jabłko.

Przy krawężniku stał lśniący srebrny mercedes z czerwonymi bocznymi listwami i przyciemnionymi szybami.

— Kto? — spytałem. — Kto cię stłucze?

Zamiast zblednąć, jego oliwkowa cera pociemniała.

— To trwa już zbyt długo. On będzie chciał wiedzieć, o czym rozmawialiśmy. Nie mam z panem gawędzić. Dlaczego mi pan to robi? Czemu mnie pan nienawidzi? Czemu jest pan taki wredny?

Wziąłem od niego pudełko.

Chłopak uśmiechnął się natychmiast jak żywa maskotka, zasalutował i powiedział:

— Proszę przygotować się na czary!

Nie musiałem się zastanawiać, gdzie słyszałem wcześniej to zdanie.

Odwrócił się na pięcie — dosłownie o sto osiemdziesiąt stopni, gładko jak zawias — i przeszedł przez ganek na schody. Zauważyłem, że ma niezwykłe buty, podobne do baletek, z cienkimi miękkimi podeszwami. Były czerwonego koloru.

Zbiegł z dziwną gracją ze schodów i wracając do mercedesa, zdawał się płynąć w powietrzu. Wsiadł z tyłu do limuzyny i zamknął drzwiczki.

Nie mogłem dostrzec kierowcy ani innych pasażerów.

Limuzyna odjechała, a ja zaniosłem opakowaną jak prezent bombę do domu.

# 64

Lśniące, intrygujące pudełko stało na stole kuchni.

Nie wierzyłem w istocie, że to bomba, ale Annie i Lucy były przekonane, że nie może to być nic innego.

— To nie bomba, tylko czyjaś odcięta głowa, wsadzona do pudełka z zaszyfrowaną wiadomością w zębach — oświadczył Andy z pobłażliwym uśmiechem, nie podzielając opinii sióstr na temat charakteru grożącego nam niebezpieczeństwa.

Nikt nie mógł wątpić, że był z krwi i kości prawnukiem babci Roweny.

— To idiotyczne — odparła Annie. — Z jaką wiadomością?

— Z kluczem do zagadki.

— Jakiej zagadki?

— Kim jest osoba, która przysłała tę głowę, tępoto.

Annie westchnęła z teatralną przesadą.

— Skoro ten, kto ją przysyła, chce, żebyśmy znali jego tożsamość, dlaczego nie napisze tam po prostu swojego nazwiska?

— Gdzie? — spytał Andy.

— Na tym, co włożył tej odciętej głowie między zęby — wyjaśniła Annie.

— Jeśli tam jest głowa, porzygam się — oświadczyła uroczyście Lucy.

— W tym pudełku nie ma żadnej głowy, cukiereczki — wtrąciła się do dyskusji Lorrie. — Nie ma też bomby. Nie dostarczają bomb w lśniących srebrno-czerwonych limuzynach.

— Kto nie dostarcza? — spytał Andy.

— Nikt — odparła Annie.

Lorrie wyjęła z szuflady w kuchni nożyczki i przecięła czerwoną wstążkę.

Przyjrzawszy się pudełku, stwierdziłem, że pomieściłoby idealnie głowę. Albo piłkę do koszykówki. Gdybym miał się zakładać, postawiłbym na to pierwsze.

Gdy podnosiłem pokrywkę pudełka, Annie i Lucy zasłoniły sobie rękami uszy. Obawiały się bardziej odgłosu eksplozji niż odłamków bomby.

Pod pokrywką znajdowała się warstwa pomarszczonej białej bibuły.

Gdy chciałem ją wyjąć, Andy, który wspiął się na krzesło i uklęknął na nim, by lepiej wszystko widzieć, ostrzegł mnie:

— Tam mogą być węże.

W pudełku były jednak pliki dwudziestodolarowych banknotów.

— Ua, jesteśmy bogaci! — oznajmił Andy.

— To nie nasze pieniądze — rzekła Lorrie.

— Więc czyje? — spytała Annie.

— Nie wiem — odparła Lorrie. — Ale to z pewnością brudne pieniądze i nie możemy ich zatrzymać. Wyraźnie cuchną złem.

— Ja niczego nie czuję — oświadczył Andy, pociągając nosem.

— A ja czuję tylko fasolę, którą Andy jadł wczoraj na kolację — obwieściła Annie.

— Może to moje pieniądze — zasugerowała Lucy.

— Zapomnij o tym, póki jestem twoją matką.

Wszyscy razem wyjęliśmy pieniądze z pudełka i ułożyliśmy na stole, aby móc wyraźniej poczuć ich zapach.

Było tam dwadzieścia pięć plików, a w każdym sto dwudziestodolarowych banknotów. W sumie pięćdziesiąt tysięcy dolarów.

W pudełku była także koperta. Lorrie wyjęła z niej czystą białą kartkę z napisanym odręcznie tekstem.

Przeczytawszy ją, mruknęła tylko: „hmm".

Gdy podawała mi tę kartkę, oczy całej trójki dzieci intensywnie się w nią wpatrywały.

Nigdy dotąd nie widziałem tak starannego pisma. Litery były zamaszyste, wytworne i idealnie wykaligrafowane, jakby nie ludzką ręką. *Proszę przyjąć ten dowód mojego szacunku i szczerości intencji. Będę zaszczycony, jeśli zechcecie Państwo przybyć na przyjacielskie spotkanie ze mną o siódmej wieczorem na farmie Halloway. Po dotarciu na miejsce traficie bez trudu tam, gdzie trzeba.*

Pod tekstem widniał podpis *Vivacemente.*

— To brudne pieniądze — powiedziałem dzieciom. — Włożę je z powrotem do pudełka, a potem wszyscy umyjemy ręce, używając dużo mydła i tak gorącej wody, że aż trochę nas to zaboli.

# 65

Nazywam się Lorrie Tock.

Nie jestem boginią, za jaką uważa mnie Jimmy. Przede wszystkim mam spiczasty nos. Poza tym moje zęby są tak proste i symetryczne, że wyglądają na sztuczne.

I bez względu na to, jak dobrze spisał się chirurg, jeśli kobieta została postrzelona w brzuch, nie powinna nosić bikini, niekoniecznie z tego samego powodu co Miss Ameryki.

Jimmy wmawiałby wam, że jestem równie twarda, jak mające kwas zamiast krwi stwory z filmów o kosmitach. To przesada, choć ten, kto mnie wkurza, popełnia poważny błąd.

W noc moich narodzin nikt nie wygłaszał żadnych przepowiedni na temat mojej przyszłości, i Bogu za to dzięki. Ojciec ścigał tornado w Kansas, a matka właśnie niedawno uznała, że węże są dla niej lepszym towarzystwem niż on.

Muszę przejąć opowiadanie tej historii z powodów, które wkrótce staną się jasne i których być może już się domyślacie. Jeśli pozwolicie mi, że się tak wyrażę, wziąć was za rękę, przejdziemy przez to razem.

Zatem...

O zmierzchu, gdy niebo płonęło już łuną, zabraliśmy dzieci do mieszkających po sąsiedzku rodziców Jimmy'ego. Kiedy tam przyszliśmy, Rudy i Maddy byli w salonie, ćwicząc wymachy kijami baseballowymi Louisville Sluggers, które kupili w 1998 roku.

Tuż po nas zjawiło się z wizytą sześcioro najbardziej zaufanych sąsiadów z okolicy, rzekomo żeby pograć w karty, chociaż wszyscy przynieśli kije baseballowe.

— Gramy w agresywną odmianę brydża — oznajmiła Maddy.

Jimmy i ja uściskaliśmy dzieci, pocałowaliśmy je na do widzenia raz i drugi, starając się jednak zachować umiar, aby ich nie przestraszyć.

Po powrocie do domu przebraliśmy się w stroje stosowne na „przyjacielskie spotkanie". Przygotowując się na ostatni z pięciu strasznych dni, uzupełniliśmy wcześniej garderobę. Każde z nas miało kaburę, pistolet i dwa niewielkie pojemniki z gazem pieprzowym.

Jimmy próbował mnie nakłonić, żebym została z dziećmi, a on pójdzie sam na spotkanie z akrobatą, ale szybko mu to wyperswadowałam:

— Pamiętasz, co stało się z jądrami Punchinella? Jeśli zabronisz mi iść ze sobą, przekonasz się, że Punch miał kupę szczęścia.

Zgodziliśmy się, że zawiadamianie Hueya Fostera i sprowadzanie policji byłoby kiepskim pomysłem.

Po pierwsze, Vivacemente nie zrobił na razie nic złego. Trudno byłoby nam przekonać sędziów, że prezent w postaci pięćdziesięciu tysięcy dolarów w gotówce stanowi groźbę z jego strony.

Poza tym martwiliśmy się, że na widok policji Vivacemente zrezygnuje chwilowo ze swoich zamiarów i zrealizuje je później w dyskretniejszy sposób. Nawet zachowując czujność, zapewne dalibyśmy mu się podejść. Lepiej było zagrać w otwarte karty.

Jak na kwietniowy wieczór w górach Kolorado pogoda była zaskakująco dobra. Niewiele wam to powie, ponieważ czasem o tej porze roku temperatury poniżej zera uznaje się tam za normalne. Dla Jimmy'ego fakty są jak składniki przepisu, więc sprawdziłby w „Snow County Gazette", ile było stopni, zanimby o tym napisał. Moim zdaniem było około plus dziesięciu.

Dotarłszy do farmy Halloway, zastanawialiśmy się, gdzie Vivacemente zamierzał się z nami spotkać. Uznaliśmy, że miał pewnie na myśli gigantyczny biało-czerwony cyrkowy namiot.

Stał on w tym samym miejscu, na przylegającej do szosy dużej łące, w sierpniu 1974 roku, gdy urodził się Jimmy. Od tamtej pory cyrk już nie przyjeżdżał, zapewne dlatego, że skoro podczas poprzedniej wizyty jeden z klownów zabił dwie lubiane w miasteczku osoby, wpłynęłoby to negatywnie na sprzedaż biletów.

Ani Jimmy, ani ja nie słyszeliśmy o planach ich przyjazdu w kwietniu. Z pewnością nie wiedziały o tym dzieci, bo krzyczałyby wniebogłosy: Macie już bilety, macie, macie?

Andy'emu śniłby się znowu klown w szafie. Mnie zapewne też.

Zdaliśmy sobie sprawę, że na łące nie ma całego cyrku. Przedsięwzięcie na taką skalę wymagało obecności wielu ciężarówek, wozów mieszkalnych, potężnych przenośnych generatorów i różnych pojazdów. Przy drodze prowadzącej do widocznej w oddali farmy Halloway stały rzędem tylko cztery ciężarówki Peterbilt, autobus dla VIP-ów i limuzyna, którą przyjechał do nas posłaniec z pięćdziesięcioma tysiącami dolarów.

Na każdej z ogromnych srebrnych ciężarówek widniał z boku krzykliwy czerwony napis: VIVACEMENTE! Mniejszymi, lecz równie wyraźnymi literami napisano: WIELKI NAMIOT! WIELKI SPEKTAKL! WIELKA ZABAWA!

— Wielkie zamieszanie — powiedziałam.

Jimmy zmarszczył brwi.

— Wielki kłopot.

# 66

Ujrzeliśmy tylko ogromny pojedynczy namiot. Nie było mniejszych namiotów, mieszczących zwykle pośledniejsze atrakcje, żadnych klatek ze zwierzętami ani wozów, z których sprzedawano hot dogi, lody i popcorn.

Samotny, wielki namiot robił większe wrażenie, niż gdyby znajdował się w centrum hałaśliwego średniowiecznego jarmarku.

Namiot wsparty był na czterech słupach. Na szczycie każdego z nich powiewała oświetlona czerwona flaga ze srebrnym okręgiem na środku, otaczającym czerwoną literę V z wykrzyknikiem.

Z góry opadały na boczne ściany namiotu rozmieszczone regularnie sznury ozdobnych żaróweczek, na przemian czerwonych i białych. Główne wejście okalały błyskające białe światełka.

Jedna z czterech ciężarówek Peterbilt mieściła źródło zasilania. Jedynym dźwiękiem dochodzącym z ciemności był rytmiczny łoskot benzynowych generatorów.

Zawieszony nad mrugającymi światełkami przy głównym wejściu transparent ostrzegał: PRZYGOTUJ SIĘ NA CZARY!

Bacząc na to ostrzeżenie, wyjęliśmy pistolety, upewniliśmy się, czy magazynki są naładowane — choć sprawdzaliśmy to

390

już przed wyjściem z domu — i spróbowaliśmy kilkakrotnie, czy potrafimy szybko wydobyć broń z kabury.

Nikt nie wyszedł nam na spotkanie, gdy zaparkowaliśmy samochód i wysiedliśmy z niego. Oświetlony namiot zdawał się opustoszały.

— Zapewne źle oceniamy Virgilia — rzekł Jimmy.

— Skoro Konrad Beezo uznał go za potwora, jest prawdopodobnie świętym — wywnioskowałam. — Czy Konrad powiedział kiedykolwiek coś sensownego?

— Właśnie — przyznał Jimmy. — Więc skoro Punch uważa, że Virgilio to wrzód na dupie szatana...

— ...wieprz nad wieprzami...

— ...śmieć w ludzkiej postaci...

— ...gnida z zasyfionych wnętrzności łasicy...

— ...skrzek z kloaki wiedźmy...

— ...jest z niego prawdopodobnie uroczy facet — podsumowałam.

— Jasne.

— Oczywiście.

— Jesteś gotowa?

— Nie.

— No to chodźmy.

— W porządku.

Jimmy niósł srebrne pudełko, zamknięte i przewiązane nową czerwoną wstążką. Poszliśmy razem przez łąkę do namiotu.

W środku skoszono trawę, ale nie rozsypano trocin.

Nie było trybun dla publiczności. To miał być spektakl tylko dla dwóch osób.

Na obu końcach namiotu stały rusztowania, podtrzymujące podesty i trapezy dla akrobatów. Dostęp na górę zapewniały drabinki sznurowe i liny z węzłami.

Skierowane w niebo reflektory ukazywały szybujące w powietrzu postacie. Mężczyźni w srebrno-czerwonych rajstopach wyglądali jak batmani bez pelerym. Kobiety miały na sobie także srebrno-czerwone jednoczęściowe stroje gimnastyczne. Ich gołe nogi wyglądały kusząco.

Zwisali z trapezów, uczepieni drążków rękami lub kolanami. Wyginali się w łuk, robili salta, wirowali wokół własnej osi, fruwali i chwytali się wzajemnie w powietrzu.

Nie grała żadna cyrkowa orkiestra. Nie była potrzebna. Występ akrobatów był jak muzyka. Harmonia ruchów, fantastyczny rytm, symfonia skomplikowanych figur.

Jimmy odłożył pudełko z pieniędzmi.

Przez kilka minut staliśmy niczym urzeczeni, świadomi, jak istotna jest nasza garderoba z powodu spoczywających w kaburach pistoletów, ale myśli o niebezpieczeństwie zostały zepchnięte na dalszy plan.

Pokaz kończyła szczególnie zdumiewająca seria powietrznych ewolucji. Akrobaci szybowali z godną podziwu precyzją z trapezu na trapez. W powietrzu znajdowały się równocześnie trzy osoby, mając do dyspozycji tylko dwa trapezy, zawsze więc istniało ryzyko kolizji i upadku.

Spośród tych bezskrzydłych ptaków wzbił się nagle wysoko jeden z mężczyzn, obrócił się w powietrzu, zrobił salto i zaczął spadać. W ostatniej chwili rozłożył ręce jak skrzydła, wyprostował się i wylądował na plecach na siatce asekuracyjnej.

Odbił się wysoko, potem jeszcze raz, przeturlał się na krawędź siatki i zeskoczył na ziemię jak baletmistrz, unosząc ręce nad głową, jakby właśnie skończył popisowy występ.

Z odległości dziesięciu metrów wydawał się przystojny, miał wyraziste rysy i dumny rzymski nos. Wydatny tors, szerokie ramiona, wąskie biodra i szczupła figura nadawały mu imponujący, władczy wygląd.

Chociaż miał kruczoczarne włosy i wyglądał najwyżej na czterdzieści pięć lat, wiedziałem, że to musi być Virgilio Vivacemente, gdyż emanowała z niego królewska duma, aura mistrza i głowy rodu.

Ponieważ już w 1974 roku był patriarchą i najjaśniejszą gwiazdą słynnej rodziny cyrkowców, ojcem kilkorga dzieci, w tym dwudziestoletniej Natalie, musiał teraz mieć co najmniej siedemdziesiąt lat. Nie dość, że wydawał się o wiele młodszy, to właśnie udowodnił, że jest w znakomitej formie.

Cyrkowe życie chyba było dla niego źródłem młodości.

Inni akrobaci również spadali kolejno na siatkę. Odbijali się od niej, zeskakiwali na ziemię i ustawiali się w półkolu za Virgiliem.

Gdy wszyscy byli już na ziemi, podnieśli wysoko prawe ręce, po czym wskazując nimi w teatralnym geście na mnie i Jimmy'ego, powiedzieli chórem:

— Latająca Rodzina Vivacementich wystąpiła dla was!

Zaczęliśmy bić im brawo, ale zreflektowaliśmy się i przestaliśmy uśmiechać się jak dzieci.

Grupa akrobatów składała się z mężczyzn i kobiet. Wszyscy wyglądali atrakcyjnie, łącznie z dziesięcioletnim chłopcem i dziewczynką, która miała osiem lub dziewięć lat. Wybiegli z namiotu rączo jak gazele, jakby występ pod kopułą nie wymagał większego wysiłku, jakby był tylko zabawą.

Gdy zniknęli, w namiocie pojawił się wysoki, muskularny mężczyzna ze szkarłatnym płaszczem na ręce. Podszedł do Vivacementego i pomógł mu go włożyć.

Miał brutalną, poznaczoną bliznami twarz. Nawet z dużej odległości jego oczy budziły grozę jak ślepia żmii.

Choć wyszedł, zostawiając nas samych ze swoim szefem, cieszyłem się, że mamy pistolety. Żałowałem, że nie pomyśleliśmy o tym, by zabrać psy obronne.

Ciężki, lecz pięknie udrapowany płaszcz został uszyty z luksusowego materiału, być może kaszmiru, miał watowane ramiona i szerokie klapy. Akrobata wyglądał w nim jak gwiazdor filmowy z lat trzydziestych, gdy w Hollywood królował jeszcze splendor, a nie blichtr.

Uśmiechając się, podszedł do nas i im bardziej się zbliżał, tym wyraźniej widzieliśmy, że poczynił odpowiednie kroki, by nie było po nim widać upływu czasu. Jego lśniące włosy miały zbyt czarny odcień, by był to ich naturalny kolor. Farbował je. Być może zachowywał kondycję dzięki intensywnym ćwiczeniom — i codziennej dawce sterydów — ale odmłodzoną twarz zawdzięczał całej armii skalpeli.

Widzieliśmy wszyscy nieszczęsne kobiety, które w zbyt młodym wieku zaczęły robić sobie lifting twarzy i operacje plastyczne, a po sześćdziesiątce — a czasem nawet wcześniej — miały tak naciągniętą skórę, że niemal im pękała. Ich silikonowe brwi wyglądają jak sztuczne. Nie mogą zamknąć oczu nawet we śnie. Ich nozdrza są ciągle rozszerzone, jakby stale sprawdzały, czy w powietrzu nie unosi się jakiś nieprzyjemny zapach, a powiększone usta są wydęte w nienaturalnym uśmiechu, który kojarzy nam się nieuchronnie z grymasem Jacka Nicholsona w roli Jokera w *Batmanie*.

Virgilio Vivacemente był mężczyzną, ale wyglądał jak jedna z tych nieszczęsnych kobiet.

Podszedł tak blisko, że Jimmy i ja mimo woli cofnęliśmy się o krok, co wywołało jego ironiczny uśmiech. Najwyraźniej naruszanie przestrzeni innych osób należało do jego metod manipulowania ludźmi.

Odezwał się barytonem, bliższym basu niż tenoru.

— Wiecie, oczywiście, kim jestem.

— Mniej więcej — odparł Jimmy.

Ponieważ dziesięciolatek, który przyniósł pudełko z pieniędzmi, bał się, że ten człowiek spuści mu lanie, a także ze względu na obraźliwy charakter otrzymanego prezentu, nie chcieliśmy traktować Vivacementego z uprzejmością, na którą nie zasłużył. Skoro wybrał zabawę pod hasłem „Który pies jest większy?", potrafiliśmy szczekać równie głośno jak on.

— Znają mnie na wszystkich krańcach świata — oznajmił.

— Początkowo sądziliśmy, że jest pan Benito Mussolinim — powiedziałam. — Ale uzmysłowiliśmy sobie, że on nigdy nie był akrobatą.

— Poza tym — dodał Jimmy — Mussolini nie żyje od zakończenia drugiej wojny światowej.

— A pan nie sprawia wrażenia, żeby aż tak długo był pan martwy.

Virgilio Vivacemente uśmiechnął się jeszcze szerzej, lecz jego uśmiech przypominał raczej ranę od noża.

Choć z powodu napiętej skóry na jego twarzy trudno było odczytać niuanse znaczeniowe różnych odmian tego uśmiechu, widziałem, że słuchając Jimmy'ego i mnie, miał zamglony wzrok. Był człowiekiem pozbawionym poczucia humoru. Całkowicie. W stu procentach.

Nie zdawał sobie sprawy, że żartujemy między sobą, a ponieważ nie wyczuwał naszego drwiącego tonu, nie rozumiał także, że go obrażamy. Jego zdaniem bełkotaliśmy bez sensu i zastanawiał się, czy nie jesteśmy upośledzeni umysłowo.

— Przed wielu laty członkowie Latającej Rodziny Vivacementich stali się gwiazdami o tak międzynarodowej sławie — powiedział z dumą — że mogłem wykupić cyrk, w którym kiedyś mnie zatrudniano. A teraz istnieją trzy cyrki Vivacementich, dające stale przedstawienia we wszystkich liczących się miejscach na świecie!

— Prawdziwe cyrki? Macie nawet słonie? — spytał z udawaną podejrzliwością Jimmy.

— Oczywiście, że mamy słonie! — oznajmił Vivacemente.

— Jednego czy dwa?

— Mnóstwo słoni!

— A lwy? — spytałam.

— To nasza duma!

— Tygrysy? — dopytywał się Jimmy.

— Całe hordy szczerzących kły tygrysów!

— A kangury?

— Jakie kangury? W cyrkach nie ma kangurów.

— Bez nich żaden cyrk się nie liczy — upierał się Jimmy.

— Bzdura! Nic nie wiesz o cyrkach.

— Macie klownów? — spytałam.

Twarz Vivacementego się ściągnęła. Gdy się odezwał, cedził słowa przez zęby zaciśnięte jak szczęki dziadka do orzechów:

— W każdym cyrku muszą być klowni, by przyciągnąć głupie, nierozgarnięte bachory.

— Ach, tak — odparł Jimmy. — A więc nie macie tylu klownów co inne cyrki.

— Mamy ich więcej, niż potrzebujemy. Całe mrowie. Ale nikt nie przychodzi do cyrku głównie dla nich.

— Lorrie i ja przez całe życie szalejemy na ich punkcie — rzekł Jimmy.

— A może raczej — zasugerowałam — to oni szaleją z naszego powodu.

— Tak czy inaczej jest w tym jakiś element szaleństwa — oznajmił Jimmy.

Akrobata przechwalał się dalej:

— Naszym największym atutem była zawsze nieśmiertelna rodzina Latających Vivacementich, najsławniejszych cyrkowców w historii. W każdym z trzech moich cyrków wszyscy członkowie trupy akrobatów należą do tego rodu, łączy ich pokrewieństwo i zdolności, które budzą zazdrość pośledniejszych artystów. Jestem biologicznym ojcem niektórych z nich i duchowym ojcem wszystkich.

— Można by się spodziewać, że człowiek, który osiągnął tak wiele, będzie aroganckim pyszałkiem — powiedział Jimmy, zwracając się do mnie. — Ale łatwo się pomylić.

— Wprost emanuje skromnością — przyznałam.

— Pokora jest dla przegranych! — zagrzmiał Vivacemente.

— Gdzieś już to słyszałem — stwierdził Jimmy.

— To słowa Gandhiego? — spytałam.

Jimmy pokręcił głową.

— Chyba Jezusa.

— A wśród wszystkich Latających Vivacementich nie mam sobie równych. Na trapezie jestem poezją w ruchu — oświadczył Vivacemente z błyskiem w oczach, utwierdzając się w przekonaniu, że jesteśmy kretynami.

— *Poezja w ruchu* — powiedział Jimmy. — Johnny Tillotson, pierwsza dziesiątka listy przebojów na początku lat sześćdziesiątych. Dobry rytm, można było przy tym tańczyć.

396

Nie zwracając na niego uwagi, Vivacemente przechwalał się dalej:

— Chodząc po linie, wolny i swobodny, wzbudzam miłość kobiet i zazdrość mężczyzn. — Wciągnął powietrze, wypiął swój potężny tors i kontynuował: — Jestem wystarczająco bogaty i zdecydowany, by zdobywać zawsze to, czego chcę. W tym wypadku jestem pewien, że spełnicie moje życzenie, bo przyniesie wam to majątek i zaszczyty, których inaczej byście nie zaznali.

— Pięćdziesiąt tysięcy dolarów to dużo pieniędzy — przyznał Jimmy — ale to jeszcze nie majątek.

Vivacemente mrugnął na tyle, na ile pozwalały mu na to napięte powieki.

— Tych pięćdziesiąt tysięcy to tylko zaliczka, dowód mojej szczerości. Obliczyłem, że pełna suma wyniesie trzysta dwadzieścia pięć tysięcy.

— I czego pan oczekuje w zamian? — spytał Jimmy.

— Waszego syna — odparł Vivacemente.

# 67

Jimmy i ja mogliśmy wyjść z namiotu i wrócić do domu, nie odzywając się już ani słowem do szalonego akrobaty. W ten sposób nie zrozumielibyśmy jednak motywów jego postępowania i nie zaznalibyśmy spokoju, zastanawiając się ciągle, jaki może wykonać następny ruch.

— On ma na imię Andy — powiedział Vivacemente, jakby musiał nam przypominać, jak ochrzciliśmy naszego jedynego syna. — Ale wymyślę mu, oczywiście, jakieś lepsze, bardziej klasyczne i mniej plebejskie. Jeśli ma stać się największą gwiazdą swego pokolenia, muszę zacząć go uczyć, zanim skończy pięć lat.

Wszystko to mogło wydawać się ponurym żartem, ale zaczynało być również zbyt przerażające, byśmy mieli ochotę brać dalej udział w jego grze.

— Andy, bo tak zawsze będzie miał na imię, nie ma zdolności do akrobacji — oznajmiłam.

— To niemożliwe. W jego żyłach płynie krew Vivacementich. Jest wnukiem mojej Natalie.

— Skoro pan to wie, wiadomo panu także, że jest również wnukiem Konrada Beezo — przypomniał mu Jimmy. — Przyzna pan z pewnością, że ma w sobie zbyt wiele z klowna, by być akrobatą.

— Nie jest niczym skażony — oznajmił patriarcha rodu. — Kazałem go śledzić. Oglądałem go na filmach. Ma wrodzone zdolności.

Oglądałem go na filmach.

Choć noc była ciepła, poczułam chłód w piersiach.

— Nie sprzedaje się swoich dzieci — powiedziałam.

— Och, sprzedaje — zapewnił mnie Vivacemente. — Sam kupowałem w Europie dzieci kuzynów naszego rodu, którzy byli z nami dość blisko spokrewnieni, by ich potomkowie wyrośli na dobrych akrobatów. Niektóre były jeszcze niemowlętami, inne miały dwa lub trzy lata, ale zawsze mniej niż pięć.

Jimmy wskazał na stojące na ziemi pudełko i powiedział z odrazą, która niewątpliwie zaskakiwała naszego gospodarza tak samo, jak nasze poczucie humoru:

— Zwracamy panu pieniądze. Nie mamy o czym rozmawiać.

— Trzysta siedemdziesiąt pięć tysięcy — zaproponował Vivacemente.

— Nie.

— Czterysta tysięcy.

— Nie.

— Czterysta piętnaście tysięcy.

— Niech pan przestanie — zażądał Jimmy.

— Czterysta dwadzieścia dwa tysiące pięćset. To moje ostatnie słowo. Muszę mieć tego niezwykłego chłopca. To dla mnie ostatnia, najlepsza szansa, żebym stworzył swojego następcę. W jego żyłach płynie najczystsza krew rodu akrobatów.

Gdy skóra na twarzy Vivacementego stawała się coraz bardziej napięta, wyrażając wszystkie wzbierające w nim emocje, oczekiwałem niemal, że zacznie pękać i zsunie mu się z czaszki.

Złożył ręce jak do modlitwy i zaczął błagać Jimmy'ego, zamiast mu grozić:

— Gdybym dowiedział się wtedy, w tysiąc dziewięćset siedemdziesiątym czwartym roku albo w ciągu kilku następnych lat, że Natalie urodziła bliźnięta i że oddano cię piekarzowi i jego żonie — wymówił słowo „piekarz" pogardliwym tonem snoba z wyższych sfer — przysięgam, że przyszedłbym po ciebie. Odkupiłbym cię albo ocalił w taki czy inny sposób. Zawsze dostaję to, czego chcę. Ale sądziłem, że mam tylko jednego syna i że porwał go ten niegodziwy Beezo.

Jimmy potraktował z lodowatą obojętnością tę dziwaczną demonstrację ojcowskiej miłości:

— Nie jest pan moim ojcem nawet w takim stopniu, żeby mógł się pan nazywać duchowym protoplastą wszystkich członków trupy. Punchinello i ja nie należymy do zespołu i w żadnym sensie nie uważamy się za pańskich synów. Biologicznie jesteśmy pana wnukami — niech Bóg ma nas w swojej opiece. Ale nie akceptuję nawet tego pokrewieństwa. Odmawiam panu prawa do bycia moim dziadkiem, wypieram się pana, wyrzekam, gardzę panem.

Ręce Vivacementego, złożone w błagalnym geście, nagle się rozsunęły i zacisnęły w pięści.

Nie miał poczucia humoru, ale potrafił nienawidzić jak mało kto. Jego oczy zabłysły jak sztylety, a twarz ściągnęła się gniewem.

— Konrad Beezo nie miał dzieci z żadną kobietą, z którą sypiał. Był wrakiem mężczyzny, całkowicie bezpłodnym — odezwał się jadowitym tonem.

Przypomniało mi się natychmiast — i jestem pewna, że Jimmy'emu także — co mówił Konrad Beezo w naszej kuchni, gdy przestał już udawać Portera Carsona i zanim mnie postrzelił. Chciał zabrać nam Andy'ego jako rekompensatę za to, że posłaliśmy do więzienia Punchinella. „Coś za coś". Nie wiedział, że Jimmy jest bratem bliźniakiem Punchinella, nie zdawał sobie sprawy, że Andy może być z nim spokrewniony. Chciał tylko *quid pro quo*, należnego mu „zadośćuczynienia". Gdy spytałam Konrada, dlaczego nie prześpi się z jakąś gotową na wszystko wiedźmą, która mogłaby urodzić mu dziecko, żachnął się na te słowa i unikał mego wzroku. Teraz pojęłam dlaczego.

Ten zionący jadem śmieć, którego mieliśmy przed sobą, ten robak w szkarłatnym płaszczu, wyprostował się dumnie i oświadczył:

— Chciałem skoncentrować geny rodu akrobatów tak, jak nikt tego dotąd nie zrobił. I moje marzenie w biblijnym sensie się spełniło. Ale ona uciekła z Beezo i pozbawiła mnie tego, co mi się należało. Natalie była moją córką, ale ja jestem waszym dziadkiem i ojcem. Ha!

Przywykłszy już do odrażającej myśli, że jest synem Konrada Beezo i bratem Punchinella, biedny Jimmy — mój słodki Jimmy — musiał się teraz oswoić z jeszcze bardziej ohydną prawdą, że jest nie tylko bratem Punchinella, ale w istocie także synem i wnukiem Vivacementego, owocem kazirodczego związku.

Z drogi, Johnny Tillotson. Czas na nowe przeboje.

# 68

Naszą uwagę przyciągnął jakiś ruch na skraju namiotu. Do środka wszedł głównym wejściem muskularny brutal o oczach kobry i stanął na szeroko rozstawionych nogach, sprawiając wrażenie, że potrafiłby zatrzymać nawet uciekającego słonia. Był uzbrojony w karabin.

Drugi mężczyzna — wyglądający równie groźnie jak ten pierwszy, tyle że mający blizny na twarzy i szyi, jakby był dziełem Victora Frankensteina — pojawił się przy wejściu dla artystów. On także miał karabin.

Trzej inni ludzie wślizgnęli się do namiotu pod brezentem w miejscach, gdzie zwisał on najluźniej między słupkami. Stali wokół areny, za reflektorami, ukryci w cieniu, ale widoczni. Podejrzewałem, że są również uzbrojeni, ale nie widziałem ich dość dobrze, by być tego pewnym.

— Jak więc widzicie — kontynuował Vivacemente — wasz syn Andy jest wnukiem mojej Natalie. Jest także moim wnukiem i prawnukiem. Moje marzenie jest spóźnione o jedno pokolenie, ale teraz się spełni. Jeśli nie sprzedacie mi małego Andy'ego za czterysta dwadzieścia dwa tysiące pięćset dolarów, zabiję was oboje. Zabiję także Rudy'ego i Maddy i wezmę całą trójkę waszych dzieci, nie ponosząc żadnych kosztów.

Jimmy najwyraźniej nie chciał ani na chwilę spuszczać z oka Virgilia Vivacementego, tak jak nie oderwałby wzroku od zwiniętego w kłębek grzechotnika, ale mimo wszystko spojrzał na mnie.

Na ogół wiedziałam, co mój Jimmy myśli. Przestrzeń wewnątrz jego wspaniałej głowy była mi dobrze znana. Czułam się tam jak w domu. Tym razem jego cudowne oczy nie były oknami myśli, jak zawsze do tej pory. Wyraz jego twarzy pozostał beznamiętny, nieodgadniony.

Człowiek o słabszej psychice mógłby być tak wstrząśnięty tym, co powiedział Vivacemente, że sparaliżowałby go szok, odraza i rozpacz. Jimmy bywał może zaszokowany i wzburzony, ale nigdy nie rozpaczał.

— Mat czy pat? — spytał.

— Pat — odparłam.

Z poczuciem triumfu i twarzą promieniejącą z zadowolenia Vivacemente włożył ręce do kieszeni szkarłatnego płaszcza i zaczął kołysać się do przodu i do tyłu w swych czerwonych pantoflach.

— Jeśli sądzicie, że nie mogę was wszystkich zabić i nie ponieść kary, jesteście w błędzie. Kiedy wy oboje, a także Rudy i Maddy, będziecie leżeć martwi u mych stóp, poćwiartuję wasze ciała, zanurzę wasze szczątki w benzynie, spalę je, nasikam na prochy, zbiorę mokry popiół do wiadra, zabiorę go na piękną farmę, której jestem właścicielem, i zmieszam je z gnojówką w kącie chlewu. Robiłem już takie rzeczy. Nikt nie potrafi tak się mścić jak Virgilio Vivacemente.

— Z jakąś psychopatyczną wiedźmą może pan spłodzić kolejnego żądnego krwi potworka, równie szalonego jak pański pierworodny — oznajmił Jimmy spokojnym głosem, wciąż wpatrując się we mnie.

Vivacemente przekrzywił głowę.

— Coś ty powiedział?

Rozpoznałam te słowa. Zacytował to, co mówiłam do Konrada Beezo w kuchni naszego domu tamtej grudniowej nocy w 2002 roku, zanim mnie postrzelił.

Próbowałam wtedy rozdrażnić Beezo zniewagami i do pewnego stopnia mi się to udało. Zareagował na moje słowa, odwracając głowę w kierunku Jimmy'ego, dzięki czemu mogłam sięgnąć po pojemnik z gazem pieprzowym i trysnąć mu nim w twarz.

Jimmy proponował zastosować podobną taktykę wobec Vivacementego.

Widział, że zrozumiałam, do czego zmierza.

Dręcząc nas dalej, szaleniec powiedział:

— Kiedy będziecie już tylko przesiąkniętymi uryną popiołami w gnojówce, zabiorę trójkę waszych dzieci do posiadłości, którą mam w Argentynie. Tam wyszkolę Andy'ego, a być może i Lucy, na najlepszych akrobatów ich pokolenia. Może Annie też. Jeśli w wieku siedmiu lat nie będzie się już do tego nadawała... cóż, przyda się do innych rzeczy. Możecie stracić życie i wszystkie dzieci albo sprzedać mi Andy'ego. Tylko klown nie potrafiłby dokonać właściwego wyboru między tymi dwiema opcjami.

— To dużo pieniędzy — powiedział do mnie Jimmy. — Prawie pół miliona, w gotówce, bez podatków.

— I nie stracimy Annie i Lucy — zauważyłam.

— Zawsze możemy mieć jeszcze drugiego syna — stwierdził Jimmy.

— Mając nowe dziecko, szybko zapomnimy o Andym.

— Ja zapomnę w trzy miesiące — zapewnił Jimmy.

— Mnie może to zająć sześć.

— Jesteśmy jeszcze młodzi. Nawet jeśli będziemy potrzebowali ośmiu miesięcy, żeby go zapomnieć, czeka nas jeszcze potem długie, przyjemne życie.

Vivacemente uśmiechał się albo przynajmniej takie sprawiał wrażenie. Tylko jego chirurdzy plastyczni wiedzieliby to na pewno.

O dziwo, najwyraźniej wierzył w to, co mówiliśmy. Jego łatwowierność nie do końca mnie zaskakiwała. W końcu Jimmy i ja mieliśmy spore doświadczenie w przemawianiu do szaleńców ich językiem.

— Ale chwileczkę — powiedział do mnie Jimmy. — Wpadłem na jeszcze lepszy pomysł!

Przybrałam maskę zaciekawienia.

— Co takiego?

Zwracając się znów do Vivacementego, Jimmy spytał:

— Kupiłby pan dwóch?

— Słucham?

— Dwóch chłopców. Gdybyśmy mieli jeszcze jednego, mógłby pan dostać go od razu, prosto z kołyski.

— Jimmy... — wtrąciłam się.

— Zamknij się, kochanie — przerwał mi ostrzegawczym tonem. — Nigdy nie miałaś głowy do finansów. Zostaw to mnie.

Jimmy nigdy przedtem nie powiedział do mnie, żebym się zamknęła. Chciał mi dać do zrozumienia, że to on odwróci uwagę naszego przeciwnika, żeby stworzyć mi warunki do działania.

— Jeśli chodzi o płodzenie dzieci, jestem jak buhaj — powiedział Jimmy do szalonego akrobaty. — A ta paniusia może je rodzić jedno za drugim. Mogłaby zresztą zażywać leki na zwiększenie płodności i mielibyśmy ich na pęczki.

Jimmy i ja musieliśmy umrzeć. Rozumieliśmy, że jesteśmy skazani na śmierć. Rozstawieni w namiocie uzbrojeni mężczyźni nie dawali nam szansy ucieczki. Ale ginąc, mogliśmy zabrać Vivacementego ze sobą. Gdyby ten potwór został zastrzelony, nasze dzieci byłyby bezpieczne pod opieką Rudy'ego i Maddy.

Rozwijając z entuzjazmem swoją propozycję, Jimmy skupił jego uwagę i gdy uznałam, że nadeszła odpowiednia chwila, sięgnęłam po pistolet.

Nie sądzę, żeby Vivacemente dostrzegł to kątem oka. Raczej,

jak wytrawny pokerzysta, wyczuł w głosie Jimmy'ego jakąś subtelną nutę zagrożenia.

Nie wyjmując rąk z kaszmirowego płaszcza, zaczął strzelać do Jimmy'ego z pistoletu, ukrytego głęboko w prawej kieszeni. Gdy sięgałam po swoją broń, wystrzelił dwa pociski, które trafiły Jimmy'ego w brzuch. Kiedy wycelowałam w niego pistolet, dwa następne wbiły się Jimmy'emu w klatkę piersiową. Sądząc z hałasu, były to pociski dużego kalibru. Po pierwszych dwóch strzałach Jimmy zatoczył się do tyłu, po kolejnych osunął się na ziemię.

Zachowując piątą kulę dla mnie, Vivacemente odwrócił się w moim kierunku, ale nie był dostatecznie szybki. Gdy strzeliłam mu w głowę, padł martwy.

Krzycząc jak walkiria, ogarnięta wściekłością, którą znają tylko ludzie przy zdrowych zmysłach, a nigdy szaleńcy, nieodróżniający dobra od zła, strzeliłam do niego jeszcze trzy razy, do tego śmiecia, który zgwałcił własną córkę, tego potwora, który kupował dzieci, tego demona, który chciał uczynić mnie wdową.

Dostrzegłam na jego poranionej twarzy wyraz zdumienia. Nie sądził, że może umrzeć.

Powinnam była oszczędzać amunicję, ponieważ wyglądający złowrogo robotnicy cyrkowi zaczęli biec w moim kierunku. Nie mogłam jednak powystrzelać ich wszystkich i w istocie nie miałam ochoty ich zabijać. Wolałam mieć pewność, że Vivacemente nie żyje.

Gdy obróciłam się w kierunku pierwszego z nadbiegających mężczyzn, ten rzucił na ziemię karabin. Drugi zrobił to już wcześniej.

Trzej pozostali wyszli z cienia, zza reflektorów. Jeden miał topór, ale rzucił go na arenę. Drugi postąpił tak samo z młotem. Jeśli trzeci był uzbrojony, pozbył się swojej broni już przy ścianie namiotu.

Dysząc ciężko, patrzyłam równie zdumiona, jak przerażona, jak tych pięciu krzepkich mężczyzn gromadzi się wokół ciała

Virgilia Vivacementego. Przyglądali mu się z niedowierzaniem i trwogą... i nagle wybuchnęli śmiechem.

Mój słodki Jimmy, mój piekarczyk, leżał nieruchomo na plecach, a robotnicy cyrkowi śmiali się głośno. Jeden z nich złożył dłonie przy ustach i krzyknął coś w cyrkowej gwarze, czego nie zrozumiałam.

Gdy osunęłam się na kolana u boku Jimmy'ego, do namiotu wpadła z ptasim jazgotem trupa ubranych nadal w swoje kostiumy akrobatów.

# 69

Przez kilka dni klatka piersiowa i brzuch bolały mnie tak bardzo, że byłem skłonny wierzyć, iż cztery pociski nie utknęły w kamizelce kuloodpornej, którą miałem pod koszulą, lecz przebiły ją i poczyniły poważne szkody w moim organizmie. Potworne siniaki zniknęły dopiero po paru tygodniach.

Jak powiedziała wam już Lorrie, zostawiwszy dzieci u moich rodziców, ubraliśmy się na „przyjacielskie spotkanie" z szaleńcem tak, jak uznaliśmy za stosowne. Te dwie kamizelki dostaliśmy już rok wcześniej od Hueya Fostera.

Zgoda, znów potrzymaliśmy was trochę w napięciu, tak jak w rozdziale dwudziestym czwartym. Ale o ile byłoby mniej ciekawie, gdybyście mieli całkowitą pewność, że wtedy w namiocie ocalałem.

Kamizelka zatrzymała wszystkie cztery pociski, ale siła ich uderzenia, choć rozproszona, pozbawiła mnie tchu i przytomności. Śnił mi się przez chwilę, całkiem przyjemnie, czekoladowy sernik o smaku amaretto.

Gdy się ocknąłem, usłyszałem rubaszny śmiech jakichś ludzi. Inni piszczeli, jakby zaszokowani lub przerażeni, ale w istocie był to pełen zachwytu chichot.

Wokół ciała Virgilia zgromadzili się dorośli, nastolatki i dzieci. Nikt nie wydawał się rozgniewany z powodu jego śmierci ani nią wstrząśnięty.

Wszyscy patrzyli na zwłoki z niedowierzaniem, które powoli ustępowało radosnej świadomości, że nareszcie są wolni.

Vivacemente nie wierzył, że może umrzeć — podobnie jak nie wierzyli w to zniewoleni przez niego członkowie trupy. Upadek Związku Radzieckiego nie zaskoczył ich nawet w przybliżeniu tak bardzo, jak jego śmierć.

Uwierzywszy w to, co zobaczyli, akrobaci eksplodowali wręcz energią i radością. Zaczęli wdrapywać się po sznurowych drabinkach i linach z węzłami pod dach namiotu, na swoje podesty i trapezy.

Gdy w oddali rozbrzmiały dźwięki syren i Lorrie pomagała mi wstać z ziemi, akrobaci szybowali radośnie pod kopułą cyrku.

# 70

Napisałem kiedyś górnolotnie, że zemsta i sprawiedliwość są splecione ze sobą jak włókna liny, po której musi stąpać akrobata, i jeśli nie potrafi utrzymać równowagi, jego los jest przesądzony, bez względu na to, czy spadnie w lewą, czy w prawą stronę. Wyważona reakcja na zło jest niemoralna, ale nadmierna przemoc również.

Tamtego wieczoru Lorrie dręczył w namiocie cyrkowym moralny dylemat, czy Virgilia Vivacementego powinna tylko zranić i unieruchomić, czy też mogła czuć się usprawiedliwiona, że uśmierciła go czterema celnymi strzałami.

Męczyło ją to przez dwadzieścia cztery godziny, ale podczas parady deserów po kolacji w domu moich rodziców w niedzielny wieczór siedemnastego kwietnia, gdy Vivacemente leżał nadal w kostnicy, osiągnęła zadowalające katharsis. Uznała, że byłoby przesadną i nieuzasadnioną reakcją z jej strony, gdyby strzeliła do tego szalonego sukinsyna pięć razy, a nie cztery, zwłaszcza że po pierwszym strzale już nie żył. Skoro tego nie zrobiła, nie miała wątpliwości — i ja także — że postąpiła jak anioł.

W razie każdego moralnego dylematu, gdy człowiek próbuje przeanalizować motywy swoich działań, dochodzi się zwykle szybciej do satysfakcjonujących wniosków, spożywając duże ilości cukru.

Jeśli chodzi o mnie, nie dręczyły mnie żadne wątpliwości. Prawda na temat mojego pochodzenia nie wpłynęła na to, kim się stałem i kim byłem. Nie zamierzałem tego rozpamiętywać. Co ważniejsze, przeżyłem ostatni z pięciu feralnych dni. Wszyscy członkowie mojej rodziny pozostali cali i zdrowi, z wyjątkiem babci Roweny, która umarła we śnie.

Wiele wycierpieliśmy na tej drodze do bezpiecznej przystani, ale kto w życiu nie cierpi? Kiedy przemija ból, zawsze jest ciasto.

Towarzystwa ubezpieczeniowe określają swoje stawki na podstawie wielu czynników, posługując się tabelami matematycznymi dla ustalenia poziomu ryzyka. Stosują wymyślne formuły, by przewidzieć długość życia klienta, bo gdyby tego nie robiły, szybko by zbankrutowały.

Dla mnie jednak bardziej niż długość życia liczy się jego jakość, to, czego od niego oczekuję i w jakim stopniu moje oczekiwania się spełniają. Od mego prawdziwego ojca, Rudy'ego, i od mojej prawdziwej matki, Maddy, a także od mojej wspaniałej żony i ukochanych dzieci nauczyłem się, że im więcej spodziewasz się od życia, tym mniej spotyka cię rozczarowań. Śmiejąc się, nie zużywasz zapasów śmiechu, lecz je powiększasz. Im bardziej kochasz, tym więcej zaznasz miłości. Im więcej dajesz, tym więcej otrzymasz.

Życie potwierdza tę prawdę w każdej chwili, każdego dnia. I nie przestaje nas zaskakiwać.

Czternaście miesięcy po wydarzeniach w namiocie Lorrie zaszła w ciążę. Powiedziano jej, że nigdy nie będzie mogła mieć dzieci i lekarze byli tego tak pewni, że nie zachowywaliśmy żadnych środków ostrożności.

Zważywszy na poważne rany, które odniosła, i fakt, że nie miała jednej nerki, doktor Mello Melodeon radził nam usunąć płód.

W noc po otrzymaniu tej wiadomości Lorrie powiedziała do mnie w łóżku:

— Nigdy nie będziemy mieli piątki dzieci. Możemy mieć

nadzieję tylko na czworo. To nasza ostatnia szansa. Może ryzykujemy, a może nie.

— Nie chcę cię stracić — wyszeptałem w ciemnościach.

— Nie stracisz — odparła. — Będę cię straszyła w doczesnym życiu i kopnę cię w tyłek za to, że się guzdrałeś, kiedy dołączysz do mnie w końcu po śmierci.

Po chwili milczenia powiedziałem:

— Czuję się jak sparaliżowany.

— Mam pytanie.

— Jakie?

— Odkąd zaczęliśmy być ze sobą i wiedzieliśmy, że to już na zawsze, odkąd każde z nas mogło polegać na wsparciu drugiego, kiedy zdarzyło się tak, że zabrakło nam odwagi?

Zastanawiałem się nad tym przez chwilę i w końcu odparłem:

— No kiedy?

— Nigdy. Więc dlaczego mamy zaczynać teraz?

Kilka miesięcy później przyszła na świat mała Rowena. Wyskoczyła z łona matki jak grzanka z tostera. Miała czterdzieści pięć centymetrów wzrostu i ważyła równo cztery kilogramy. Nie miała syndaktylii.

Gdy byliśmy jeszcze w porodówce i Charlene Coleman (wybierająca się właśnie na emeryturę) podawała Lorrie pierwszy raz owinięte w kocyk niemowlę, w drzwiach stanęła młoda ruda pielęgniarka, prosząc o rozmowę z doktorem Mello.

Zamienili kilka zdań na korytarzu, po czym wrócili do sali.

— To Brittany Walters — oznajmił doktor. — Pracuje na oddziale intensywnej opieki medycznej i ma wam coś do powiedzenia.

Według Brittany Walters, czterdzieści osiem godzin wcześniej przyjęta została na jej oddział starsza kobieta, Edna Carter. Była sparaliżowana po rozległym wylewie i nie mogła mówić. Tego wieczoru usiadła nagle na łóżku — jak się okazało, tuż przed narodzinami naszego dziecka. Paraliż ustąpił i zaczęła mówić, wyraźnie i szybko.

# Spis treści

## APOKALIPSA

Wizja współczesnego świata u progu zagłady – trzymający w napięciu thriller, którego bohaterowie, dwójka zwykłych ludzi, muszą toczyć bój o przyszłość ziemskiej cywilizacji. Koniec świata zaczął się od deszczu – nagłego i gwałtownego. Zapowiedź Apokalipsy unosiła się wraz z dziwnym zapachem w wilgotnym powietrzu. Wybudzona ze snu Molly Sloan, mieszkanka małego górskiego miasteczka, czuła, że niedługo stanie się coś złego. Jej wyostrzone do granic możliwości zmysły rejestrowały zjawiska, które nie powinny mieć miejsca. Wizja w lustrze ukazywała zgliszcza i ruinę. Szaleńcza ulewa, jak nowy Potop, spada na cały świat. Załamują się systemy komunikacji, przestają funkcjonować struktury wojskowe i rządowe, wyzwalają się najgorsze ludzkie instynkty, dochodzi do straszliwych morderstw. Sparaliżowana strachem ludzkość staje na krawędzi zagłady. Co i w jakim celu przybyło na Ziemię? W końcu Molly i jej mąż odkryją przerażającą prawdę...

## TRZYNASTU APOSTOŁÓW

Pierwszy zbiór w dorobku Koontza obejmuje dwie krótkie powieści i dwanaście nowel. Każdy odnajdzie tu coś dla siebie – thriller, opowieść detektywistyczną, horror, science fiction, opowieść miłosną lub filozoficzną refleksję. Niezwykła wyobraźnia autora poniesie go w najbardziej nieoczekiwanym kierunku, pozwalając zagłębić się w otchłanie ludzkiej duszy.
Tytułowych *Trzynastu apostołów* to historia dwóch braci. P.J. jest sławnym pisarzem, piewcą swobody, człowiekiem sukcesu; Joey – życiowym wykolejeńcem. Jeden z nich jest też pozbawionym skrupułów seryjnym mordercą. Uskok w czasie sprawia, iż wspólnie mogą powrócić do pewnego dnia przed dwudziestu laty, który zaważył na ich późniejszym życiu. Kto będzie zwycięzcą w pojedynku dobra za złem? Któremu uda mu się oszukać przeznaczenie?

Gdy siostra Walters doszła w swej opowieści do tego miejsca, nie odważyłem się spojrzeć na Lorrie. Nie wiedziałem, co bym zobaczył w jej oczach, ale bałem się, że w moich ujrzy przerażenie.

Pielęgniarka mówiła dalej:

— Kobieta twierdziła, że za kilka minut urodzi się w naszym szpitalu dziewczynka o imieniu Rowena. Że będzie miała czterdzieści pięć centymetrów wzrostu i ważyła równo cztery kilogramy.

— O Boże! — jęknęła Charlene Coleman.

Siostra Walters wyjęła kartkę papieru.

— Edna nalegała, żebym zapisała tych pięć dat. Kiedy to zrobiłam... opadła na łóżko i umarła.

Drżącą ręką odebrałem od niej tę kartkę.

Gdy spojrzałem na Mello Melodeona, nie miał ponurego wyrazu twarzy, jakiego spodziewałbym się w takiej chwili u przyjaciela.

Obejrzałem niechętnie zapisane na kartce daty i mruknąłem zbolałym głosem:

— Pięć strasznych dni.

— Co pan powiedział? — spytała siostra Walters.

— Pięć strasznych dni — powtórzyłem, ale nie miałem siły jej tego wyjaśniać.

— Edna Carter mówiła co innego — odparła siostra Walters.

— A co takiego? — ponaglił ją Mello, widziałem jednak, że zna odpowiedź na to pytanie.

Zaskoczona naszymi reakcjami, siostra Walters oznajmiła:

— Cóż, powiedziała mi, że to będzie pięć wspaniałych, szczególnie radosnych dni bardzo szczęśliwego życia. Czy to nie dziwne? Myślicie, że to coś znaczy?

Spojrzałem w końcu Lorrie w oczy.

— Myślisz, że to coś znaczy? — spytałem.

— Mam przeczucie, że tak.

Złożyłem kartkę papieru i wsunąwszy ją do kieszeni westchnąłem.

413

— Strasznie jest po tej stronie raju.

— Ale cudownie.

— Tajemniczo.

— Zawsze.

— Słodko.

— O, tak — przyznała. — Słodko.

Odebrałem małą Rowenę, ostrożnie i w skupieniu, z rąk Lorrie. Była taka malutka, a jednak duchem i życiowym potencjałem nie mniejsza niż ktokolwiek z nas.

Trzymając ją tak, by patrzyła na świat, obróciłem się wkoło. Nawet jeśli nie widziała jeszcze dobrze, może zobaczyła pokój, w którym się urodziła, i ludzi, którzy byli wtedy przy niej. Może zastanawiała się, kim są i co jest za ścianami tego pomieszczenia.

Obracając się z nią w kółko, powiedziałem:

— Roweno, oto twój świat. Twoje życie. Przygotuj się na czary.